尤金·奥尼尔爱的主题研究

From Passion to Forgiveness:
The Evolution of Love in Eugene O'Neill

郑 飞 著

图书在版编目(CIP)数据

尤金·奥尼尔爱的主题研究 / 郑飞著 .—北京：北京大学出版社，2016.10
（国家社科基金后期资助项目）
ISBN 978-7-301-27667-9

Ⅰ.①尤… Ⅱ.①郑… Ⅲ.①奥尼尔(O'Neill，Eugene 1888—1953)—戏剧文学—文学研究 Ⅳ.① I712.073

中国版本图书馆 CIP 数据核字 (2016) 第 248136 号

书　　　名	尤金·奥尼尔爱的主题研究 YOUJIN·AO'NI'ER AI DE ZHUTI YANJIU
著作责任者	郑　飞　著
责任编辑	初艳红
标准书号	ISBN 978-7-301-27667-9
出版发行	北京大学出版社
地　　　址	北京市海淀区成府路 205 号　100871
网　　　址	http://www.pup.cn　新浪微博：@北京大学出版社
电子信箱	alicechu2008@126.com
电　　　话	邮购部 62752015　发行部 62750672　编辑部 62759634
印　刷　者	北京宏伟双华印刷有限公司
经　销　者	新华书店
	730 毫米 ×1020 毫米　16 开本　13.5 印张　238 千字 2016 年 10 月第 1 版　2016 年 10 月第 1 次印刷
定　　　价	38.00 元

未经许可，不得以任何方式复制或抄袭本书之部分或全部内容。
版权所有，侵权必究
举报电话：010-62752024　电子信箱：fd@pup.pku.edu.cn
图书如有印装质量问题，请与出版部联系，电话：010-62756370

国家社科基金后期资助项目
出版说明

后期资助项目是国家社科基金项目主要类别之一，旨在鼓励广大人文社会科学工作者潜心治学，扎实研究，多出优秀成果，进一步发挥国家社科基金在繁荣发展哲学社会科学中的示范引导作用。后期资助项目主要资助已基本完成且尚未出版的人文社会科学基础研究的优秀学术成果，以资助学术专著为主，也资助少量学术价值较高的资料汇编和学术含量较高的工具书。为扩大后期资助项目的学术影响，促进成果转化，全国哲学社会科学规划办公室按照"统一设计、统一标识、统一版式、形成系列"的总体要求，组织出版国家社科基金后期资助项目成果。

全国哲学社会科学规划办公室
2014 年 7 月

序

  第一次接触郑飞这部书的几个原始章节是2007年,当时还在社科院外文所读博士的这位北京航空航天大学外国语学院副教授意气风发地找到我,提及她正在酝酿的博士毕业论文——要为美国戏剧大师尤金·奥尼尔的《悲悼》三部曲"正名":从正面"爱"的角度解析这个被文学界一些人冠之以"乱伦、恋母"扭曲爱的悲剧主题。这着实不是件轻松之事,于是我们俩谈了许久。2009年,郑飞的博士毕业论文《爱的悲悼——〈悲悼〉中孟南家族悲剧根源探究》如期而至,并以答辩和评审全"优"的成绩荣获社科院外文所的优秀毕业论文。那是5月底的一天,郑飞开心地打电话给远在济南的我告知这个喜讯。在欣喜之余,她提出了一个更加大胆的设想——将尤金·奥尼尔的五十余部戏剧做整体梳理,挖掘其中爱的主题和爱的变迁的线索和脉络。对于这个设想,我极其同意。对奥尼尔研究半个世纪有余,我深知这一题目之难度,但更知道这个题目对奥尼尔研究之重要意义和贡献。此后她便着手将奥尼尔的所有作品集结成语料库,以佐证这一论点的可行性。我也将她的毕业论文转给自己的博士生来拜读,做他们撰写毕业论文时的参考。

  2013年,经过四年的不懈努力,郑飞的研究课题"尤金·奥尼尔爱的主题研究"终于成功获批"国家社科基金后期资助项目",她的著作思路和想法也不停地在我们北京—济南的长途电话中传送、交流。终于,2016年初这部饱含了作者近十年心血的二十余万字著作撰写完成了,不久就要出版,与读者见面了。

  有关尤金·奥尼尔的研究专著在国外从生平和专门主题分析的角度出现较多,近年来国内对奥尼尔研究的关注点和关注面也日渐成熟、丰富和拓宽。但如本书这种对尤金·奥尼尔戏剧进行的爱的梳理和号脉,迄今国内奥尼尔研究中尚属罕见。本书线索清晰,逻辑准确,各章节间起承转合恰当,语言生动,一气呵成。全书运用了多种不同的批评方法:如文本分析、心理学和语料库等多个不同角度来证明和解析自己的观点,很有独创性,是一部填补空白之作。难能可贵的是,本书将《悲悼》与其创作原型古希腊悲剧诗人埃斯库罗斯的《奥瑞斯提亚》三部曲进行比较研究和文本解读,使古老文学作品焕发新意的同时,清晰体现出奥尼尔借助古典文学作品的用意深邃。古希腊作品的解析得益于郑飞的博士生导师,社科院资深研究员陈中梅老师,这位西学大师翻译了亚里士多德的经典著作《诗学》,并对埃斯库罗斯现存的所有剧作都做了大量深入研究。郑飞文笔的细腻和写作的细致是可圈可点的,她曾提到在博士论文写作期间,为了标点符号的准确做了反复多次认真检查和仔细推敲,最后落下严重的颈椎病,就是她刻苦认真做研究的佐证。

  爱的主题是一个亘古至今且有时代价值的主题,相信这部专著的出版为国内奥尼尔研究和新时期对爱的主题的深刻解读起到其应有的理论指导等现实意义。郑飞正是做学术研究的黄金时期,我相信,她将来定能佳作迭出,成为一位有锦绣前程的奥尼尔戏剧研究学者,为我国的奥尼尔戏剧研究做出卓尔不群的贡献。

郭继德

2015岁末于山东大学农场寓所

目 录

绪 论 1

第一章 早期作品——单纯、奉献的爱 8
第一节　奥尼尔第一次婚姻和早期爱情 9
第二节　早期作品——单纯、奉献的爱 10
小　结 17

第二章 中期作品——悲怆、复杂的爱 19
第一节　悲怆、复杂的爱 19
第二节　一股不可思议的力量 31
小　结 32

第三章 命运与爱——古希腊与现代的主题重心 35
第一节　埃斯库罗斯及其命运悲剧 37
第二节　奥尼尔作品中的心理因素 47
第三节　古希腊的爱与现代的爱 58
小　结 65

第四章 爱的分界线——《悲悼》中爱的变迁 67
第一节　爱之美好 68
小　结 84
第二节　爱的缺失与压抑 85
小　结 106
第三节　爱之扭曲到爱的变异 107
小　结 125
第四节　由爱变恨到家族的毁灭 126
小　结 148
第五节　爱犹在 149
小　结 163

第五章　晚期作品——谅解、包容的爱 …………………………… 166
第一节　温馨、容纳的爱 ……………………………………… 166
第二节　谅解、包容的爱 ……………………………………… 168
小　结 …………………………………………………………… 173

参考文献 …………………………………………………………… 180

附　录 ……………………………………………………………… 190
索　引 ……………………………………………………………… 199
后　记 ……………………………………………………………… 206

绪　论

　　1951年,瑞士文学评论家海因里希·斯特劳门(Heinrich Strauman)如是说:"人们可能对谁是当代美国最伟大的诗人、小说家抑或散文作家存有争议,但奥尼尔作为美国最杰出的剧作家的地位从未受到过严峻的挑战。这在现代评论史上几乎是独一无二的。"①的确,美国现代悲剧作家尤金·奥尼尔(Eugene O'Neill,1888~1953)曾四度荣获普利策奖(1920、1922、1928、1957),是迄今为止唯一荣膺诺贝尔文学奖的美国剧作家,被誉为美国"现代戏剧之父"和"严肃戏剧的奠基人"。在他四十余年的创作生涯中,奥尼尔尝试了自然主义、现实主义、表现主义、象征主义等多种表现手法,创作剧本五十余部,内容涉及心理学、美学、哲学等众多领域。作为20世纪美国"迷惘一代"的代表,奥尼尔深受资本主义迅猛发展所带来的焦虑的困扰,并迷恋尼采哲学。

　　奥尼尔一生的情感经历以及父母和家人的感情生活对其创作无疑具有重大的影响。他年幼时随戏剧演员的父亲四处奔波,全家居无定所,母亲于孤独压抑中吸食毒品。这些痛苦经历使他从笃信基督到放弃宗教。他坦言,缺少关爱、渴望家庭温暖的"童年和青年时代的印象和经历,时常这样地控制着我,使我吃力地去抵抗它们,但是我从没有摆脱它们"②。在他成年之后,婚姻一直处于不稳定的状态,先后两次离婚。他时时感到孤独、压抑且缺少归宿感,这种异化、隔离的自我始终令他渴望有爱的精神"家园",催促他在生活中寻求真爱和家园的温馨。尽管他认为"人生是一场悲剧"③,深深相爱的人很难在现实生活中得到幸福,但他仍然坚信不幸的结局并不能阻止人们对美好爱情的憧憬和至死不渝的追求,而且这一理念贯穿了他的整个创作过程。奥尼尔在写给友人巴利特·克拉克(Barrett Clark)的信中表达了这样的决心:"也许我能讲清我对蕴藏在生活后面那股强劲而又无形的力量的感受。我的创作抱负就是要在我的剧本中能多多少少地显示出这股无形的力量所

---

① Frederic I. Carpenter,*Eugene O'Neill*,Boston:Twayne Publishers,1979,p.11.
② 见倍倍尔:《我的一生》序言,转引自汪义群:《奥尼尔创作论》,中国戏剧出版社1983年版,第12页。
③ Alta May Coleman,:"Personality portrait:Eugene O'Neill",*Theatre Magazine*,Vol. 31,1920,p.264. 原文:"LIFE is a tragedy—hurrah!"

起的作用。"①在奥尼尔的剧作中，人们时刻能感到有一种深沉的力量，一种想要表现非理性的思想和情感的探索精神。这一艺术主张几乎左右着奥尼尔一生的写作，这也正是现代文学的一个重要的创作目标：去展示人的美好愿望与人无法改变、无法摆脱的现实之间永恒的冲突。奥尼尔在这个问题上做出了不同的尝试，而其中较显著也相当成功的当属他用"爱"给出的一系列答案。"爱"在他的多部作品中成了那种推动一切的"不可思议的力量"，它不可避免地与现实构成了各种冲突。

20世纪著名心理学家弗洛姆(Erich Fromm)在他的《爱的艺术》(*The Art of Loving*)中如是阐释爱的作用："人的最深切的需要就是克服分离，从而使他从孤独中解脱出来。未达到这个目标的绝对失败意味着'疯狂'。"②而"爱使人克服孤独和分离感，爱承认人自身的价值，保持自身的尊严"③。这一理论无疑适用于奥尼尔的身世：在幼年时就居无定所的尤金·奥尼尔的心中，随时被丢弃在寄宿学校里忍受孤独的经历始终如影随形追随着他。他生前的好友玛丽·沃斯(Mary Vorse)曾这样谈及奥尼尔对孤独的恐惧："这个离群索居的隐士却害怕独处。黑暗中他会时时感到充满敌意的世界向他压过来，令他充满一种不祥预感：使他像赤身裸体的原始人那样孤独无助。"④带着这种孤独和无助，奥尼尔并未因此而厌世彷徨、玩世不恭，反而"是个充满爱的人。……他走到哪里，就在哪里创造出一个爱和痛苦的世界"⑤。奥尼尔在他的作品中剖析人们对爱的各种反应：人性的各个侧面对爱截然相反的看法、不同年龄段人们对爱的接受和反馈、不同层次人们对爱的表达和占有、爱的不同阶段人们对爱的反应、不同性格和宗教下的人们对爱的主张和表述。随着年龄的增长，奥尼尔本人对爱的解析更加睿智而广博，这体现在他每个创作时期爱的主题的显著或微妙的变化。因此可以说正是剧作家身处的孤独和对逃离孤独的渴望，他幼时爱的缺失和穷其一生找寻爱的过程产生

---

① "Perhaps I can explain the nature of my feeling for the impelling, inscrutable forces behind life which it is my ambition to at least faintly shadow at their work in my plays." Travis Bogard & J. R. Bryer, *Selected Letters of Eugene O'Neill*, New Haven: Yale University Press, 1988, p.87. 译文可参见〔美〕尤金·奥尼尔：《奥尼尔文集》第6卷，郭继德编，人民文学出版社2006年版，第213页。

② Erich Fromm, *The Art of Loving*, New York: Continuum International Publishing Group, 2008, p.8. 译文可参见〔美〕埃·弗洛姆：《爱的艺术》，刘福堂译，安徽文艺出版社1987年版，第8页。

③ 〔美〕埃·弗洛姆：《爱的艺术》，刘福堂译，安徽文艺出版社1987年版，第17页。

④ Louis Sheaffer, *O'Neill: Son and Artist*, New York: Cooper Square Press, 2002, p.350.

⑤ Croswell Bowen, *The Curse of the Misbegotten: A Tale of the House of O'Neill*, New York: McGraw-Hill Book Company, 1959, p.265.

了他一部部探索爱的作品，也因此成就了本书——《尤金·奥尼尔爱的主题研究》。

一、奥尼尔研究综述

尤金·奥尼尔这个名字最初传入中国是20世纪20年代。当时奥尼尔在大洋彼岸的美国已经公开发表了17部剧作。1930年古有成在国内第一次翻译出版了《加力比斯之月》(The Moon of the Caribbees)。1982年荒芜翻译出版了《奥尼尔剧作选》。而在此五十余年间，除了在30年代出现了一个译介的小高潮和此后奥尼尔戏剧的零星上演，国内对奥尼尔戏剧创作的系统研究始终寥寥。直到1985年，中央戏剧学院成立了"尤金·奥尼尔研究中心"。1987年研究中心在北京举办了"第一届奥尼尔学术讨论会"，会后由曹禺和廖可兑等17位学者出版了《奥尼尔戏剧研究论文集》。此后奥尼尔学术研讨会几乎每两年举办一次。至此，国内的奥尼尔研究开始略有成果。1988年，为纪念奥尼尔诞辰100周年，在南开大学召开的奥尼尔学术讨论会则是盛况空前。同年由龙文佩主编的《尤金·奥尼尔评论集》收录了从1919年到1984年东西方学者进行奥尼尔研究的评论文章24篇，还有奥尼尔本人的戏剧言论8篇。90年代以来，随着奥尼尔作品的更多译介以及国外奥尼尔评论的引入，国内的奥尼尔研究终成气候。特别是1997、1999、2001、2004等数年的奥尼尔学术研讨会的召开，会后由廖可兑、郭继德等学者主编的四部《尤金·奥尼尔戏剧研究论文集》的出版，将国内奥尼尔研究推向了高潮。2005年由郭继德老师主编出版的六卷本《奥尼尔文集》，更为奥尼尔研究提供了一个较为完整的文本资源。

国内较富盛名的奥尼尔研究者当推老一辈的曹禺、廖可兑以及稍晚的欧阳基、龙文佩、郭继德、刘海平和汪义群等先生。国内可以利用的奥尼尔研究专著主要来源于作家生平及创作思想的译介，如：弗·埃·卡彭特(Frederic I. Carpenter)的《尤金·奥尼尔》(赵岑、殷勤译，1990)，詹姆斯·罗宾森(James A. Robinson)的《尤金·奥尼尔和东方思想》(郑柏铭译，1997)，弗吉尼亚·弗洛伊德(Virginia Floyd)的《尤金·奥尼尔的剧本：一种新的评价》(陈良廷、鹿金译，1993)。这些专著为国内奥尼尔研究提供了较为便利且权威的材料。近些年，特别是21世纪后随着老一辈奥尼尔专家在国内不遗余力的推介，一些新生代博士、硕士们的研究成果也如雨后春笋般产生，随之国内及留学海外的一些散在博士、硕士论文以及专著的出版更是锦上添花，极大地丰富了相关领域的系统研究。此类论著中较有影响的有1983年汪义群的硕士论文《奥尼尔创作论》，2002年沈建青的博士论文《尤金·奥尼尔的女性形象研究》("A Study of Eugene O'Neill's Female Portraits"),2005年谢群的博士论文《语言与分裂的自我——尤金·奥尼尔剧作解读》("Language and the Divided Self: Re-Reading Eugene O'Neill")等。特别值得一提的是汪义群2006年出版的《奥尼尔研究》。此书不仅对剧作家的生平、创作思想、创作贡献和几个创作时期作了详细介绍和论述,还将国内外奥尼尔研究的发展现状,特别是国内外评介奥尼尔的专著与论文详列出来,为国内的奥尼尔研究提供了一部难得的资料汇编。更为可喜的是,自2000年以来,国内文学期刊及网上资源也开始活跃起来,为奥尼尔戏剧研究提供了不可多得的便利和准确、及时的信息。

总的说来,国内的奥尼尔研究呈现出百花齐放、涉及领域繁多的局面,特别是随着各种新的批评方法的诞生和引入,国内对奥尼尔本人及其作品探讨的领域和角度也更加多样化。但这些研究仍存在一些盲点,比如有些资料盲从国外评介,断章取义;有些同一主题下的论文的移借性和趋同性较强;许多论述多集中于剧作家的某几部热门作品,而对一些短剧、诗歌至今仍鲜有人问津。笔者认为,作为奥尼尔成长的不可或缺的阶段,这些短剧和诗歌为剧作家后期创作思想的成熟以及更多巅峰性作品的推出起着相当重要的铺垫作用;另外,国内具有独立见解和一定深度的奥尼尔研究专著,特别是专注于特定主题的论著并不多见。

与国内奥尼尔研究相比,国外学者对奥尼尔的研究要早五十年左右,目前几乎已成为一项专门学问。许多国家建立了奥尼尔研究协会,出版奥尼尔研究刊物,比如美国的"EOR"(Eugene O'Neill Research,奥尼尔研究会)。总体来说,国外针对奥尼尔研究的成果除了奥尼尔的评传外,对奥尼尔的批评论著可分为两类:戏剧演出评论和作品评析。早期的奥尼尔研究得益于奥尼尔仍在世,因而剧作家真正的创作意图及思想能够得以比较客观、完整地记录。有些奥尼尔评论家如巴利特·克拉克就是奥尼尔的传记作者和好朋友,因此他们的评介具有相当的权威性。另外,网上及各国文学期刊中的相关论文也不胜枚举。而在欧洲大陆奥尼尔的名声似乎更胜于他的祖国,1952年到1962年间欧洲大陆论述奥尼尔作品的非英语文章竟多于英文版的文章;奥尼尔最后几部剧作的首演竟然在瑞典,早于百老汇的公演。

最早的奥尼尔评传当推奥尼尔的生前好友巴利特·克拉克的《尤金·奥尼尔》(*Eugene O'Neill*,1927)和《尤金·奥尼尔:其人与其作品》(*Eugene O'Neill: The Man and His Plays*,1933)。这两部评传为后来的特拉维斯·博加德(Travis Bogard)撰写的《时间轨迹:尤金·奥尼尔的作品》(*Contour in Time: The Plays of Eugene O'Neill*,1988)等评传性作品做了铺垫。此外还有克罗斯韦尔·鲍恩(Croswell Bowen)所著的《尤金·奥尼尔传:坎坷的一生》(*The Curse of the Misbegotten: A Tale of the House of O'Neill*,1959)、路易斯·谢弗(Louis Sheaffer)的《奥尼尔:儿子与剧作家》(*O'Neill: Son and Playwright*,1968)及《尤金·奥尼尔:儿子与艺术家》(*O'Neill: Son and Artist*,1973)、弗·埃·卡彭特的《尤金·奥尼尔》(*Eugene O'Neill*,1979)、诺曼德·柏林(Normand Berlin)的《尤金·奥尼尔》(*Eugene O'Neil*,1982)、弗吉尼亚·弗洛伊德的《尤金·奥尼尔的剧本:一种新的评价》(*Eugene O'Neill: A New Assessment*,1984)和斯蒂芬·布莱克(Stephen Black)的《尤金·奥尼尔:超越悲悼的悲剧》(*Eugene O'Neill: Beyond Mourning and Tragedy*,1999)都是奥尼尔研究的经典著作。此外,博加德的《人所不知的奥尼尔:日记片段中的注疏和摘录》(*Notes and Extracts from a Fragmentary Diary: The Unknown O'Neill: Unfinished or Unfamiliar Writings of Eugene O'Neill*,1988)以及博加德和杰克森·波利(J. R. Bryer)合编的《奥尼尔书信集》(*Selected Letters of Eugene O'Neill*,1988)都成了评论界评析奥尼尔创作发展的第一手材料和依据。

二、奥尼尔爱的研究综述

国内研究资料中对奥尼尔的思想和创作的研究主要围绕剧作家的戏剧美学思想、女权主义、表现主义、精神分析以及宗教思想等方面展开。而针对奥尼尔作品中体现的爱情主题以及其中体现的剧作家爱情观的论述尽管极少,但也可以基本分为两种评论观点:一方面,评论界对奥尼尔真诚、热烈地渴望美好爱情,虽九死而终不悔的爱情观持赞许态度。如老一辈奥尼尔学者廖可兑、郭继德、汪义群等老师虽然没有对其爱情主题做过专题探讨,但对其中涌现的奥尼尔爱情观基本持肯定态度。汪义群老师就认为,奥尼尔对待婚姻的随意性虽很难令人对其爱情观作正面的评价,但剧作家对爱情与婚姻的理想主义的憧憬值得赞许[①]。当然还有众多评论文章认识到奥尼尔"表述了人类要爱,要被爱,要有梦想,要有归属的渴望"[②]。另一方面许多评论者对奥尼尔爱情观持相对否定的态度,认为剧作家所持的是悲剧爱情观,势必带有宿命意识。此方面的评析以一众小型论文为主,比如李晓颖的《尤金·奥尼尔的爱情观的冲突性探析》、郭勇丽的《尤金·奥尼尔戏剧之宿命爱情观细读探隐》等。当然,从女性角度认知奥尼尔笔下的女性角色从而探讨奥尼尔

---

① 参见汪义群:《奥尼尔研究》,上海外语教育出版社2006年版。
② 李柽杨:《奥尼尔剧作的文化诠释》,华中师范大学硕士论文,2003年。

爱恨情感根源和体验的论文相对多一些,像时晓英的《极端状况下的女性——奥尼尔女主角的生存状态》等。综合奥尼尔爱情主题研究的作品,笔者发现:此类研究对象多集中于《天边外》(Beyond the Horizon)或《榆树下的欲望》(Desire Under the Elms)两部作品。但由于这两部作品中出场人物较少,情节相对简单,因而对奥尼尔爱情主题的挖掘和探讨难以深入。同时,仅用有限几部作品探究奥尼尔爱的主题难以逃出偏颇之嫌。

　　国外对尤金·奥尼尔爱情主题和爱情观也没有发现系统性的专题研究,但从各家评者对单部作品的侧面相关研究,以及奥尼尔对待爱的评价的只言片语中可基本总结为两种观点:一种是以弗·埃·卡彭特为代表的评论家肯定奥尼尔爱的积极性,认为无论从理论还是实践层面上讲奥尼尔都是"情感至上者",对奥尼尔来说情感第一重要。卡彭特甚至认为从感情的深度方面,奥尼尔胜过萧伯纳,尽管从理性的鲜明方面萧伯纳更胜一筹。而以批评家弗朗西斯·弗格森(Francis Fogans)为代表的批评家则否认奥尼尔爱情至上的积极作用,他们认为奥尼尔是感情效果的追求者,对感情过于天真且幼稚地信仰。弗格森甚至认为:"尤金·奥尼尔不是一个思想家,我们根本不用再试图深究他的思想内涵。"①这一派还应该包括意大利著名评论家卡米罗·佩利兹(Camillo Paisley),他认为奥尼尔"易动感情"。就连颁授诺贝尔奖时,奥尼尔还受到著名评论家伯纳德·沃托(Bernard de Voto)更加尖刻的抨击。这位评论家对奥尼尔的获奖十分沮丧,他特别指责《悲悼》(Mourning Becomes Electra),认为奥尼尔根本没有思想和情感的深度,就是一个运用技巧和形式的"鼓风机"②。与此同时,另一位著名的奥尼尔评论家弗吉尼亚·弗洛伊德认为奥尼尔血液中的爱尔兰基因致使他对爱极其敏感,对得不到爱的过度担忧影响到他作品的爱的主题。当然还有一系列评论家从客观的角度将奥尼尔对爱的不确定态度归咎为三次婚姻中奥尼尔与妻子的关系以及自己飘忽不定、嗜赌成性的母亲。这样的论断在 A. R. Gurney 写在《尤金·奥尼尔四部剧作》的前言中即可查到。③

　　总之,国内外对奥尼尔作品中爱的相关研究仍流于针对某个侧面或某个因素进行的探讨,研究奥尼尔爱的主题的信息仍散在于某部或某几部作品的相关研究论文中,仍不见对其所有作品进行较系统和全面的论述,分析的专

---

① John Patrick Diggins, *Eugene O'Neill's America: Desire Under Democracy*, Chicago: University of Chicago Press, 2007, p. 32.
② Ibid.
③ Eugene O'Neill, *4 Plays of Eugene O'Neill*, Signet Classics, New York: New American Library, 2007, p. vii.

著更是没有出现。本书即以此为突破点,着眼于对尤金·奥尼尔几乎所有作品中体现的爱的主题的探究,以期找到现实生活中的奥尼尔和理想状态下的他对爱的不同理解和阐释、沉思和创见;找到随着年龄和阅历的增长,奥尼尔对爱的理解的蜕变过程。

　　本书将奥尼尔的写作阶段划分为早、中、晚三个阶段并分别进行详细论述,这三个阶段并非完全按照学界基本定型的尤金·奥尼尔的三个戏剧创作阶段(即1913~1918为习作期,1918~1934为实验期,1939—1949为晚期),而是依据奥尼尔的爱情经历,以及他在作品中体现的爱情成熟度及关注点进行划分的。尽管遵循原则不同,这三个阶段的起止时间却基本与奥尼尔戏剧创作的起止时间相吻合。这三个阶段为:1913—1919年,即自第一部戏剧《热爱生活的妻子》(*A Wife for a Life*)始,到《救命草》(*The Straw*)的推出并走入第二个婚姻殿堂止。1920~1931年,即自1920年的《安娜·克里斯蒂》(*Anna Christie*)始到1931年《悲悼》的发表前,此时的奥尼尔迈入第三次婚姻殿堂。1931年创作的《悲悼》是奥尼尔爱的分界线,因而本书将列单独一章——第四章,专题分析《悲悼》中爱的主导作用和体现的爱的主题。从此奥尼尔爱的主题进入第三个阶段(1932—1943),即继《悲悼》以后至1943年《月照不幸人》(*A Moon for the Misbegotten*)的面世,以《进入黑夜的漫长旅程》(*Long Day's Journey into Night*)为标志的奥尼尔爱的主题下的晚期作品。

第一章　早期作品——单纯、奉献的爱

爱情与青春是我们唯一的伴侣。
今天,我热爱生活。①

——尤金·奥尼尔

　　奥尼尔笔下的爱是美好的、令人振奋的、飞蛾扑火般壮丽的。尽管作品中的部分人物为了追求理解和爱而上下求索,终归落败,但他们内心的渴望都朝着同一方向,那就是一个更加纯美并互相理解的方向。就连历经战争,面对过无数死亡,曾经刻板、毫无生机的艾斯拉②仍在爱上做着努力。也许战争使他倍感生命的可贵、孤独的痛楚、家庭的温馨以及爱情的珍贵,这也正体现了剧作家的创作思想。奥尼尔同尼采一样,认为上帝已经死亡,认为缺乏精神支柱的人们在冷漠的世界里需要人与人之间的理解和体谅。1923年,奥尼尔的一部短剧《难舍难分》(Welded)中的男主人公凯普(Cape)曾有这样一段独白:"我经常在夜里醒来——在一个漆黑的世界里,独自一人,熬过几千万年的黑暗。我真想痛哭一场,乞求上帝怜悯,因为生命还存在!然后,我本能地去寻找你——我的手触到了你!你在那儿——在我身边——还活着——跟你在一起我变得完整了,真实了!"③这与20世纪著名心理学家弗洛姆在他的《爱的艺术》中的思想如出一辙:"人的最深切的需要就是克服分离,从而使他从孤独中解脱出来。未达到这个目标的绝对失败意味着'疯狂'。"④而"爱使人克服孤独和分离感,但爱承认人自身的价值,保持自身的尊严"⑤。奥尼尔经常使他的人物在爱的追求与现实的碰撞中燃起生命的火花,突出现代人对重新得到人的尊严和幸福的渴望。因而悲剧的美和冲突

---

① 〔美〕尤金·奥尼尔:《奥尼尔文集》第6卷,郭继德编,人民文学出版社2006年版,第99页。
② 尤金·奥尼尔1931年剧作《悲悼》中的男主人公。
③ 〔美〕尤金·奥尼尔:《奥尼尔文集》第2卷,郭继德编,人民文学出版社2006年版,第509页。
④ 〔美〕埃·弗洛姆:《爱的艺术》,刘福堂译,安徽文艺出版社1987年版,第8页。
⑤ 同上书,第17页。

中爱的悲剧美即由此体现无疑。然而如果说奥尼尔剧作中体现的爱大多是悲剧性的,那至少是没有看到奥尼尔早期作品中爱和爱人间的温馨和甜美。只要研究其早期作品,我们会发现奥尼尔早期作品中体现的爱是单纯的、美的,又是奉献性的。

第一节　奥尼尔第一次婚姻和早期爱情

如果稍加注意,读者就可以发现奥尼尔作品中不乏温馨的爱的场面,就如 1914 年奥尼尔的一首情诗《在我们的海滩上》("Upon Our Beach")中所描述的:

> 我们俩一起躺在海滩上——肩并肩!
> 爱情与青春是我们唯一的伴侣。
> 今天,我热爱生活。
> ……
> 在突来的冲动驱使下我得透过头发亲吻你。
> 啊,我亲爱的,爱情甜蜜蜜,不是吗?
> 你的双唇温柔红润,好像奥玛尔的玫瑰花瓣。在它们
> 上面我渴望我生命的气息。
> ……
> 突然一阵痛苦涌上心头。我想起迫切需要给我们带来
> 漫长的煎熬。哎呀,我们必须彼此等待要多长久!
> 唉,我也贫穷。你怎能爱我? 当个丈夫,我一无是处。
> 我是一个情人——衣衫褴褛!①

尽管夹杂着一丝苦涩和无奈,诗中的主人公体会到了爱的甜蜜和青春的靓丽。也就像《难舍难分》里的那对相爱的主人公埃莉诺(Eleanor)和凯普那样,经历了争执和出走,但二人仍能复合,因为他们忽然意识到:还有"更强大的东西",那就是"爱"②。

青年时期的尤金·奥尼尔早熟、任性且浪漫。1909 年还在读大一的他

---

① 〔美〕尤金·奥尼尔:《奥尼尔文集》第 6 卷,郭继德编,人民文学出版社 2006 年版,第 99～100 页。
② 〔美〕尤金·奥尼尔:《奥尼尔文集》第 2 卷,郭继德编,人民文学出版社 2006 年版,第 505 页。

便被一个金发的靓丽姑娘吸引了,并在父母极力反对的情况下偷偷逃到新泽西州与姑娘完婚,这个姑娘就是他的第一任妻子凯瑟琳·詹金斯(Kathleen Jenkins)。此时的尤金·奥尼尔只有 19 岁,一个浪漫、不切实际、喜欢憧憬、富于冒险、难负责任的年轻人。婚后的奥尼尔并没有与新婚妻子如胶似漆,相反,他竟乘上开往洪都拉斯的淘金船,逃离了一起私奔又怀有身孕的妻子。留给凯瑟琳的是无尽的等待和孤独,留给自己的是若干年后的自责和愧疚。但这份爱和这份爱中凯瑟琳为奥尼尔的付出,女主角棕色的秀发、修长的身材、细腻的肌肤和姣好的面容却刻在奥尼尔早期甚或中期的作品里,融汇到他的作品中,成为这之后诸如《热爱生活的妻子》《堕胎》(Abortion)和《悲悼》等多部作品的女主角形象,也成就了奥尼尔早期作品中女主角为爱奉献的一个原型。

第二节 早期作品——单纯、奉献的爱

清点尤金·奥尼尔早期作品(1919 年前),读者不禁会被剧作中纯真和忠诚的爱所打动,这里有《热爱生活的妻子》中丈夫隐忍、付出的爱;有《网》(The Web)中纯真的爱,有《堕胎》中理想化的女孩恪守不渝的爱;有《苦役》(Servitude)中妻子为丈夫默默付出的爱;有《在交战区》(In the Zone)里怀抱情人的来信,视其比生命都重要的坚持的爱;有《鲸油》(Ile)中与《苦役》一样的理想化女性坚守、无声的爱;有《早餐之前》(Before Breakfast)中由于生存压力而喋喋不休地抱怨,却照例做早餐照顾丈夫的抱怨的爱;有《天边外》年少冲动的罗伯特为爱放弃所有理想追求的抱憾的爱;更有《救命草》中病患中相互扶持、点亮生命之火的苦命的爱。

1912 年 12 月 9 号晚,尤金·奥尼尔终因肺结核被"吝啬的"父亲詹姆斯·奥尼尔(James O'Neill)送进康涅狄格州的费尔菲尔德肺结核疗养院(Fairfield Tuberculosis Sanitarium)。简陋的疗养院、孱弱的病体、毫无生机的环境以及周围死神的威胁刺痛着 24 岁奥尼尔敏感的神经,带给了他刻骨的伤痕和孤独感。在生死边缘的挣扎和抉择中奥尼尔对人生、对亲情和爱情有了更深刻的体会和感悟。这段经历无疑为这个彷徨中的未来剧作家提供了别样的第一手资料,为奥尼尔早期作品加注了充实的素材。但令观众惊讶的是,奥尼尔竟用爱来展现他这段经历。在早期写出的《救命草》中他以欧·亨利般的笔触来展现无私、忘我的爱,以奥尼尔独有的笔锋来刻画爱在病患中的人们心中举足轻重的地位,爱如何带给病人生存抑或毁灭的决心。这段经历成就了奥尼尔六年后的《救命草》,也成就了奥尼尔晚期经典之作——《进

入黑夜的漫长旅程》。

1913年,还在疗养院①的尤金·奥尼尔开始了他的创作,写就他的第一部作品——独幕剧《热爱生活的妻子》。在这部仅有67句对白的奥尼尔的首部剧作中,年轻剧作家竟然以爱情为主线,以他采矿的经历为背景而构思写成。剧中的老人尽管酗酒成性却一直深爱妻子,当听到妻子与他人有染时,老人出走他乡多年寻机复仇,而妻子却用她的贞操证明着对丈夫的忠诚。于是,老人陷入了复仇和成全妻子幸福的挣扎和抉择中。最终为了使妻子能够与另一位年轻且彼此爱恋的矿工结合,老人毅然隐瞒自己就是女人丈夫的事实,放走了那位苦寻多年、打算复仇的对象。尽管情节简单,人为因素明显,情节发展的可能性和必然性较弱,但年轻剧作家干净、单纯的爱的设想和理想化的人与人关系的处理以及唯美的对白感动着读者。"他们是这个世上我唯一所爱的人!我必须离开他们,离开此地,要让他们快快活活地过上好日子。"②以及剧尾老人深情的吟诵——"舍妻馈友,割爱报恩;世间情爱,莫过于此"③——标志着这位剧作家以爱的主题开辟了自己的创作生涯。

1913年6月到1914年10月,25岁左右的尤金·奥尼尔大病初愈,踌躇满志的他以几乎每月一部的速度写出八部独幕剧、一部三幕剧。并亲手毁掉其中三部不理想的作品。1914年其中的五部剧作由奥尼尔的父亲詹姆斯·奥尼尔资助出版了一本题名《〈渴〉及几部独幕剧》(*Thirst and Other One Act Plays*)的戏剧集。集子中收录的这五部剧按写作顺序分别是《网》《渴》(*Thirst*)、《鲁莽》(*Recklessness*)、《警报》(*Warnings*)、《雾》(*Fog*)。巧合(也许根本不算巧合)的是,这五部剧作恰巧可分为两类:爱情作品(《网》和《鲁莽》)和航海作品(《渴》《警报》和《雾》)。

《网》展示的爱是勇于生存下去的动力和源泉。它描写了两个边缘性的底层人物:患有肺结核的妓女罗斯(Rose)和同情他的梁上君子蒂姆(Tim)之间的爱。如果蒂姆没有对罗斯时常的关爱和呵护,这个从不露面的梁上君子就不会被拉皮条的斯迪夫(Steve)发现以致惨死于斯迪夫手下。罗斯和蒂姆尽管相见、相识甚短,但这对同病相怜的人儿却成了彼此生存下去的希望和动力,以至于蒂姆最后用生命来捍卫罗斯母子生存的权利。尽管从剧情、语

---

① 1912年底,24岁的奥尼尔患肺结核并先后住进费尔菲尔德肺病疗养院和盖洛德疗养院,这段几乎夺去他生命的幽闭的生活经历在六年后被其写入作品《救命草》。

② 〔美〕尤金·奥尼尔:《奥尼尔文集》第1卷,郭继德编,人民文学出版社2006年版,第9页。

③ 同上。

言或是从戏剧表现手法等方面来看,《网》都流于"肤浅"①,或者用瑞典学院常务秘书佩尔·哈尔斯特龙(Per Hallström)的话②来说就是不值一提,但25岁的奥尼尔单纯、无私的爱情观却留给读者以回味。

  初读《鲁莽》,读者可能会联想到18年后,即1931年时尤金·奥尼尔写就的《悲悼》三部曲中的第一部。《鲁莽》中不为金钱、仅为爱情而密谋出走的这对恋人鲍德温夫人玛尔蒂尔德(Mildred)和家庭司机弗莱德(Fred)的爱情和山盟海誓好似多年后《悲悼》中的克莉斯丁(Christine)和卜兰特(Brant)的誓言:"你如果意识到我有多爱你就不会这么说了,我宁愿和你一同饿死,也不愿像现在这样活着。"③他们不顾地位的尊卑、财富的多寡,勇敢地走到一起。两部剧的相似之处是在这份刻骨铭心的爱的身后总有一个嫉妒的女人;这份爱的女主人公都是大宅的女主人。而《悲悼》情节的复杂性和对古希腊经典的巧妙承袭大大加强了戏剧的张力和悲剧的美学效果。同时在爱的处理上,奥尼尔在《悲悼》中将爱情家庭内化(如父女、母子和兄妹间的爱情),让爱孤立于社会之外,仅出现在家庭内部的成员间:体现在夫妻、叔嫂、母女、父女、母子和姐弟等多层次爱的关系上。爱的对象从家庭男司机弗莱德变成家族内部复仇者——叔叔家的遗孤卜兰特身上。嫉妒这份爱、又得不到男主人公的第三者,由《鲁莽》中的家庭女仆变成了女主人的亲生女儿莱维妮亚(Lavinia)。由此产生的爱的矛盾和纠结以及爱之深刻、恨之彻骨的爱恨冲突必然增加了戏剧的张力和悲剧意识。因而,后期的《悲悼》与早期的《鲁莽》所不同的情节编排、体现爱的扭曲度和主题深度、人物情感与行为(即亚里士多德的"思想"和"情节")可信度的提高都是奥尼尔戏剧创作成熟的标记,也是奥尼尔对爱的深度解读的标志。《悲悼》里没有了一家之主鲍德温先生这种不折不扣的纯粹恶棍形象,每个人都成了爱情战场上的战士,同时又是牺牲品,并最终在战场上英勇地倒下。从两部作品的对比分析可见奥尼尔对爱的解析的心路历程和驾驭爱的主题的发展过程。但无论如何,《鲁莽》中主人公单纯、善良和为爱牺牲的无畏精神也不折不扣地印证着25岁的剧作家的心

---

① 汪义群:《奥尼尔研究》,上海外语教育出版社2006年版,第22页。
② 参见 Ed. Horst Frenz, *Nobel Lectures*, *Literature 1901-1967*, Amsterdam: Elsevier Publishing Company, 1969.
③ Eugene O'Neill, *Eugene O'Neill* (*complete plays 1913-1920*), the Library of America, 1988, p.57. 原文为:"You don't realize how much I love you or you wouldn't talk like that. I'd rather die of starvation with you than live the way I'm living now." 中文为本书作者自译。

态,印证了刚刚结束第一次婚姻①、刚刚踏出肺痨死亡威胁的奥尼尔对爱依然明朗的追求。

1912年6月,也就是尤金·奥尼尔患肺病住进疗养院的前夕,奥尼尔与第一任妻子凯瑟琳·詹金斯离婚,结束了仅维持了两年的短暂婚姻生活,并留下了唯一的纪念小尤金·奥尼尔(Eugene O'Neill, Jr.)。但这段短暂的婚姻却铭刻在奥尼尔的记忆中,成为他许多剧作的素材,其中之一就是1914年的《堕胎》。

我们在《堕胎》中随意、轻率的公子哥杰克(Jack)身上多少找到了年轻奥尼尔的影子,也看到了剧作家第一位妻子凯瑟琳·詹金斯的身影。这部独幕剧是1914年奥尼尔在哈佛的贝克47戏剧创作室(Baker's "47" playwriting class at Harward)研修期间②的作品。身为大学橄榄球明星、罩在胜利光环下的杰克轻浮且草率,但当他意识到贫穷姑娘奈丽(Nellie)隐忍的爱,意识到姑娘为了他委曲求全而堕胎惨死的时候,杰克不仅意识到自己的责任,而且以自杀来弥补对奈丽的愧疚并承担自己的罪责。剧中杰克的形象尽管带有虚伪和躲避责任的成分,但最终为爱承担责任的道德意识也是剧作家本人道德修养的反映。也许此时的奥尼尔也在回想自己的第一次婚姻、婚姻中的离家出走、妻子的怀孕。另一个爱的角色奈丽,虽然自始至终从未谋面,但透过她哥哥的话语,读者感受到一个更加深重的爱的信息——为了杰克的形象不被损害而堕胎的奈丽虽然每一分钟都盼望杰克的探望,还是不愿打扰杰克的生活而忍辱负重。"她至死都没说过你一句坏话呀"③是对杰克的一个爱的警醒。记得多年后尤金·奥尼尔也是不无痛悔地这样提及他的第一任妻子凯瑟琳·詹金斯:"我给她带来太多的麻烦,而她却给我最少的烦恼。"④奈丽因此成了尤金·奥尼尔早期作品中为爱而牺牲的一个理想范例。然而这部剧作的出现留给读者一连串的疑问:是否此时的奥尼尔在回顾自己1909至1912年间那段短促的婚姻?是否他在重新考量那个年轻的自己,如果令婚前的凯瑟琳流产的话,后果将是如何?也许他在责问自己在这段尽管简短、

---

① 1909年10月,尤金·奥尼尔与凯瑟琳·詹金斯秘密结婚,一周后抛弃妻子去洪都拉斯淘金,并开始航海经历。1912年6月与凯瑟琳离婚,结束了这短暂且不负责任的第一次婚姻。

② 1914年秋,奥尼尔去哈佛大学进行了八个月的戏剧进修,师从著名的乔治·贝克教授,在此期间,奥尼尔写出了一系列独幕作品。

③ 〔美〕尤金·奥尼尔:《奥尼尔文集》第1卷,郭继德编,人民文学出版社2006年版,第118页。

④ Louis Sheaffer, *O'Neill: Son and Playwright*, New York: Paragon House, 1968, p.145. 原文为:"The woman I gave the most trouble to has given me the least."

却突破家长压力的婚姻中,自己的中途离弃和无意承担是否意味着对爱的背叛和罪责。

奥尼尔在这一时期另一部重点探讨爱的内涵的剧作当属 1914 发表的第一部三幕剧《苦役》,这也是剧作家的第一部多幕剧。奥尼尔借此剧宣讲了一个道理:爱情就意味着付出和受奴役。伪善的剧作家大卫·罗伊斯顿(David Roylston)那善良的妻子爱丽丝(Alice)用她无私的付出和对爱的绝对服从唤起了另一位女主人公埃色尔(Ethel)对爱的重新认知,那就是:"爱中有苦,苦中含爱!"①一个罗伊斯顿太太"从生活中学来的常识课"。剧中妻子爱丽丝把大卫对自己的爱视作是一种恩赐,为了这份爱她会心甘情愿地去默默付出,甚至愿意把大卫让给别人以成全他的幸福;与此同时,大卫的爱则是以自我为中心,居高自傲,想不到体谅妻子的心痛。但可喜的是暂时被傲慢自负遮蔽了双眼的大卫最终还是感受到妻子对自己的超乎一切的奉献性爱情、苦役般对爱的坚忍付出,决定竭尽全力回报妻子的真挚情感。

同一时期奥尼尔写就了四部航海剧,即 1914 年的《东航卡迪夫》(*Bound East for Cardiff*)、1917 年的《归途迢迢》(*The Long Voyage Home*)、《鲸油》以及 1918 年的《加勒比群岛之月》(*The Moon of the Caribbees*)。尽管都以大海为背景,以船员为主人公,但透过海员或他们妻子渴盼的眼神和身处的困境,读者仍能清晰地窥见他们对爱和有爱的温馨家园的无望追求和无限憧憬。比如《鲸油》中的肯尼(Keeney)船长虽最终没有抵过名利的诱惑而继续率船航行,但他对太太百般的温柔和体谅不时感染着读者。与此同时,肯尼太太(Mrs. Keeney)一直试图用爱打动肯尼,她时刻担心、牵挂着肯尼船长,向往着丈夫的温情和陪伴,向往着与爱人一同逃离大海,回归陆地,找到一处有爱的安稳家园。这种爱与现实、与追求的矛盾跃然纸上,不禁令人联想到第二年写成的著名的《天边外》。

1915 年的《早餐之前》是一部看似最缺乏爱和正能量的作品,一直作为背景被唠唠叨叨的妻子抱怨和猜忌的丈夫终于不堪忍受而自尽。但从另一个侧面来考虑,作为妻子的她正是出于对丈夫的爱才依旧陪伴他左右,以为这种陪伴和付出换得的将是她所期望的爱的回报,但不能不说她努力的方法和方式是错误的,以致产生了丈夫的反感和畸形的解读。这也令读者联想到多年后《悲悼》中的艾斯拉对克莉斯丁爱的不当处理,以致埋下了产生伤痛和反感的种子。这部独幕剧在人物性格以及情感和情节的编排和处理上显然

---

① 〔美〕尤金·奥尼尔:《奥尼尔文集》第 1 卷,郭继德编,人民文学出版社 2006 年版,第 205 页。

有些简单化和极端化，但它却为此后许多剧作中爱的矛盾的激化和处理提供了值得借鉴的经验。

1917年写成的《在交战区》中的史密蒂(Smitty)的爱人虽已离他而去，但对这份感情的依赖和珍惜却成了交战区里随时都有性命危险的史密蒂生存下去的唯一的精神支柱。他孤独于所有人之外，形单影只。怀里却始终小心翼翼地珍藏着姑娘写给自己的那捆信件，视它们如生命一样。以致战友们竟将其怀疑成间谍偷来的机密文件。剧终，当大家终于制服史密蒂发现信件内容时都呆若木鸡，只听到角落处史密蒂的啜泣声，足见其中爱之珍贵和深切。只看到那朵飘落的干枯的小花。奥尼尔用这朵干枯的小花，"也许是玫瑰"①，来象征这个失去了水分又依然在记忆中保持完美的爱情。

1918年，一个普通而又极具纪念意义的一年，尤金·奥尼尔又一次走入婚姻殿堂，在经历了1917至1918年那段难忘、痛苦而又温馨的追逐和磨合后，尤金·奥尼尔娶到了同样具有艺术气质、同样热爱写作、同样有过一次婚姻，又同样育有一个孩子的像"爱尔兰的野玫瑰一样美的"②阿格尼丝(Agnes Boulton)。这一年奥尼尔30岁，阿格尼丝35岁。奥尼尔把自己的《天边外》献给他这位第二任妻子，并在衬页上这样题词："我将我们的这部戏剧献给你，为的是纪念在创作这个剧本时我们在那间书房里所度过的那段狂热的岁月——但更是为了纪念那美妙的瞬间，那时我第一次在你的眼里看到了比我有生以来所知道的任何希望之地更美好的地方，我看到了我只是无望地梦想过的希望之地，看到了远在我的天地之外的一处地方。"③可见，此时的尤金·奥尼尔仍是带着狂热、伴着浪漫、追寻着美妙瞬间的理想主义诗人，于是他对爱的设想、对爱的执着、对爱的彷徨和对爱的理解在他这时期最优秀的剧作《天边外》(1918)中体现无遗。

作为尤金·奥尼尔创作初期写就的篇幅最长、情节最为经典的作品，《天边外》剧情时间跨越五年，远远超过单幕剧的框架，成就了三幕剧。作为尤金·奥尼尔早期创作中赞誉最高、篇幅最长的作品，《天边外》更是带给了剧作家及其新婚妻子一个大礼——奥尼尔的第一个普利策奖。《天边外》探讨了爱情和理想、理想和现实间的冲突。具有诗人气质、柔弱浪漫的弟弟罗伯

---

① 〔美〕尤金·奥尼尔：《奥尼尔文集》第1卷，郭继德编，人民文学出版社2006年版，第243页。
② Louis Sheaffer, *O'Neill: Son and Playwright*, New York: Paragon House, 1968, p. 405. 原文为"beautiful as a wild Irish rose"。
③ Eugene O'Neill, *Beyond the Horizon*, New York: Boni and Liveright, 1920, p. iv. 译文参考汪义群：《奥尼尔研究》，上海外语教育出版社2006年版，第43页。

特(Robert)在即将奔赴自己的理想之地——大海的前一天,向心爱的姑娘——哥哥的女友露丝(Ruth)吐露了爱的心声。不想,随着露丝对爱的接受,这份彼此早已暗许的纯真爱情竟彻底而无情地阻断了罗伯特踏上天边外远航大海的梦想。真正远离家乡奔赴大海的却换成了适合庄稼地、没有出海梦想、失恋落魄的哥哥安德鲁(Andrew)。于是大海和女人成了一对矛盾的对立统一体,为后来诸如《安娜·克里斯蒂》和《悲悼》等剧作中爱的冲突以及解决这些冲突的方式、方法做了素材和经验的写作储备。剧中爱恋中的三位人物各自体现出单纯和奉献的不同特色:罗伯特尽管看似年轻冲动,为爱不顾一切,哪怕牺牲自己的梦想,他对爱的执着和不抱怨却是催人泪下的。虽然婚后生活坎坷,与自己的理想和理想生活相去甚远,罗伯特从未埋怨露丝,临死前仍不忘把露丝托付给哥哥;与此同时,尽管婚后对罗伯特有各种不满,露丝对罗伯特的爱始终难泯;哥哥安德鲁为了成全弟弟和心上人的爱,牺牲自己,远走他乡。足见奥尼尔前期作品《热爱生活的妻子》《堕胎》和《苦役》等影子。但是,《天边外》却流露出作者这样一个潜在信息:剧作家本人对罗伯特、安德鲁甚或露丝的决定显得都动摇不定。特别体现在罗伯特身上:从这位第二幕就决绝果断地为爱放弃大海的角色身上,读者意识到爬上山坡远望大海的他的追悔心情:"得到幸福,自由了。"这也许就是此时已有一定阅历、即将进行抉择的奥尼尔踌躇满志却犹豫不决的心态。当然更掺杂了他对爱既憧憬又担忧的忐忑不安的心情。因而,《天边外》应该可以算作一部划分奥尼尔早期和中期爱的主题的分界线:它宣告着一个更加悲怆、复杂的爱情主题即将登场,它也标志着像《堕胎》和《苦役》这类单纯、果断、不惧牺牲的奉献型的爱情在奥尼尔作品中的逐渐减少,犹豫彷徨的爱渐多。而剧本最后那"没有希望的希望"的处理集中反映了奥尼尔本人的人生观和爱情观:是的,他一直是位怀着浪漫的幻想去"享受"那"天边外"的爱情的诗人。

这期间奥尼尔写了另一个彰显爱的奉献的小剧本《梦孩子》(The Dreamy Kid),剧中艾琳(Irene)对梦孩子(Dreamy kid)的爱坚定无畏,不惧个人生死和安危;而梦孩子虽没有明确地对艾琳表达爱意,却为了不牵连艾琳,骗艾琳离开,这种爱的表达从某些角度来看更胜于山盟海誓。

1919年的《救命草》是这个时期较为出色的以爱为主题的作品,除了其中的自传意识,奥尼尔在作品中对爱的诠释也达到了一定高度:宣扬了爱情是摆脱病魔的救命稻草的观点。结核病疗养院里患肺病而遭父亲无视的可怜姑娘艾琳(Eileen)无疑在影射奥尼尔得肺病之初父亲不愿出钱送其到更好的疗养院救治的往事。剧中奥尼尔凸显的不图回报、默默奉献的爱又是奥尼尔甄选伴侣的一个重要标准。剧中女主角艾琳尽管病情危重,却用无私和柔情来鼓励和温暖同患肺结核的年轻记者斯蒂芬(Stephen)。在她的支持和鼓励下斯蒂芬重新燃起了生存和写作的信心和希望，不仅正式出版了自己的短篇小说，而且身体竟在爱的激励下迅速康复。而此时的艾琳却已病入膏肓。可见，主题所提这棵"救命草"言指精神支柱，就是令主人公生存下来的精神依托，那便是"爱"。剧终更是充盈着爱情战胜死亡的"幸福"。当然这部作品着实将现实简单化、浪漫化并感情化了，因而剧中所体现的这种无私奉献的女性形象一直深受评论界和女性主义者的反击和诟病。但读者在评论其爱情观和对女性看法的同时也不得不看到生活中的奥尼尔所寻找的对象的终极和一贯标准：奉献！正如带给他"最少烦恼"的第一任妻子凯瑟琳·詹金斯和"可以替他做任何事情"的第三任妻子卡洛塔·蒙特莉(Carlotta Monterey)为剧作家默默付出的爱。

小　结

　　从奥尼尔早期作品中所体现的爱的情节反映出作者的爱的主张可见，这个时期尤金·奥尼尔的经历随着恋爱、航海、戏剧研修以及结婚、离婚的依次展开，对爱的见地和解读也在发生着渐变：曾经一度年少懵懂的少年，曾经在《热爱生活的妻子》《堕胎》和《苦役》中不怨不艾、为爱牺牲一切、忍辱负重的单纯少年，曾经那个躺在海滩上向往理想主义爱情的愣小伙子，变成了《早餐之前》不胜妻子抱怨的丈夫、《在交战区》里远离爱人选择它路的姑娘，成了《天边外》对爱有痛楚又有怨艾、有失望也有遗憾的罗伯特，最后成了《救命草》中结核病院里对爱有所顾忌、不敢碰触的新闻记者。此时现实中的尤金·奥尼尔也由一个敢于接受来自各方面的爱、不管不顾的鲁莽的小伙子变得更加小心翼翼、更加细心呵护、更加学会珍重、有些拿不起放不下的爱人了。随着1919年《救命草》的发表，尤金·奥尼尔步入了30岁的人生阶段，此时他的爱情观也随着年岁的增长，发生了显著的变化，他对爱情的理解也从一个单纯的少年只顾懵懂和激情进入到一个更加现实和成熟的阶段。他对爱情稚嫩的想法逐步被一个相对成熟的爱情观所覆盖。可见，综合分析尤金·奥尼尔早期作品不仅能分析到剧作家对爱的理解和期望，又可观察到他早期的单纯幼稚的理想化爱情观的痕迹。值得一提的是，奥尼尔的爱情成熟趋势尽管和其戏剧表现能力和技巧以及他作品所获赞誉的趋势相一致，但他的爱情成熟期的到来显然大大迟于他的戏剧写作技巧成熟的速度。这体现在即便是中后期的作品，奥尼尔剧作主人公所向往和追求的爱的意境和心态还有幼稚的影子。比如在他的巅峰之作，也就是本书探讨的中心剧作《悲悼》

(1931)中的男主人公艾斯拉和儿子奥林对爱的幻想和痴迷。无论如何,对爱情稚嫩的看法恰恰是奥尼尔对一个有爱的家园的纯真理想追求的写照。因为爱是人类走出孤独、走向和谐的标志,对它的理想化的追求恰能体现人类对美好生活的终极的生命追求。

  1917年至1918年的尤金·奥尼尔经历了一场艰苦且谨慎的爱情追逐,踏上了他的第二段婚姻,娶了一个同样梦想写作的妻子阿格尼丝,得到了一个更加安稳的生活。他的爱更深沉了些,更成熟了些。由此,奥尼尔的爱情和婚姻步入了中期,他的剧作步入了一个鼎盛时期,按照特拉维斯·博加德,也就是《时间轨迹:尤金·奥尼尔的作品》作者的话来说就是"学徒期的结束"①,他的爱情观也随之达到了一个丰富、充实和全面探索的阶段。这里将出现弑父恋母,将出现彼此仇视,将出现难解难分等悲怆、复杂的爱,但即便在他最充满凶杀和畸形恋情的作品中,奥尼尔正面的、执着的爱的火花仍然炽热地闪烁着。

---

  ① 这是 Bogard 划分 Contour in Time 中 1920 年那个章节的标题。详见 Travis Bogard, Contour in Time: The Plays of Eugene O'Neill, Oxford: Oxford University Press, 1988, 原文为"Amateur's End"。

第二章 中期作品——悲怆、复杂的爱

也许我能讲清我对蕴藏在生活后面那股强劲而又无形的力量的感受。我的创作抱负就是要在我的剧本中能多多少少地显示出这股无形的力量所起的作用。①

——尤金·奥尼尔

第一节 悲怆、复杂的爱

自1918年写就、1920年上演的《天边外》开始,奥尼尔的戏剧创作进入中期,他的爱情生活也恰巧进入一个新的时期。正如上一章提及,这一年(1918)30岁的奥尼尔经过了一场轰轰烈烈却又小心翼翼的爱的磨合,最终与作家阿格尼丝结婚。酒馆里的他深情地对阿格尼丝说:"这将是我的生活,我们的生活——从今以后,我要把我的房子建在岩石上而非沙滩上。"②道出了这位刚刚步入而立之年的剧作家决意抛掉以前那种醉生梦死闲荡于酒吧③、穿梭于女孩之间居无定所、毫无规律的少年生活,要安置一个稳定而坚实的"家"的愿望。他们达成的婚前协议是:"一旦一方提出离婚,婚姻即可解除。形式无足轻重,爱情,是最重要的。"④事实也正是如此,奥尼尔的感情生活步入了一个相对稳定的阶段。这第二段婚姻坚持了11年,奥尼尔的创作

---

① Travis Bogard & J. R. Bryer, *Selected Letters of Eugene O'Neill*, New Haven: Yale University Press, 1988, p. 87. 原文为:"Perhaps I can explain the nature of my feeling for the impelling, inscrutable forces behind life which it is my ambition to at least faintly shadow at their work in my plays."
② Louis Sheaffer, *O'Neill: Son and Playwright*, New York: Paragon House, 1968. p. 409. 原文为:"And this must be my life-our life-from now on. I will build my house not on sand but on a rock."
③ 奥尼尔与阿格尼丝的相遇、相知和相爱都是在奥尼尔时常光顾的格林威治村的"地狱酒吧"(Hell Hole),这段时期的奥尼尔经常在酒吧和朋友家买醉。
④ Frederic I. Carpenter, *Eugene O'Neill*, Boston: Twayne Publishers, 1979, p. 38. 原文为:"whenever either of them wished, the marriage would be dissolved. The form was nothing; love, everything."

也走出学徒期,从此进入了最为朝气蓬勃又多产旺盛的 11 年期(1918~1928)。从《天边外》题写给阿格尼丝的那两句话("我第一次在你的眼里看到了比我有生以来所知道的任何希望之地更美好的地方,看到了我只是无望地梦想过的希望之地,看到了远在我的天地之外的一处地方。"①)中读者不难看出:剧作家"看到"的就是爱,他看到的"希望之地"正是那个温馨的家和能带给剧作家潜心创作和探索的爱情。于是这个天边之外的地方开始带给读者不断的爱的惊喜,同时作品中体现的爱的主题也更丰富多彩了,伴随着更多复杂、矛盾、多变甚至悲怆的因素。

《天边外》的发表,为奥尼尔收获了第一个普利策奖的同时,也开辟了奥尼尔创造生涯中一个较为经典的主题——"大海—女人"。《天边外》中那带着诗人气质、柔弱浪漫的罗伯特正是因为露丝的爱阻断了自己去往天边外的大海远航的梦想,于是"大海—女人",即对理想的追求和对女人之爱成了一对矛盾的对立统一体,越发明确地进入奥尼尔的剧作中,成为他的一大创作主题,为此后 1920 年的《安娜·克里斯蒂》和 1931 年的《悲悼》等剧作中爱的冲突主题奠定了基础。细心的读者不难看出,剧作家的这个思路早在 1914 年的《东航卡迪夫》,1917 年的《鲸油》即初露端倪。而在 1917 年的《在交战区》中史密蒂从不释手的女友那最后一封诀别信中更可见一斑。问题是在这对矛盾统一体中究竟选择大海投奔"自由",还是牵手女人投入爱的怀抱,这两个选择哪个更为重要?作者似乎并不急于给出答案,但中期各部剧作中主人公一致的抉择已然透露了剧作家本人的倾向性:他们相继都选择了爱。但无论如何,读者在这千辛万苦的爱中似乎看到了一个端倪:此时剧作家所探讨的爱已经带有强烈的矛盾和激烈冲突的影子。

1920 年的《安娜·克里斯蒂》中即展现了一个"爱情—海洋"矛盾主题的故事。自小失去母亲的纯洁女孩安娜·克里斯托弗森(Anna Christopherson)和父亲克里斯(Chris Christopherson)相依为命。为了幼小的安娜能"远远地离开这个老魔鬼"——大海,克里斯把安娜留在"安全"的陆地,寄放到亲戚家。不想小安娜被亲戚诱奸而沦为妓女。但当安娜第一次去海上看老爸时竟义无反顾地爱上了大海,同时爱上了海上的年轻司炉工马特·伯克(Mat Burke)。尽管此时老克里斯百般阻挠,加之马特发现安娜妓女身世后无法接受等一系列矛盾的出现,最终两个年轻人的心仍紧紧连接在一起,无法分离。至此,这个四幕剧看似将以皆大欢喜而结束,作者似乎就要证明爱情和海洋是统一的、和谐的,而非冲突的、矛盾的。但此时奥尼尔笔锋

---

① Eugene O'Neill, *Beyond the Horizon*, New York: Boni and Liveright, 1920, p. iv.

一转，留给读者一个模糊而又意味深长的结尾：老克里斯和伯克的一席话已经令安娜有种不祥的预感，此时安娜和伯克望着那个大声咒骂"老魔鬼"（大海）和不祥的"雾"的克里斯，突然远处传来"一声声沉闷、悲恸的轮船汽笛声"①。奥尼尔用"悲恸"（mournful）这个描述人心情悲哀和痛楚的形容词来修饰轮船的汽笛声可谓意义深远：汽笛声的"悲恸"在于它对这对恋人离别的催促；在于它将带上安娜所爱的两个人奔赴生死未卜的航海旅程；在于它可能带来的厄运，也许是一个生命的完结或损伤；更可能带来的是这对恋人如奥尼尔和他第一任妻子般从此的诀别和分离，以致爱情和婚姻的终结。于是爱情和海洋这对老对头又如愿地成了对手。对于这对恋人来说爱情看似胜利了，但未来却似乎黯淡了。这里还需注意的是"mournful"一词的另一次闪亮登场是1931年的 *Mourning Becomes Electra*，即《悲悼》三部曲。那是使悲恸、彷徨的爱在奥尼尔爱的主题中达到高潮的巅峰之作，也将是本书的重点研究剧作。奥尼尔给《安娜·克里斯蒂》安上了一个易卜生式的结局——没有结局的结局。尽管先后三次承认《安娜·克里斯蒂》是自己创作的一个失败，但对于这个结局和评论界对这个结局的抨击，奥尼尔在1921年12月12日的《纽约时报》却坚持自己的初衷。他如是回复："本来很显然，也很容易按照常规来写，将最后一幕写成悲剧性的。或许能以十种不同的方法写。但是仔细研究一下我的人物内心深处，我看得出这个结局是不可能的。他们绝非这类人物，因而只能按照我的设计以愚蠢的、幼稚的、折中的方式来表演。"②足见在这部中期作品中剧作家仍延续着《天边外》的爱的主题意识：对纯真爱情继续不懈追求，期间却不无彷徨和犹豫。

《安娜·克里斯蒂》带给了尤金·奥尼尔第二个普利策奖，同时标志着一个奥尼尔作品爱情主角原型的出现：那就是安娜类型，心地纯真的妓女形象。剧中安娜体现出的是一个纯情如女神，纯真、洁净如少女般的妓女原型。她对爱情的追求既执着不懈、清纯如水又默默容忍、不失尊严。在这样的女性

---

① 原文为："From the harbor comes the muffled, mournful wail of steamers' whistles." Eugene O'Neill, *Eugene O'Neill (complete plays 1913-1920)*, the Library of America, 1988, p. 1027. 译文参见〔美〕尤金·奥尼尔：《奥尼尔文集》第2卷，郭继德编，人民文学出版社2006年版，第160页。

② Louis Sheaffer, *O'Neill: Son and Artist*, Volume II, New York: Cooper Square Press, 2002, p. 68. 原文为："It would have been so obvious and easy—in the case of this play, even conventional—to have made my last act a tragic one. But looking deep into the hearts of my people, I saw it couldn't be done. It would not have been true. They were not that kind. They would act in just the silly, immature, compromising way that I have made them act..."

光环下,她身边的男人反倒表现出犹豫、龌龊和依赖。值得关注的是促成安娜成为妓女的始作俑者除了表面上亲戚的诱奸,还隐含了一个更深层次的缘由,那就是像剧作家童年一样的精神创伤——孤独感和被抛弃感。其理由是剧作家塑造的这位女主人公和作者本人的众多相似之处:安娜的性格特征和对情感的处理都如奥尼尔一样单纯;她与奥尼尔有着同样的童年被父母"遗弃"的创伤和阴影;但最为可喜和可贵的是这童年的创伤既没有摧毁后来踏上写作生涯的奥尼尔也没有摧毁伤痕遍布仍寻找真爱的安娜,没有摧毁他/她们对生命的渴望和对纯真爱情的执着追求。实际上,早在1913年《网》中多病的罗斯就带有安娜的痕迹。奥尼尔中后期的作品中出现了更多这类纯真、有爱的妓女形象:1923年《难舍难分》里的"女人",同年《上帝的儿女都有翅膀》(*All God's Chillun Got Wings*)中的艾拉(Ella),1924年《榆树下的欲望》中的爱碧(Abbie),1925年的《大神布朗》(*The Great God Brown*)中的西比尔(Cybel),1931年《悲悼》中的莱维妮亚,1941年《进入黑夜的漫长旅程》中的妓女胖紫罗兰(Fat Violet),1943年的最后一部剧作《月照不幸人》中的乔茜·霍根(Josie Hogan),在这些角色身上都有安娜的影子。她们的身上散发着剧作家对女性内心的纯真和淳朴的期待。奥尼尔透过这些尽管操着龌龊职业但心地清洁的女人们似乎在传达这样一个信息:外在的形式并不重要,无论你是婊子、戏子还是画家,无论你是美女、丑女还是肥女,无论强健有力还是柔弱纤小,重要的是她们纯粹的心灵和发自心底的对爱的纯真向往和执着,因为在爱情面前,人人平等。她们赢得了奥尼尔的青睐和尊重,是爱情和友情的胜利者;而在这个对比层次下,那些追求名利的伪君子——贵族公子杰克、剧作家罗伊斯顿、琼斯皇帝(The Emperor Jones)、米尔德丽德(Mildred)小姐、利兹教授(Professor Henry Leeds)、凯勃特(Cabot)庄园主、孟南(Mannon)将军等却无一不是输在爱情战场上的懦夫和战败者。

1920年的《与众不同》(*Diff'rent*)是清教思想压抑下的爱情的悲剧体现。一度如胶似漆的恋人爱玛(Emma)和凯莱布船长(Caleb)就要在两天后举行婚礼。恰在此时流言传来凯莱布可能在赤道附近的岛上与土著褐色女人发生过关系。这个消息彻底颠覆了笃信清教的爱玛认为恋人与众不同的看法,她坚决不肯原谅恋人。30年过去了,凯莱布始终谨遵戒律、清白做人,等待着爱玛的谅解。然而,这位老处女再也没有给他机会。在万念俱灰的情况下凯莱布悬梁自尽,留下悔恨不已的爱玛,令人扼腕和诧异之余观众不禁对爱玛所信奉的宗教产生质疑。剧作家无疑在探讨宗教对真爱的阻碍,在探究清教的偏执和谅解、宽容的可能性。因而这部剧作也无疑成了 11 年后《悲悼》的先驱，它和《悲悼》一样展现了清教的压抑和海岛的风情并将其作强烈对比。剧中南海岛屿上赤裸的土著妇女、她们奔放的求爱场景与爱玛所信奉的清教的清规戒律，以及爱玛那无端的捕风捉影、狭隘做作、刻板偏执、不容分说和绝不包容构成了强烈的反差。另外，剧中爱玛和凯莱布这对恋人又恰好对应了晚期作品《啊，荒野！》中因互相不肯原谅而终生鳏寡的理查德的舅舅锡德（Sid）和姑姑莉莉（Lily）。本剧向观众提出了两个实质性问题：何为与众不同？什么是决定爱与不爱的决定因素？

就连 1921 年创作的实验性戏剧《毛猿》(The Hairy Ape)也不失时机地将一段最底层人物扬克（Yank）对高高在上的富家小姐米尔德丽德一厢情愿的爱的渴望展示了出来。并非巧合的是，《毛猿》公演时剧中天真、漂亮的女主人公米尔德丽德的扮演者就是剧作家后来的第三任妻子卡洛塔·蒙特莉，而这个天真无瑕的女主人公形象的原型更像奥尼尔的第一任妻子凯瑟琳·詹金斯，可以说是剧作家早期爱的形象的化身。

与此同时，一部较为清新、浪漫、唯美并带有早期创作痕迹的《泉》(The Fountain, 1922)与观众见面了。剧中男主人公胡安（Juan）的昔日情人玛丽亚（Maria）的女儿贝亚特丽斯（Beatriz）的到来激起了这位曾经追求财富的总督重新追寻爱情的火焰，并开启了他寻找"青春泉"的旅程。当然，这也开启了他的死亡之旅。于是"玛丽亚—贝亚特丽斯"这组天使般充满活力的形象在母亲和女儿身上交替出现，成为美貌青春的象征，也成了爱情拯救力量的代名词，促成胡安完成了从追求物质利益到追求精神财富的蜕变。这个拯救力量带来的是胡安对爱的执着追求，也因此带来了各种隐患以及尾随而至的死亡，不能不说它是奥尼尔中期爱的主题的一个注脚——悲怆、复杂。

1923 年的《难舍难分》的剧情反映了奥尼尔的第二次婚姻，此时奥尼尔和阿格尼丝的婚姻已经走到第五个年头。既有如胶似漆的片段，又有因过敏、猜忌等琐细之事而大打出手却难舍难分之时。作为一对敏感的艺术家，二人的摩擦和龃龉早在结婚前的 1918 年就曾在大庭广众之下显露过。此后，持续的压力和各自冲动的性格更是令两个爱得颇深的人儿陷入婚姻的僵局。《难舍难分》就是讲述这样一对爱恨交织的恋人难舍难分的故事：青年剧作家迈克尔·凯普和妻子埃莉诺即对应着生活中的尤金·奥尼尔和阿格尼丝。迈克尔的出场就带有一种"充满激情的紧张心情"，可能"出于对爱的急切渴求"①,埃莉诺则常常"脸上露出高兴和爱的表情"②。这对如胶似漆的爱侣彼此互称是"恋人"(lover),对于埃莉诺来说,"爱情拯救了我,你的(迈克尔的)工作挽救了我的工作。为此我感激你一生"③。他们甚至把俩人"火热的激情供奉在圣坛上,而不是摆在厨房里"④,一股超凡脱俗的爱扑面而来。在妻子不停地重复着"我爱你"的声中,迈克尔热切地感受到:"我们的身形融为一体;我们的生活节奏相互撞击,慢慢地形成了一种节奏——属于我们的生活……上帝,我感受到的人生的真谛——美。"⑤然而就在这个理想的爱情生活中竟"有时候似乎那个无聊的、嫉妒的魔鬼爱嘲弄我们"⑥,埃莉诺会意识到"我恨你身上的那种能摧毁我的不可知的力量"⑦。而迈克尔会觉得埃莉诺"身上的某种东西在冲淡我们的爱情——你身上的某种陌生的东西"⑧。于是在一顿猜忌、争吵、无中生有的指责和伤了对方的心后,两人开始"逃离"彼此,在另一个伴儿的身上寻求"自由"。但这种自由的结果却是更加歇斯底里地思念对方,最终两人竟同时脱口说出了那个令彼此难舍难分的真相:"有更强大的东西。……是爱!"⑨读者可能会不禁回忆起奥尼尔常挂在嘴边的话:"也许我能讲清我对蕴藏在生活后面那股强劲而又无形的力量的感受。我的创作报负就是要在我的剧本中能多多少少地显示出这股无形的力量所起的作用。"⑩这部剧似乎给出了答案——也许这股无形的力量就是爱!

尽管《难舍难分》结尾处二人重又合而为一,但这场冲突和冲突后彼此对孤独的共同感受、在孤独中寻求爱的过程、在相爱过程中彼此的猜忌,以及在猜忌中寻求宽容的可能性都带给读者和相爱的夫妻以深思。然而这个爱情模式最终还是令奥尼尔的第二次婚姻走向失败,五年后,奥尼尔与阿格尼丝

---

① Eugene O'Neill, *Eugene O'Neill (complete plays 1920-1931)*, the Library of America, 1988, p.235. 原文为"a passionate tension","a deep need for love as a faith in which to relax"。
② 〔美〕尤金·奥尼尔:《奥尼尔文集》第2卷,郭继德编,人民文学出版社2006年版,第463页。
③ 同上书,第467页。
④ 同上书,第468页。
⑤ 同上。
⑥ 同上书,第472页。
⑦ 同上书,第473页。
⑧ 同上书,第475页。
⑨ 同上书,第505页。
⑩ Travis Bogard & J. R. Bryer, *Selected Letters of Eugene O'Neill*, New Haven: Yale University Press, 1988, p.87. 原文为:"Perhaps I can explain the nature of my feeling for the impelling, inscrutable forces behind life which it is my ambition to at least faintly shadow at their work in my plays."

分道扬镳。作为奥尼尔中期探讨爱情的剧作,《难舍难分》无疑在探索浪漫爱情的保鲜期,在探索爱在日常现实面前的尴尬,在探索爱的磨合的过程中所遇到的困难因素,也在探索阻隔真爱背后的力量和解决方案。从剧中埃莉诺最后忧伤地道出的怨声中,也许奥尼尔找到了解决这一冲突的答案:"你早就应该宽容些。"[1]如果说此时 35 岁的奥尼尔提出了"宽容"的概念,那么他还没能真正领会这个宽容谅解的确切内涵,更不能从内心深处接受这个概念。因为,正是对这个概念的缺失造成了五年后奥尼尔第二段有爱的婚姻的失败。但晚期的奥尼尔剧作则确确实实充盈着宽容和谅解的爱。而中期的奥尼尔仍停留在探索和实验中的摸索,在剧本中他会夸张地去突出夫妻之间戏剧性的冲突,甚至显得有些歇斯底里。事实证明,奥尼尔的这种对情感的戏剧性探索和分析为此后的 1927 年的《奇异的插曲》(*Strange Interlude*)和 1931 年的《悲悼》的成功做了极好的实验性铺垫。对爱的冲突展现和解决的模式也为奥尼尔中期爱的作品抹上了一层近乎悲怆、复杂的爱的色彩。

1923 年写作的《上帝的儿女都有翅膀》则延续了 1921 年《毛猿》中的等级意识,并继而探索了黑人与白人间纯真爱情和婚姻的可能性。无论评论界将其定位为种族悲剧还是精神错乱悲剧,它至少是一部爱情悲剧。悲剧的男女主人公与奥尼尔的父亲和母亲同名,吉姆(Jim)和艾拉(Ella)。这里的黑白冲突和作为演员的奥尼尔父亲与出身上流社会的母亲之间因社会地位不同造成的冲突是很具有可比性的。而导致黑白、上下等级间悲剧结局的因素都起因于爱。也就是说没有其中爱的契合,这些层面上的人们产生不了交集,也就难以酿成最终的悲剧。由此可见爱在奥尼尔悲剧中的关键作用。《上帝的儿女都有翅膀》讲述的黑人男孩吉姆对自小一起长大的女孩艾拉的爱具有一种崇拜意识。两人玩耍中长大,滋生爱恋,但他们的爱情被双方的种族所嘲笑和反对。艾拉不幸被自己的白人朋友诱奸而沦为妓女后,吉姆仍不离不弃,顶着家人强烈反对的阻力决意娶艾拉为妻。然而,艾拉终于不堪这所有变故,难以承受这变动无常的爱与恨的煎熬而精神错乱了。全剧的高潮出现在结尾:病入膏肓的艾拉孩子般拉着吉姆的手,"吉姆,你永远,永远,永远,永远不要离开我一步,行吗?"[2]艾拉用四个"永远"来强调自己再也不能孤单,想永远和所爱的人牵手的愿望,令人扼腕生怜。此时的吉姆突然跪倒地上,祈求上苍饶恕自己以求得心灵的净化。观众不由自主地感受到那个天真无邪的小艾拉又回来了,那个值得爱、纯净得没有任何杂质的艾拉与她那没有

---

[1] 〔美〕尤金·奥尼尔:《奥尼尔文集》第 2 卷,郭继德编,人民文学出版社 2006 年版,第 505 页。
[2] 同上书,第 555 页。

仇恨、没有污点的小吉姆又结合在一起。于是爱回到了它的原点，一个孩提时代更为纯粹、纯洁的爱情回归了。更为感动读者的是单纯后的艾拉唤回了吉姆对宗教的回归。这位一直辱骂上帝的黑人小伙子竟虔诚地向上帝祷告："请原谅我吧，上帝——让我做一个有价值的人吧！现在我又看到了您的灵光！现在我听到了您的声音！……上帝，请宽恕我对您的亵渎吧！让我在这难以忍受的熊熊烈火之中受到冶炼，烧去自私，做您的称职的儿子，配得上您领走的女子！"①可见，爱唤醒的不止是一个纯真的心灵，还有纯净的良知以及高尚的信仰。

1924年的《榆树下的欲望》作为一部带有一定血腥场景的剧作酣畅淋漓地探讨了一对炽烈相爱的人爱碧和伊本（Eben）为爱而携手共赴牢狱的爱情奏鸣曲。使得这部脱胎于古希腊悲剧《美狄亚》（The Medea）、《俄底浦斯王》（Oedipus the King）和《希波吕托斯》（Hippolytus）的剧作，如同七年后的《悲悼》一样以爱来代替命运来左右恋人们的何去何从。新英格兰只认金钱和劳作的暴君型父亲老伊弗雷姆·凯勃特（Ephraim Cabot）在累死两个老婆后娶了年轻新娘爱碧回家。为了保证老凯勃特死后自己对农场的绝对继承权，爱碧这个后妈勾引老凯勃特的三儿子伊本从而生下孩子。这是古希腊悲剧《希波吕托斯》②的一幕，同时也包含着一定的"俄底浦斯情结"（Oedipus Complex）。然而，与古希腊悲剧所不同的是，在这个"勾引"的过程中两人竟产生了真正的爱情（俄底浦斯恋母情结），于是当伊本听信谗言以为自己被欺骗、被利用而找爱碧理论时，为了证明对伊本的真正爱情，即孩子不是窃取继承权的工具，爱碧生生杀死了俩人刚出世的儿子（美狄亚情结③）。爱碧的这一系列举动令伊本意识到两人的真切爱情，于是二人携手面对世俗的惩罚。剧中爱的描写生动、浪漫。在这里爱情成了催化剂，令身在其中的人儿焕发别样的气息：恋爱后的伊本一扫剧始时生硬、拒人千里之外的神态，"脸上有

---

① 〔美〕尤金·奥尼尔：《奥尼尔文集》第2卷，郭继德编，人民文学出版社2006年版，第556页。
② 《希波吕托斯》源自古希腊悲剧作家欧里庇德斯的悲剧和其他平行的古希腊神话，欧氏悲剧中后母斐德拉爱上忒修斯（Theseus）前妻所生儿子希波吕托斯遭拒，恼羞成怒自杀而死并留言诬告希波吕托斯玷污了自己。希腊王忒修斯盛怒之下诅咒儿子被马拖而死，剧终狩猎女神阿尔忒弥斯（Artemis）赶来说出真相，希腊王悔恨不已。
③ 出自古希腊神话，古希腊悲剧作家欧里庇德斯的《美狄亚》即以此为情节。科尔卡斯（Calchis）公主、巫师美狄亚为帮阿尔戈斯英雄伊阿宋（Jason）窃得科尔卡斯金羊毛而背叛父兄与伊阿宋奔走他乡。欧氏《美狄亚》讲述若干年后丈夫伊阿宋竟然变心于柯林斯（Corinth）公主，悲痛欲绝的美狄亚为了不让三个孩子免遭后母的虐待，也为了报复负心的丈夫，毒杀了柯林斯国王和公主，并在丈夫面前亲手杀死三个孩子，借魔法远飞他乡。

一种大胆、自信的神气"①;淫荡、粗俗、自私的爱碧也变得"脸红彤彤的,温柔而倦怠"②,变得热烈而肯为爱牺牲了。当爱碧意识到爱情胜过一切时,她矛盾了,道出了一段令人凄然泪下又荡气回肠的话:"要是他(孩子)来到世上就是为了给我带来这些——扼杀了你的爱情——把你从我手中夺走——我唯一的欢乐——我所知道的唯一的欢乐——对我就像天堂一样美好——不,比天堂更美——那么,我也恨他,虽然我是他的妈!"③于是她毅然决然地杀死这个阻碍了伊本和自己的"爱情产物"——襁褓中的儿子。当两人"手挽着手"被警察带走的时候,他们的心终于透亮、平静和自信了,"太阳升起了,真美"④。这个升起的太阳,不止是自然界的太阳,更是他们心中的那轮太阳,那轮刚刚升起的灿烂的爱的朝阳。奥尼尔又用爱的付出和付出的代价做了一个经典的悲剧注脚,为中期爱的悲怆和复杂添加了依据。

对真爱的探讨和实验促使奥尼尔在1925年推出的《大神布朗》中构思出"面具"的一个功能——展示心理复杂性。这为剧作家中期作品中显现的悲怆、复杂的爱提供了又一个展现手段。剧中奥尼尔试用迪昂(Dion)的面具来掩盖对玛格丽特(Margaret)的真爱和他真实的自我,同时运用布朗(Brown)和迪昂这两个不同人物的共同焦点——对玛格丽特的爱来展示爱的专注力、接受力、承受力以及相同面具下角色置换的可能性。经语料库检测⑤,全剧共总有 20351 个词,其中"爱"(love)一词(包括词缀)的出现就有 128 次,包括 90 次 love,16 次 loves,13 次 loved,6 次 lover,1 次 beloved,1 次 lovest,1 次 unloved,而且在五个出场人物中,面具下的迪昂谈及 love 频率最多,约为60%。也就是说在这个三角爱情的戏剧中,并非剧本同名主人公的迪昂提及爱 73 次,而剧本同名主人公布朗谈及爱 22 次,女主人公玛格丽特言及爱 15次。这尽管说明了迪昂是爱的主角,但细查爱的另一方玛格丽特时我们却发现,她的言语中只提及 15 次爱。意味着在这场爱的筵席上爱的双方是不对等的;也意味着四幕剧中到了第二幕就被布朗掐死的迪昂一直在滔滔不绝地大谈特谈"爱"。还有可能意味着迪昂言及的爱不一定全部出自人物本意。而细读文本确实可见,迪昂口中的"爱"许多都是伴随着嘲讽或戏谑的口吻。而这种口吻全部出自他戴上面具时的自语或对玛格丽特的表白:"爱情是一

---

① 〔美〕尤金·奥尼尔:《奥尼尔文集》第 2 卷,郭继德编,人民文学出版社 2006 年版,第 601页。
② 同上。
③ 同上书,第 614~615 页。
④ 同上书,第 626 页。
⑤ 本书作者和研究团队为了配合尤金·奥尼尔戏剧研究,开发出一套《尤金·奥尼尔戏剧语料库》并经验证。此语料库可以进行词汇的分类统计、词频等。

个词儿——是一个不知羞耻、衣衫破烂的词儿的幽灵——为了活命,在家家门口死乞白赖地乞讨!"①他会"轻佻地"哼起来:"我爱,你爱,他爱,她爱!她爱——什么?"②"用挖苦、主宰一切的姿态——卖弄辞藻",或是"显出浪漫演员的热情"表演道:"我爱你!啊,爱得发疯!啊,永远,永远爱。"而脱下面具的那个真实、懦弱却诚恳的迪昂则会更多地去自省并真诚地自语道:"我干吗害怕爱情呢?我是喜爱爱情的嘛。"③"她爱我!我不害怕!我坚强!我能爱……我是爱玛格丽特的!"④可见,面具是对真实自我的掩盖,迪昂的面具阻挡了他对爱人真实心迹的解剖,阻挡了他对爱的真正理解和表达。也就是说他在面具下对玛格丽特表白的"我爱你"更多的是带有虚假成分,而真实的迪昂的感受则掩盖在面具之下。从这个角度下解读出本剧的一个主旨就是:面具下的迪昂对爱情的伪装、对友情的误解最终葬送了这个才华横溢的设计师。面具带给他的是犹豫、复杂且悲怆的爱,并最终将其送入坟墓。但当布朗捡拾到这个面具并继续佩戴它追求爱情时,一个非真实的布朗也同样葬送了这个本已志得意满的产业才俊。然而,最值得回眸的是弥留之际的布朗发自内心、使尽全力的最后一句话:"我不要公正的审判。我要爱。"⑤是的,这个可悲的大神布朗,只有在迪昂的面具下才能得到玛格丽特的垂青和爱,他也正是为了这个不真实的爱而献出了自己的所有。

  这个时期的奥尼尔不仅继续丰富爱的内涵,并通过继续发展妓女的反讽形象来扩展对爱的解读。正如前文提及,妓女形象在奥尼尔 1914 年的《网》中以病入膏肓的黑发妓女兼母亲罗斯的形象首次出现,历经 1920 年的《安娜·克里斯蒂》中不顾一切奔赴大海怀抱的安娜、1923 年《上帝的儿女都有翅膀》中处于黑白夹层下的艾拉和 1924 年《榆树下的欲望》中敢爱敢恨的后妈爱碧。这些各自惹人生怜、倍富同情心或可能臃肿肮脏的模糊形象到了 1925 年的《大神布朗》中的西比尔已然发展成大地母亲的明确形象了。《大神布朗》中的西比尔其名 Cybel 与古希腊神话中阿波罗点化出的预言女神 Sybil 同音,明显是稍作改动的化身。也不禁令人想起 T. S. 艾略特《荒野》(*The Waste Land*)中在瓮中渴望一死的老西比尔,她曾是《埃涅阿斯纪》(*The Aeneid*)中引导埃涅阿斯(Aeneas)走出地狱的灵魂导师。而在《大神布朗》中

---

① 〔美〕尤金·奥尼尔:《奥尼尔文集》第 3 卷,郭继德编,人民文学出版社 2006 年版,第 114 页。
② 同上。
③ 同上书,第 113 页。
④ 同上书,第 115 页。
⑤ 同上书,第 175 页。

她显然又被冠以地母神的形象。奥尼尔用"她像一尊不动的大地母亲塑像"①,"西比尔出去了待在泥土里祈祷了"②来形容和确定其地母的地位。同时,依偎在她怀里的迪昂和布朗会用"妈妈"称呼她,感激地说:"土地是温暖的。"③剧中西比尔对迪昂以及后来的布朗无条件的理解、宽容和接受也为这个形象增加了更多爱的元素。总之,本剧中奥尼尔试用了大地之母、人格分裂、面具以及假面具等一系列理论和道具的实验为体现悲怆而复杂的爱另辟蹊径。

悲怆的爱在《马可百万》(Marco Millions)这个几乎与《大神布朗》同时创作的剧作中也有所体现。尽管这部剧作展现更多的是实利主义/功利意识和艺术气质的冲突,但它却用爱情诗来开篇,以忽必烈(Kublai)大汗的孙女阔阔真公主(Kukachin)为爱而死为线索贯穿故事始终。剧中公主对马可·波罗(Marco Polo)的爱和这份爱给予她的悲怆的回报令人唏嘘。剧终,睿智的忽必烈叹息道:"她为爱一个愚人而死。"年高德勋的理学家许衡(Chu-Yin)则坚定地回应道:"不,她为爱而爱。她为美而死。"④爱一个愚人是对公主爱的浅层面的理解——公主错把一个只注重物质和现实,却不懂爱情的愚不可及的马可·波罗当做爱恋对象而舍命去追求是忽必烈的认识;但许衡的答复则是对公主的这份爱的深层次理解:公主将马可·波罗理想化为爱情对象,用单纯和浪漫来解析马可的粗俗、贪婪和实利主义。因而阔阔真公主的死是为追求纯粹的爱和追求爱之美而死的,因为,爱即美,这是爱的极致。可见此时的剧作家对爱的深层次体会,对爱情的复杂性和单纯性的对比,对浪漫、唯美的爱怀疑,更可见他对真爱与现实碰撞时所产生的冲击的担忧。

1927年的《奇异的插曲》中"爱"一词的频频出现佐证了剧作家利用这部剧作对爱进行更深入、更广阔的探索的可能性。对于此剧,著名评论家多丽丝·亚历山大(Doris Alexander)坚信是奥尼尔受叔本华"所有男女之爱,无论他是如何难以捉摸,都来自于性冲动"思想的影响而创作的⑤。剧中女主人公尼娜(Nina)周旋于六个男人(被战争夺去生命而令尼娜遗憾终生的前男友戈登(Gorden)、父亲利兹教授、利兹教授的朋友马斯登(Marsden)、尼娜丈

---

① 〔美〕尤金·奥尼尔:《奥尼尔文集》第 3 卷,郭继德编,人民文学出版社 2006 年版,第 134 页。
② 同上书,第 139 页。
③ 同上书,第 174 页。
④ 同上书,第 100 页。
⑤ Croswell Bowen & Shane O'Neill, *The Curse of the Misbegotten*: *A Tale of the House of O'Neill*, New York: McGraw-Hill Book Company, 1959, p. 168. 原文为:"... all love, however ethereally it may bear itself, is rooted in the sexual impulse alone."

夫萨姆(Sam)、尼娜的情人达雷尔(Darrell),以及儿子小戈登(Gordon Evans)之间,寻求着她完整、充实又理想的爱。于是这部美国有史以来最长的戏剧演绎出了一段段爱情的"插曲"。令许多坚持认为奥尼尔爱情悲观论的人失望的是在《奇异的插曲》中找不到悲剧的结尾,更找不到杀人和血腥的痕迹,有的却是在这个以尼娜为中心的爱情战场上为彼此着想的道德意识。因而著名评论家弗·埃·卡彭特将它定义为"现代神话或道德剧"①,更多人将其定性为"情节剧"。无论如何,奥尼尔确实有意识地仿照小说对这部剧的情节进行编排和设计。每一个人物因此都是活生生的现实存在的人,而非悲剧的、喜剧的或闹剧的存在。它让人们意识到一个普普通通的人可能遭遇的爱情以及人生经历,因为这些人具备了亚里士多德(Aristotle)在《诗学》(*Poetics*)第13章中所提及理想的悲剧主人公所应具备的特征——"这些人不具十分的美德,也不是十分的公正,他们之所以遭受不幸,不是因为本身的罪恶或邪恶,而是因为犯了某种错误。"②因而,这种剧作的结局是最令人信服的,是奥尼尔断言的"我的女人剧"。她上演着每个女人都可能碰到的爱情窘境,又可能以相同方式处理的情感问题、两性问题、人生问题以及与子女关系问题。《奇异的插曲》因而获得了美国中产阶层的追捧,观众舍得花费五六个小时在一个牲口棚一样的影剧院里津津有味地观赏它、品鉴它。

为了对《奇异的插曲》中爱的主题进行更加细致的研究,本书作者继续用自主研发的尤金·奥尼尔戏剧语料库及分析软件来对此剧进行分析。语料库搜索发现:《奇异的插曲》中仅"love"一词的出现即有246次之多③,相较于此前一部作品《拉撒路笑了》(*Lazarus Laughed*,1926)中出现的106次爱的出现频率大大增加,且在《奇异的插曲》的上部和下部的出现频率分布较为均匀,分别是118次和128次。足见这部作品确是奥尼尔为通篇探索爱而精心打造的。奥尼尔甚至启用意识流的手法将剧中人爱的瞬间意识流动和情感的变化直白、清晰地呈现给读者,这里我们仅就此剧的第一幕第一场中第一个出场的马斯登的一段意识流的脉络做一分析。在利兹教授书房等教授下来的马斯登从满眼的书联想到第一次来到书房——父亲带他来的——儿时的自己——父亲之死——这次欧洲回来——要写小说——写教授——教授

---

① Frederic I. Carpenter, *Eugene O'Neill*, Boston: Twayne Publishers, 1979, p.119. 原文为"a modern myth or morality play"。
② 〔希〕亚里斯多德:《诗学》,陈中梅译注,商务印书馆1998年版,第97页。
③ 据文本语料库分析此剧发现:love及其衍生词共出现376次。包括love 246次,loved 51次,lover 33次,lovers 3次,loves 23次,love's 1次,loving 13次,lovingly 4次,loveless 1次,lovable 1次。

妻子——教授的女儿尼娜——尼娜自小支使我——尼娜的初恋——我爱尼娜——母亲嫉妒——尼娜的味道——性爱——我的第一次性爱。在这个占据了763个词、三页书空间的自白中,马斯登用一半左右的篇幅想到尼娜——他的所爱,于是意识流动似乎在这里打起了漩涡,他的思维开始围绕尼娜的周围小小地展开。于是突然用托马斯·莫尔(Thomas Moore)的语句自嘲起自己:"生活中没有什么能抵上爱的年轻梦想一半的甜美。"直到利兹教授下楼,意识流心理独白暂告结束,他的思维仍在尼娜身上徘徊,那就是爱和性。可见这个最先登场又最后退场的马斯登心中割舍不去的对尼娜的爱恋和父亲般的呵护,也证明着他必然要赢得美人归的感情前景。

当然,马斯登绝非奥尼尔探讨的中心人物,这部剧作的绝对主角永远是尼娜。透过尼娜,奥尼尔创造了一个追求真爱、追寻生存意义、反抗社会规范制约的女性形象。在追求永恒爱情和人类固有的情感变化这对主客观冲突中,尼娜展现了一个悲剧主人公所独具的为追求一个完美的爱向死而生的意志和美学精神。但在主客观冲突不可调和的瞬间,尼娜的选择又更加体现了爱的深层内涵。这其中最显著的例子是当尼娜和达雷尔在面对爱情和道德的抉择时,为了不伤害丈夫萨姆,尼娜毅然放下自己的欲望,牺牲自己的感情而挽救萨姆脆弱的情感。由此可见尤金·奥尼尔此时的爱已明显加入了道德因素。

总之,1920~1931年这十多年戏剧创作的旺盛期也是奥尼尔对爱探索最旺盛的时期,这一阶段的作品融汇了剧作家对爱的观察、思考、困惑和挣扎,是奥尼尔悲怆的爱的探索和实践期。值得一提的是,本阶段的尤金·奥尼尔不仅在爱的内容上进行了多角度的探索,在爱的主题和表现手法上更是进行了多方面大胆探求。他承袭了神话、面具、歌队和旁白;采用了象征主义、表现主义、超现实主义和意识流;更借用了弗洛伊德、荣格、尼采等人的理论。在这一系列精彩的探索中奥尼尔戏剧人物爱的心理被演绎得更加悲怆且崇高。

第二节 一股不可思议的力量

细品奥尼尔此阶段的作品,"爱"似乎成了剧作家大部分作品中那种推动一切的"不可思议的力量",它不可避免地与现实构成了永恒的冲突。我们可见:《救命草》中"爱"成了主人公活下去的唯一支柱;在《天边外》里,"爱"使主人公罗伯特舍弃理想而至抑郁而终;《上帝的儿女都有翅膀》中"爱"使吉姆耗尽所有的力量和抱负;在《榆树下的欲望》中,"爱"令伊本和爱碧舍弃物质占有而被双双投入监狱。有鉴于此,评论界称奥尼尔的爱情观为悲剧的爱情观,因为几乎所有的男女主人公之间炽热的爱情似乎从一开始就已经被注定了悲戚的命运。在这里爱情不能给人带来幸福,反而具有强大的破坏力,可以毁掉一个人的梦想、事业、家庭,甚至生命,所以认为爱在奥尼尔的剧作中似乎是"毁灭性的",甚至"是使人同类相食的中介"①。这个表象始终困扰着笔者,令人不由自主地想到——奥尼尔所要探究的那个"不可思议的力量",难道就是爱?

小 结

再一次翻开中期这些作品:《天边外》中不管露丝如何选择,三个恋人都不可能过上幸福的生活;《安娜·克里斯蒂》中尽管马特原谅了安娜的过去,但是她也无法逃脱自己的命运;《榆树下的欲望》中伊本和爱碧之间的爱情如此强烈,终致给二人带来了灭顶之灾;1931 年尤金奥尼尔发表了他"最重要的作品"《悲悼》,它则更是成为评论界攻击尤金·奥尼尔悲剧爱情观的焦点,其中弥漫的爱变恨、仇杀、自杀以及乱伦意识无疑为剧作家爱的主题蒙上一层厚厚的阴影和幕帐。于是本书作者似乎看到一个惊人的现象:爱情在使奥尼尔作品中相爱的双方在痛苦的边缘苦苦挣扎,将他们逐步推向命运的深渊,从而似乎注定成为了奥尼尔悲剧的始作俑者。

"爱成为悲剧的始作俑者"这一对奥尼尔作品分析的发现着实令本书作者毛骨悚然,为了解答这个命题,更为了探究奥尼尔对爱的真正解析。特别是在探讨了奥尼尔早期和中期大部分作品爱的主题意象之后,本书作者将着眼点即时并自然地放到了中期后,奥尼尔中年时期那部"最重要的作品"《悲悼》上。

作为奥尼尔写作中期的巅峰性剧作,作为瑞典学院 1936 年授予奥尼尔诺贝尔奖时大段篇幅赞颂的剧作,《悲悼》的代表性价值举足轻重。同时,在研究过程中笔者发现:有关爱的主题研究在尤金·奥尼尔作品的研究中尽管时有所见,但多是集中于某一作品研究,而且在这众多可以被爱解读的作品行列中,《悲悼》素来被剔除出列。长期以来,学界多从宗教、伦理、哲学等学理角度解读其中的罪与罚,忽视了剧作家坎坷、孤独的生活经历带给三部曲中隐含的"爱"这一奥尼尔毕生追寻、探讨的主题。其实,爱的意象在三部曲中始终波涛暗涌。例如,孟南家族罪恶的起源即为祖父老艾比(Abe)与叔祖

---

① 吴雪莉:《奥尼尔剧作中被困扰的"自我"》,《外国戏剧研究》1989 年第 1 期,第 42 页。

戴维德(David)对家庭护士玛丽亚(Marie)的争夺。因此,笔者认为以爱为切入点研究《悲悼》,不仅有助于分析理解奥尼尔创作的源泉和思路,总体把握剧作家深层次的思想内涵,同时将其与《奥瑞斯提亚》(Oresteia)三部曲进行对比分析,既能展现古典艺术无穷的魅力,又能展示现代作品的内在活力。因而,对《悲悼》的爱的分析是对尤金·奥尼尔整体作品爱的主题分析的关键。有鉴于此,本书将《悲悼》中爱的解析作为一个完整章节来探讨爱是否是促成主人公悲剧命运的决定因素,从而为本书爱的主题研究加上一个重量级的砝码。

《悲悼》的出版掀起了文学界的一道波澜,评论界对其中扭曲、变异的爱以及爱欲大加渲染,极力强调作家给予这个家族的悲剧性结局和它所彰显的悲观性,认为《悲悼》中显示了奥尼尔对爱的否定,是奥尼尔所有悲剧中最悲惨的一部,本书将对此观点进行深入剖析和探讨。在第四章结尾处设定的"爱犹在"一节,是对奥尼尔乐观、向上的爱情观作的较明确的阐释和求证,为研究奥尼尔其他作品提供了一个新视角。本书作者认为,《悲悼》中爱的系列变迁是一个自然的过程,其中有剧作家的生活经历,当然也有一定的夸大成分,但这并不是如许多评论家所渲染的受弗洛伊德心理学的直接影响的结果。弗洛伊德影响说尽管引起剧作家本人的强烈抗议,在评论界却仍广有市场。因而,本书将从作家的亲身经历出发,逐步探讨孟家爱的变迁和变异过程,论证在当时的时代和家族环境下产生爱的扭曲和变异的可能性,为进一步探讨奥尼尔的创作思路做了较好的铺垫。

有鉴于此,本书的第三章将以奥尼尔这部作品为中心,探讨奥尼尔创作《悲悼》真正的创作意图,特别是它与奥尼尔所推崇和"模仿"的古希腊悲剧蓝本的真正区分点,来揭示这部具有巅峰意义的作品是否包含爱的主题的线索,从而为第四章详尽分析这部作品中的爱的主题做好铺垫。

古希腊悲剧及神话作为西方悲剧的源头,为现当代作家们提供了丰富的素材。美国现代悲剧作家尤金·奥尼尔即是其中一位,他在承袭古希腊作品中原始的主题、情节和创作手法的同时,向这些古典艺术中注入时代和社会的新内容,使古老神话不断焕发出醇厚的魅力。其《悲悼》三部曲,在沿袭了古希腊悲剧诗人埃斯库罗斯的《奥瑞斯提亚》三部曲中家族罪恶传承主题的同时,运用现代心理手法解读古希腊命运观。因为在奥尼尔的创作时代,人们深受尼采、叔本华、弗洛伊德、荣格等哲人的影响,深感被社会异化、隔离,加之现代社会物质追求与占有欲望大大超越了精神追求,人们普遍感到迷惘、空虚和无助。但与此同时,人们内心深处仍渴望人性的回归,渴望一个有爱的家园。因而对《悲悼》的重点研究既是针对评论界一向忽略的《悲悼》中的爱的主线,针对评界对此作品中孟家没有正常爱的误读,也是对奥尼尔整体作品中爱的主题的一个积极肯定。第四章中将系统地以爱之美好、爱的缺失和压抑、爱的扭曲和变异、爱变恨和家族毁灭形成的"爱的悲悼"这条线索来串起全剧,验证爱对孟南家族悲剧所起到的不可估量的驱动作用,这种观点在一定程度上属于奥尼尔评论中的首创,对奥尼尔爱的主题研究具有极强的牵引价值。同时,选取与古典悲剧衔接紧密的这部现代悲剧作品进行研究,深入发掘古典文学作品的文本价值,不仅有利于对古典文学进行深层理解,也为当代作家的创作提供帮助。

第三章 命运与爱——古希腊与现代的主题重心

是否可能把古希腊的命运观念大致上改成现代的心理观念，然后把它写进剧本，使今天不信神、不信因果报应的有知识的观众也能接受并为之感动呢？①

——尤金·奥尼尔

欲谈论尤金·奥尼尔的戏剧主题，必先回答剧作家究竟把"古希腊的命运观念"改成什么"现代的心理观念"的问题；而要探讨奥尼尔改写古希腊的初衷，必先从1931年写就的完全脱胎于古希腊命运三部曲的现代《悲悼》三部曲谈起；若探讨《悲悼》三部曲，摸索奥尼尔的写作倾向，则要先探讨其古希腊蓝本埃斯库罗斯的《奥瑞斯提亚》三部曲。因而，本章即要从《悲悼》和其古希腊蓝本《奥瑞斯提亚》出发解读古希腊和现代两部剧作的主题重心。

作为美国戏剧大师，尤金·奥尼尔对古希腊悲剧始终推崇有加，认为希腊古典悲剧是至今尚未被超越而仍熠熠生辉的戏剧典范，他在1919年前后到1925年间言必称颂古希腊。因而奥尼尔的作品带有强烈的古希腊悲剧风格，他的多部剧作，如《东航卡迪夫》(1914)、《天边外》(1918)、《安娜·克里斯蒂》(1920)、《琼斯皇帝》(*The Emperor Jones*)(1920)、《上帝的儿女都有翅膀》(1923)、《榆树下的欲望》(1924)、《大神布朗》(1925)、《奇异的插曲》(1927)、《悲悼》(1931)、《送冰的人来了》(1939)、《进入黑夜的漫长旅程》(1941)等都从悲剧题材、模式、主题以及悲剧精神等方面批评性地继承并发展了古希腊悲剧文化传统。而其中《悲悼》是最具古希腊代表性的作品。从这部三部曲入手，可以最大限度地把握"古希腊的命运观念"被改成"现代的心理观念"的原始思路。

1926年当踌躇满志的尤金·奥尼尔描绘出一个脱胎于古希腊悲剧的创

---

① Travis Bogard & J. R. Bryer, *Selected Letters of Eugene O'Neill*, New Haven: Yale University Press, 1988, p.390. 原文为："to contrive an approximation of Greek fate for my trilogy … that a modern intelligent audience, as well as the author, could believe in! A modern psychological fate—the faith of an unbeliever in anything but man himself."

作蓝图时①，尽管他无法预料到此后五年的创作和再创作的艰辛以及由此带来的辉煌，但却能清晰地意识到自己空前的野心。他对友人讳莫如深地讲道:"我手头的这项工作无论是从技巧还是特色来看都显然是一个超乎所有作品的野心勃勃的尝试。"②在此期间的五部草稿是剧作家在几乎与世隔绝的环境里雕琢出的艺术作品。直到1930年在写给他的挚友罗伯特·西斯科(Robert Sisk)的信中，奥尼尔还在保守着这个秘密:"我的朋友中十个能有七个人知道我的故事情节—— 其他三个人只是知道它是个三部曲，知道点儿我运用的技巧。但这十个人里没有一个人读过它的任何一行。"③那个空前的经济危机没能打乱剧作家的这种对艺术的执着；他第二次婚姻的失败和无休止的离婚过程，也没有打断他不厌其烦的艺术加工④；从阿拉伯海到中国海，从巴黎到普莱西斯城堡(Chateau du Plessis)⑤间的旅程却成了他沉淀思想、转化思路的过程；也许此时美妙的热恋和由此带给他更成熟、更有依赖感的最后一次婚姻令他尝到了爱的美好。

《悲悼》的问世不仅是奥尼尔创作中爱的主题的分水岭，表明了其艺术特色的一个转折和创新，作为一位刚刚步入40岁的艺术家，《悲悼》又是奥尼尔走向个人成熟，爱情步入成熟的里程碑。1931年《悲悼》的问世立刻引起了评论家们的关注，他们从心理学、宗教、伦理学、哲学等多种角度解读《悲悼》中的罪与罚，却忽视了剧作家坎坷、孤独的生活历程带给三部曲中隐含的爱的主题。即便许多评论家已经意识到这其中隐含的爱的意象，他们也多将它定义为欲望、情欲、恋父和恋母情结等非正常的感情因素，却极少当作正常的爱来探讨和解析它，这也为本书的突破提供了尝试机缘。

在将《悲悼》与其脱胎的古希腊蓝本《奥瑞斯提亚》三部曲作对比分析的

---

① 1926年春天尤金·奥尼尔阅读霍夫曼斯塔尔的《伊莱克特拉》时，在4月26日的工作日记中写下:"萌芽思想，把希腊悲剧的情节放在现代环境中。"〔美〕弗吉尼亚·弗洛伊德:《尤金·奥尼尔的剧本:一种新的评价》，陈良廷、鹿金译，上海译文出版社1993年版，第370页。
② Travis Bogard & J. R. Bryer, *Selected Letters of Eugene O'Neill*, New Haven: Yale University Press, 1988, p. 368. 原文是:"And the nature and technique of this present work—... will make it all too apparent that this is an ambitious attempt to do something bigger than I've done before."
③ Ibid., p. 367. 原文是:"Of these ten only seven know the story of the plot—the other three only knowing that it is a trilogy and not one play I have written, and some hints as to the technique employed. ...But not one of these ten has read a single line of the play."
④ 这期间尤金·奥尼尔放弃了诸如旁白、独白、面具等许多实验性的手段。
⑤ Chateau du Plessis是法国图尔(Tours)附近圣·安东尼·罗歇特城(Saint-Antonie-du-Rochter)的一个旧式别墅，在这里尤金·奥尼尔和他的第三任妻子卡洛塔·蒙特莉共同生活了两年，期间奥尼尔全身心地投入到《悲悼》的写作中。

时候，本书作者发现，两套三部曲虽然在故事情节和人物构成上较为相似，但对家族的悲剧根源的着眼点却大相径庭。循着奥尼尔用心理因素来解读古希腊作品的创作意图，我们发现复仇、嫉妒、欲望、占有欲等心理因素都不能完全、充分或系统地解读孟南家族真正的悲剧根源。而在这所有心理因素之后，有一条线索一直深深地隐藏着，时刻影响着这个家族的命运，这条线索就是爱。正是通过爱，奥尼尔将孟南家族三代串联起来，把其中的痴迷、压抑、嫉恨和变异等感情穿插在一起。使这个家族从爱的美好走到爱的压抑和缺失，继而爱变扭曲并变异成为恨，整个家族走向毁灭，形成了一个爱的循环。有感于此，本章将对埃斯库罗斯和尤金·奥尼尔两位剧作家的生平和创作特色进行简要阐释，对两部三部曲进行对比分析，探讨两部三部曲各自的主题，为第四章集中系统地分析《悲悼》中孟家爱的嬗变过程和形成"爱的悲悼"的悲剧根源奠定基础。

第一节 埃斯库罗斯及其命运悲剧

一、埃斯库罗斯悲剧中的命运主题

前苏联古典语文学家维·诺·亚尔霍（Виктор Ноевич Ярхо）认为，荷马以后的诗歌中有两点实质性的创新，一是具体地描写爱情的内心状态，另一个是出现了对正常思想活动破坏过程的理解和描述的最初尝试。埃斯库罗斯作品中这两种创新都有所体现，只是他不去描写爱的情感，而是描写笼罩着人的激动、不安和恐惧。[①] 那么这种激动、不安和恐慌到底是什么？它又为何能左右悲剧大师的作品而令其放弃对爱情的描绘？

埃斯库罗斯（公元前525年—公元前456年）生于厄琉西斯（Eleusis）的一个贵族家庭。家乡神圣的城邑和庄严的宗教环境带给诗人浓郁的宗教热情和爱国情绪。有资料称埃斯库罗斯是毕达哥拉斯派哲学家，并有可能加入过厄琉西斯秘仪[②]。埃斯库罗斯自幼受到良好的教育，曾亲身参加过希波战争，经历了著名的马拉松战役和萨拉弥斯战役等。埃斯库罗斯开始创作时，

[①] Ярхо В Н. Художественное мышление Эсхила：традиции и новаторство//Philologia classica. Вып. 1. Л., 1977. 译文借鉴陈洪文、水建馥选编：《古希腊三大悲剧家研究》，中国社会科学出版社1986年版，第476页。

[②] 这点在他的剧作中也留有痕迹。另可参见〔英〕乔治·汤姆逊的评论《把秘仪的思想运用于戏剧》，译文见〔希〕埃斯库罗斯等：《古希腊悲剧经典》下卷，罗念生译，作家出版社1998年版，第528页。另可见陈洪文、水建馥选编：《古希腊三大悲剧家研究》，第235页。

希腊悲剧(tragōidia)尚处于形成时期。他改革了希腊悲剧,"最早把演员由一名增至两名并削减了歌队的合唱,从而使对话成为戏剧的骨干成分"①,从而使人物在悲剧中直接产生冲突,把"歌"逐渐演变成"剧",并启用了"面具",丰富了作品的表现力。在古希腊三大悲剧家中,埃斯库罗斯是最注重实际演出的,他经常自编自导,并研究道具和装饰的使用。他对悲剧的定型和发展起了关键的作用,因而古代雅典人称他为"悲剧之父"。但大器晚成的埃斯库罗斯直到公元前484年,他四十多岁时才第一次获得戏剧节头奖。此后他的作品至少得过13次头奖,甚至在他死后雅典人还邀请他参加酒神节的戏剧竞赛②。

作为一位多产的剧作家,埃斯库罗斯一生创作了七十多部(另说有90部)悲剧和萨图罗斯剧(Saturoi),但仅留下七部完整的作品传世,包括《祈援女》(The Suppliant Maidens)(公元前464年,一说为公元前490年)、《波斯人》(The Persians)(公元前472年)、《七勇攻忒拜》(Seven against Thebes)(公元前467年)、《奥瑞斯提亚》三部曲(公元前458年),包括《阿伽门农》(Agamemnon)、《奠酒人》(The Libation Bearers)、《善好者》(The Eumenides)和《被绑的普罗米修斯》(Prometheus Bound)(可能晚于公元前467甚至公元前458年,应是三部曲的最后一部)。

罗马帝国时期希腊演说家金嘴狄翁(Dion Chrysostomos)称赞埃斯库罗斯的作品中"人物的高贵和古老风格,以及他的思想和词汇的粗犷,显然都与悲剧和那些英雄的古老风习相适应"③。的确,埃斯库罗斯的作品一向以宏大的气魄、崇高的威严、磅礴的场面加上惊心动魄的故事情节影响并教诲着后世文人。纵览欧洲乃至近代世界文学史,人们会惊奇地发现,无论在题材、创作风格还是语言特色等方面,埃斯库罗斯都在其身后留下一个长长的、令人瞠目的膜拜者的名单:从古罗马的埃涅乌斯、塞内加,到17、18世纪的卡尔德隆、弥尔顿、伏尔泰、荷尔德林、歌德、拜伦、雪莱,直到现当代法国的萨特和美国剧作家尤金·奥尼尔。

埃斯库罗斯的悲剧和他的人生一样充满着神秘和偶然。他辉煌的一生、

---

① 〔希〕亚里斯多德:《诗学》,陈中梅译注,商务印书馆1998年版,第48~49页。

② 参见罗念生:《罗念生全集》第八卷,上海人民出版社2004年版,第19页。据称埃斯库罗斯的儿子欧福里翁把他的遗作拿来表演,又四次获奖。另据〔希〕埃斯库罗斯:《埃斯库罗斯悲剧集》第1卷,陈中梅译,辽宁教育出版社2001年版,陈中梅所撰前言《悲剧和埃斯库罗斯的悲剧》第4页:"雅典人给了他一项特殊的荣誉:只要上演他的作品,提出申请的(悲剧)诗人即可获得助演的歌队。"

③ 狄翁:《论埃斯库罗斯、索福克勒斯和欧里庇得斯》,见陈洪文、水建馥选编:《古希腊三大悲剧家研究》,中国社会科学出版社1986年版,第31页。

扑朔迷离的加入秘教的传说、失意的晚年、谜一般的"猝死"①、豪气冲天的"墓志铭"②,以及他那无所不在的命运无常、祸福难逃的宿命观,都无以复加地贯穿在他那以刻画"人物激动、不安和恐惧"心绪见长的写作过程中。这个取向就是命运倾向,这个笼罩着人们激动、不安、恐惧心理的因素就是"定数"——古希腊人所难以解释的种种遭遇,亦即命运。细数埃斯库罗斯留存下来的几部悲剧,"定数"概念贯穿其中:《祈援女》中的50位怨女无论如何祈援,如何抗争,最终还是逃避不了下嫁50位堂兄并集体杀夫的悲惨结局。《波斯人》中的波斯国王,大流士之子塞耳克赛斯(Xercex)在希波战争中的落败显然是神力干预的结果。按罗念生先生的评说:"波斯人的失败完全证实了天神的势力和凡人的渺小无能……天神设下了一道陷阱来满足他(塞耳克赛斯)那无厌的欲望。这便是诗人反复要说明的。"③《七勇攻忒拜》中的厄忒俄克勒斯(Eteocles)和波鲁尼科斯(Polyneices)兄弟二人命中注定要疆场会面、同归于尽,续写俄底浦斯(Oedipus)和拉伊俄斯(Laius)的错误④。《奥瑞斯提亚》中无论阿伽门农(Agamemnon)如何小心翼翼、谨慎敬神,仍然逃脱不了命运的掌控,成为妻子和仇人的刀下之鬼。面对母亲的乞怜,奥瑞斯忒斯(Orestes)无论如何挣扎,仍摆脱不了痛杀母亲、为父报仇的桎梏。

冥冥中有一种力量推动着埃斯库罗斯的主人公们朝着悲剧命运的终点前行,而这种力量的执行者和传播者便是神明、先知、梦、征兆、象征以及名目繁多的占卜者们。是他们构成了埃斯库罗斯决定命运的世界,连接着芸芸众生和不可捉摸的命运和悲剧的终点。神明在埃斯库罗斯悲剧中的出场比之索福克勒斯(Sophocles)和欧里庇得斯(Euripides)的作品中更为频繁,而且更多地干预着悲剧主人公的行动和命运。正如著名评论家韦尔南(Vernant)在《古希腊神话和悲剧》(*Myth and Tragedy in Ancient Greece*)中提及的:"繁多的象征寓意和过分干预命运的神意构成了埃斯库罗斯作品的特色。"⑤厄忒

---

① 据传,一只鹰误把埃斯库罗斯光亮的头当作光滑的石头而投下一只乌龟,以便击碎取出肉吃,埃斯库罗斯由此不幸被砸而死。古希腊人认为这是神示的结果。
② 埃斯库罗斯的墓志铭是诗人生前为自己写的:
③ 罗念生:《罗念生全集》第二卷,上海人民出版社2004年版,第144页。
④ 关于对"错误"(Hamartia)的解析,可见〔希〕亚里斯多德:《诗学》,陈中梅译注,商务印书馆1998年版,第218页。此处观点可参照Jean-Pierre Vernant & Pierre Vidal-Naquet, *Myth and Tragedy in Ancient Greece*, trans. Janet Lloyd, New York: Zone Books, 1996, p. 258.
⑤ Jean-Pierre Vernant & Pierre Vidal-Naquet, *Myth and Tragedy in Ancient Greece*, trans. Janet Lloyd, New York: Zone Books, 1996, p. 261. 原文为:"All this multiplicity of meanings and the overdetermination of omens are characteristic of Aeschylus."译文为作者自译。

俄克勒斯与奥瑞斯忒斯同样命悬于神的掌控之中,只是主宰他们命运的神明不同(复仇女神主宰着厄忒俄克勒斯,阿波罗神则驱使着奥瑞斯忒斯);《善好者》和《被绑的普罗米修斯》一样几乎完全成了表现神祇活动的剧作,就连歌队都是复仇女神(Fury)们组成的。像赫西俄德(Hesiod)一样,埃斯库罗斯的神明们有他们的"历史",复仇女神有她们值得炫耀的辈分,而神主宙斯的由来也有他的"神谱"。在埃斯库罗斯的悲剧中,梦、卜释、先知更是随处可见。悲剧主人公们为了讨得命运的青睐,谨慎处事、约束言行,警觉地留心身边的可疑迹象:阿伽门农出征前问卜,得胜回归后仍不敢大肆夸耀;厄忒俄克勒斯在忒拜城门迎战哥哥前察看吉凶;阿伽门农的王后克鲁泰墨丝特拉(Clytemnestra)、《波斯人》中的大流士的王后阿托莎狐疑中自己解梦;就连权力无边的神主宙斯也要找普罗米修斯(Prometheus)探寻命运的所终。① 可见古希腊人因命运的不可知而时常惊慌不安。但每一个卜卦都无可救药地把主人公引向悲剧的深渊,即便主人公慎而又慎,也仍然逃脱不了命运的安排。正如克鲁泰墨丝特拉所说:"眼见事物他所不曾设想,让正义引他进宫","听循命运的安排,借助神明帮忙"②。这些被命运驱使的人或神就把命运交给先知,或神的使者,或自己的猜测。于是卜师卡尔卡斯(Calchas)这样解说阿伽门农出战前的征兆:两只鹰代表着出征特洛伊的阿特柔斯(Atreus)的两个儿子。两只鹰爪下身怀幼仔的野兔是即将遇难的特洛伊城,也是被献祭的阿伽门农的女儿伊菲格妮娅(Iphigenia),还代表着被阿特柔斯宴食的苏厄斯忒斯(Thuestes)的儿子们;克鲁泰墨丝特拉鬼使神差却又准确地推测出自己梦的寓意:怀中那条小蛇正是儿子奥瑞斯忒斯,觊觎着要结束母亲的生命;卡桑德拉(Cassandra)令人捉摸不定的预言,揭示了阿特柔斯家族罪恶的源头和家族每个成员的悲剧终结。即便命运有时是由神决定的③,也难以断定究竟会由哪位神来决定。而与此同时,神与神之间的矛盾争斗通常也会演变为人间的你死和我活,影响着主人公每一个艰难的决定。

作为埃斯库罗斯的巅峰之作,《奥瑞斯提亚》三部曲集中体现了埃斯库罗斯的思想和艺术手段,为本书作者将其与现代的《悲悼》三部曲的主题分析提供了依据,其中凸显的命运主题更为本书的比较研究提供了较丰厚的语料来源。

---

① 见埃斯库罗斯的作品《被绑的普罗米修斯》,收录于[希]埃斯库罗斯:《埃斯库罗斯悲剧集》(第1卷),陈中梅译,辽宁教育出版社2001年版。
② [希]埃斯库罗斯:《埃斯库罗斯悲剧集》第2卷,陈中梅译,辽宁教育出版社2001年版,第300页。
③ 经常是由一种连神都无法预知的无形的力量所决定。

二、《奥瑞斯提亚》的命运主题

英国著名诗人斯维本(Swinburn)曾盛赞埃斯库罗斯的《奥瑞斯提亚》三部曲,称它"也许是人类心智所取得的最伟大的成就"①。作为埃斯库罗斯迄今留存下的唯一完整的三部曲,《奥瑞斯提亚》为后人提供了创作主题,激发了多少代作家丰富的创作灵感,并培植出了极有思想深度的奥瑞斯忒斯母题。

以奥瑞斯忒斯为母题的创作实践应该说始于埃斯库罗斯,这之后虽有其他两大悲剧作家索福克勒斯、欧里庇得斯,以及17世纪及之后的剧作家、诗人、小说家贡献的同一主题的几十部作品,埃斯库罗斯的《奥瑞斯提亚》三部曲仍以其惊心动魄的情节、浓厚的悲剧色彩、阴气袭人的谋杀以及"理性"(logos)和"必然"(cananke̅)折中的结局,成为历久弥新的戏剧经典和楷模。

《奥瑞斯提亚》三部曲讲述的是比萨国王裴洛普斯(Pelops)因早年的罪恶而遭到诅咒的故事。② 他的两个儿子阿特柔斯和苏厄斯忒斯为争夺王位明争暗斗。阿特柔斯成为迈锡尼国王后发现弟弟苏厄斯忒斯诱奸了他的妻子埃罗佩(Aerope),遂将弟弟流放,继而又假意重归于好宴请胞弟。当苏厄斯忒斯发现宴会上所食的竟是自己的亲生骨肉时,愤而诅咒阿特柔斯家族世代遭难。数年后,阿特柔斯的两个儿子阿伽门农和墨奈劳斯(Menelaus)分别成为阿尔戈斯和斯巴达国王。特洛伊王子帕里斯(Paris)趁在斯巴达做客之际拐走墨奈劳斯美貌的妻子海伦(Helen)。于是,阿伽门农召集各路盟军远征特洛伊。就在舰队集结待发之时,逆风大作,把希腊舰队滞留于奥利斯港。统帅阿伽门农向卜师卡尔卡斯询问,被告知神谕所示:特洛伊必陷。但女猎神(Artemis)恼怒于阿伽门农曾经射杀身怀幼崽的野兔,要求他做出牺牲。无奈之下阿伽门农杀祭女儿伊菲格妮娅以平息女神的怨气,但此举同时也让女儿的母亲,王后克鲁泰墨丝特拉怀恨在心。三部曲的第一部《阿伽门农》开始时,阿伽门农经历十年的特洛伊战争,携战利品特洛伊公主卡桑德拉回归。王后克鲁泰墨丝特拉借口阿伽门农功绩辉煌,诱惑他踏着只有神方能踏上的紫红织毯走进宫里(亦即犯下放纵 hubris(骄横)的过错)。具有先知能力的卡桑德拉在歌队面前戳穿了王后的阴谋,揭示了自己和阿伽门农的下场并痛陈了这一家族世代相传的罪恶(而歌队对她的预言一知半解)。但在王后的威逼下也被迫进入宫中,和阿伽门农双双被王后及其情夫埃吉索斯

---

① "The greatest achievement of the human mind"—Algernon Charles Swinburne
② 更早还可追溯到他的父亲坦塔罗斯杀子宴神的罪恶。

(Aegisthus,苏厄斯忒斯幸存的儿子)杀害。三部曲的第二部《奠酒人》,讲述了阿伽门农和克鲁泰墨丝特拉的儿子奥瑞斯忒斯,长大成人后奉阿波罗(Apollo)的旨意归来为父报仇。奥瑞斯忒斯与姐姐厄勒克特拉(Electra)久别重逢后,在姐姐的极力支持下,杀死奸夫和母亲,之后遭到母亲指使的复仇女神的追杀,而变得疯癫。第三部《善好者》描述一路被复仇女神追杀的奥瑞斯忒斯受到阿波罗的庇护和指点到达雅典,终于站在雅典娜主持的由雅典市民组成的陪审团的法庭上,和阿波罗一道与复仇神对峙,借助雅典娜最后的裁决洗净了自己杀母的罪过,结束了这一世代相传的罪恶。

  三部曲中,埃斯库罗斯继承并发展了荷马史诗浓烈的悲剧色彩以及荷马关于"定数"的观念,"表述了人的生存始终与痛苦相伴,始终受到'翻船'(即个人和家族的毁灭)的威胁和常常处于身不由己(即受外力(比如神力)的控制、掌握)的状态之中的观点"[①]。可见,命运(moira, aisa)的不可知性时刻伴随着埃斯库罗斯同时代的人们。因而三部曲中"既定的""注定的"等词句频繁出现。悲剧初始,由阿尔戈斯元老组成的歌队出场来交代阿特柔斯家族发生的一切,然后用"事态正在终结,循着既定的方向滚跑。(罗念生先生译文:但是将按照既定的结果而结束)"[②]把这个家族接下来的一切交给命运去打理;怂恿阿伽门农踏上红织毯的克鲁泰墨丝特拉心里也明白,要想杀死阿伽门农还需借助神明的力量,所以她讲到:"沿着猩红指引的方向!至于别的事情,尽可留给我的警觉照看,听循命运的安排,借助神明帮忙[③]。(罗念生先生的译文:正像命运所注定的那样)"诸如此类,阿特柔斯家族的罪恶和仇恨似乎随着神的意志、命运的旨意世代传续,时时追随着主人公悲苦和惴惴不安的一生。阿伽门农征战前迫于无奈杀祭女儿,历经十年特洛伊战争的冒死征伐,归来后言行谨慎。他中肯地提出:"把我当做凡人,不是神明敬仰……须知神给凡人的礼物,最珍贵的恩赐,是明智的心想。"[④]慎之又慎,仍阻止不了眼前的灭顶之灾。招来这一杀身之祸看起来是源于当初的杀祭女儿,仔细辨析当初命运交给这位阿尔戈斯王的两个选择,观众会惊愕地发现命运的难以抗拒。阿伽门农所面对的要么是屈服于神的意志杀掉亲生女儿祭献猎神,以求顺风,完成宙斯攻打特洛伊的神意;要么是放弃攻打特洛伊,挽救了爱女

---

① 参见〔希〕埃斯库罗斯:《埃斯库罗斯悲剧集》第1卷,陈中梅译,辽宁教育出版社2001年版,陈中梅所撰前言《悲剧和埃斯库罗斯的悲剧》第6页。
② 〔希〕埃斯库罗斯:《埃斯库罗斯悲剧集》第2卷,陈中梅译,辽宁教育出版社2001年版,第261~262页。
③ 同上书,第300页。
④ 同上书,第301页。

的性命,却因此而违背了众神之主的旨意,还会引起猎神的不满。阿伽门农维护神意而选择了前者,以暴尸宫中收场。那么阿伽门农这一灭顶之灾究竟罪始何处？始于阿伽门农踏上为神准备的紫红织毯时,还是杀祭女儿伊菲格妮娅？是始于对特洛伊的屠城,抑或是更早时阿伽门农父辈的罪孽？当事人无从辨清,观众有所领悟,却束手无策。总之如履薄冰的主人公始终逃不出命运的魔爪。无论从报信人、守宅人、歌队抑扬顿挫的合歌,还是从主人公的言谈举止中观众都可以感受到一种看不见的力量的制约。和俄底浦斯王一样,阿伽门农从一出生就被打上了罪恶的烙印,就要继承家族既往的罪恶历史。受这种不祥的"定数"左右,悲剧中人物的情绪时常会由欢欣鼓舞而突变为忧心忡忡。克鲁泰墨丝特拉会由刚杀完阿伽门农后的欣喜、亢奋和振振有词忽然变成对命运束缚的无奈和承认:"我希望与家里的精灵商磋,探讨誓封:我将忍受一切,已经发生的事由"①,"假如不再受苦,我们将满足于这样的结果"②。合唱歌高一阵低一阵、紧一阵慢一阵的节奏,衬托着人们胜利的喜悦无时不被恐惧和不祥的心绪所笼罩的氛围。这种欢快、希望与失望、惊慌交织的心情使人倍感命运的无常和身不由己。即便是曾得宠于阿波罗并深谙神谕的特洛伊公主卡桑德拉,明知面临的厄运,也只能在无奈的抱怨后亦步亦趋地走向命运的安排。

　　但完全把《奥瑞斯提亚》作为命运悲剧,同时将主人公看成是捆绑在命运身上的附庸也是有失偏颇。显然,埃斯库罗斯不是一位简单的宿命论者,尽管他认为神和命运支配着人的行动,却仍坚持人——这一行为者(doer)在某种程度上对自己行动的选择权,因而需要对自己的所作所为负一定责任。阿伽门农杀祭女儿而引起妻子的复仇,从某种意义上来说这也是因果报应,是行为者应该面临的结局。不可否认,命运是人类解释厄运的一服镇痛剂,古希腊人遭厄运后更倾向于求助这种不可知的力量。但在命运面前埃斯库罗斯笔下的悲剧主人公仍有其自由,仍然表现出他们一定的自由意志,并敢于与命运抗争。尽管在《奥瑞斯提亚》中随处可见人类成为神祇(theos, theoi)的意志和命运的牺牲品,但这些牺牲者们仍然可以保持他们的个性和独立性。阿伽门农可以杀女祭神,更可以颜面尽失地撤军去忍受骂名；奥瑞斯忒斯当然可以在杀母和苟活之间选择。也许就如奥宾·赖斯基(Albin Lesky)所认为的:"是宿命的必然性和个人意愿的结合,成就了埃斯库罗斯对命运解

---

① 〔希〕埃斯库罗斯:《埃斯库罗斯悲剧集》第2卷,陈中梅译,辽宁教育出版社2001年版,第337页。
② 同上书,第342页。

析的最大特色。"①奥瑞斯忒斯既在执行着阿波罗的意旨,也是在履行着他的自我意志;克鲁泰墨丝特拉号称完成了宙斯的意愿,"我给出第三记击捣,恩谢地下的宙斯,掌管死人,是他们的王导"②,但实际也是为了篡夺阿尔戈斯的王位,以便可以和情夫毫无顾虑地统治城邦;就连阿伽门农祭献女儿一事,也是既逢迎狩猎女神的意愿,同时满足了自己称霸的野心。

埃斯库罗斯的伟大之处,还在于他把家族诅咒这一古老的概念赋予了新意。先人造孽受到诅咒,祸延后代,引起循环往复的报复和血仇,使这一诅咒历久弥新。支配人的命运、评判诅咒何时终了的因素除了神谕,还有某个神或者神祇间的争斗的结果。而神祇间的斗争不仅决定着人类命运的复杂性,同时也可能营造出一个新的人间体制。《奥瑞斯提亚》中以宙斯为靠山的阿波罗和以老一辈的命运之神为依靠的复仇女神间的斗争以前者的胜利而告终,也证明着以宙斯为首的新一代神祇对命运掌控的胜利。雅典娜出面调停宙斯和命运之神的纷争,从某个角度来说意味着上天神权的更迭,这种新神战胜旧神的过程又与人间体制的变化相吻合:希腊也从集权、落后的氏族社会走向更为民主的城邦体制。在这里,神越来越明显地被赋予了伦理的职能,宙斯的主观愿望和意旨也因而变成了代表宇宙的正义和秩序。约翰逊曾提到:"阿波罗正是破坏命运之神的权威","把'命运的领导者'加在宙斯和阿波罗名字上作为崇拜的称号,正等于使氏族的权利从属于城邦的权威"③。三部曲中奥瑞斯忒斯别无选择地成了阿波罗意志的执行人,而复仇女神们又在某种角度上成了王后克鲁泰墨丝特拉的代理。于是,母子间的冲突已然变成了一场影响人类祸福的神祇间的斗争。埃斯库罗斯采用这种早他时代若干年的神话④来表达自己的思想无疑富有借古喻今的启发意义,也赋予了家族诅咒以更加深刻的内涵。

在有关奥瑞斯忒斯故事的诸多版本中,包括《伊利亚特》(*Iliad*)、《奥德赛》(*Odyssey*)以及《瑞索斯》(*Rhesus*),埃吉索斯始终作为仇杀阿伽门农的主谋和奥瑞斯忒斯复仇的主要对象而出现。然而在埃斯库罗斯的三部曲中埃吉索斯却被降为配角;与此同时,作为妻子和母亲的克鲁泰墨丝特拉则上升

---

① 参见 Albin Lesky, "Decision and Responsibility in Aeschylus", in Erich Segal's *Oxford Readings in Greek Tragedy*, Oxford: Oxford University Press, 1983, pp. 13-24.
② 〔希〕埃斯库罗斯:《埃斯库罗斯悲剧集》第 2 卷,陈中梅译,辽宁教育出版社 2001 年版,第 328 页。
③ 〔英〕乔治·汤姆逊:《埃斯库罗斯与雅典》。见陈洪文、水建馥选编:《古希腊三大悲剧家研究》,中国社会科学出版社 1986 年版,第 276 页。
④ 老辈神祇,如命运女神的所作所为在埃斯库罗斯所处时代已经是个古老的神话传说了。埃斯库罗斯用于悲剧中应是有借古喻今之意。

为杀害亲夫的主谋和悲剧的主角。她坚决果断地杀害亲夫,义正言辞地指派她的代言人——复仇女神们和自己的亲生儿子对簿公堂。观众不禁要为她的冷酷而震惊。这里剧作家除了要加强其中的悲剧色彩,强调氏族社会向法制社会转变的过程,恐怕还有强调雅典社会家庭中夫妻间重义务而疏情感的现实因素。比如,回来后的阿伽门农只顾招呼聚集的群众,既不提及也不注意阔别多年的妻子,更无视王后的情感,而命令她好生对待自己带来的床伴卡桑德拉。妻子克鲁泰墨丝特拉一方面对他报以冷眼,另一方面在长老组成的歌队面前又对自己的忠贞大加渲染,自己的委屈溢于言表。这种欲擒故纵的写法,使我们更确信汤姆逊的评说:"他们两人之间从来没有爱情。"①这又回到本书的开端,有关荷马后的悲剧诗人的创新问题上:埃斯库罗斯不是来描写爱的情感的,而是为了突出描写笼罩着人的激动、不安和恐惧,突出命运的无处不在。埃斯库罗斯不强调男女之爱的另一个原因显而易见是源于埃斯库罗斯所处的时代。公元前6世纪以后,希腊完成了从氏族制向奴隶制的转化,经过土地立法,私有制的发展使家庭制度得以稳定。婚姻固定为一夫一妻制后,男人的地位得以上升,他们可以在外与妓女、男童追逐猥亵;而妻子则必须严守贞操,不得参加公共活动,没有政治权利,地位几乎降为奴隶。就如戴安娜·阿克曼在《爱的自然史》中提到的:"在古希腊,男人结婚是尽公民义务,他作为公民的角色远比他作为丈夫和一家之长的角色来得重要。"②在这种社会环境下,平等的爱情几乎无从谈起。埃斯库罗斯却让克鲁泰墨丝特拉反其道而行,在男人面前不卑不亢,尤显出剧作家将古老的母系氏族法则重现出来以质疑现有的父系氏族的某些权威的意图。埃斯库罗斯在弱化感情的同时,把注意力放在命运这个无所不及的主题上,并用命运将个人、家庭、家族、社会乃至神牢牢地联结起来。现代美国剧作家尤金·奥尼尔就对此极为推崇,他评价埃斯库罗斯道:"埃斯库罗斯比其他悲剧作家更有力,也更可怕地向我们显示了一种无形的力量……不但他的主人公们不是凡夫俗子,而且在这些人物的行动和苦难的背后,我们感到一种超自然的力量在施行着预定的惩罚。"③尽管如此,在埃斯库罗斯的作品中,神并不像莽夫一样直接去决定人的命运,而似乎是主人公用他们自己的行动和个性蹚出自己的命运之路。

---

① 陈洪文、水建馥选编:《古希腊三大悲剧家研究》,中国社会科学出版社1986年版,第253页。
② 〔美〕戴安娜·阿克曼:《爱的自然史》,张敏译,花城出版社2008年版,第47页。
③ 〔美〕尤金·奥尼尔:《奥尼尔文集》第6卷,郭继德编,人民文学出版社2006年版,第269页。

厄忒俄克勒斯承受着父亲俄底浦斯的诅咒，阿伽门农背负着父亲阿特柔斯的罪恶，因而不论是厄忒俄克勒斯的命运，还是阿伽门农的命运，又都是家族命运的一部分。每一个家族(oikos)的命运连接在一起又构成一个更大的亲族(genos)的命运，那就是城邦(polis)的命运。个人和家庭所有的重大问题，比如法律、复仇和婚姻等等都从属于城邦。在埃斯库罗斯的作品中，这些个人、家庭和城邦的命运又都与神明密不可分，这就构成了一个由个人、家庭、家族、城邦和神明组成的庞大的息息相关的整体。埃斯库罗斯和他后代的古典作家，像赫西俄德和索伦，似乎都在揣度着神的愤怒、神的惩罚、神的好恶和神的要求，同时他们也在寻找着人类在自由意志和命运之间的出路。就如陈中梅先生在其译著《埃斯库罗斯悲剧集》的前言中提到的："埃斯库罗斯似乎倾向于认为，如果说彻底铲除'必然'不是一种切实可行的做法，那么人们就必须用一种更加务实的态度面对生活，学会运用法律程序处理人际（和从某种意义上来说神际）关系，在意识和行为的终极点上寻找理性与'必然'合作的契机。"①不错，"智慧来自痛苦的煎熬"②，但紧追不放的复仇女神(Erinues, Eumenides)和她们背后可怕的命运女神绝不会给予生者以机会和充足的时间去汲取教训，去学习。因而，命运的课堂就显得弥足珍贵。虽然命运一次又一次地粉碎了人的自由意志，但在人类勇敢的面对下，它也渐渐褪去自己神秘的面纱。冤冤相报、罪恶的世代传递终有终结之时。代言宙斯意志的雅典娜的出现和她终止阿特柔斯家罪恶循环的"总结性发言"——"这是我的表决，投赞奥瑞斯忒斯无罪"③——使我们看到了民主和法制的曙光，以及无法驾驭的命运退出人类舞台的一丝希望。对此别林斯基有其独到的见解："希腊艺术的内容是什么？……他们称之为命运，它象一种不可抗拒的力量似的，甚至要威胁诸神。可是高贵的自由的希腊人没有低头屈服，没有跌倒在这可怕的幻影前面，却通过对命运进行英勇而骄傲的斗争找到了出路……命运可以剥夺他的幸福和生命，却不能贬低他的精神，可以把他打倒，却不能把他征服。"④这就是希腊悲剧的价值所在，也是埃斯库罗斯在作品中呈现出的命运主题的价值之一。这种精神也正是美国现代戏剧家尤金·奥尼尔所承袭的。

---

① 参见〔希〕埃斯库罗斯：《埃斯库罗斯悲剧集》第1卷，陈中梅译，辽宁教育出版社2001年版，陈中梅所撰前言《悲剧和埃斯库罗斯的悲剧》第9页。
② 〔希〕埃斯库罗斯：《埃斯库罗斯悲剧集》第2卷，陈中梅译，辽宁教育出版社2001年版，第266页。
③ 同上书，第447页。
④ 陈洪文、水建馥选编：《古希腊三大悲剧家研究》，中国社会科学出版社1986年版，第173～174页。

第二节 奥尼尔作品中的心理因素

一、奥尼尔对古希腊悲剧传统的承袭

作为西方悲剧之源,古希腊悲剧及神话为现当代作家提供了丰富的养分和素材。在承袭古典作家主题、情节、手法的同时,现当代作家不断注入时代和社会的新内容,使古老神话在深度和广度上散发出无限的魅力。美国现代悲剧作家尤金·奥尼尔即把重塑古希腊悲剧精神设定为创作目标。他的《悲悼》三部曲在沿袭了古希腊悲剧诗人埃斯库罗斯的《奥瑞斯提亚》三部曲中家族罪恶传承主题的同时,运用现代心理学手法解读古希腊命运观,成为奥尼尔最具代表性的作品之一。

尤金·奥尼尔1888年出生于纽约百老汇大街上的一家旅馆里。在戏院林立的百老汇,奥尼尔的父亲詹姆斯·奥尼尔从一个被人耻笑的带有爱尔兰腔调的穷学徒,经过艰辛的努力,成长为一名颇具才华的演员。他曾因出演基督山伯爵而大获成功。但后来却因为忙于巡回演出同一角色赚钱而断送了成为更为出色的艺术家的前途,这无疑成了詹姆斯的终身遗憾。尤金·奥尼尔的母亲艾拉·昆兰(Ella Quinlan O'Neill)出身于康涅狄格州一个富裕家庭,在教会学校受到了良好的教育,笃信天主教,曾立志做一名修女。她姿态优雅,举止娴静,并弹得一手好琴。但是对詹姆斯·奥尼尔执着的爱和婚姻却几乎打碎了艾拉所有的梦想——为信仰献身成为修女的梦想、为艺术奋斗成为钢琴家的梦想。不仅如此,艾拉放弃了她原有的安逸、闲适的生活,嫁给一个戏剧演员,成了她昔日友伴们取笑的对象,从此离开了上流社会的朋友圈。这桩婚姻带给她没有尽头的漂泊生活、第二个孩子的夭折以及30岁时因乳腺癌摘去了全部乳房的痛苦。不仅如此,几年后生尤金·奥尼尔难产时庸医开的过量镇痛剂又使艾拉最终染上毒瘾而无力自拔,使得这个家庭也从此生活在艾拉吸食毒品的阴云和恐惧中。

童年的奥尼尔是孤独的。幼年的时候随父亲的剧团走南闯北,居无定所。进入寄宿学校后,年仅7岁的小尤金就离开妈妈的怀抱,也极少盼得到随爸爸演出并深受毒品困扰的妈妈的探望。蜷缩在孤独和寂寞中的小尤金经常在别人阖家欢聚的圣诞夜,成为寄宿学校唯一留下来的孩子,独自忍受无家可归的痛苦。性格上,尤金继承了母亲敏感、内向、多愁善感的天性。而这一切都为他日后从事悲剧创作,强调心理刻画,注重家庭悲剧的创作提供了不可多得的创作源泉。

青年时代的尤金·奥尼尔做过剧团监票员、临时演员、报社记者。为了逃避第一次婚姻做过水手并淘过金。1912年,在自杀未遂和与肺结核抗争中存活下来的他终于痛下决心,走上了戏剧创作的道路。他开始大量阅读,潜心研究,拼命写作,并于1914年在离开普林斯顿大学八年后,迈进了哈佛大学贝克教授(George Pierce Baker)的47戏剧创作室学习深造。此前的美国戏剧一直发展较为缓慢,作为美国严肃戏剧的拓荒者,尤金·奥尼尔冲破传统束缚,勇于创新,不甘迎合时尚,更不满足于为了个人利益而追逐上座率。他依靠形单势孤的试验性的小剧场(toy theatre)与庞大的戏剧辛迪加进行抗争。在戏剧创作上,他坚持反映20世纪美国人的迷惘和追求,揭示他们真正的精神世界和心理状态,表达一位严肃的剧作家对社会、对人生的真实感受。奥尼尔成功之路的艰辛和坎坷不亚于古希腊前辈埃斯库罗斯。20年代初,尤金·奥尼尔终于在而立之年后走上了荣誉的殿堂。他先后于1920年、1922年、1928年和1957年四度荣获普利策奖,并在1936年成为美国唯一荣膺诺贝尔文学奖的剧作家,被誉为"美国现代戏剧之父"。美国戏剧史家巴纳德·海威特(Barnard Hewitt)骄傲地宣称:"随着尤金·奥尼尔的闻名于世,美国戏剧进入了成熟的时代。美国人再也不必向国外去寻求当代最优秀的作品了,本国的作品完全可以和欧洲所提供的最好作品媲美。"①在四十余年的创作生涯中,奥尼尔尝试了自然主义、现实主义、表现主义、象征主义等多种表现手法,创作剧本五十余部,内容涉及心理学、美学、哲学等众多领域,被誉为"美国第一流戏剧家""世界剧坛的主要剧作家"。美国著名的奥尼尔文艺评论家路易斯·谢弗在《尤金·奥尼尔:儿子与剧作家》中不无感慨地引用一位作家的话断言道:"在奥尼尔之前,美国只有剧场,而在奥尼尔之后,美国才有了戏剧。"②奥尼尔把自己的才学、深刻的人生哲理以及前人的创作技巧糅进自己的创作,从而使美国戏剧更具经典性。

奥尼尔戏剧的经典性仰赖于他丰富而深刻的阅读:哲学的、心理学的、古典的以及现代的各类著作。正如当代美国戏剧泰斗阿瑟·米勒(Arthur Miller)给予奥尼尔的评价:"事实上,他博览群书,熟谙中国哲学和德国哲学,并开始认真研究古希腊,他是一位卓尔不群的作家。"③奥尼尔创作思路宽广,内容触及面繁多,对古希腊悲剧尤其推崇有加。他高度评价古希腊人的

---

① 汪义群:《当代美国戏剧》,上海外语教育出版社1992年版,第12~13页。
② Louis Sheaffer, *O'Neill: Son and Playwright*, New York: Paragon House, 1968, p.481. 原文为:"Before O'Neill, the U.S. had theater; after O'Neill, it had drama."
③ 转引自郭继德:《现代美国戏剧的缔造者尤金·奥尼尔》,《外国文学研究》2003年第4期,第6~12页。

悲剧观,在创作《悲悼》时曾提到:"对我的戏剧创作影响最大的还是我对各个时期的戏剧,特别是希腊戏剧的了解。"①他的多部剧作,如《榆树下的欲望》《大神布朗》《奇异的插曲》《送冰的人来了》《进入黑夜的漫长旅程》《琼斯皇帝》《上帝的儿女都有翅膀》《东航卡迪夫》《天边外》和《安娜·克里斯蒂》等都从悲剧题材、模式、主题以及悲剧精神方面批评性地继承并发展了古希腊悲剧文化传统。

谈及古希腊悲剧,我们发现尤金·奥尼尔的气质和地位在一定程度上可与古希腊三大悲剧作家媲美。比之"希腊悲剧之父"埃斯库罗斯的声誉和地位,奥尼尔享有"美国现代戏剧之父""美国严肃戏剧的奠基人"的美誉。成长于父亲的舞台边的尤金·奥尼尔和埃斯库罗斯这位古希腊前辈一样,十分熟悉剧场和舞台。他深谙种种戏剧技巧,经常亲自编排戏剧,并注重表演实效,勇于尝试和创新,成功地将古希腊戏剧中的"面具"运用到现代悲剧中以揭示现代人潜在的内心世界。就连奥尼尔割舍不下的宗教情怀,也和古希腊前辈那挥之不去的命运情结多少有些不谋而合。

有如古希腊另一戏剧大师索福克勒斯一样,奥尼尔冷静地看待生活,将生活作为整体来咀嚼和表现,并能拉开与人物和作品之间的距离来思考"人"这一主题。正如索福克勒斯笔下上下求索"斯芬克斯"的谜底、探求"人"之究竟的俄底浦斯王一样,奥尼尔创造了现代社会里的扬克②,他苦闷、彷徨、恐惧,却终究没能找到"我究竟是谁"的答案。对于古希腊德尔斐神庙前那句"认识你自己",奥尼尔有了一个现代版本的演绎。索福克勒斯"按人应有的样子来描写"③,写庄严的、高尚的、忍受痛苦的菲罗克忒忒斯、安提戈涅和厄勒克特拉;奥尼尔则创造出现代社会理想与现实冲突下由不可知命运驱遣着的、人性备受压抑的安娜·克里斯蒂、罗伯特·梅约和莱维妮亚·孟南④。

有如"舞台上的哲学家"欧里庇得斯一样,奥尼尔深受尼采、叔本华、弗洛伊德、荣格等哲人的影响,在剧作中表现人性的弱点,描写矛盾、不稳定的人性。与欧里庇得斯对希腊贫富分化的痛斥遥相呼应,奥尼尔犀利且有针对性地揭示了资本主义社会的丑恶和贫富不均。欧里庇得斯有名垂千古的美狄亚,奥尼尔有敢爱、敢恨、忍痛杀子以表白爱情的爱碧⑤。作为舞台上的实验

---

① Arthur Nethercot, "The Psychoanalyzing of Eugene O'Neill", *Modern Drama*, 3 (December 1960), p.148. 译文见〔美〕尤金·奥尼尔:《奥尼尔文集》第6卷,郭继德编,人民文学出版社2006年版,第254页。
② 奥尼尔戏剧《毛猿》的主人公。
③ 〔希〕亚里斯多德:《诗学》,陈中梅译注,商务印书馆1998年版,第178页。
④ 分别是《安娜·克里斯蒂》《天边外》和《悲悼》的主人公。
⑤ 《榆树下的欲望》中的女主人公。

剧作家,奥尼尔创新和尝试了多种艺术风格,对应着欧里庇得斯这位创新派前辈对希腊悲剧写实手法和心理描写的创新以及对"新戏剧"的缔造。至于欧里庇得斯"根据人的实际形象塑造角色"①的创作特色,在20世纪尤金·奥尼尔的作品中更是俯拾皆是。

二、奥尼尔对古希腊悲剧传统的发展

奥尼尔酷爱古希腊悲剧,对三大悲剧诗人的作品耳熟能详。从1919年前后到1925年的这段时间,剧作家几乎言必称希腊。他曾谈到:"埃斯库罗斯剧本的特点是情感与表达上的崇高和宏伟,而不像索福克勒斯和欧里庇得斯的作品那么悲哀。"②在酝酿《悲悼》前后的一段时间里,奥尼尔甚至试图创作他的另一部剧作《埃斯库罗斯的一生》(Life of Aeschylus),详细讲述这位悲剧大师辉煌而神秘的一生,剧中拟讲述埃斯库罗斯父亲的宗教情结、剧作家生平中的几件大事和他参加的悲剧赛事,还将包括埃斯库罗斯对戏剧发展的贡献以及这位悲剧之父不同于其他两位悲剧作家的特色所在,当然也包括大师神奇的死亡——上天神奇的一击③。1928年奥尼尔正式开始了《悲悼》的策划,1929年6月完成了三部曲中的第一部《归家》的初稿,而后的一周里奥尼尔停下写作,静心"研究古希腊悲剧"④。这段时间的研究使他再次从奥瑞斯提亚和俄底浦斯原型中获得灵感。1931年3月,在加那利海岛拉斯帕尔玛斯完成的《悲悼》三部曲终于成就了他大规模承袭古希腊悲剧经典的宏愿,也成为奥尼尔众多颇具古希腊悲剧特色的作品中最富代表性的作品。三部曲宏大的规模、磅礴的气势预示了剧作家欲与古典悲剧作家比肩的野心,也表明了奥尼尔探讨人类悲剧这一古老主题的决心。《悲悼》三部曲代表了奥尼尔中期创作的最高成就,获得了世界性的关注和赞赏,并为他五年后赢得诺贝尔文学奖奠定了坚实的基础。在作品完成后的一篇日记中,他几乎是精疲力竭地写道:"反响——沮丧——疲惫——压抑——因孟南们不再存在而悲伤——为我!"这也印证了1936年瑞典文学院在授予奥尼尔诺贝尔文学奖的颁奖词中所概括的,尤金·奥尼尔"这位现代的剧作家,却从原始作品中获得了这种创造艺术的源泉,对命运怀有纯真而朴素的信赖。从某种程度来

---

① 〔希〕亚里斯多德:《诗学》,陈中梅译注,商务印书馆1998年版,第178页。
② 〔美〕尤金·奥尼尔:《奥尼尔文集》第6卷,郭继德编,人民文学出版社2006年版,第269页。
③ 参阅 Virginia Floyd, *Eugene O'Neill at Work: Newly Released Ideas for Plays*, New York: Frederick Ungar Publishing Co., 1981, p.212.
④ Ibid, p.196. 原文为"studying Greek plays"。

说,尤金·奥尼尔在他的作品中注入了自己生命的血液和搏动。"①

奥尼尔"向原始去索求最具悲剧的艺术形态的源泉",在《悲悼》三部曲中得到淋漓尽致的体现。三部曲的成功,充分地证明了剧作家在继承古希腊悲剧传统的同时,成功地将现代人特有的心理因素和希腊人的命运观念巧妙地融合。大体说来,《悲悼》从埃斯库罗斯和希腊戏剧传统这些"原始"索求到的"艺术源泉"可分为以下几点。

(一) 情　节

《悲悼》三部曲中奥尼尔继承并发扬了埃斯库罗斯《奥瑞斯提亚》中家族罪恶世代传递的大背景。我们看到悲剧开始时祖辈已不可逆转地犯下了罪恶,成为后人背负的原罪。结构上,对应于《奥瑞斯提亚》中的《阿伽门农》《奠酒人》和《善好者》三部曲,《悲悼》分为《归家》《猎》和《祟》三部曲。其中除第三部,其他两部无论是情节还是结构都与埃斯库罗斯原型基本一致:第一部叙述主人——艾斯拉(阿伽门农)从战场回归,被不忠的妻子克莉斯丁(克鲁泰墨丝特拉)伙同情人卜兰特(埃吉索斯)谋杀;第二部展示儿子奥林(奥瑞斯忒斯)在女儿莱维妮亚(厄勒克特拉)的怂恿下复仇,杀掉奸夫卜兰特(埃吉索斯),致使母亲克莉斯丁无望自杀。稍有出入的是,在古希腊版本中母亲克鲁泰墨丝特拉是被儿子亲手杀死的,儿子后来被追杀又被法庭判决无罪,而奥林却自杀了。1928 年奥尼尔在写作日记中酝酿道,要结合"《俄底浦斯王》的情节"②。《悲悼》正是《奥瑞斯提亚》和《俄底浦斯王》这两部古希腊家庭命运悲剧与现代心理悲剧的结合。其中母亲克莉斯丁不忠而遭儿子报复这一情节效仿《奥瑞斯提亚》,儿子奥林的恨父恋母符合《俄底浦斯王》中杀父娶母的情节。

(二) 性格(人物)

按照亚里士多德对悲剧主人公下的定义:"这些人不具十分的美德,也不是十分的公正,他们之所以遭受不幸,不是因为本身的罪恶或邪恶,而是因为

---

① Nobel prize. org/nobel-prizes/literatures/laureates/1936/press. html. "The Nobel Prize in Literature 1936 Presentation Speech." 原文为:"By his primitiveness, however, this modern tragedian has reached the well-spring of this form of creative art, a naive and simple belief in fate. At certain stages it has contributed a stream of pulsating life-blood to his work." 译文可参见毛信德等译:《20 世纪诺贝尔文学奖颁奖演说词全编》,百花洲文艺出版社 2001 年版,第 299 页。

② Virginia Floyd, *Eugene O' Neill at Work: Newly Released Ideas for Plays*, New York: Frederick Ungar Publishing Co., 1981, p. 197. 原文为"the theme of incest in Oedipus Rex"。

犯了某种错误。这些人声名显赫,生活顺达,如俄底浦斯、苏厄斯忒斯和其他有类似家族背景的著名人物。"①《悲悼》中的悲剧主角,孟南一家基本具有这些特质。首先,这个家族在镇上是名门望族;其次,艾斯拉以及每位家族成员的不幸不是他们自己的"罪恶或邪恶"造成的,而是出于他所受的清教的熏染,受孟家遗传的骄横性格的左右,使得他们戴上冰冷的面具,压抑并冷淡了情感,引起家庭内部的情感混乱,导致了悲剧。

此外,《悲悼》中有意承袭了古希腊蓝本中主人公的名字。在1929年奥尼尔的工作笔记中他曾经透露:Mannon 对应 Agamenon;Clemence 对应 Clytemnestra,后来又几经变更,Clemence 变成 Clementina,接着是 Christine;Orin 对应 Orestes;Elena 对应 Electra,之后又变成了 Lavinia。显然,奥尼尔是按头韵法将希腊蓝本中人物的名字编排到这部现代作品中的。剧中的人物性格也具有较强的承继性:母亲克莉斯丁是克鲁泰墨丝特拉和伊娥卡丝忒(Iokaste)②的综合体,同时代表着孟南家族的女性特质;儿子奥林是奥瑞斯忒斯和俄底浦斯形象的混合。他们与所对应的人物的性格在一定意义上较为相似,特别是莱维妮亚对应的厄勒克特拉,同样是爱憎分明、疾恶如仇。

(三) 手法上
1. 面具和歌队
奥尼尔还创造性地运用了古希腊的歌队传统。古希腊悲剧里的歌队具有多方面的作用,比如转换戏剧场面,构成舞台的形式美,通过提问引领剧情并可预示未来以铺垫观众的情绪,等等。虽然到了欧里庇得斯时期,随着古希腊悲剧对生活的表现和概括能力的提高,歌队渐渐淡出舞台。但在埃斯库罗斯笔下,歌队的作用举足轻重,他们甚至就是剧中的一个角色。如《奥瑞斯提亚》中的复仇女神们,她们既是歌队成员,又是剧中作为冲突一方不可缺少的人物。20世纪剧作家奥尼尔的多部作品《琼斯皇帝》《毛猿》《拉撒路笑了》《送冰的人来了》等都不同程度地运用了歌队。《悲悼》中出现的是以孟南家园丁萨斯为首的市井中的各色人等组成的一批类型化的人物,他们交代戏剧背景和情节,闲话孟南家人古怪的性格,以旁观者的身份惊讶于这个家族和家宅内发生的古怪事件。此外他们还带有一定的喜剧色彩,并烘托出主人公们与世隔离的人性异化的效果。

古希腊悲剧的另一大特色——"面具"在《悲悼》中也有所呈现,并成为本

---

① 〔希〕亚里斯多德:《诗学》,陈中梅译注,商务印书馆1998年版,第97页。
② 忒拜城国王拉伊俄斯的妻子,俄底浦斯的母亲,后成为俄底浦斯的妻子和王后,真相大白后自杀。

剧的一大亮点。按照奥尼尔后期的创作理念,本剧在舞台表演时演员不需佩戴面具。因为孟南一家的典型性格,他们酷似面具的冰冷的面孔,男人们几乎一样的形象,女人们毫无二致的金棕头发和内心的渴望,就是绝佳的可演绎出来的面具。值得一提的是孟南家古希腊庙宇式的大宅和它那雪白的门廊,本该象征在古希腊文明中的和谐、宁静和活力①,却成了孟家对古希腊庙宇所体现的人生意义的奇异曲解。它变成了孟家整体性的"面具",矗立在三部曲的几乎每一场中,象征着一个虚伪的孟家平静的外表下狂热的内心,组织着生存于其中的孟家人们的出演。

2. 场景及时空的对应

奥尼尔严格而略加创新的"时空一致性",也遵循了古希腊悲剧的规则。三部曲的第一部《归家》和第二部《猎》都发生在1865年春天的两个星期内,而且场景达到了高度的统一,即孟南家的室内外。大的历史背景则以美国南北战争代替特洛伊战争。奥尼尔认为这是极吻合的:"南北战争是唯一可能的——适合这个场景——南北战争作为这个血腥家庭的爱和恨的戏剧背景。"②大的地理背景则是奥尼尔的家乡新伦敦③,新英格兰的海滨小镇,这个小镇在奥尼尔的几个作品中都有体现,是奥尼尔母亲艾拉厌倦的地方,也是《进入黑夜的漫长旅程》中玛丽·蒂龙(Mary Tyrone)反感的城市。这个小镇被奥尼尔认定为"最适合于表演希腊式的戏剧,展现罪恶阴谋和永无休止的报应"④的地方。《悲悼》的小背景,孟南家的大宅被奥尼尔定义为"新英格兰的阿特柔斯宅邸,是1830年由阿伽门农的父亲阿特柔斯那样的人物建起来的"⑤。第三场《祟》发生在次年夏日的一个多月的时间内,但除了其中的一

---

① 从建筑学角度来说,古希腊建筑风格的特征为庄重、典雅、精致、有性格、有活力,表现明朗和愉快的情绪等。参考 http://www.51edu.com/zhiye/2008/1111/article_76762.html:"一级建筑师(场地与建筑设计)辅导:古代希腊建筑(二)"。

② Travis Bogard, *Notes and Extracts from a Fragmentary Diary*: *The Unknown O'Neill*: *Unfinished or Unfamiliar Writings of Eugene O'Neill*, New Haven and London: Yale University Press, 1988, p. 394.

③ Virginia Floyd, *Eugene O'Neill at Work*: *Newly Released Ideas for Plays*, New York: Frederick Ungar Publishing Co., 1981, p. 188. 原文为"in the scenario as his hometown New London"。

④ Travis Bogard, *Notes and Extracts from a Fragmentary Diary*: *The Unknown O'Neill*: *Unfinished or Unfamiliar Writings of Eugene O'Neill*, New Haven and London: Yale University Press, 1988, p. 395.

⑤ Virginia Floyd, *Eugene O'Neill at Work*: *Newly Released Ideas for Plays*, New York: Frederick Ungar Publishing Co., 1981, p. 198; or Ibid. 原文为:"This home of New England-House of Atreus-was build in 1830, say, by Atreus character, Agamemnon's father"。

幕是发生在卜兰特的船上,其他场景依然是在孟南家阴森的大宅里。

3. 突转(peripeteia, surprise turn)与发现(anagnōrsis, recognition)的运用

亚里士多德在《诗学》中提到:"突转……指行动的发展从一个方向转至相反的方向……发现,如该词本身所示,指从不知到知的转变,即使置身于顺达之境或败逆之境中的人物认识到对方原来是自己的亲人或仇敌。最佳的发现与突转同时发生。"① 莱维妮亚在彼得怀抱里对卜兰特的呼唤是本剧的一个"发现",这一呼唤使她猛然意识到她对卜兰特仍然念念不忘,意识到孟家的鬼魂们是她挥之不去的黑暗力量。这一"发现"促成了莱维妮亚"突转"性的命运抉择,那就是莱维妮亚决定不嫁给彼得过正常、平静而温馨的生活,而是把自己闭锁在大宅里,偿还祖先的罪孽,过活死人般的日子。这种结尾形式在《悲悼》以后的作品中得到了更充分的运用,如在《诗人的气质》(*A Touch of the Poet*)、《送冰的人来了》以及最后一部作品《月照不幸人》中都是这种结局。

(四) 风　格

本剧既承袭了欧里庇得斯的《厄勒克特拉》中强调人物疯狂、恐惧和仇恨心理的写作特色,又继承了索福克勒斯《俄底浦斯王》中的恋母情结,以及为偿还孽债而自惩的悲剧性因素。剧中奥林对母亲的强烈依恋是本剧对古典艺术承继的一个亮点,也是剧作家将现代心理学和古希腊命运观结合起来续写孟南家族悲剧的一个尝试。

(五) 命运观念

尽管奥尼尔并非亦步亦趋地跟随古希腊前辈来摹写现代悲剧,但《悲悼》中弥漫着的命运感——那种反复出现的雷同的场景带给人们的被动的氛围、不同人物的相似的长相和相同的语言,都给人一种挥之不去的命运感。这也正如奥尼尔一再强调的:"首先要强调的是它必须是现代心理剧——命运是由这个家族自身造成的。"② 可见,奥尼尔在继承古希腊命运概念的同时,将他们由神或超自然的外力左右的命运概念移至人物内心,符合现代人的思维方式。此外,剧作家对命运的不可捉摸发出慨叹,这在此后的自传性戏剧《进入黑夜的漫长一天》中得到了更充分的体现。

总之,奥尼尔对古希腊悲剧的承袭和发展是多方面和多角度的。他对古

---

① 〔希〕亚里斯多德:《诗学》,陈中梅译注,商务印书馆1998年版,第89页。
② Travis Bogard, *Contour in Time: The Plays of Eugene O'Neill*, New York: Oxford University Press, 1988, p. 338. 原文为:"It must, before everything, remain modern psychological play-fate springing out of the family."

希腊这种原始艺术创作的求索也是为了主题的发挥,为了强调他无时不在强调的现代心理因素的探讨做铺垫。

三、《悲悼》和其中的心理因素

除了对古希腊悲剧的承袭,奥尼尔设定了他不同于古希腊蓝本的创作主题和目的:"是否可能把古希腊的命运观念大致上改成现代的心理观念,然后把它写进剧本,使今天不信神、不信因果报应的有知识的观众也能接受并为之感动呢?"①为了实现这个创作目标,尤金·奥尼尔用了近三年的时间,数度易稿,终于将这部多少世纪前的古典作品搬到现代舞台上,使不信神又不相信因果报应的现代观众也感到了命运的捉弄并得到心灵的洗礼。因而我们有必要了解一下这部感动了20世纪的美国,乃至世界,甚至撼动了诺贝尔评委的现代心理悲剧的故事情节。

《悲悼》讲述的是新英格兰的一个滨海小镇的名门望族——孟南一家的爱恨情仇。三部曲中首部《归家》的故事情节与出场人物和埃斯库罗斯的《奥瑞斯提亚》三部曲的第一部《阿伽门农》几乎完全吻合,五个主要人物各有对应②:《奥瑞斯提亚》中的祖辈阿特柔斯和苏厄斯忒斯变成了《悲悼》中的老艾比·孟南和弟弟戴维德·孟南,只是被苏厄斯忒斯勾引的阿特柔斯之妻埃罗佩换成了孟南兄弟同时爱上的一头金棕头发的女看护玛丽亚·卜兰脱慕。玛丽亚爱的是戴维德并怀上他的孩子,于是恼羞成怒的艾比将相爱的两人逐出家门(与之对应的是苏厄斯忒斯一家被逐出家门)。老艾比继而把这个记录了他的羞辱,并容纳过一对恋人的原宅摧毁,在废墟上建起了如今这座已充满了诅咒和仇恨的白色的希腊庙宇似的古怪大宅。被逐出家门的戴维德找不到工作,该继承的遗产又被艾比廉价收买。一向养尊处优的他开始失意、酗酒、打骂妻儿,最后在羞愧和绝望中自杀。贫困、备受羞辱并缺失父爱的儿子亚当姆·卜兰特就在这样的环境下怀着仇恨长大了。

三部曲的第一部《归家》,讲述了孟家现今的男主人艾斯拉·孟南(艾比·孟南的儿子,对应阿伽门农)的妻子克莉斯丁(克鲁泰墨丝特拉)与拥有典型的孟南家族外形的卜兰特(埃吉索斯)坠入爱河。克莉斯丁生有奇异而

---

① Travis Bogard & J. R. Bryer, *Selected Letters of Eugene O'Neill*, New Haven: Yale University Press, 1988, p.390. 原文为:"... to contrive an approximation of Greek fate for my trilogy ... that a modern intelligent audience, as well as the author, could believe in! A modern psychological fate-the faith of an unbeliever in anything but man himself." 译文见〔美〕尤金·奥尼尔:《奥尼尔文集》第6卷,郭继德编,人民文学出版社2006年版,第348页。

② 参照本书附录中表一:《奥瑞斯提亚》三部曲与《悲悼》三部曲人物对应表。

美丽的头发,外貌、举止都颇似当年的玛丽亚。但两人的关系被依恋父亲、嫉恨母亲的女儿莱维妮亚(厄勒克特拉)发现。与此同时,家族的罪恶秘密以及卜兰特的由来也被老园丁萨斯(歌队队长)不动声色地透露给莱维妮亚。为了不让即将归来的父亲伤心,不让母亲与自己既爱又恨的卜兰特的爱情得逞,莱维妮亚给母亲约法三章。但这也令克莉斯丁猛然意识到自己与卜兰特的爱情即将受到威胁,于是她开始说服卜兰特共同策划毒死艾斯拉。

从南北战争(对应特洛伊战争)归来的艾斯拉经历了战场的生生死死,顿悟到爱情的珍贵以及稳定、温馨的家庭生活的难得。一向板着严肃、"冰冷"的"面具"式脸孔的他,在回来的第一个晚上便迫不及待地向克莉斯丁敞开心扉,坦白真爱,期待重拾旧情,甚至要带妻子到一个无人的小岛去甜蜜地住上一段时间。不想,已被艾斯拉冷遇了多年,积怨已久并刚刚寻来真爱的克莉斯丁已不可能接受丈夫的和解。怀着对新生活、新爱的无限憧憬,克莉斯丁无情地打断了艾斯拉的忏悔,公然宣布和卜兰特这个艾斯拉所不齿的下人的儿子的爱情,以激起艾斯拉的心脏病发作。然后给艾斯拉拿药的克莉斯丁把卜兰特送来的毒药递给了艾斯拉。待到一直关注父亲的莱维妮亚赶到时,艾斯拉只剩下最后一句话:"她犯了罪——不是药!"[①]克莉斯丁当场晕厥,她毒死艾斯拉的药盒败露在莱维妮亚眼前。

第二部《猎》讲述了艾斯拉葬礼上莱维妮亚的弟弟奥林(奥瑞斯忒斯)的回归。这位带有严重恋母情结的儿子对父亲的死表现得相当淡漠,却一直追问母亲是否在乎他。他向母亲滔滔不绝地讲述了那个美妙的、只承载着母亲和他自己的南洋群岛温暖的梦。莱维妮亚与母亲展开了对奥林的争夺战。为了让弟弟相信母亲另有所爱,莱维妮亚带着奥林守在卜兰特的船上,母亲与卜兰特在船舱里的激情,特别是卜兰特讲述的要带克莉斯丁去南海岛屿的一幕更加刺激了奥林。等母亲刚一离开,奥林就怒不可遏地枪杀了卜兰特。回家后的奥林以胜利者的口吻向母亲报告了卜兰特的死讯,本以为母亲会因此把全部的爱转向自己,不想克莉斯丁竟在绝望中举枪自杀。惊骇之下的奥林痛苦异常,从此行尸走肉般地生活在自责和母亲的幻象中。

第三部《祟》描述了莱维妮亚为了医治奥林的心灵创伤和满足对南海岛屿的向往,带着朝圣般的心情领奥林去南海的小岛散心。来到这片父亲曾经对母亲讲述过、卜兰特曾经与克莉斯丁向往过、也向莱维妮亚吹嘘过、奥林更满怀憧憬地向母亲描述过的岛屿,岛上美丽的大自然和淳朴的土著改变了原本冰冷、不驯、男人婆似的莱维妮亚。她的丧服般的黑色衣裙换成了鲜艳

[①] 〔美〕尤金·奥尼尔:《奥尼尔剧作选》,荒芜译,上海文艺出版社1982年版,第219页。

的衣服,丧礼般的"面具"表情竟也变得与母亲克莉斯丁一般的美丽且充满朝气。但自责中的奥林不仅不见起色,反而更加歇斯底里。归来后奥林把自己锁进爸爸的书房,写好家族罪恶的历史,打算交给一直深爱着自己的姑娘海丝儿,却被莱维妮亚断然截获。在追求姐姐,妄图用乱伦的方式守住家族的秘密未果后,奥林在母亲幻影的追索下举枪自杀。孤家寡人的莱维妮亚盼望成为爱恋自己已久的海丝儿的哥哥彼得的新娘,但遭到了海丝儿的顽强阻挠。在彼得怀里憧憬婚后幸福生活的她竟然叫出了卜兰特的名字,这给了莱维妮亚沉重打击,她终于意识到自己不可能带给彼得真正的幸福。于是莱维妮亚放弃了与彼得的婚姻,命人将布满大宅的鲜花扔掉,将百叶窗钉死,自己毅然走进这个血淋淋的宅堂,去偿还家族的罪恶,守住家族爱恨情仇的秘密。

作为一位开拓人类心灵的杰出戏剧家,奥尼尔能够透过生活本身的悲剧性,从不同的视角,对人生、对生命的真谛进行深层次的、不倦的探索。在创作《悲悼》之初的 1929 年,奥尼尔就在他的工作日记上表述了自己的意图:"命运是由这家人家的内部因素所造成的这种现代心理学的观点,近似于命运是由外部力量,超自然的力量所造成的这种希腊人的观点。"①"现代心理观念"在奥尼尔此前的作品中也多有展现,而这也正是奥尼尔对现代美国严肃戏剧的一大贡献。

1914 年完稿的《东航卡迪夫》、1917 年的《归途迢迢》(*The Long Voyage Home*)、1918 年的《天边外》、1920 年的《安娜·克里斯蒂》、1921 年的《毛猿》、1924 年的《榆树下的欲望》以及《悲悼》的前一部作品——1928 年的《发动机》等等,都从不同侧面反映了人物的"现代心理":《毛猿》的自我身份认知,《送冰的人来了》中挥之不去的逃避现实、沉溺于酒精世界的心理。那么《悲悼》中这种可替换古希腊"命运"的"现代心理"会是什么?换句话说,造成孟南一家罪恶传代这一悲剧的心理因素是什么?

翻看奥尼尔此前的作品,清理其中的心理因素,我们会发现已有一条心理主线萦绕在剧作家的作品中,缠绕着主人公,推动他们走向悲剧的终结。这条主线就是"爱"。《救命草》中爱是两位主人公求"生"的救命草;《天边外》中爱使主人公罗伯特放弃久远的游向天边外的梦想;《上帝的儿女都有翅膀》中的爱使吉姆尽其所能和企图像白人一样煽动同样有力的翅膀去飞翔;《榆树下的欲望》中的爱令伊本和爱碧舍弃原本的物质占有欲、投入那熊熊燃烧的榆树下的欲望,粉骨碎身而在所不辞。

---

① 〔美〕弗吉尼亚·弗洛伊德:《尤金·奥尼尔的剧本:一种新的评价》,陈良廷、鹿金译,上海译文出版社 1993 年版,第 373 页。

《悲悼》中整个家族的悲剧起因无疑更是爱：没有祖辈老艾比和弟弟戴维德与女看护玛丽亚的感情纠葛和由此产生的嫉恨，就没有相爱的人双双被逐出家族以及从此起始的家族的仇恨。没有孟家祖辈对爱的不当处理，就没有原宅在嫉妒和羞辱中的轰然拆毁，及一个承载着诅咒的希腊庙宇式大宅的建起。没有祖辈的爱的冲突，就没有此后一代又一代沿此脉络的孟家悲剧的循环，就没有被逐出祖宅的戴维德和玛丽亚的儿子卜兰特在失意和缺失爱的环境中的成长，也就没有他出于对母亲依恋的爱和对艾斯拉的切齿的恨而重返孟家，因此也就没有外表和举止颇似玛丽亚的克莉斯丁和卜兰特的相爱。没有艾斯拉对自己一度爱的压抑和缺失，就没有克莉斯丁对卜兰特的一见倾心和接受。没有爱的一度缺失和对美好爱的向往，也不会有从战场上归来的艾斯拉撕开面具对妻子的温柔和对自己既往的忏悔，就不会有女儿对父亲扭曲的爱、对母亲扭曲的恨，也不会有克莉斯丁对更加美好的爱的追求，对缺失和一度压抑的爱的复仇心理，艾斯拉就不会葬送在爱恨的密谋中。没有祖辈爱的冲突，孟家的第三代中的莱维妮亚就不会在强烈的恋父情结和对母亲与卜兰特的嫉妒的煎熬下怂恿弟弟杀死卜兰特，以致克莉斯丁因爱情无望而自杀。奥林也不会在扭曲的恋母情结和嫉妒、自责中饮弹身亡。最后，没有孟家几代人对爱的不当处理，莱维妮亚就不会放弃对生活最后的眷恋，将自己活死人般钉进这个充满了爱恨情仇的大宅里来偿还爱的孽债。

孟南家族的命运与埃斯库罗斯笔下的阿特柔斯家族的命运同始于祖先的罪恶，经由几代人的奋争而无法摆脱。但在《悲悼》中已经没有了全知全能的神谕或征兆，没有了装神扮鬼的卜师，更没有阿波罗、雅典娜的干预，而是多了错综复杂的爱。是这些爱的百般演变，是孟家人对爱的不当处理，推动了这个家族一步步走向爱的悲悼。

第三节　古希腊的爱与现代的爱

爱并非现代社会独有的概念，古希腊赫西俄德（Hesiod）的《神谱》（*Theogony*）中爱神阿芙罗底忒（Aphrodite）的出现是早于宙斯的，属于老辈神祇[①]；而从宇宙起源论的角度来说，爱神艾洛斯（Eros）的产生则更早，属于原始创世之神。总之，人类对爱的敬重和顶礼膜拜亘古弥新。

---

① Hesiod, *Hesiod and Theognis: Theogony, Works and Days, and Elegies*, trans. Dorothea Wender, Penguin Classics, 1976.

一、古希腊人对爱的理解

古希腊神话和悲剧中更是不乏神与神、神与人、人与人之间爱的传说：爱神阿芙罗底忒与人间美少年阿都尼斯（Adonis）的爱如泣如诉；音乐大师俄耳甫斯（Orpheus）和妻子欧律狄刻（Eurydice）阴阳两隔的生离死别令人动容。但这些悲壮的爱情故事的结局多是神意决定的，只有神才能决定其寿命的短长。从陈中梅先生新近推出的《神圣的荷马》一书中，我们还会发现许多有关"争夺新娘"①的框架故事。这些程式化的故事无疑削弱了古代婚姻中包含的感情色彩。我们还发现古希腊人对"爱"的理解仍停留在传宗接代、彰显英雄的文韬武略上。在希腊社会里，"爱通常被归结为一种男性现象。异性的爱是从一种生物的角度来关注的，而不是把它看作一种精神的相会"②。它没有现代意义上复杂的爱的心理升华。

我们还发现在古希腊的文学作品中，只有荷马以后的抒情诗人，如弥涅穆（Mimnermus）、萨福（Sappho）、阿尔凯欧斯（Alcaeus）、阿那克瑞翁（Anacreon）等创作的诗篇中包含对爱坦白而炽烈的追求，对失恋刻骨铭心且悲戚感人的描述，但这其中的爱也多停留在欲望和享受上。悲剧里的爱情更多是机械、被动和义务层面的，像奥德修斯（Odyseus）与裴奈罗佩（Penolope）的爱，安德罗玛刻（Andromeda）对赫克托耳（Hector）的爱，海伦（Helen）和帕里斯（Paris）的爱。这也证明了黑格尔在《美学》中的论断："在古典型艺术里爱情不曾取这种主体亲热情感的形式而出现，在表现于艺术作品时，爱情一般只是一个次要的因素，或是只涉及感官享受方面。"③确实，希腊悲剧对爱的涉猎集中于荷马以后，埃斯库罗斯的《被绑的普罗米修斯》虽有伊娥的闪现，但她与宙斯间的关系令人联想起暴君对弱女子的占有；《祈援女》中50个惊恐逃婚的祈援女子苦苦的哀求和后面50位穷追不舍的"未来夫君"，成了"争夺新娘"的又一佐证，彰显了古希腊社会女人低下和被践踏的地位；《奥瑞斯提亚》中克鲁泰墨丝特拉与埃吉索斯的爱只在克鲁泰墨丝特拉的言语中偶尔表露出来，但从歌队的对白里可见悲剧诗人对这一行为的反感和厌恶。埃斯库罗斯对正面爱情的描述更是微乎其微：阿伽门农对妻子克鲁泰墨丝特拉的态度一向是公事公办，而妻子对阿伽门农则是阳奉阴违；索福克勒斯的"俄底浦斯"成了畸形爱的代名词；谈及"爱"最多的当属欧里庇得斯留存下来的

---

① 如特洛伊战争就是争夺海伦的结果，是"争夺新娘"的一例。参见陈中梅：《神圣的荷马——荷马史诗研究》，北京大学出版社2008年版，第62～66页。
② 〔美〕欧文·辛格：《超越的爱》，沈彬等译，中国社会科学出版社1992年版，第55页。
③ 〔德〕黑格尔：《美学》第2卷，朱光潜译，商务印书馆2006年版，第327页。

几部家庭悲剧:《美狄亚》《阿尔刻提斯》(Alcestis)、《伊翁》(Ion)和《希波吕托斯》等。其中却充满了悲剧诗人对男子的责备、对雅典男女不平等的家庭制度不满的人文主义意识。悲剧家描述的爱情也多是单方面的,如:《希波吕托斯》中后母淮德拉对丈夫忒修斯与前妻所生儿子希波吕托斯的炽烈却毫无回应的爱恋;《美狄亚》中对伊阿宋坚贞不渝的美狄亚,等来的却是急于成为国王的乘龙快婿而不惜赶走妻儿的负心郎;《伊翁》中阿波罗被描绘成了不愿承担父亲职责的懦夫。如此种种,而控制这些爱恋和各个家庭的离合的又多是神意①。

当然,现实中希腊的婚姻和家庭与悲剧里描述的情景稍有不同,但其中的神意也较明显,而且爱情的影子也难见痕迹。希腊的家庭是按照文化传统、人们的宗教信仰和女人在社会中的地位所建立的。男人可以像阿伽门农一样娶妻纳妾,霸占女俘;也可以像柏拉图《会饮篇》(Symposium)描绘的一般与男童寻欢,高谈阔论。而女人和妻子却只有待在家中,扮演延续子嗣的角色。在强调正宗血统的古希腊城邦中,在公民意识极其浓厚的雅典城,一个出身正统的妻子的作用就是延续正统的血缘,否则她就与奴隶无异。"无论是在生前与死后,她不过是她丈夫的一个部分。"②婚姻的目的也只是在于"将夫妻二人结合在同一宗教内,并以之产生第三者,以继其家庭的宗教"③,也就是《阿伽门农》中"生养子嗣,有了家小"④的观念,男子却是"乃父家居的救星"⑤。而像苏格拉底在《会饮篇》中通过狄奥提玛之口抒发的精神至上的爱情观⑥,是说给有闲阶层的高谈阔论,在真正的古希腊各阶层的生活中恐怕是难觅其踪迹。

二、现代的爱情观和奥尼尔的童年

现代的爱情则没有古希腊那般简单、明晰、是非分明且只为神意所左右。它主要受社会、家庭和意识形态观念的影响。奥尼尔的爱情观就真实地体现

---

① 爱神对希波吕托斯的怀恨注定了这个家的悲剧。阿波罗强制性地把儿子和情人塞给了人间的苏托斯(Xuthus),在希腊的"夺得新娘"除了神意外还有男人的放任影响着家庭,见陈中梅:《神圣的荷马——荷马史诗研究》,北京大学出版社2008年版,第64页。
② 〔法〕库朗热:《古代城邦》,谭立铸等译,华东师范大学出版社2006年版,第76页。
③ 同上书,第41页。
④ 〔希〕埃斯库罗斯:《埃斯库罗斯悲剧集》第2卷,陈中梅译,辽宁教育出版社2001年版,第316页。
⑤ 同上书,第359页。
⑥ "爱就是对不朽的企盼。有爱情的人们企盼善能永远归自己所有,而这唯一的方式是通过子嗣的繁衍,新旧更迭。"〔希〕柏拉图:《柏拉图全集》第2卷,王晓朝译,人民文学出版社2005年版,第249页。

着他所处的时代和家庭背景。随着资本主义经济的飞速发展,大工业生产带来了人性的异化以及接踵而至的经济危机,两次世界大战及其带来的战争创伤给人类的心灵罩上了一层阴影。20世纪的美国自由经济已步入垄断资本主义时期,金钱占据社会的统治地位,人性扭曲,人与人之间关系冷漠。传统道德观念近乎崩溃,传统的理想和信仰消失殆尽,传统爱情观,那种为所爱的人奉献忠诚的理念更是凤毛麟角,代之以精神空虚,道德堕落,追求肉欲和情欲。在这种情况下,精神追求与物质追求之间的矛盾、新教伦理对人性的压抑等诸方面问题凸显出来。倍感疏离、迷惘的人们惧怕并渴望摆脱孤独,进而在对爱的对象的占有中寻求精神寄托。思想层面上,20世纪各种哲学纷纷登场,尼采站出来号召反抗资本主义文明,追求个性解放,提倡狂放不羁的酒神精神;叔本华高唱意志论,欲望支配行为;弗洛伊德、荣格则从性欲、无意识的窗口窥看人类的爱。正如心理学家弗洛姆在他的《爱的艺术》中阐释的:人们孤独和被分裂的生活圈子变成一个不堪忍受的监狱。如果他不能从这个监狱中解放自己,从而达到以某种形式与人们和外部世界的沟通,他就将变成一个疯子。因而,作为人的一种主动的能力,爱具有突破使人与人分离的那些屏障的能力,它是把他和他人联合起来,使人克服孤独和分离感的一种保障[①]。尤金·奥尼尔即是在这种大的社会背景和哲学思潮的熏陶下成长起来的,他用艺术家独特、敏锐的眼光观察和体味社会和人生,形成了自己独特的悲剧爱情观。而他那脆弱又爱恨交织的成长环境又对他的爱情观起了强化的作用,带给了他内向、敏感并任性的自我和对爱执着追求的强烈愿望。

　　在小旅馆里出生仿佛注定了奥尼尔与一个稳定、平和而温馨的家的无缘。奥尼尔的幼年就是在从这个城市到另一个城市的颠簸,从这家旅馆到那家旅店的迁徙,从一个寄宿学校到另一个寄宿学校的转学中度过的。他自称从不知道什么叫"家"[②]。早在7岁时就被送进天主教寄宿学校圣文森特山(Mount St. Vincent),在这个最渴望有母爱的年龄里,他却被长期剥夺了在母亲怀里撒娇的资格。甚至在圣诞节,这个最需要家庭温馨、远离寂寞的日子里,别的孩子都回家与父母团聚时,他却被"无情"地丢在学校里,独自品味孤独和无家可归的痛苦,只因为父母仍在"路上"。而本可以带给他精神慰藉的天主教学校却用那庄严、刻板的气氛加强了他那更深层思想上的无所寄托的

[①] 〔美〕埃·弗洛姆:《爱的艺术》,刘福堂译,安徽文艺出版社1987年版,参阅第7、17页。

[②] 奥尼尔童年可参阅 Stephen A. Black, *Eugene O'Neill: Beyond Mourning and Tragedy*, New Haven and London: Yale University Press, 1999.

心理。① 从此在这个闭锁的记忆中,封进了更多对缺失的爱的向往。直到 40 年后他才向第三任妻子卡洛塔·蒙特莉(Carlotta Monterey)吐露当时的孤苦和无奈。在学校期间除收到礼物之外,小尤金很少和"路上"的父母谋面。这无疑给奥尼尔敏感、脆弱的幼小心灵埋下了企盼和怀恨的种子,他觉得自己"被最亲的人抛弃了、出卖了、不爱了"②。于是他把自己武装起来抵御爱,抵御这个孤独的世界。他感到"爱"使人太容易受伤,"被抛弃"令人太难以承受。凄凉中他开始想象一种理想的爱,将自己包裹起来,以对抗孤独。多少年后他对第二任妻子阿格尼丝·博尔顿(Agnes Boulton)说起过当年的这个梦想:"这是我儿时的梦——当我不得不梦想自己不是孤独时,我就会梦到我和另外一个人。我常做这个梦——似乎白天时这另一个人还一直跟随着我的左右,于是我又高兴起来。但梦中的那个人,我却从未见到过,就是这种感觉到的存在使幼小的我完整起来。"③就这样,像母亲在毒品中寻求安慰一样,奥尼尔在想象中寻求那种精神寄托,当然这也为他日后的创作提供了精妙的素材和生活积淀。多年后在蜚声剧坛的《悲悼》三部曲中,奥尼尔就用莱维妮亚这个形象倾吐出对母爱缺失的痛心疾首。如果说孤独无依的寄宿生活为尤金幼小的心灵蒙上一层缺失爱的阴影,那么母亲的嗜毒和随之而来的一系列变故对奥尼尔美好的爱的梦想无疑起到了破坏作用。很少去寄宿学校看望儿子的玛丽·艾拉(特别是后来奥尼尔转到百茨专科学校(Betts Academy)后,她从未去学校探望过)并非不疼爱和自己的性格最相像的小儿子,此时的她已是嗜毒成性。为了不让尤金看到自己"瘾君子"的破落相,一向敏感、文静、雅致的母亲用这种压抑爱的方式遮盖住自己难堪的一面。直到青春期时奥尼尔才发现了这个掩盖了十多年的真相——他终于发现,长期以来母亲的怪异举动原来是因为自己出生时为缓解难产的痛苦,医生给母亲加大剂量注射了吗啡! 14 岁的尤金从此背上了十字架,领会到了索福克勒斯笔下的俄底浦斯的无奈和命运的不可捉摸,这种负罪感竟追随了他的一生。带着爱尔兰人笃信的"天谴"观念,怀着天主教徒"原罪"的信念,他开始疯狂而虔诚地向上帝忏悔和祷告,以求上帝饶恕自己,保佑母亲远离毒品。

---

① 可参阅 Frederic I. Carpenter, *Eugene O'Neill*, Boston: Twayne Publishers, 1979, p.26.
② Louis Sheaffer, *O'Neill: Son and Playwright*, New York: Paragon House, 1968, p.67. 原文为"felt abandoned, unloved, betrayed by those dearest to him."
③ Ibid., p.67. 作者自译。原文为:"It was a dream of my childhood—when I had to dream that I was not alone. There was me and one other in this dream. I dreamed it often—and during the day sometimes this other seemed to be with me and then I was a happy little boy. But this other in my dream, this other I never quite saw. It was a presence felt that made me complete."

但在所有的祷告和哭诉都无济于事后,奥尼尔终于失去了对宗教的最后一点信念,从此背弃天主教,走上了无神论的道路。但奥尼尔的这种徘徊不定、爱恨交织的宗教情怀在他的《大神布朗》《无穷的岁月》(*Days without End*)等许多剧作中都得到了释放。他也曾把现代社会存在的信仰丧失和精神混乱的现象描述成著名的"现代特征"。在他的作品中可以见到更多的对宗教,特别是清教的反感,《悲悼》就是此中显著的例子。对于毒品,奥尼尔不停地追悔于自己的出生造成母亲吸毒这一刻骨铭心的自责感,他因此塑造了奥林这一形象,这位对母亲的死(现实中母亲染上毒瘾)一直带有愧疚感的儿子的形象。奥林举枪歇斯底里地杀死卜兰特,就是现实生活中的尤金·奥尼尔痛恨吗啡、妄图斩绝毒品的心理写照[1]。

三、奥尼尔的婚姻及爱情观

母爱的缺失就这样一直萦绕着奥尼尔的一生,影响着他的爱情取向。在他的眼里,自己最像母亲:敏感、内向、多愁善感。家中和自己感情最投合的也是母亲,他一直把母亲视为知己。这点在奥尼尔后期自传性的名剧《进入黑夜的漫长旅程》中也清晰可见。因而许多评论家推论奥尼尔具有较显著的"恋母情结"。对母亲爱恨交杂的矛盾心态,在《悲悼》中奥林和莱维妮亚对母亲克莉斯丁的态度中便可略见一斑。如果说母亲的痛苦经历和母爱的缺失为青年的奥尼尔带来不可多得的悲剧主题,那么自 1909 年开始的奥尼尔的三次婚姻更加重了他无家可归的宿命观点,也加强了他的悲剧爱情观。他的第一任妻子就是一位与母亲一样纯洁而美丽的中产阶级女子,凯瑟琳·詹金斯。她高雅、文静,是个"给我带来最少烦恼,而我给她带来了太多烦恼的女人"[2]。第二任妻子阿格尼丝是一位像母亲一样极具艺术气质的艺术家。在她的崇拜和鼓励下奥尼尔进入了创作高峰期,也经历了十年恩恩怨怨的婚姻生活。著名传记作家路易斯·谢弗认为:"在他和女性的关系中,他所追求的与其说是一个妻子,倒不如说是一个母亲的形象,一个能干、健壮的女人。"[3]而与第三任妻子卡洛塔·蒙特莉的交往也正像克罗斯韦尔·鲍恩(Croswell Bowen)意识到的那样:"他把她当作一个具有监护职能的母亲,当作一个能

---

[1] Maria Milliora, *Narcissism, the Family and Madness: A Self-Psychological Study of Eugene O'Neill and His Plays*, New York: Peter Lang, 2000, p.100. 原文为:"O'Neill hated the syringe and wanted to kill it, as Orin murdered his mother's lover."

[2] Louis Sheaffer, *O'Neill: Son and Playwright*, New York: Paragon House, 1968, p.145. 原文为:"The woman I gave the most trouble to has given me the least."

[3] Ibid., p.308. 原文为:"In his relations with women the author desires not so much a wife as a mother-figure, someone capable and strong."

够理解他,并报之以他所极度渴望的母爱的那种女性。"①这一点在奥尼尔的诸多作品中都有体现。比如《榆树下的欲望》中的伊本、《进入黑夜的漫长旅程》中的詹米(Jamie)和《月照不幸人》中的杰米(Jim)等都是在女友身上寻求母爱的典型。

奥尼尔的朋友,小说家兼编辑贝西·布鲁尔(Bessie Breuer)曾说:"尤金是一个内心充满了爱的人……他开辟了一个痛苦的世界。他走到哪里,就在哪里创造出一个爱和痛苦的世界。"②是的,奥尼尔在用一生去寻找"爱",母爱和家庭的亲人间的爱。因而,他创造了艾琳这个为爱默默付出的形象,成了新闻记者斯蒂芬(《救命草》主人公)活下来的生命支柱;他创造了罗伯特,为爱舍弃了理想却抱恨而终(《天边外》);他创造了安娜·克里斯蒂,明知大海的凶险,偏向大海抗争、向命运抗争,大胆地爱上漂泊海上的马特;《上帝的儿女都有翅膀》中爱使吉姆耗尽所有的力量和抱负;《榆树下的欲望》中爱令伊本和爱碧舍弃物质占有而被双双投入监狱。但细细品味,我们发觉,奥尼尔作品中几乎所有的爱都以悲剧而告终。我们说奥尼尔走到哪里,似乎爱的悲苦世界就带到哪里。这源于剧作家儿时的经历,源于20世纪一系列哲学、心理学成果对他的熏染,源于瑞典著名剧作家斯特林堡(Strindberg)的影响,源于他爱尔兰血统的狂躁和不安,更源于他对悲剧的钟情。许多评论认为奥尼尔的爱情观是悲观的,爱情不能给相关的人带来幸福,反而带来巨大的破坏力量:毁掉人的梦想、事业、家庭,甚至生命;爱情不是福音,而是邪恶的魔咒,不但不能带来幸福,反而带来厄运。③国内著名的奥尼尔研究学者吴雪莉认为:爱在奥尼尔的剧作中似乎是"毁灭性的",甚至"是使人同类相食的中介"④。但奥尼尔却认为:"人要是不在跟命运的斗争中失败,人就成了个平庸愚蠢的动物……你看,我并不是个悲观主义者。相反,尽管我伤痕累累,但是,我对生活仍然是乐观的。"⑤这也是他对自己并不悲观的爱情观的精彩回答,从中我们品味到他对悲剧美的不断追求,因为他认为:生活中有悲剧,生活才有价值。⑥ 确实,如果细读奥尼尔的每一部作品,我们会发现这样一个现象:"爱"几乎遍及他的每部作品,它们似乎在无声地宣告着剧作家对爱的

---

① 汪义群:《奥尼尔研究》,上海外语教育出版社2006年版,第49页。
② 同上书,第48页。
③ 参阅刘茵:《露丝的爱情——从天边外评析奥尼尔的悲剧的爱情观及其原因》,《北京工业职业技术学院学报》2007年第7期,第127~129页。
④ 吴雪莉:《奥尼尔剧作中被困扰的"自我"》,《外国戏剧研究》1989年第1期,第42页。
⑤ 〔美〕尤金·奥尼尔:《奥尼尔文集》第6卷,郭继德编,人民文学出版社2006年版,第236页。
⑥ 同上书,第257页。

呼唤,对人性回归的企盼,显示着剧作家在"爱"的废墟上拼搏,虽粉身碎骨却绝不投降的顽强追求。

奥尼尔曾说:"在我看来,人是具有同种原始情感、欲望和冲动的相同生物体。这些相同的力量和弱点可以被追溯到雅利安人开始从喜马拉雅山向欧洲大陆迁徙的远古时代。他已经对这些力量和弱点有了进一步的认识,并正以极慢的速度学着怎样控制他们。"①是的,人与自身情感的冲突,从深层意义来说是人与命运的冲突,是现代人类生存的悲剧性根源。而悲剧最能深刻地揭示人生,能给人带来巨大的激励和鼓舞,使人更深刻地了解生活。"生活的悲剧给人类带来了无穷的意义……命运永远不能征服勇敢者的精神。"②奥尼尔在悲剧中创造了悲剧性的爱情结局,不仅不能因此而认定爱情是毁灭一切的力量,也不能说明剧作家是悲观的,反而证明了剧作家昂扬的生命热情,他描画主人公对可能产生悲剧的爱的执着正是证明了他对爱不懈追求的决心。

小　结

在20世纪剧作家尤金·奥尼尔的眼中,阿特柔斯家族(孟南家族)的罪恶和悲剧更带有他的时代及个人经历的影子,更带有主人公内在的心理因素。这种控制的力量是内在的,而非外在的,是孟家人对爱的不当处理的结果。这不同于其师从的古希腊剧作家,埃斯库罗斯以一个公元前6世纪剧作家的眼光审视阿特柔斯家族的罪恶,强调命运的无形力量,尽管他相信人的力量,尊重人的自由意志,但仍不能突破传统的命运观念。在他看来,"神是具体的存在,是人类生活的主宰,而命运,这具有无上威力的东西,不仅是人而且也是神的控制者。因此,他强调个人的责任心和道德感,用以指导自己的行为,同时表示人们的生活前途只能由命运来决定。"③

作为20世纪美国戏剧艺术的泰斗,尤金·奥尼尔重视对古希腊悲剧传统的承袭和发展。他的中期创作巅峰之作《悲悼》在情节、人物性格、某些创作手法和风格上对古希腊艺术进行了继承和发扬。在主题上,奥尼尔也强调

---

① Dover Alans (ed.), *American Dramas and Its Critics*, Chicago: the University of Chicago Press, 1975, p.179. 此处转引自张岩:《〈悲悼〉悲剧冲突的表现形态与情感模式探析》,《泰山学院学报》2005年第27卷第1期,第39页。另可见廖可兑:《尤金·奥尼尔戏剧研究论文集》(1999),外语教学与研究出版社2000年版,第49页。

② 〔美〕尤金·奥尼尔:《奥尼尔文集》第6卷,郭继德编,人民文学出版社2006年版,第236页。

③ 廖可兑:《西欧戏剧史》上卷,中国戏剧出版社2002年版,第13页。

了埃斯库罗斯悲剧中时刻萦绕主人公的命运感,只是这个命运体现在人物的内心,是心理因素决定了孟家的命运和悲剧。

19世纪末到20世纪,资本主义的辉煌灿烂不断显示出其负面影响,出现了前所未有的精神荒原,奥尼尔就是在这个时期成长起来的。作为一个爱尔兰人的后裔,奥尼尔的经历不同于周围土生土长的新英格兰人,家庭环境养成了奥尼尔天性敏感、细腻、浪漫、冲动的气质,童年的生存环境和父母不幸的婚姻以及不断迁徙的"家"又造就了奥尼尔对家的眷恋和对爱的渴望。于是,在这个毫无依靠的精神荒原中,奥尼尔这位敏感的艺术家开始寻求爱的精神家园。他敏锐地感觉到在人们生活的背后总有一种神秘的超自然的力量。这种近似宿命的并沾有神秘主义色彩的思想使他的戏剧无论内在还是外在底蕴都更接近于古希腊的命运悲剧。他追求把古希腊的命运观念改成"现代的心理观念",从而找出这个"蕴藏在生活背后那股强劲而又无形的力量"成就了他的众多作品,而更具代表性的当属他磅礴的《悲悼》三部曲,在这里生活背后的那个力量就是"爱"。

第四章 爱的分界线——《悲悼》中爱的变迁

> 不管怎么说,我的三部曲中,一切爱与恨的交织都跟文学一样古老,我所暗示的解释是任何时代的任何作者,只要他想探究促成家庭成员之间的关系的内在原因,都自然会想到的。①
>
> ——尤金·奥尼尔

在积攒了丰厚的生活经历,穿越了无数难熬的孤独和痛楚岁月,创作了各色的实验性剧作,在美国文学史上树立了足够的爱的经典形象后,奥尼尔在 1926 年设计了《悲悼》的写作。五年后(1931 年),奥尼尔终于不孚众望捧出了自己创作生涯的最高成就,自己"最重要的作品",本书爱的主题的分水岭性作品《悲悼》三部曲。三部曲中跌宕起伏的情节,悬疑、血腥的场面,多彩、经典的人物形象,命运与爱的深度,手法、语言,等等,无不令戏剧观众耳目一新。而这里的一条深层线索始终暗流涌动,埋藏在仇杀、乱伦和疯癫的表象下,那就是"爱",一股强大的、妄图突破宗教压抑、压垮家族陈旧传统的爱。本书将该剧称为爱的分水岭,因为《悲悼》中展现了奥尼尔前所未有的爱的勇气和对爱的深度剖析,因为它对古希腊蓝本炉火纯青的临摹和发展中,超越了埃斯库罗斯命运的主题界限,而找到了那个心理因素"爱",并对它进行了巧妙的移植。更因为它前所未有地展现了孟家一系列爱的变迁过程:主人公们经历了爱之美好、爱之缺失与压抑、爱之扭曲到爱的变异,以致最后由爱变恨的过程后依然留下"爱犹在"的痕迹。说它是爱的分水岭,因为它预示了奥尼尔后期作品中宽容、谅解的爱的主题的诞生。

---

① Travis Bogard & J. R. Bryer, *Selected Letters of Eugene O'Neill*, New Haven: Yale University Press, 1988, p. 386. 原文为"After all, every human complication of love and hate in my trilogy is as old as literature and the interpretations I suggest are such as might have occurred to any author in any time with a deep curiosity about the the underlying motives that actuate human interrelationships in the family."

第一节　爱之美好

正是爱支撑着奥尼尔耗时三年左右创作了《悲悼》。这套三部曲创作于剧作家和第三任妻子卡洛塔新婚燕尔最幸福的时刻。1926 年相识的二人，1929 年终于在巴黎喜结连理，此时的奥尼尔又一次投入爱情的怀抱，并为卡洛塔在海岛（Sea Island）上建造了一座别墅，以两人的名字 Eugene 和 Carlotta 命名——Casa Genotta。在献给卡洛塔的这套三部曲手稿上，奥尼尔是这样题词的："为了纪念那些凄风苦雨的日子：……在那些日子里，你以深沉的爱压制着痛苦的孤独，期待着这套三部曲的诞生。"①

一、金棕头发与爱

1929 年，尤金·奥尼尔在创作《悲悼》时的"片段日记"中记录了他的这个打算："要使埃兹拉、奥林和亚当（还有那家的人的肖像画）显得相像，使克莉斯汀和拉维尼娅显得相像——拉维尼娅和她母亲长着几乎一模一样的少见的金棕色头发——同那个去世的女人，亚当的母亲的头发是一样的，埃兹拉的父亲和伯伯都爱上了她——由她开始，出现了一连串循环出现的爱情、憎恨和报复——要强调这个来自过去的、激发种种事情的命运。"②从这个打算出发，剧作家开始了用爱编织的三部曲。在这里爱情与命运被紧紧地联系在一起，左右着这个家庭。它们演绎着孟家的人们对爱的美好追求，因爱的缺失和压抑而造成的爱的扭曲、变异、仇恨直至互相残杀的家族命运。然而无论结局如何，孟家的爱首先体现出它的美好和温馨的一面。

我们且从孟家这位一连串爱情的始作俑者玛丽亚谈起。这位"金棕头发"的女人，有如爱神打开了这个古老、因循的家族里爱的堤坝，令长相相似的孟家男性们着迷，令戴维德不惜舍弃祖业，以致孟家的后代们在少见的金棕头发面前都前仆后继地成了爱的"俘虏"。可见，玛丽亚这个爱情链条中的灵魂性人物，是研究这个家族爱情渊源的关键。有关玛丽亚谜一般的相貌和扑朔迷离的为人，剧作家给我们提供了三个版本：儿子卜兰特的描述、莱维妮

---

① Louis Sheaffer, *O'Neill: Son and Artist*, New York: Cooper Square Press, 2002, p. 365. 原文为："memory of the interminable days of rain ... days in which you collaborated, as only deep love can, in the writing of this trilogy of the damned!"
② Travis Bogard, *Notes and Extracts from a Fragmentary Diary: The Unknown O'Neill: Unfinished or Unfamiliar Writings of Eugene O'Neill*, New Haven: Yale University Press, 1988, p. 398. 译文也可参阅〔美〕弗吉尼亚·弗洛伊德：《尤金·奥尼尔的剧本：一种新的评价》，陈良廷、鹿金译，上海译文出版社 1993 年版，第 374 页。

亚厌恶的提及以及老园丁萨斯较为客观的回忆。三个版本中有一点是相通的,即玛丽亚的相貌。卜兰特看到莱维妮亚的头发时触景生情地提起自己的妈妈:"瞧瞧你的头发,像你的和你母亲的头发,一年里也不会碰见一个。我只记得一个女人有那样的头发……那就是我的妈妈……她有像你母亲那样漂亮的头发,垂到膝盖,忧郁而又大又深的眼睛,蓝得像里海!"①老萨斯有关玛丽亚的讲述证实了卜兰特的描述,同时强调了玛丽亚的性格:"玛丽亚?她老是笑着唱着——活泼泼的而又富有生气——她身上有种自由的野性的性格像个野兽(animal)。也美得很!头发的颜色和你妈妈的和你的恰恰一样……每个人都喜欢玛丽亚——毫无办法的事。甚至你的爸爸。那时他还是个小孩子哩,可是就像年轻人所常有的事儿,他也为她发了疯。"②可见孟南家的爱神首先具备一头美丽而奇异的头发,像跳动的火焰,点燃了孟家人生命的活力和爱的热情。孟家的三代女性,或者说三位为孟家男人着迷的女性,都拥有这头金棕色的头发,它们在剧中不停地闪现,又不停地被提起、被触摸、被迷恋。刚刚从战场上归家的艾斯拉为了找机会向妻子克莉斯丁叙说思念,而支走女儿时还在抚摸女儿的那头秀发;面对妻子,一向冰冷、傲慢的艾斯拉却"带着欲望和一种奇怪的凛然的感情——笨拙地、爱抚地、用手摸摸她的头发",然后敞开心胸:"你真美!你比以前更美了……你年轻了。和你一比,我觉得我是一个老头子了。只有你的头发还是老样子——你的奇异的美丽的头发,我一向——"③儿子奥林会爱抚地摆弄母亲的头发:"你记得吗?你常常让我梳理你的头发,我又是多么爱梳啊!他也不喜欢我做那个。妈妈,你的头发还是那么美丽。并没有变。"④从传统意义上讲,头发通常是健康与活力的象征。孟南家这三代女性,玛丽亚、克莉斯丁和莱维妮亚都拥有的茂密的金棕色头发,象征着她们蕴藏的勃勃生机和活力。这与那死气沉沉的大宅,与每个人面具般毫无生气的面孔形成了鲜明的对照,揭示着孟家人们内心深处对爱的渴望和欲求。这与孟南家族一向奉行的清教戒律格格不入,也因而预示着这个家族爱的悲剧的诞生。孟南家的爱神需具备的另一特色是"老是笑着唱着——活泼泼的而又富有生气——她身上有种自由的野性的性格像个野兽。"⑤这种活力、生气和野性在玛丽亚身上有,克莉斯丁

---

① 〔美〕尤金·奥尼尔:《奥尼尔剧作选》,荒芜译,上海文艺出版社1982年版,第173~174页。
② 同上书,第199页。
③ 同上书,第208页。
④ 同上书,第249页。
⑤ 同上书,第199页。

身上有，从海岛归来的莱维妮亚身上也有。这种活力与金棕头发、野性气质汇聚一体成了孟家爱神的特质，成了自由和活力的象征。足见这个家族向往和追求的爱的本质，就是这种昂扬的生命力。为了这个活力，这个家族的几代人上演了一首首追求自由和爱情的动人曲目。

（一）戴维德和玛丽亚的爱

戴维德和女看护玛丽亚的爱虽被众多评论者认为是"欲望（desire）""情欲"或是"性欲"的结果，但需要仔细分析的是，如果只是欲望的驱使，戴维德何以与长兄反目，更何必抛家舍业？如果只是怕未婚先孕违背了清教的戒律，有辱了大宅的门风，那身为贵族的戴维德要和地位低微的女看护一刀两断也不是一件难事。那样这位公子哥应该无须抛弃一切，不必离开养尊处优的生活去奉子成婚。如此看来，戴维德和玛丽亚从孟家出走，除了兄长艾比·孟南的嫉妒和掺杂的道德意识以及清教观念外，"爱"应该是难以否认和回避的重要因素。从剧中的几个细节我们不难看到其中爱的成分：被逐出家宅的戴维德堕落到酗酒的地步，终于在卜兰特7岁时，烂醉回家，打了玛丽亚。从儿子卜兰特的叙述中我们知道，"那是他第一次打她"，可见婚后的戴维德和玛丽亚仍能保持着那份爱，尽管戴维德的酗酒给妻儿心理带来了无尽的伤害。看到母亲被打，年仅7岁的卜兰特"气极了。用火棍朝他打去"。当妈妈把卜兰特藏起来俯在他的身上哭时，他意识到"她始终在爱着他"[①]。此后戴维德的举止体现了他对妻儿深深的歉疚和深藏的爱：父亲好多天坐在那里，茫然地瞪着眼睛，并找机会请求孩子原谅他打了妈妈。可见尽管戴维德和玛丽亚的爱中掺杂着诸多的灰色因素，其纯真和难以割舍的爱仍是令人动容的。

因而一直以来评论界对孟南家族这一爱的曲解或多或少影响了对《悲悼》主题的挖掘。人们常常忽略其中不断涌现的爱的波澜，特别是对玛丽亚的出现和这家祖辈们对爱的争夺上，大多强调是"欲望"所为，而忽略其中"爱之美好"的一面。本书作者认为导致孟南家族毁灭的诸多因素，如罪恶传递、世代情仇、面具效应、社会因素等，都是爱情这一主线的延续和发展。试想：如果没有玛丽亚和戴维德的爱情作为主线，成为其他爱恨情节的导火索和开端，怎么可能有祖父的嫉恨、卜兰特的复仇、卜兰特和克莉斯丁的爱以及一系列爱的后果？奥尼尔曾讲道："与我们的思想相比，我们的情感是更好的向导。我们的情感是靠本能的，不只是单个人的人生体验，而是整个人类若干年来共同经历过的。情感是深藏的潜流，而思想通常只是个体的一些细碎且

[①] 〔美〕尤金·奥尼尔：《奥尼尔剧作选》，荒芜译，上海文艺出版社1982年版，第178页。

肤浅的反应。"①可见在奥尼尔看来,情感是至关重要的,对情感的认识和理解才是厘清事情的基础。

(二) 艾斯拉和克莉斯丁的爱

如果说戴维德和玛丽亚的爱情有其美好的成分,那么艾斯拉和克莉斯丁的爱也曾经是浪漫和温馨的。克莉斯丁面对女儿的纠缠,也不无感慨地透露与艾斯拉曾有的感情:"我有一度爱过他——在我跟他结婚以前……那时他穿着尉官的制服,是很漂亮的!他幽默,神秘而又风流!"②艾斯拉为了重拾这份爱,更是不惜抛开自己一向最注重的尊严和"派头"。作为一个威严的"军中英雄",艾斯拉宁愿撕下戴了几十年的冰冷的面具,而拜倒在克莉斯丁的脚下,不能不说明爱的真实和不可抗拒。让我们看一下这位城府极深的法官、市长以及将军的爱的流露过程:

> 从刚进门时"带着一种冷冰的尊严吻她……声音里透出一种被抑制的情感的潜流"→"冲动地吻她的手",却又"因为这种感情的流露而感到困窘"→"他注视着她,着迷而又激动"→"带着欲望和一种奇怪的凛然的感情"→"笨拙地、爱抚地,用手摸摸她的头发"→"避开她的眼光,坚持地"→(他瞪着她——于是恳求地问道)在我们结婚之前,你确实是爱我的。你不否认这一点吧?→终于(庄严地伸直了身体,就像一个面对着敌人的压倒的优势兵力投降似的)那么,好了。我回家来向你投降——从内心里归顺你。我爱你。从前我爱你,中间这些年我爱你,现在我还是爱你。"→"我讨厌死亡!我希望生活!也许你现在可以爱我!(带着一种力竭声嘶的调子)我一定要叫你爱我!"③→"你不愿意去记你曾经爱过我的了!"→"我还希望我的回家会成为一个新的起点——我们之间的新的爱情!我把我的私衷(secret feelings)告诉了你,我把我的心掏出来给你看——我以为你会了解!"④

---

① Frederic I. Carpenter, *Eugene O'Neill*, Boston: Twayne Publishers, 1979, p.174. 原文为 "Our emotions are a better guide than our thoughts. Our emotions are instinctive. They are the result not only of our individual experiences, but of the experiences of the whole human race through the ages. They are the deep undercurrent whereas our thoughts are often only the small individual surface reactions."
② 〔美〕尤金·奥尼尔:《奥尼尔剧作选》,荒芜译,上海文艺出版社1982年版,第184页。
③ 同上书,第202~212页。
④ 同上书,第215~217页。

就这样,由远及近,由松及紧,由收到放,由矜持到释放,由生硬到柔和,只见艾斯拉丢盔卸甲般向他疏远了多年的妻子缴械投降,做了平生第一次,恐怕也是最后一次令人感动的爱的表白。要知道,对于一个戴着面具的清教徒来说,打开心扉说出私衷,等于在忏悔、在赎罪,这种奉献应该是对至高无上的上帝或神父的。而艾斯拉对克莉斯丁的表述令人感到像是对爱神的奉献和礼拜,是艾斯拉企图对爱的皈依,可见克莉斯丁在他的心底唤起了多么强烈的爱!

我们不妨关注一下这个艾斯拉深爱着的女人的形象,这个孟家另一个标志性"爱"的化身:克莉斯丁有法国和荷兰血统,又漂亮又古怪,是个"高高的动人的女人,有四十岁,但看起来要年轻些。她有一个美妙的肉感的身材,走动起来带着一种袅娜的风度(voluptuous figure, moves with a flowing animal grace)。她穿一件绿色的缎子衣裳,剪裁得很讲究并且很值钱,衬出她的鬈曲浓发的别致颜色来。她的头发一半是棕黄色,一半是金黄色,各自鲜明而又互相调和,她的面貌也不凡,与其说是美丽还不如说是俊俏(handsome rather than beautiful)……只有两个深陷的暗绿色的眼睛是活动的。她的两条黑眉毛在她的高高的鼻子上方很显目地连成一条直线。她的下巴很厚,她的嘴又大又肉感,下唇丰满,上唇弓形的细细一条,带一道汗毛影子。"①总之,她的身材、风度、衣裳、浓发、眼睛、眉毛、下巴和嘴等等,每个地方都似乎在宣告着她那昂扬的生命力和活力。细细品味,我们发现她是又一个"玛丽亚·卜兰脱慕",一个海岛归来后的莱维妮亚,一个玛丽·蒂龙②,同时又是一个生活中尤金·奥尼尔的母亲玛丽·艾拉。

二、温馨的爱

(一)母亲与情人

如果说其他几组爱情都只能说是过去的或者逝去的爱,是需要推测的暗线,那么克莉斯丁和卜兰特的爱则无疑是本剧的高潮,是确定无疑且轰轰烈烈的明线。尽管我们对卜兰特和克莉斯丁最初的相爱动机难免持有异议③,两人相爱得坦诚而不顾一切,他们为爱铤而走险,为爱担惊受怕,为爱痴人说梦,为爱放弃毕生理想,为爱共赴黄泉的举动最终还是感动了读者。卜兰特从一开始就没有在克莉斯丁面前隐瞒自己的身世是这份爱中难能可贵之处。

---

① 〔美〕尤金·奥尼尔:《奥尼尔剧作选》,荒芜译,上海文艺出版社1982年版,第159页。
② 《进入黑夜的漫长旅程》的女主人公。
③ 卜兰特爱上克莉斯丁的最初动机应该是为了向艾斯拉复仇。

这组爱的男主角卜兰特,按克莉斯丁的说法是身上有种"又和气又温柔"的气质,凡是艾斯拉"所没有的他全有"①。他就是克莉斯丁这些年来所渴望的"一个情人!"为了克莉斯丁,卜兰特放弃了他最钟爱的"飞艇",他那高高的、"从不曾爱过一个女人像爱它们"那般深的快艇。尽管如此,卜兰特清楚克莉斯丁对他的意义,深情地对她说:"你带来了爱情——至于其余的只是爱情的代价。爱情的价值高过代价的一百万倍!"②爱情同样使克莉斯丁痴迷,她承认自己"接二连三地做错了事。就好象爱情逼着我去做一切不应该做的事情似的……可是我太爱你了。只要我们可能偷到一点时间,我总是想和你在一起。"③两人坚定不移地共同追求幸福,追求燃放激情的爱情。

再让我们看看这位女主角克莉斯丁的身世:她"不像孟家的人。祖上是法国人和荷兰人"④,法国血统注定了她天性中的活泼、浪漫的基因,这又必然与孟家的冰冷、刻板的传统格格不入。镇上习惯于孟南家古板气质的人们也就认为她"又漂亮,又古怪"。"她的爸爸在纽约当医生"表明了她自小就远离了贫困边缘挣扎,只求温饱的生长环境,同时说明她不是那种追求物质享受、攀附社会名流和万贯家产的人。这种中产阶级的社会地位决定了她受到自由、平等和民主思想的影响,信奉的应该是追求个性解放、敢爱敢恨、敢作敢为的个性自由高于一切的精神。处处与母亲争夺爱的莱维妮亚发现自己在爱的战场上根本不可能战胜这位爱的化身。因为克莉斯丁不止漂亮、开朗、追寻自由,还不受宗教或信仰所禁锢。

(二) 姐姐与情人

1. 莱维妮亚与卜兰特

莱维妮亚与卜兰特的感情尽管持续的时间短得可怜,但仅有的四次见面就使得莱维妮亚这位极难敞开心扉、流露情感的孟家的卫道士献出真情和深吻,关键在于卜兰特的魅力和孟南家人择爱的标准。在这一点上,我们不得不提到一个烘托性的人物——彼得,这位纯真、质朴、阳光的莱维妮亚的追求者。剧始前他不知有多少次机会向莱维妮亚求爱,而直到剧的开场莱维妮亚对彼得仍是"深自敛抑,采取守势"的一副盛气凌人的态度。在卜兰特出现以后,莱维妮亚对彼得的态度更是心不在焉,王顾左右。"不过我的确把你当作一个兄弟一般地爱着,彼得。我怎样也不愿失去像你这样的一个兄弟。"这不

---

① 〔美〕尤金·奥尼尔:《奥尼尔剧作选》,荒芜译,上海文艺出版社1982年版,第218页。
② 同上书,第272页。
③ 同上书,第191页。
④ 同上书,第158页。

得不使彼得和读者产生怀疑："那就是说，除非因为你爱了别的什么人。"①作为一个清教意识极浓的女孩，莱维妮亚对彼得身上那种单纯、正统和虔诚不以为然，她喜欢的竟是"那么一个风流俊俏的家伙。看去不像一个船长，倒是更像一个赌棍或者一个诗人"的卜兰特。天真的彼得的一席话——"也滑稽得很，他使我想起一个什么人来。可是我又指不出那是谁来。"——点破了卜兰特与生俱来孟家人的长相，更令人意识到孟家女人的爱情取向。卜兰特"额角阔而低，四围是乌黑平直的头发。他的头发蓄得很长，像个诗人似的，随便地从前额上向后梳去。他有一个大的鹰鼻，浓重的眉毛，微黑的面色，褐色的眼睛。他的宽阔的嘴表示色情而易怒——是一张忽而刚强忽而柔弱的嘴。他蓄有一撮小髭，但是他肥厚的下巴刮得很干净。就身材来说，他的个子很高，宽肩而有力。他给人家的印象是老是过着战争生活，非攻即守。"②读者会突然意识到这是莱维妮亚父亲的相貌和身影。对于具有强烈恋父情结的莱维妮亚来说，卜兰特无疑成了父亲的替身，对于克莉斯丁来说他又是婚前的艾斯拉的一个翻版。而他的浪漫、随意和色情无疑又勾起了莱维妮亚压抑许久的对自由和随意生活的幻想和对浪漫爱情的憧憬。因而就像母亲克莉斯丁一般，莱维妮亚不可救药地坠入了对卜兰特爱的幻想中。从海岛回归后更加敏感的奥林对这一点心知肚明："亚当姆·卜兰特也是一个船员，是不是？威尔金斯使你想起卜兰特……你在福里斯科突然丢掉孝服，买了些象妈妈穿的那种颜色的新衣服，就是那个原因！"③彼得怀里的莱维妮亚会脱口而出："想我！把我抱去，亚当姆！"④从而完全砸碎了她企图和彼得共赴爱河的美梦。

如果说莱维妮亚对卜兰特的爱恋带有一定的恋父色彩，那么卜兰特对莱维妮亚的爱则流于对金棕头发的眷恋。如果说卜兰特只是敷衍莱维妮亚以便为他与克莉斯丁的爱做掩护，那么卜兰特向莱维妮亚描述自己向往的海岛是否能说明什么？从孟南家男性的特点来看，他们心目中神秘的幸福岛只会对自己钟情的女人才会讲到的。从卜兰特"带着一种迷惑的、愚笨的固执"对莱维妮亚喃喃低语："我一想起那些岛来，我就想到你，想起那天晚上你走在我的身边，海风吹着你的头发，月光照着你的眼睛！"⑤从这些话语中我们不难窥见卜兰特对莱维妮亚的爱的端倪。

---

① 〔美〕尤金·奥尼尔：《奥尼尔剧作选》，荒芜译，上海文艺出版社1982年版，第165页。
② 同上书，第172页。
③ 同上书，第315～316页。
④ 同上书，第340页。
⑤ 同上书，第176页。

2. 莱维妮亚与彼得

莱维妮亚与彼得的爱情随着她忘情地喊出"亚当姆"似乎划了问号。但从南海海岛回来后,完成了爱的教育的莱维妮亚向彼得发出的动情的爱的呼唤,始终感染着读者去追问其中的真爱。此时的莱维妮亚一心要享受爱的甜蜜,与彼得共浴爱河。她的话多了,穿着艳丽了,体态丰盈了,她会充满恩爱地任情拥抱彼得。"噢,彼得,把我抱紧一点!我想体验爱情!爱情是太美了!我从来不知道什么是爱!我是个傻子!……我们给我们自己在陆地上创造一个岛,我们会生育子女,爱护他们,教育他们去热爱生活,那么他们就永不会受到憎恨和死亡的支配!"①"彼得,把我抱紧些!什么都没有爱重要,是不是?"②她会想彼得"想得那么厉害",因为"许多事物——船和海——一切诚实而纯洁的事物——都老使我想起你来。岛上的土人们也使我想起你来。他们是那么单纯和美好。"③彼得成了纯洁和诚实的象征体,同时作为爱的主体,寄托了莱维妮亚对生活中美好而纯洁的事物的向往和追求的情怀。奥林不禁要问彼得:"你没有问她为什么偷偷换上妈妈所喜爱的色调吗?……我敢说它会证明一个奇怪的原因(strange reason)!"④莱维妮亚的花衣服是克莉斯丁所代表的爱和生命活力的象征。不言而喻,此时莱维妮亚穿给彼得的花衣服象征着她向彼得献出的一束爱的火焰。彼得喜欢莱维妮亚,喜欢黑色丧服下的她,更喜欢穿花衣、活力四射的她。"看见你穿花衣服,我简直不敢相信我的眼睛。你向来惯于穿黑的。你应该常穿花衣裳。""是的,花衣裳的确合适。"(It certainly is becoming.)⑤彼得的一席话道破了天机:应该是"花衣适宜厄勒克特拉"(color becomes Electra),而不应是本剧的题名"丧服适宜厄勒克特拉"(mourning becomes Electra)。这一词、一色之差竟暗示了"悲悼"和"美满"这一对天壤之别的结局。

应该说莱维妮亚爱彼得,一直爱到为了他的幸福而舍弃了自己过上安逸生活的机会。她会心疼地捧起彼得的脸:"彼得!让我看看你!你是在受苦!你的眼睛里有一种受伤的神色!你的眼睛向来是诚实可信的!现在却显得怀疑生活、害怕生活了!难道我已经把你变成这个样儿了么,彼得?"⑥为了

---

① 〔美〕尤金·奥尼尔:《奥尼尔剧作选》,荒芜译,上海文艺出版社 1982 年版,第 308～309 页。
② 同上书,第 330 页。
③ 同上书,第 307 页。
④ 同上书,第 305 页。
⑤ Eugene O'Neill, *Eugene O'Neill（complete plays 1920-1931）*, the Library of America, 1988, p.1020.
⑥ 〔美〕尤金·奥尼尔:《奥尼尔剧作选》,荒芜译,上海文艺出版社 1982 年版,第 339 页。

使这个阳光、纯真的爱人不被孟南家族的罪恶蒙上阴影,莱维妮亚毅然选择了放弃。她对保守、害羞的彼得洒下弥天大谎,说自己与岛上的土人有染,为了成全彼得继续阳光的一生,放弃了他们的婚姻,这其中包含的爱是不言而喻的。

(三)奥林与海丝儿

尽管怀有深深的恋母情结,奥林对纯真的海丝儿的感情仍是细腻并且美好的。战场上他会听到海丝儿的歌声:"那使我觉得在某些地方生命仍然是活跃的——我听见你的歌唱……我常常是在最古怪的时候听见你的歌声——那么甜蜜、清楚、纯洁!那声音高扬在垂死的呼喊之上。"①他对海丝儿的情感会使人联想到对生的渴望,对纯真、和平的眷恋。良心受到谴责的奥林意识到自己"没有资格和她生活在同一个世界里面。可是她的纯洁又那么吸引我!她对我的爱竟使我觉得自己还不太卑鄙!……但同时却更卑鄙到千万倍,所以苦恼就在这里!……她正是另一座失掉了的海岛!"②

奥林爱海丝儿,像对待一块璞玉,生怕玷污了海丝儿纯真的心,所以宁愿牺牲自己。他告诫海丝儿:"听我说,海丝儿!你切莫再爱我了!现在我所知道的爱就是为了罪孽而爱罪孽,生出更多的罪孽来。"③而一直追随奥林的海丝儿为了把心爱的人从莱维妮亚的掌控中救出来,一向羞答答的她会大声责骂莱维妮亚:"我比你更爱奥林!照你所做的来看,我认为你根本不爱他!"④这就是爱的力量和勇气。

总之,奥尼尔笔下的孟家的爱是丰裕且美好的,是洋溢着幸福的正常的爱。为了渲染孟家美妙的爱,剧作家在用大量笔墨描述孟家人对爱追求的同时,又用极其细腻的笔触勾勒了自然的景致,用它们烘托着主人公对爱的憧憬和向往,勾勒出爱与恨、悲与喜的深层含义,并体现了悲剧的主题。

三、景致描写

(一)花、绿色与月色

奥尼尔成功地运用了花、绿色和月色来象征主人公们对爱的向往和渴求,与阴森、刻板的宅邸以及宅内每个人脸上显出的面具般无生命的气息形成了强烈的对比。花在本剧的开始就与"白色的希腊庙宇""黑色的圆柱体"

---

① 〔美〕尤金·奥尼尔:《奥尼尔剧作选》,荒芜译,上海文艺出版社1982年版,第240页。
② 同上书,第313页。
③ 同上书,第323页。
④ 同上书,第326页。

"混色的石头墙"以及"白色的圆柱在灰墙上投的一条条的黑影"形成了鲜明的对照。整个宅邸的阴森和冰冷被克莉斯丁手里的花草偶尔冲淡些,就像孟家一群了无生气的面具被偶尔闪进的金棕色的头发和克莉斯丁的绿色的缎子衣裳注入了鲜活的生命一般。客观来说,死气沉沉的"坟墓"般的孟宅是被克莉斯丁的花点缀上了一抹鲜亮的色彩,主观来说这些花儿传递着爱的信息,也正如莱维妮亚一语道破的那样:"原来你摘花——就是因为他(卜兰特)要来呀?"可见与其说花给这个坟墓似的大宅增添些色彩,不如说爱情给这个死水般的孟南家的生活注入了生机。

海岛之行前的莱维妮亚从不踏进花房半步,她会像钉子一样守在门廊的希腊柱子旁、台阶上、书房里,甚或像侦探似地跟踪母亲到纽约、到卜兰特的船上。而与其截然相反的是母亲克莉斯丁一出场就走向花园,走过丁香花丛,她会用一大束鲜花来装扮了无生气的宅子,给这个"坟墓"增添点"鲜艳的色彩",来等待情人卜兰特的到来。尽管被莱维妮亚一语戳穿,她依然不卑不亢地维护着这道爱和生命的色彩。同样道理,海岛回归的莱维妮亚,经过了海岛的洗礼已经变身成了充满活力的克莉斯丁的化身。岛上土人"肚子上围着彩色的布条,耳朵上缀着花"[①]!这种生命的激情挑起了莱维妮亚对爱情的憧憬。她也试图用花来点缀和掩盖这栋沾满鲜血和遍布死亡的阴森宅院。莱维妮亚与彼得憧憬婚后带花园的家:"噢,彼得,我们一结婚,有一个带有花园和树木的家,那是多么美妙啊!我们会十分幸福的!凡是生长得单纯的东西——对着太阳向上长的——一切正直而坚强的东西我都爱!"[②]她会像萨斯所抱怨的那样,不停地在花园里折花,"把这所房子里的每间屋子都装满了花"[③]。此时老萨斯的另一句"跟她爸爸从前一样"也无意间透露了一个秘密,一个婚前克莉斯丁爱艾斯拉的原因:他竟也曾是个喜欢花、热爱生命和生活、浑身洋溢着爱的人。总之花在《悲悼》中总共出现了 13 次,每次出现都是主人公坠入爱河、准备享受生活之时。

与花直接相关的爱的象征是绿和色彩(color),它们带给人们生机和爱的希望。克莉斯丁那绿色的衣裙,无形中与莱维妮亚那从不离身的丧服般的黑色衣装形成了鲜明的对照。卜兰特的幸福岛上有绿色,克莉斯丁苍白的脸上"只有两个深陷的暗绿色的眼睛是活动的",暗示着克莉斯丁身上被压抑的、随时可能爆发的爱的火焰。海岛归来的莱维妮亚也用花色衣衫点亮着孟宅,带给彼得浓浓的爱意。

---

① 〔美〕尤金·奥尼尔:《奥尼尔剧作选》,荒芜译,上海文艺出版社 1982 年版,第 306 页。
② 同上书,第 330～331 页。
③ 同上书,第 332 页。

除了花和色彩,月亮也是奥尼尔象征美好和活力的一个极好的道具。克莉斯丁对女儿揶揄道:"你瞅着月亮看什么呀?清教徒的姑娘们不应当太留心去观察春天(Spring)。难道说美不是一件令人厌恶的事,爱不是一桩罪恶么?"①注意"Spring"一词被刻意大写了首字母,足见剧作家对这个名称寓意的强调,凸显着剧作家和剧中人物对春天的重视和向往。无论月光还是春天,都无疑象征着美和青春。奥尼尔笔下的月光经常与爱和美好一同呈现,但也多少掺杂着一丝悲凉。就像《月照不幸人》里温柔中夹着悲伤的美丽的月光,《加勒比斯之月》中"永恒而显得忧伤的美"②的月光……卜兰特想与克莉斯丁共享的甜蜜岛上有"月光下面温暖的土地",克莉斯丁为和女儿争夺艾斯拉并寻求片刻的心理宁静,哄艾斯拉在"台阶上坐一会儿不好么?月光是这么美"③。值得注意的是杀害艾斯拉后的克莉斯丁开始害怕月光,就像害怕自己的罪恶暴露在清澄、纯真的月光中一样,也像害怕善良而纯洁的海丝儿看到自己龌龊的罪恶一样,此时的她开始躲避月光,对纯真的海丝儿说:"我们进去吧。我恨月光。它使得一切都带有鬼气。"④刚刚回归家园的奥林意识到房子的古怪和阴森,而老朋友彼得的一席话——"那只是月光的关系"——也道出了月光的透视力——把丑陋的东西放大和突出出来。总之,月光成了秘密和丑恶的照妖镜,使压抑情感的清教难以面对,使罪恶难于立足。

(二) 船与海

除了花和花色衣服以及月光,剧作家在《悲悼》中成功地运用大海和船作为象征,以体现孟南家人对爱、对冲出樊笼的幸福生活的追求和向往。奥尼尔丰富的航海经验和他特有的大海情结不时地被灌输到他的作品中。正如他自己所言:"我作为剧作家的真正起点,是从我离开学院并置身于海员中开始的。"⑤1910年,奉子成婚后不久的奥尼尔就抛弃了怀孕中的妻子,远航到洪都拉斯,继而到阿根廷的布宜诺斯艾利斯,先后在挪威帆船"查尔斯·拉辛"号、英国货船"伊卡拉"号和美国班船"纽约"号上当水手,足迹遍及南美和非洲。最终以美国大西洋航运公司一等海员的身份回归,结束了他的航海生

---

① 〔美〕尤金·奥尼尔:《奥尼尔剧作选》,荒芜译,上海文艺出版社1982年版,第200页。
② 中国社会科学院外国文学研究所外国文学研究资料丛刊编辑委员会:《外国现代剧作家论剧作》,中国社会科学出版社1982年版,第245页。
③ 〔美〕尤金·奥尼尔:《奥尼尔剧作选》,荒芜译,上海文艺出版社1982年版,第202页。
④ 同上书,第230页。
⑤ Croswell Bowen & Shane O'Neill, The Curse of the Misbegotten: A Tale of the House of O'Neill, New York: McGraw-Hill Book Company, 1959, p.124. 原文为:"My real start as a dramalist was when I got out of an academy and among men on the sea."

涯。奥尼尔当初选择出海远航既是为了寻求大海的广博胸怀、开阔视野,又是为了逃避世俗的责任(即将为父),企图找到一片自由的空间,当然这其中也暴露了剧作家一定的道德问题。奥尼尔对海的依恋还有个鲜为人提及的因素,那就是他对"水情结"。奥尼尔的一位叫玛丽·沃斯的朋友曾这样形容水中的奥尼尔:"他像南海岛民一样游泳。而这个离群索居的隐士却害怕独处。黑暗中他会时时感到充满敌意的世界向他压过来,令他充满一种不祥预感:使他像赤身裸体的原始人那样孤独无助。"① 奥尼尔就是在这个矛盾且具有挑战性的黑暗中摸索着自己的航标,考验着自己的心理承受力,于是他在酒精和爱情上找到了答案和慰藉。

总之,大海赋予了这位海之子丰富的创作灵感,在奥尼尔1920年前创作的19部独幕剧和7部多幕剧中,以大海为题材的就有12部之多。他的第一部搬上舞台的剧作《东航卡迪夫》不止以航海为背景,还是背靠大海在简陋的普罗文斯顿的码头剧场演出,产生了轰动效应,对奥尼尔的创作起到了极大的鼓舞和振奋作用。20年代末,奥尼尔计划创作一部自传性系列剧《大海母亲的儿子》,副标题为"一个灵魂诞生的故事",这恰好是他一生对大海依恋的最好概括。在《鲸油》《东航卡迪夫》《归途迢迢》《毛猿》《安娜·克里斯蒂》和《天边外》等作品中,读者都能找到当年奥尼尔的影子和诸多海的形象以及剧作家对海的理解,都能看到主人公对大海的极度迷恋,像《天边外》中的罗伯特,就是剧作家对大海、对爱情不懈追寻的写照。《悲悼》的初步设想还是1928年"在通往中国的阿拉伯海上"②获得的灵感而充实的。《悲悼》中的许多场景、人物和意象都与大海相关,比如,孟南家族是搞船业生意的,艾斯拉是船主,令孟家两个女人着迷的艾斯拉的堂兄卜兰特更是对快艇和大海如醉如痴。他把快艇看作最有魅力的女人来钟爱,会忘情地向克莉斯丁炫耀:"它是一艘漂亮的船,正如同你是一个美丽的女人。是呀,你们两个就像一对姐妹。"③他清楚地意识到:"女人们是嫉妒船的。她们老是疑惑海洋。"④如果说船是漂亮女性的象征,那么令孟家男人们痴迷和追求的大海就是一个开放的象征,既象征着逃离世俗而获得的自由,又象征着一定的神性。奥尼尔笔下

---

① Louis Sheaffer, *O'Neill: Son and Playwright*, New York: Paragon House, 1968, p. 350. 原文为:"He swam like a South Sea Islander. Yet this recluse who shunned people was afraid to be alone. The unfriendly universe pressed down on him in the dark and filled him with the forebodings of naked primitive man..."

② Frederic I. Carpenter, *Eugene O'Neill*, Boston: Twayne Publishers, 1979, p. 126. 原文为 "Arabian Sea en route for China".

③ 〔美〕尤金·奥尼尔:《奥尼尔剧作选》,荒芜译,上海文艺出版社1982年版,第193页。

④ 同上书,第175页。

的不忠于大海的主人公,都得到了大海坚决而果断的惩罚。《悲悼》中卜兰特把大海作为神来顶礼膜拜,就在他和克莉斯丁杀害艾斯拉打算远走高飞之际,他开始"有一种预感,我将永远不能驾着这只船去航海了。它现在不需要我——一个躲在女人裙带下面的懦夫!海是讨厌懦夫的!"他央求情人克莉斯丁:"我们别再谈起船吧。(随后勉强做了一个愁眉苦脸的笑)我要放弃掉海。无论怎样,我觉得我现在跟海吹了!海是讨厌一个懦夫的!"①在海上旅行的莱维妮亚会思念纯真的彼得,因为"许多事物——船和海——一切诚实而纯洁的事物——都老使我想起你来"。海又成了诚实和纯洁的代名词,寄托着莱维妮亚对美好而纯真的生活的向往和追求。剧作家把自己对海的渴求和对船的迷恋揉进自己的创作中,作为主人公追求自由和理想的爱的叙事背景,此举深化了《悲悼》所张扬的爱的主题。

　　奥尼尔对大海的挚爱和依恋有若干理由,其中较显著的是他把大海当作母亲的化身。现实生活中对母亲的形象彻底失望的尤金·奥尼尔,试图在大海的怀抱中寻求安慰和寄托。卜兰特一度在南海的一个岛上住过,奥林每想起母亲就会梦想到南海的群岛,而"整个的岛就是你(母亲)"——和平、温暖、安全。总之,奥尼尔把他成长中的心理痛苦和迷茫以及对大海的寄托通过卜兰特、奥林等孟家人的言语和行动展示给读者,进一步体现了剧作家对爱的无限眷恋和向往。

　　(三)岛

　　为了脱离丑陋、虚伪的现实世界,追求一个美丽的、充满爱的世界,一个远离傲慢和罪恶的世界,孟南家人们,尤其是男性都在向往着小岛,带上自己心爱的人儿去享受这块乐土。卜兰特讲给克莉斯丁的海岛是甜蜜的爱情岛:"那么我会带你坐船去度蜜月!到中国去——回来的时候,在我跟你说过的南太平洋群岛上停留一下,老天爷,那才是恋爱和度蜜月的好地方哩!"②卜兰特钟情的海岛得到了克莉斯丁的响应。在俩人计划踏上危险的逃亡旅程前,克莉斯丁还在憧憬着他们心爱的小岛,"只要我们平安到达你的心爱的岛上,我们就会过得快乐。"卜兰特在不停地做他的海岛梦:"我所心爱的岛——也许我们仍旧可以找到快乐并且忘记一切!现在我就能看见它们——那么近——却又远在千里以外!月光下面的温暖的土地,可可树丛里沙沙作响的贸易风、珊瑚礁上的波涛在你的耳朵里低唱,像一支催眠曲!是的!如果我

---

① 〔美〕尤金·奥尼尔:《奥尼尔剧作选》,荒芜译,上海文艺出版社1982年版,第272页。
② 同上书,第193页。

们现在可以找到那些海岛,我们就可以在那里获得安静与和平!"①这个爱情岛像个航标,远远地招引着深爱的俩人拼命地向那里航行,无论路有多远、多艰辛。

如果说卜兰特对海岛的迷恋更多是出于对甜蜜的爱和自由的向往,以及对他那不能割舍的大海的留恋,那么艾斯拉对海岛的向往的是受"生活背后推动一切的不可思议的力量"的诱惑。这位厌倦了战场上的杀戮、世俗的纷争以及禁锢了自己五十来年的清教禁欲思想的将军、市长兼法官,一直为自己"内心有种古怪的东西"而苦恼,试图唤回自己的人性和对生活与爱情的渴望。为了打破隔在他和克莉斯丁之间那堵神秘的墙,艾斯拉也把希望寄托在一个遥远而未知的海岛上。他要与克莉斯丁一同分享的岛屿没有卜兰特的那么清晰可见,它是一个含蓄、模糊的自由岛:"一同去做一次航行——去到世界的另一面去——找一座什么岛,我们可以单独地在那里过一个时候。你会发现我已经变了一个人。"②

卜兰特说给莱维妮亚的海岛是充满自然活力的幸福岛:那里"距离罪恶被发现以前的乐园最近!""在蓝色大海里的他们的美丽的绿色的土地。云彩像山头上的茸絮,太阳使得你周身血液醉醺醺的,波涛打在礁石上,响起一片低吟,听来有如一支催眠曲!我要把它们叫做幸福的岛!在那里你会忘记所有的人们的争权夺利污浊的梦想!"③它像一首诗,眼看就把前来兴师问罪的莱维妮亚催眠。但意味深长的是,当时清教意识极深的莱维妮亚本能地意识到岛上人们"恋爱的梦想"是污浊的(dirty dreams of love),而意识不到卜兰特所寻求的这片乐土能使人们忘却"争权夺利的污浊的梦想(dirty dreams of greed and power)!"污浊的主体是恋爱还是争权夺利、是物质的还是精神的概念,成了二人争论的焦点,也是导致二人陌路的原因之一。但令读者惊讶的是,一度对母亲具有"酷烈的敌视"的莱维妮亚,从岛屿归来后竟成了母亲的化身,成了与母亲同样的"不属于孟南家的异类",深藏于莱维妮亚心底的爱和对美好生活的憧憬被唤醒了。可以说岛屿促成了莱维妮亚爱的回归,把这个一向冰冷、干瘪的清教姑娘变成了又一个爱的化身,一个喜欢绿色和丁香花的女人。她不曾发育完全的身体丰满起来了,她的动作没有了从前那种四平八稳的呆板。弟弟奥林嫉妒地观察到:"可是那些岛倒变成了维妮的岛,反而不是我的了。"④"她还变得浪漫了呢!想想看吧!是受了'深蓝色的

---

① 〔美〕尤金·奥尼尔:《奥尼尔剧作选》,荒芜译,上海文艺出版社1982年版,第272页。
② 同上书,第211~212页。
③ 同上书,第175页。
④ 同上书,第305页。

海'——和海岛的影响,"①"海岛简直就是一所天堂……就是在那个时候,你才变得美丽的——变得和妈妈一样!"②在这里她开始思念彼得,珍惜和憧憬与纯真的彼得的爱的结合,梦想着婚后建造一个岛:"我们就结婚,躲开人们和他们的恶意的话语,住到乡下去,好不好?我们给我们自己在陆地上创造一个岛,我们会生育子女,爱护他们,教育他们去热爱生活,那么他们就永不会受到憎恨和死亡的支配!"③显然,这是个远离罪恶的祥和健康的岛。

如果说孟南家族的其他人只是希望通过海岛寻求生活的精神支柱或是爱情的理想,那么,奥林心中的海岛分明是一个美丽的母亲岛,它"代表了一切和平的、温暖的、安全的东西。我常常梦到那里……那里没有别人,只有你和我。而奇怪的是我从来看不见你。我只觉得你在我的前后左右,海涛的冲击就是你的语声。天和你的眼睛一色。温暖的沙就是你的皮肤。整个的岛就是你……这是世界上最美丽的岛——妈妈,和你同样美丽!"④他梦中的这个岛就是一个母体,一个能融化他的忧愁,解脱他的孤独,打消他的恐惧又带有妈妈那充满活力的美丽的母亲岛。与奥林有着相似感受的卜兰特回忆道:"当我从东方回来,我才想起她(母亲)来。"⑤是否可以解释为当卜兰特从南海岛屿那里经受了爱的教化后,才忆起母亲和母爱,才敢于面对现实和龌龊的社会,就像海岛回来后的莱维妮亚,敢于面对大宅和爱情一样。这也正体现了尤金·奥尼尔开发海岛形象的写作意图:"南海岛屿,象征超脱、和平、安全、美丽、良心的自由、清白等——渴望原始的——母亲——象征——渴望出生前的远离恐惧的没有竞争的状态。"⑥他还曾提及"发展南太平洋岛屿的主题——它对他们都有吸引力(从各种不同的方面)——解脱,平静,安全感,美,良心上心安理得,无罪,等等——渴望原始状态的母亲象征——向往出生前的、没有争夺的免于恐惧的自由——使这个岛屿主题成为循环出现的主题"⑦。如此看来,如果说奥林的岛象征着母性,艾斯拉和卜兰特的岛又何

---

① 〔美〕尤金·奥尼尔:《奥尼尔剧作选》,荒芜译,上海文艺出版社1982年版,第305页。
② 同上书,第316页。
③ 同上书,第308~309页。
④ 同上书,第248页。
⑤ 同上书,第178页。
⑥ D. V. Falk, *Eugene O'Neill and the Tragic Tension*, New Jersey: Rutgers University Press, 1958, p.131. 原文为"... the south sea island, represent release, peace, security, beauty, freedom of conscience, sinlessness, etc.—longing for the primitive-and mother-symbol-yearning for prenatal non-competitive freedom from fear, and love."译文出自本论文作者。
⑦ 〔美〕弗吉尼亚·弗洛伊德:《尤金·奥尼尔的剧本:一种新的评价》,陈良廷、鹿金译,上海译文出版社1993年版,第375页。

尝不在某种程度上代表了母亲的形象——玛丽亚,代表了这个开启孟南家族爱的史话的母性?在这个拥有母爱的怀抱里,孟家的男人本应该体会到安全、平和和温暖,体会到超越偏见、傲慢、争斗和压抑的爱。在这个"母体"中,他们应该体会到出生前的没有竞争又远离恐惧的自由。这种爱是美好的,是所有孟南人向往和追求的。

然而所有的海岛之梦都被封锁在幻想中,只有莱维妮亚似乎看到了梦想的实现。她终于踏上了小岛,带着僵尸般的奥林,去接受海岛上爱的教育。莱维妮亚收获颇丰:"我爱那些海岛。它们完成了我的解放。那里有着某种神秘的、美丽的东西——一种良好的精神——爱的精神——是从陆地和海里发出来的"①。这里可以明显看到剧作家受尼采哲学影响的痕迹。早在1906年,17岁的尤金·奥尼尔便大量接触尼采的著作,曾把尼采称为最崇拜的偶像②。尼采对大海的喜爱激发了奥尼尔对大海的迷恋,他把对大海中远离人群、远离世俗的海岛当作精神寄托。一度把《查拉图斯特拉如是说》揣在兜里的奥尼尔,想必最了解书中遥远的南海"幸福之岛"的那一段描述。尼采对岛上诸神的裸舞是这样讴歌的:"那里,在我看来,一切的生成好象是诸神的踏舞,是诸神的嬉戏,世界自由而无限制,一切都归真返朴。"③早在1918年,奥尼尔就以西印度群岛中的一个海岛作为背景,写出独幕剧《加勒比海之月》,尽管在此剧中海岛的象征意义尚不十分清晰。1920年出台的《琼斯皇》也是以西印度群岛的小岛作为背景,突出了在这个远离尘嚣的孤岛上孤傲的琼斯皇发现自我、认识自我的过程,但弱化了海岛的梦幻和幸福的象征意味。只有到了1931年推出《悲悼》时,奥尼尔"岛屿"的实体和它如醉如痴的象征意义才清晰可辨了。《悲悼》中主人公纷纷渴望抛弃世俗烦恼和纠缠,回归到自然的海岛,这和尼采对遥远的南海群岛的向往相呼应。查拉图斯特拉说:"我必须在幸福岛上,在遥远而不知名的海上寻求最后的幸福?"④卜兰特曾在这里住过,因而他的岛具体而真实。他说给恋人克莉斯丁,又讲给爱恋自己的莱维妮亚。卜兰特的岛最后得到了在爱恨争斗中唯一存活下来的莱维妮亚的验证。从莱维妮亚的回忆中可见,这里的人们都"脱得光条条的",在"月夜里的棕榈树下跳着舞"。对于始终生存在清教刻板的面具下的莱维妮亚和奥林来说,海岛上这种自由和超脱的境界正是一种解脱。海岛上土著

---

① 〔美〕尤金·奥尼尔:《奥尼尔剧作选》,荒芜译,上海文艺出版社1982年版,第308页。
② 参见 Louis Sheaffer, *O'Neill : Son and Playwright*, New York: Paragon House, 1968, p. 122.
③ 〔德〕尼采:《查拉图斯特拉如是说》,楚图南译,湖南人民出版社1987年版,第246页。
④ 同上书,第302页。

人的裸舞狂欢,令人联想到尼采推崇的狄奥尼索斯精神,即在春日熙熙照临万物欣欣向荣的季节,酒神激情苏醒的情形。"随着这激情的高涨,主观逐渐化入浑然忘我之境。"①"在酒神的魔力之下,不但人与人重新团结了,而且疏远、敌对、被奴役的大自然也重新庆祝她同她的浪子人类和解的节日。"②在这种迷狂的状态下,忘却恩怨、禁忌并摆脱束缚而重新融入自然正是孟家人的心愿,也是他们重拾爱的契机。值得一提的是,奥尼尔的《悲悼》就是1931年3月间在加那利海岛拉斯帕尔玛斯完成的,可见,海岛这个梦幻之地对《悲悼》写作梦想的形成的意义所在。

孟南家人欣赏并梦想岛屿,还有一个独特而不可回避的理由,那就是莱维妮亚声色俱厉地历数的卜兰特的"罪行"之一:"我记得你是很欣赏裸体的土人妇女的,你说她们发现了快乐的秘密,因为她们从没有听说过恋爱会成为一种罪恶。"③恋爱是一种"罪恶"似乎在笃信清教的孟南家已成真理。也正因为如此,它也成了孟南家人长期以来所想往的,就像罗素所说的"愿望的力量同禁令的严厉程度成正比"。莱维妮亚对土著人的这句痛斥,却真实地表达了她本人矛盾、压抑的心声。她清楚,与其说这是对土人或是卜兰特罪行的责怪,不如说是对笃信清教的孟南家的罪恶的痛骂。在导演了一系列的谋杀和逼杀后,莱维妮亚历尽艰辛终于踏上了幸福岛,并亲身体味了卜兰特曾经欣赏到的"秘密"和"罪恶"。而她此后挂在嘴边上的"爱情是甜蜜的"这句话,也正是她交给幸福岛这所天然的"爱情学校"的优秀答卷。当莱维妮亚告别幸福岛时与那个土人吻别之际,她终于意识到:"他是天真而善良的人。使我生平第一次感觉到关于爱情的一切都可能是甜蜜而自然的。"④在本剧的最后,莱维妮亚与家族鬼魂殊死拼争,追求真爱的一幕中,莱维妮亚忘情地对彼得的鼓励令听者落泪:"彼得,你不能坚强些么?你不能单纯些、纯洁些么?你不能忘掉罪恶看看一切的爱都是美丽的么?"⑤我们已经清楚地预感到这是莱维妮亚在与罪恶拼杀中为自己鼓足的最后一点力气了,她是在为自己加油、鼓劲。

小　结

爱是美丽的,"是一切创造力的基础"⑥。在《悲悼》中,我们也随时能感

---

① 〔德〕尼采:《悲剧的诞生》,周国平译,北岳文艺出版社2004年版,第5页。
② 同上书,第6页。
③ 〔美〕尤金·奥尼尔:《奥尼尔剧作选》,荒芜译,上海文艺出版社1982年版,第175页。
④ 同上书,第317页。
⑤ 同上书,第340页。
⑥ 〔美〕埃·弗洛姆:《爱的艺术》,刘福堂译,安徽文艺出版社1987年版,第27页。

到这种炽烈和义无反顾的爱的基调。剧中几乎所有人物都怀揣着一股强烈的爱的冲动。首先,孟家的男人几乎无一例外地对金棕头发的女性燃起了炽烈的爱的欲望。由是,作为生机和爱的标志的红头发不断闪现在死气沉沉的孟宅,为这个家族插上了美好的爱的目标。戴维德和金棕头发的玛丽亚相爱,冲破了家族的阻挠;艾斯拉深爱着长着金棕头发的克莉斯丁,不惜撕下面具向爱人表露衷肠;卜兰特爱上和妈妈一样长着金棕头发的克莉斯丁,二人宁愿放弃现有的优越条件而私奔;卜兰特为莱维妮亚的金棕头发而心动,回想起了母亲玛丽亚的风采。这里还描画了母亲与情人、姐姐与情人以及儿子与情人的爱的温馨的一面。

　　为了更好地体现孟家的爱的美好意境,剧作家运用了较丰富的景致描写来烘托爱的氛围。其中尤为突出的景致有:花、绿色和月亮,它们都是用来与孟家阴森的宅邸相对照,是活力和生命的象征。另外,"船"与"海"作为剧作家挚爱和依恋的对象,也不可缺少地出现在《悲悼》中,作为孟家人向往和平的爱的背景。"岛"的出现更加强了孟家人对美好的爱的世界的向往的动力,孟家几乎每个人的心中都有一个爱的小岛,这里有"幸福岛""母亲岛"和"自由岛"等等。剧作家通过岛的意象向读者传达了孟家对甜蜜、和平的爱的执着追求。

　　总之,《悲悼》中的爱仍是美好的、丰富的,使读者看到了爱的温馨和炽烈,而不是评论界强加给剧作家的那些"忧郁的""悲观的""情欲的"的爱的注解。在这里,奥尼尔描写了克莉斯丁对有尊严和激情的爱的不倦追求,刻画了艾斯拉为了摆脱清教戒规,争取爱的努力奋争,述说了莱维妮亚为了得到一份属于自己的温馨、平和的爱所进行的不懈的厮杀。在梳理爱的美好的同时,我们更加深刻地体会到剧作家的创作的深层意图。他是要用美好和甜蜜的爱与接下来的丑陋和罪恶、扭曲和仇恨作一强烈的对比,以强调一个"爱的悲悼"主题。

第二节　爱的缺失与压抑

　　人的外部生活是在别人的面具促成的孤独中度过;人的内心生活是在自己的面具促成的孤独中度过。[①]

——尤金·奥尼尔

[①] Barrett Clark, "Working Notes and Extracts from a Fragmentary Work Diary (of Eugene O'Neill)", in *European Theories of the Drama*, New York: Crown Publishers, 1965, p. 504.

孟南家的爱是美好的、如诉如泣的，但这个美好的爱却时刻被一种无形的枷锁禁锢着，压得施爱和被爱的人都透不过气来，逼使恋爱中的人们不能尽情享受爱的美好，只得靠着梦想以及对岛屿寄予的无穷的希望来慰藉饥渴的爱的心田，来"实现"现实中难以成真的相爱的人厮守终身的梦想。应该说，奥尼尔的每个爱的悲剧都由不同的主客观因素酿成。比如《上帝的儿女都有翅膀》中捆住恋人们翅膀的是种族歧视；挡在《榆树下的欲望》中恋人面前的是对物质和情感占有的欲望；而在《悲悼》这个庞大的三部曲里，横亘在多对爱人面前的这个"天边外的秘密"，这个"注定"了孟南家族爱情悲剧的原因更是多方面、多角度的。它们错综交织，令正常、美好的爱压抑甚或缺失，从而演化成爱的异化和扭曲，造成孟家人之间的痛恨，酿成了一个个爱的悲剧。

孟南家爱的缺失和压抑体现在每一对恋人之间，每一个为爱而付出的亲情里：夫妻间、父子间、母女间甚或恋人之间，而影响这一压抑的第一个因素当是面具。

一、面具的屏障

1930年9月21日奥尼尔在《悲悼》的创作片段日记中写道："保持面具概念——但作为孟家的背景，而不是前景！——我所要的面具效果是那种戏剧性的、扣人心弦的、看得见的隔离效应，这种令孟家有别于他人的隔离的命运。"①

（一）面具的形成

按照这个创作意图，我们看到穿着尉官制服，"漂亮""幽默""神秘"而又"风流"的艾斯拉一度令美貌的克莉斯丁着迷且深爱着。但很快这种迷人的光环即告消失。为此，克莉斯丁甚至毫不避讳地向怀恨自己、深爱父亲的女儿莱维妮亚倾诉："可是结婚很快地就把他的风流（romance）变成了——厌恶（disgust）！"②令人惊奇的是，艾斯拉对于新婚之夜也同样表露出厌恶和不齿。"你使得我在我自己的心目中，变成了一个淫邪的野兽！从我们结婚的第一个夜晚起，你就一直是那样子！"③读者不禁要问：克莉斯丁和艾斯拉的

---

① Travis Bogard, *Notes and Extracts from a Fragmentary Diary*: *The Unknown O'Neill*: *Unfinished or Unfamiliar Writings of Eugene O'Neill*, New Haven: Yale University Press, 1988, p.400. or Virginia Floyd, *Eugene O'Neill at Work*: *Newly Released Ideas for Plays*, New York: Frederick Ungar Publishing Co., 1981, p.206.
② 〔美〕尤金·奥尼尔：《奥尼尔剧作选》，荒芜译，上海文艺出版社1982年版，第184页。
③ 同上书，第217页。

新婚之夜到底发生了什么？结婚为何把本来多情、浪漫的艾斯拉变得令人生厌？剧作家似乎在这里和观众捉起了迷藏，克莉斯丁和艾斯拉之间的爱以及新婚之后爱的变化成了本剧的一个神秘符号，因为每当提及这对夫妻感情的突变，两人的话语就变得晦涩难懂，有时还会戛然而止。

　　说到这里，我们不得不借用另一个因素——清教，加上本节要探讨的面具来综合探讨婚姻对艾斯拉与妻子的爱的影响。从剧情可见孟家世代笃信清教，清教所奉行的禁欲思想对艾斯拉几十年的影响应是个不争的事实。因而新婚之夜发生在夫妻间的性爱就是这个谜的焦点。根据清教的观念，"性爱，或称之为淫荡，和圣洁的爱是不相容的，我们勉强可将其看作世俗爱中一种必要但不体面的罪恶，婚姻因而被降格为戴着虚伪面具的生理机能"[①]。不难推断，在清教熏陶下长大的艾斯拉认为婚姻是一个虚伪的面具，把性爱看成是生物机能，看作一种低俗、猥亵的行为而不齿。在对克莉斯丁的指责中我们不难窥见艾斯拉对性爱的这种扭曲的看法："你只假装着爱我！你让我占有你的身体，就好像你是我在拍卖场上买来的一个黑奴似的。你使得我在我自己的心目中，变成了一个淫邪的野兽！从我们结婚的第一个夜晚起，你就一直是那样子！如果我去嫖了窑子，我也会觉得更干净一些！我也会觉得我的生活更体面一些！"[②]身体、黑奴、拍卖、野兽和逛窑子，艾斯拉已把对克莉斯丁的肉体占有同对窑姐的占有相提并论，看成是"淫邪的野兽"的行为，凸显出艾斯拉内心深处对肉体的厌恶，带着这种对性爱的扭曲想法的新婚之夜是可想而知的。从克莉斯丁的辩驳："当我跟你结婚的时候，我是爱你的。我是很愿意把我自己献给你的！可是你逼得我无法那么做！我厌恶你透了！"[③]读者不禁能想象出克莉斯丁心甘情愿地把自己献给艾斯拉时所遭遇的尴尬和羞辱。从本章第一节的探讨中，我们清晰地意识到作为爱的化身的克莉斯丁渴望的是那种平等又温柔的爱，是一种心甘情愿的给予和被呵护的感觉，是艾斯拉没有而卜兰特有的那种外在的激情。艾斯拉的可悲在于，他内心深处对于性爱的宗教性厌恶和由此体现出的外在的刻板的面孔。这

---

① R. B. Perry, *Puritanism and Democracy*, New York: The Vanguard Press, 1944, p. 231. 原文为："... physical passion, being identified with lewdness, was excluded from sacred love, and reluctantly conceded as a necessary but indecent evil in profane love. Marriage was thus debased to a biological function plus a mask of hypocrisy."
② 〔美〕尤金·奥尼尔：《奥尼尔剧作选》，荒芜译，上海文艺出版社1982年版，第216～217页。原文为"You made me appear a lustful beast in my own eyes! —As you've always done since our first marriage night!"见 Eugene O'Neill, *Eugene O'Neill（complete plays 1920-1931）*, the Library of America, 1988, p. 944.
③ 同上书，第217页。

种居高临下、拒人千里之外的面孔,形成了一副冰冷的面具,使得"愿意把自己献给他"的克莉斯丁感到被动和"恶心",感到一种爱的压抑和缺失。实际这也正回答了艾斯拉自己"只缘身在此山中"的探询:"我想弄明白结婚在我们中间打下的那座墙到底是什么东西!"①

实际上,早在创作之时剧作家就对艾斯拉和克莉斯丁的新婚做了交代:"她的欲望和旺盛的女性特征在她那道德压抑和性冷淡的丈夫身上从来得不到满足。"②同时,"他的清教的原罪意识——这种把爱看成欲望的意识"压抑了她的激情,激起了她的痛恨③。但仔细评判一下艾斯拉的这种性冷淡,读者会发现这并非出自他的真心,是宗教和面具共同压抑下的性冷淡,也可以说是一种"面具下的性冷淡"。

克莉斯丁从新婚第一夜开始对艾斯拉产生了"厌恶"。她意识到艾斯拉曾经的风流、幽默和神秘竟是一个"更加虚伪的"面具——使克莉斯丁就范的面具。说它"更加虚伪"是因为这个面具包含了更多真实的"艾斯拉",说它"虚伪",是因为这个较真实的、"活力四射"的艾斯拉只在婚前昙花一现。而婚后的艾斯拉旋即戴上另一个"僵尸"般冷酷且沉默的清教徒的面具,压得克莉斯丁窒息。她痛苦地向情人卜兰特控诉:"他(艾斯拉)是一个奇怪的、城府很深的人。他的沉默常常爬到我的思想里来。即使他不说话,我也会感觉到他脑子里想的是什么,有些夜晚,躺在他的身旁,那沉默会逼得我发狂,我真想尖声叫喊,说出实话,来打破他的沉默!"④艾斯拉用这种沉默的方式来对待新婚的克莉斯丁,用对性爱的鄙视践踏了爱情,应该是克莉斯丁控诉艾斯拉新婚之夜、蜜月之行时经常出现的话语中断的缘故之一。

那么真正的、不戴面具的艾斯拉究竟是什么形象呢?应该是经历战争后知晓生存之难得、顿悟爱情之可贵、向妻子坦露胸襟的艾斯拉。此时的他彻底撕开面具,企图重拾爱情。就如他自己所希望的,"我的回家会成为一个新的起点——我们之间的新的爱情!我把我的私衷告诉了你,我把我的心掏出来给你看"。但这个更加美好、令人怜爱、更加懂得爱的真谛的真实的艾斯拉

---

① 〔美〕尤金・奥尼尔:《奥尼尔剧作选》,荒芜译,上海文艺出版社1982年版,第211页。
② Virginia Floyd, *Eugene O'Neill at Work*: *Newly Released Ideas for Plays*, New York: Frederick Ungar Publishing Co., 1981, p. 188. 原文为"... but her passionate, full-blooded femaleness had never found sex-satisfaction in his repressed morally-constrained, disapproving sex-frigidity."
③ J. H. Houchin, *The Critical Response to Eugene O'Neill*, London: Greenwood Press, 1993, p. 140. 原文为"reason for Clytemnestra's hatred for Agamemnon sexual frustration by his Puritan sense of guilt turning love to lust."
④ 〔美〕尤金・奥尼尔:《奥尼尔剧作选》,荒芜译,上海文艺出版社1982年版,第194页。

表露得未免过迟,换来的是克莉斯丁的揶揄:"你以为你能够软化我的心肠——使我忘记过去的那些年头? 噢,不会的,艾斯拉! 太晚了!"久被冷落在丈夫面具下的克莉斯丁过早地尝到爱的缺失和爱的失落,失去了对丈夫的爱情幻想,势必把情感转移到不仅有婚前艾斯拉的漂亮、幽默和浪漫,而且"和气又温柔"的卜兰特身上,并一发不可收拾。可见,奥尼尔通过人物面具似的表情,更加深入地探讨了人物的内心世界,挖掘了面具下的人的本性,并展示了因面具而产生的一系列悲剧,实现了他所谓的现代心理学的终极目标,即"心理学对人类的动机与效果的新的理解无非就是对面具的研究,就是撕掉人类的面具"①。只有撕下艾斯拉的面具,他的内心世界才得以暴露,内心隐藏的真正的自我才得以显现出来。

奥尼尔曾说过:"人的外部生活是在别人的面具促成的孤独中度过;人的内心生活是在自己的面具促成的孤独中度过。"②这不仅揭示了艾斯拉与克莉斯丁的爱情悲剧所在,同时暴露了这位戏剧大师对面具下的人格和心理的重视。极其推崇希腊古典艺术的尤金·奥尼尔在现代戏剧舞台上堪称面具艺术大师,在他的早期及中期的戏剧,如《大神布朗》《无穷的岁月》《上帝的儿女都有翅膀》《拉撒路笑了》中都曾大量使用面具来增强舞台效果,并为他的表现主义戏剧创作提供了一个古为今用的戏剧手段。《悲悼》三部曲创作之初,奥尼尔就一直希望在它的表演中启用面具,但因台词问题被迫放弃,并折中成借用"面具般的面孔"。然而,剧作家一直没有放弃用面具来展示人物内心的企图,他谈到"很愿意看到用面具来演出的《悲悼》三部曲,因为我现在能把它看作是一出纯粹的心理剧……面具能够突出剧中生与死的心理冲动,突出人物在这种冲动的驱使下走向各自的命运,而把这个新英格兰家庭的故事作为剧情框架放到适当的次要地位。"③但令尤金·奥尼尔始料未及的是,尽管《悲悼》不是严格意义上的表现主义作品,与面具有异曲同工效果的"面具般的面孔"和大宅的图式形象却更真实地反映了剧中人物的心态,强调了在这些面具般的形象下压抑和破碎的人性。因此,作为《悲悼》的一大特色,我们有必要对剧情进行剖析,分析面具在《悲悼》中揭示心理、掌控命运、阻碍沟

---

① 〔美〕尤金·奥尼尔:《奥尼尔文集》第 6 卷,郭继德编,人民文学出版社 2006 年版,第 285 页。

② Barrett Clark, "Working Notes and Extracts from a Fragmentary Work Diary (of Eugene O'Neill)", in *European Theories of the Drama*, New York: Crown Publishers, 1965, p. 504. 原文为:"One's outer life passes in a solitude haunted by the masks of others; one's inner life passes in solitude hounded by the masks of oneself." 译文可参考同上书,第 286 页。

③ 同上书,第 290 页。

通以及压抑情感等方面的作用。

（二）大宅的面具

幕启处，观众就被孟南家面具似的大宅形象所震撼："白色的希腊庙宇式的门廊以及六根高高的柱子横列在舞台上……树干是一个黑色的圆柱体和门廊的白色柱子成为强烈的对照……日落前不久，落日……白色的走廊……灰色的石头墙……圆柱的白色……一条条黑影……可恨的炫光。那门廊就像是为了遮掩屋子的暗灰色的丑恶而钉在屋子上的一个不相称的白面具。"①奥尼尔的大宅形象是出自他儿时的街道上那排大家一向顶礼膜拜的希腊式宅邸。希腊庙宇本是一种活力和奔放精神的象征，它象征着张扬的个性，彰显着酒神精神对肉体和生命的肯定和礼赞。它体现的热情、自由和开放的古希腊精神与上文提及的"幸福岛"有着异曲同工之处。而这个以希腊门廊为门面的大宅却似乎早已被黑影、灰色、白色、炫光以及暗灰色的各种不祥征兆所笼罩。因而，这个希腊门廊无疑成了一个大号的面具，掩饰着一个本应奔放、热情的家族的矛盾心理。再往里走，孟南家的各个房间一向以没有烛光或声息的形象示人，预示着一种暗淡且冰冷的生活。只见书房"带着一种刻板的严峻气氛"。灰色的粉墙上挂着主人艾斯拉法官长袍里"严厉绝俗""冰冷无情"的面具似的肖像；卧室里昏暗幽怨、充满杀机；起坐室更是阴森可怖，"线条直质，图样繁重。墙面是石灰涂的，浅灰色，带着一道白色的壁脚"。同时"这是一间冷落的屋子，没有一点亲密之感，有一种使人不舒服的、夸张的、庄严的气氛"②，墙上挂满"冰冷而无情"的面具般的孟家祖先们的肖像，其中可追溯至火烧巫婆时代的牧师；围绕各房的是随时关上的百叶窗和松树投下的一团团黑影。无怪乎克莉斯丁惊叹它"异教庙宇的门面就好象贴在清教徒灰色丑恶上的一个面具似的"③！这里似乎无时无刻都萦绕着(haunted)挥之不去的古希腊的复仇女神。谋杀前的孟宅更是一幅山雨欲来风满楼的景象，"纯白色庙宇似的门面更像一个钉在阴森的石室上的不调和的面具了"④。可见，剧作家用这种古希腊与清教思想文化的矛盾预示了冲突的即将到来，用一个外部充满生机、内部闭锁冷酷的家宅来暗示悲剧的必然性。这是戏剧中用形象上对立的事物来表现戏剧冲突的常用手法，而奥尼尔充分利用了面具式的形象来突出孟家的矛盾，预示了即将登场的孟家人令

---

① 〔美〕尤金·奥尼尔：《奥尼尔剧作选》，荒芜译，上海文艺出版社1982年版，第155～156页。
② 同上书，第236页。
③ 同上书，第168页。
④ 同上书，第197页。

人担忧的命运。因为读者关注的是,在这个面具式的阴森环境下生存的孟家人能否是开朗、鲜活和敢于张扬爱情的。

(三) 人物的面具

第一幕面具似的孟宅交代完,孟家的老园丁萨斯出场了,他"在静息时,给人一种奇异的印象,像一具真实的面罩。他的脸上带着一种阴森的表情",貌似歌队的市民也意识到孟南家的"神秘相——就像她(克莉斯丁)戴着一个面具似的。孟家的人的相貌就是那样的。他们全家都是,并且传给他们的妻子……萨斯因为跟了他们一生,也带上了那副相。"①

孟南家的面具是与那炽烈的金棕色头发对立的,这些面具苍白、僵硬、军事化且无生命力。艾斯拉的"面孔是冰冷而无情的,酷似一具逼真的面具,和我们在他的太太、女儿和卜兰特的脸上所看见的一样"②。只是"他的面孔在静止状态时所带的那副面具式的相貌,他脸上所表现的比其他诸人的尤为显明……他的深沉的声音有种空洞的压制的性质,就好象他不断地勒住情感不放似的"③。他的"声音里透出一种被抑制的情感的潜流"④,即便是冲动地吻一下妻子的手都会因为"感情的流露而感到困窘"。

在艾斯拉面具压抑下的克莉斯丁感到冰冷、无言和爱的缺失。剧始时,远处乐队演奏着《约翰·布朗的遗体》,人们发现克莉斯丁"站在那里倾听着,带着防御的姿态,就好象音乐中包含着某些使她感到威胁的意义。但立即又轻蔑地耸耸肩头……走向花园,走过丁香花丛。"⑤这段人物和景致的描写暗示着克莉斯丁被压抑的心态,以《约翰·布朗的遗体》为主题的音乐代表了外在的压力和威胁,社会的、意识形态的、家庭的、死亡的。"耸耸肩头"代表了克莉斯丁试图不去理会外在势力,甚至企图与其对抗的决心。在艾斯拉面具的压抑下克莉斯丁衍生出她自己的那副面具。她的"面孔使我们立刻得出一个奇异的印象,好象那不是活的肌肉,而是一具栩栩如生的苍白面具"⑥。就是这副苍白的面具使得带着爱心跑到妈妈怀里寻求呵护的小莱维妮亚无法靠近,给她幼小的心灵留下了压抑和无情的创伤。尽管克莉斯丁曾努力使自己去爱女儿,但维妮的出现总使她"觉得你只是他的血肉!你老使我想起我

---

① 〔美〕尤金·奥尼尔:《奥尼尔剧作选》,荒芜译,上海文艺出版社1982年版,第160页。
② 同上书,第180页。
③ 同上书,第201页。
④ 同上书,第202页。
⑤ 同上书,第159～160页。
⑥ 同上书,第159页。

的结婚之夜——和我的蜜月来!"①使她想起从那时起艾斯拉开始戴上的冰冷的面具。就这样,艾斯拉的面具形象直接导致了克莉斯丁对女儿的厌恶感,人为地把女儿变成了"父亲的女儿",吹响了畸形爱恋的前奏。也使得莱维妮亚无法从缺失母爱的童年的阴影中走出来,导致母女隔阂加重,互相仇视。

痛失母爱的莱维妮亚更是戴上了孟家标准的"训练有素的冰冷的面具"。尽管莱维妮亚也有着同样的棕黄的金黄的头发,同样的白色和深绿色的眼睛,她那副刻板、冰冷的面具和体现出的僵硬的动作、干燥的声音,特别是从不离身的黑色的衣服已决定了她对爱更深的压抑。就像人们在艾斯拉死后对莱维妮亚的评价一样:"好象并不感到她应有的悲哀……她和她的妈妈同样觉得悲哀。只不过她太像孟家的人了,她不愿让人家知道她的情感罢了。"②莱维妮亚的面具也有自己的特点:"人们特别容易注意到她的面孔在静止状态中所呈现的同样奇异的面具似的印象。"只见她"动作僵硬,走动起来带着木然的四平八稳的军人姿态。她有一种平板的干燥的声音。"③她身着黑衣、不苟言笑、孤芳自赏、冷若冰霜的形象显然受了艾斯拉的影响,宛如一个军人,木然僵硬的动作更是令爱止步。在这副面具前,深爱她的彼得有惑不得解,有爱不敢言。同样在莱维妮亚的这副面具前,海丝儿不敢接近奥林,克莉斯丁不敢接近卜兰特,艾斯拉甚至找不到接近克莉斯丁的机会。

孟家唯一天真而幼嫩的种子奥林也遗传了孟家的面具:"酷肖艾斯拉·孟南和亚当姆·卜兰特……他的面孔在静止状态之下,同样有一种面具的性质……他的举止有时懒散,有时僵硬,这表示军人的势派与他的天性不合。"④而且在经历了战争、谋杀以及父母双亡后,这副面具更加清晰可见,他开始把自己包裹起来对付恋爱中的莱维妮亚这个唯一剩下的亲人。就连对孟南家族怀有深仇大恨的孟家的另一个血脉卜兰特,这位"风流俊俏的家伙",也掩盖不了他"活像一个活生生的面罩(life-like mask),而不像活的血肉"⑤的面具形象。这个面具的偶尔展现会令克莉斯丁因为怀疑是艾斯拉的到来而噤若寒蝉。

孟家的祖先则戴着一个群像似的面具,那就是他们摆放在起坐室的肖像。只见"所有肖像中的面孔和本剧中的各位人物面孔一样,都带有同样的

---

① 〔美〕尤金·奥尼尔:《奥尼尔剧作选》,荒芜译,上海文艺出版社1982年版,第184页。
② 同上书,第225页。
③ 同上书,第160~161页。
④ 同上书,第230~231页。
⑤ 同上书,第172页。

面具性质"①。再细看:"肖像里那些人们的眼光好象具有一种强烈的痛苦的生活,他们的冷然的凝视,象奥林在《猎》中第二幕里讲到他父亲时所说的,'超越了生活,为了不正当的生存而无视生活。'"②(looking over the head of life, cutting it dead for the impropriety of living)孟家后辈们在祖先的面具前诚惶诚恐,为了家族的"不正当的生存"而掩盖这个孟家的秘密,在外人面前统一面具形象,压制情感,唯恐成为家族的"罪人"。因而起坐室变成了审讯室,读者一度看到在这群肖像面具前行尸走肉般的孟家后代们违背意愿和爱的信条的作为。

《悲悼》中奥尼尔对面具的运用不只表现了孟南家族千人一面的长相,生者与死者都体现出的面具形象,更重要的是体现了这个家族不肯流露激情的内心世界。这些"面具般的面孔"被用作压抑爱情和生命力、掩盖剧中人物真实情感的工具。它们展示了主人公们压抑着的对爱的憧憬,压抑着的矛盾而又鲜活的内心。读者从字里行间甚至能参悟出每个人被压抑的情感:艾斯拉的声音已透出他勒住情感不放的秘密;莱维妮亚质疑母亲"你好象随随便便就把他放弃了咧!……如果我爱了什么人——"③,流露了自己为爱会付出一切的内心渴望。《悲悼》中的面具又是变化万千的:定下决心要毒杀丈夫的克莉斯丁的"面孔变得有如一副阴险恶毒的面罩"④;毒杀艾斯拉后的克莉斯丁的面具下"眼睛里燃烧着一种狂热的光芒。察觉到没有人在侦察她,她暂时松弛一下,嘴一撇,眼睛焦急地望着四方,就好象要从什么东西旁边飞开似的"⑤;但当觉察有人时立刻变得"又重新恢复了她的紧张"。

我们发现,每当孟家人有了新生的渴望,能够真正面对现实、寻找爱情支柱时,他们的面具就会暂时消失。剧作家在克莉斯丁面前扯下了艾斯拉的面具,使他在爱面前坦露真正的自我;在卜兰特面前撕开克莉斯丁的面具,让这个备受压抑的人义无反顾地投入爱的怀抱;在幸福岛土著人面前撕开莱维妮亚的面具,让她享受片刻无罪的爱;在母亲面前撕开奥林的面具,令读者看清他对母亲强烈的依恋;在读者面前撕开孟南家宅的面具,打开阴森的书房,挑

---

① 〔美〕尤金·奥尼尔:《奥尼尔剧作选》,荒芜译,上海文艺出版社1982年版,第236页。
② Eugene O'Neill, *Eugene O'Neill*(*complete plays 1920-1931*), the Library of America, 1988, p.1034. 原文为"The eyes of the portraits seem to possess an intense bitter life, with their frozen stare 'looking over the head of life, cutting it dead for the impropriety of living,' as Orin had said of his father in Act Two of 'The Hunted.'"译文见〔美〕尤金·奥尼尔,同上书,第319页。
③ 同上书,第187页。
④ 同上书,第189页。
⑤ 同上书,第228页。

起卧室的面纱,揭去起坐室的神秘,把一个渴望爱的家族呈现给读者。就这样,奥尼尔就像一位心理学家,为孟家诊断着悲剧的症结。因而评论界认为奥尼尔的意图很残忍——他要把剧中人物的内心剖出给人们看,因为"没有人在显示他的本来面目时不感到某种裸露和羞耻……"①奥尼尔在给现代社会中有同样心态和病症的人们做心理诊治,把一个个现代人的灵魂赤裸裸地暴露出来,哪怕是他的挚爱或亲朋。这就实现了奥尼尔创作的初衷:把古希腊的命运观念大致上改成现代的心理观念,然后把它写进剧本,使今天不信神、不信因果报应的有知识的观众和作家也能接受并为之感动②。正是这种注重人物内心世界的揭示使尤金·奥尼尔成为一位善于探索人类心理的悲剧作家,使得他的作品易于让读者产生共鸣。

尤金·奥尼尔在创作《悲悼》后的 1932 年发表了他著名的《面具备忘录》("Memoranda on Masks"),对面具进行了较充分、完整且系统的阐释。奥尼尔宣称:"我越来越强烈地意识到运用面具能最终解决现代剧作家的问题——那就是,如何用最经济、最简洁的方式——来表达人们内心的强烈冲突依旧困扰现代社会。"③同年又在《再论面具》中谈到对《悲悼》中的面具处理和打算,1933 年在《一个剧作家的笔记》中,奥尼尔又表达了在他几部作品中运用面具的意图。总之,在奥尼尔的创作思路中,面具是表现人物心理的最简便、最自由的方式。

奥尼尔的剧中人常把他们的自我掩盖在面具下面,同时剧作家自己也常被评论界认为是"戴着面具"、难以捉摸(elusive)的人。伊丽莎白·夏普里·赛金特曾写过一篇有关奥尼尔的文章,名为《戴面具的人》("A Man with Mask"),开篇提到:"尤金·奥尼尔常常独自散步,对周围人来说,他似乎是

---

① 索尔·贝娄通过奥吉马齐之口所说,转引自吴雪莉:《奥尼尔剧作中被困扰的"自我"》,《外国戏剧研究》1989 年第 1 期,第 40~50 页。
② Travis Bogard & J. R. Bryer, *Selected Letters of Eugene O'Neill*, New Haven: Yale University Press, 1988, p.390. 原文为:"... to contrive an approximation of Greek fate for my trilogy ... that a modern intelligent audience, as well as the author, could believe in! A modern psychological fate—the faith of an unbeliever in anything but man himself."
③ Barrett Clark, "Working Notes and Extracts from a Fragmentary Work Diary (of Eugene O'Neill)", in *European Theories of the Drama*, New York: Crown Publishers, 1965, p.503. 原文为:"For I hold more and more surely to the conviction that the use of masks will be discovered eventually to be the freest solution of the modern dramatist's problem as to how—with the greatest possible dramatic clarity and economy of means—he can express those profound hidden conflicts of the mid which the probings of psychology continue discolse to us."

个陌生人","他永远飘忽在第九朵云彩上,令人无法靠近"①。一位吕克昂剧院(Lyceum Theater)自小就跟随奥尼尔的员工说到:"他是个相当深沉的人——你本以为认识他,可实际你对他却一无所知。"著名的剧场主罗赛尔·克鲁斯(Russel Crouse)总结道:"我认识他25年了,但我始终不敢说我了解他。他的脸是个面具,不知道面具后发生了什么,我想没人能知道。"②的确,奥尼尔前后三位妻子都感觉对这位夫君一知半解、琢磨不透。也许,作为一位剧作家,尤金·奥尼尔这位生活在面具下的人最懂得面具下压抑的心态,也因此最清楚揭开面具所需要的勇气和意义所在。

总之,这个戴面具的剧作家笔下的孟南家族死一般的面部表情与金棕色的头发形成了鲜明的对照。他们毫无活力的面部表情象征着家族的罪恶和死亡,而金棕色的头发表达的是活力和健康。这两者奇异的结合预示着一个不祥的结局和悲剧的必然性。孟南家的男人无一例外地爱上了拥有金棕色头发的女人,但是在他们冰冷的面具的阻隔下,在清教思想的束缚下,孟家女人们所代表的生命力必然被压抑和冷落,最终生与死的冲突演变成了一连串反复出现的爱与恨,情与仇的激烈碰撞。

二、宗教的压抑

与面具紧密相关的另一个因素——清教因素是孟南家族爱之缺失和压抑的另一个主要根源。那句"清教徒的姑娘们不应当太留心去观察春天。难道说美不是一件令人厌恶的事,爱不是一桩罪恶么?"③一针见血地点明了清教对爱情、对美的事物的轻视和厌恶。而这种冰冷的清教传统在奥尼尔展现新英格兰的作品中被反复强调④,比如在《与众不同》中,《榆树下的欲望》中,以及在《发动机》等众多作品中都有所展现。

---

① Louis Sheaffer, *O'Neill: Son and Playwright*, New York: Paragon House, 1968, p. 78. 原文为:"Eugene O'Neill has ever walked alone, and seemed a stranger to those about him." "You couldn't get close to him, he was always off somewhere on cloud nine."
② Ibid., pp. 78-79. 原文为:"O'Neill is one of the most charming men I know, and I've known him for twenty-five years, but I can't say I understand him. His face is a mask. I don't know what goes on behind it, and I don't think anyone else does."
③ 〔美〕尤金·奥尼尔:《奥尼尔剧作选》,荒芜译,上海文艺出版社1982年版,第200页。
④ Barbara Voglino, *Perverse Mind: Eugene O'Neill's Struggle with Closure*, Fairleigh Dickinson University Press, London: Associated University Presses, 1999, p. 67. 原文为:"It is this 'dying, love-denying, hard and icy heritage' that O'Neill repeatedly explores in his New England plays."

(一) 时代与历史背景

清教自 17 世纪随着"五月花号"到达新英格兰，开始了它艰苦的美洲大陆的拓荒，并继而统治新英格兰达几个世纪之久。应该说美国的历史在一定程度上是一个清教主义物质和精神的拓荒史。清教徒们宣扬克制、禁欲、勤奋和节俭。他们以刻苦耐劳、事业兴旺为人生的宗旨，以"天助自助者"为信条，倡导理性，信奉加尔文(John Calvin)的"成事在神，谋事在人"的预定论(predestination)。这些观点反映了当时新兴资产阶级的愿望和意志。德国著名社会学家马克斯·韦伯(Marx Weber)曾经描述过新教伦理和资本主义精神，即清教伦理，认为它对于环境，特别是经济环境的控制渗透到私人生活和社会生活的各个方面，是一种令人苦不堪言的道德负担。用 20 世纪新英格兰研究专家佩里·米勒(Perry Miller)的话来说，清教徒"旨在礼节和正派的中产阶级道德操行，强调自制、节俭和尊严以及对感情的强烈控制"①。这一以理性主义和禁欲为核心的道德藩篱成了世代禁锢新英格兰地区的道德标准。它禁锢人们的情感，认为爱情无耻，本能是罪孽，使得有感情的、活生生的人成了没感情的行尸走肉。在美国文学史上就有众多的文学作品旗帜鲜明地抨击清教压抑人性的一面。其中以 1850 年问世的霍桑(Nathaniel Hawthorne)的作品《红字》(The Scarlet Letter)为代表，它真实地反映了 19 世纪美国清教统治的无情和残酷的一幕。20 世纪初期反对旧传统、突破清教思想的樊篱更是成为美国文坛的一种时髦思想，美国戏剧的急先锋尤金·奥尼尔正是这一潮流的弄潮儿。因而他笔下《悲悼》中的孟南家族，《奇异的插曲》中的利兹教授一家，《榆树下的欲望》中凯勃特等都是清教思想的受害者。

奥尼尔对清教深恶痛绝的另一个不可忽视的原因是他的爱尔兰家庭背景。19 世纪大批爱尔兰人涌入北美，特别是 30 至 50 年代，约有一百多万爱尔兰移民进入美国。这些信奉奥古斯丁教义的天主教徒的到来，激起了本来就对天主教有抵触的清教徒们普遍的排斥情绪。新英格兰的清教徒们倚仗自己先期到来的优势，同爱尔兰天主教徒之间的冲突愈演愈烈，许多爱尔兰人备受排挤和压制，终生伴随着不被接受的移民感，"成了孤独的外来者"②。作为这一冲突的受害者，奥尼尔的父亲詹姆斯·奥尼尔就时常以自己是爱尔

---

① K. W. F. Stavely, *Puritan Legacies*：*Paradise Lost the New England Tradition*, 1630-1890, Ithaca and London：Cornell University Press, 1987, p. 101. 原文为："It aimed at propriety and decency, the virtues of middle-class respectability, self-control, thrift and dignity, at a discipline of the emotions."
② Frederic I. Carpenter, *Eugene O'Neill*, Boston：Twayne Publishers, 1979, p. 25. 原文为"had long been aliens and outsiders"。

兰裔而感到羞耻。弗吉尼亚·弗洛伊德在《尤金·奥尼尔的剧本:一种新的评价》中写道:"那帮人一向以清教徒的后裔自傲。他们对詹姆斯·奥尼尔这种人恨之入骨:他是个戏子,更有甚者,他是爱尔兰人。"①就这样,"这位爱尔兰移民除了很难确定自己的民族,作为演员他也很难于确定自己的身份"②。为了挤入美国的主流舞台,也为了不被美国上流社会耻笑,詹姆斯以自己一口浓重的爱尔兰乡音为耻而苦练语言。这点在奥尼尔的剧作《诗人的气质》中有更充分的描述。而与父亲詹姆斯相反,几十年后的尤金·奥尼尔却始终不忘自己的爱尔兰血统,曾经不无感慨地对儿子小尤金说:"关于我和我的工作,批评家们忽略了最重要的东西——即我是爱尔兰人这一事实。"③就是带着这种爱尔兰人的气概,这种不忘寻根、刚直不阿的人文气质,尤金·奥尼尔对清教进行了口诛笔伐。他在《诗人的气质》和《更庄严的大厦》中描述了清教徒和爱尔兰人在新英格兰为争夺统治权而发生的冲突,在《与众不同》《榆树下的欲望》等作品中无情地揭露了清教对人性压抑和对物质利益的狂热追逐。同时,尤金·奥尼尔对清教所宣扬的物质占有的批评更是有目共睹的,他曾尖锐地批评清教所带动的美国资本主义的发展,抨击这种重视物质财富的占有而忽视精神财富的多寡的社会制度,说:"美国不是世界上最成功的国家而是最失败的国家",是"世界上最反动的国家"④。

(二)清教的压抑因素

奥尼尔在1929年5月《悲悼》的创作日记中写道:"孟南家族——这个老牌新英格兰家族世代在军队和教堂供职。"⑤足见孟南家族浓重的清教气息。此外孟家的外部环境,新英格兰地区守旧的道德准则、严格信奉清教的氛围,更助长了孟南家族压抑欲念和情感的传统。笼统说来,清教对孟南家族情感

---

① 〔美〕弗吉尼亚·弗洛伊德:《尤金·奥尼尔的剧本:一种新的评价》,陈良廷、鹿金译,上海译文出版社1993年版,第5页。
② Frederic I. Carpenter, *Eugene O'Neill*, Boston: Twayne Publishers, 1979, p.25. 原文为:"To the Irish immigrant's uncertainty as to his nationality was added the actor's uncertainty as to his true identity."
③ 〔美〕克罗斯韦尔·鲍恩:《尤金·奥尼尔传》,陈渊译,浙江文艺出版社1988年版,第5页。
④ 汪义群:《奥尼尔研究》,上海外语教育出版社2006年版,第264页。奥尼尔诸如此类的言论较多,还可参考Frederic I. Carpenter, *Eugene O'Neill*, Boston: Twayne Publishers, 1979. 译文见〔美〕弗·埃·卡彭特:《尤金·奥尼尔》,赵岑、殷勤译,春风文艺出版社1990年版。
⑤ Virginia Floyd, *Eugene O'Neill at Work: Newly Released Ideas for Plays*, New York: Frederick Ungar Publishing Co., 1981, p.187. 原文为:"His old New England family has a tradition of service in the army and the church."

的压抑在《悲悼》中大致体现出三点:首先是三部曲中弥漫着的"禁欲"说。戴维德和怀有身孕的玛丽亚被无情地赶出孟宅,原罪应该是主要借口;在海岛经历之前,莱维妮亚对卜兰特讲述的岛上赤身裸体的土人感到恶心,是出自清教意识;从海岛回归后,变成艾斯拉替身的奥林对岛上的自由和热烈的爱的不齿,同样出于清教意识。从艾斯拉对新婚之夜的厌恶,我们意识到他对肉体之爱本能的蔑视和反感。为了远离克莉斯丁这个爱的化身,证明自己的"禁欲"本领,艾斯拉做法官、做市长、做将军来压抑自己躁动的情欲和对妻子火一样的热爱。从人性的角度来看,艾斯拉对妻子的这种敬而远之的态度并非出自他的本性(nature),更非出于他对克莉斯丁的仇视或怀恨,而是出于孟南家所固有的清教的原罪意识。这种否定肉体生命欢愉的意识,是清教文化对情欲的否定,对这种自然情感克制的结果。

　　清教对情感的压抑还体现在孟家人对最普通且最寻常的情感——"哭"的压抑。该剧时间跨度一年四个月左右,剧情经历了战后归家、重逢、谋杀、自杀、离别、度假、重归等众多被爱交织在一起的生离死别、大起大落的情感场面,但剧中只有三个人物落过六次泪。克莉斯丁在儿子从战场回归时流下了激动的泪水,面对海丝儿的纯真流下了感激的泪水,在卜兰特怀里流下了娇嗔的泪水。莱维妮亚在父亲从战场回来后伏在父亲肩头上曾轻轻地哭泣过一次,得到的却是父亲窘迫的责怪:"我想我早就嘱咐过你莫要哭。"①因而,这之后哪怕是在挚爱的父亲死时,莱维妮亚在外人面前仍表现出"好象并不感到她应有的悲哀"②,看不到一滴泪水。但从海岛回来后,当莱维妮亚终于抛弃了冰冷的面具,脱掉了清教的禁锢,完成了爱的觉醒时,她的感情丰富了,哪怕是奥林威吓她不许和彼得结婚时,她都会被吓哭。另一次泪水来自奥林。这位深受母亲影响,很少受清教熏染的儿子在母亲死时流下了悔恨的泪水。总之,《悲悼》中尽管生离死别的场景繁多,但 cry、sob 和 tear 的出现只有这寥寥的几次,而非清教信奉者克莉斯丁这个孟家媳妇就占了 3 次,足见清教对孟家情感的压抑。

　　清教还带给孟家人无尽的"责任"(duty)。有个人对国家的责任,比如艾斯拉和莱维妮亚逼迫奥林离开母亲的怀抱,奔赴战场,保家卫国。为此莱维妮亚不无自豪地向母亲宣告:"作为孟家的一个人,去作战是他的责任!如果他不去,他会后悔一辈子的!"③然而这个被逼去杀敌的奥林却带着无限的惆怅和失去的母爱归家,因为在他的体内注入的更多的是克莉斯丁的非传统、

---

① 〔美〕尤金・奥尼尔:《奥尼尔剧作选》,荒芜译,上海文艺出版社 1982 年版,第 202 页。
② 同上书,第 225 页。
③ 同上书,第 185 页。

非清教的崇尚自由的新鲜血液。可是孟家人的责任感已浸入这家人的骨髓，这点在奥林后期的表现即可略见一斑。连老园丁萨斯都要"庆祝一下是我们的爱国责任哩！"①除此之外，孟家还强调妻子对丈夫的责任。莱维妮亚一再让母亲正视的就是这种责任，她会喝令母亲："你应该明白那是你对爸爸的责任。"②，此后她还在反复强调"你对爸爸负有责任"。女儿对父亲要负责任，莱维妮亚的责任是："我谁都不嫁。我对爸爸负有责任。"③"我的第一个责任就是保护他，免得受你（母亲）伤害！"④她会带着保护的姿势抚摸爸爸的画像，并且不顾一切地喊着："去告发她（母亲）是我的责任！"⑤还有弟弟对姐姐的责任，这位父母相继离去的孟家儿子，震惊中开始戴上父亲的面具，生怕海岛带给姐姐过多爱的启发。"我必须使你离开海岛。那是我做弟弟的责任！"⑥还有子孙对整个家族的责任，无条件地保守这个家族罪恶秘密的责任。三部曲接近尾声的时候，莱维妮亚面对祖先的肖像狠狠地说："你们为什么象那样看我？我已经在你们的协助之下尽了我的责任。"⑦当她意识到孟家的祖先仍然不会放过她时，她仍在精疲力竭地辩解着："我已经为他们尽了我的责任！他们总不能否认吧！"⑧这不禁令我们回忆起不久前克莉斯丁忍无可忍的呐喊："责任！那个字眼儿我在这所宅子里不知道听见过多少次了！"⑨就这样，众多的"责任"代替了孟家相互间感情的依恋和发自内心的情感交流。使得反复强调的"责任"和孟家始终叫嚣的公正、公道（justice）以及祖先们的画像，构成了一条条无声的清教准则，制约着孟家活着的人们，也成了束缚这个家族情感的枷锁。

　　清教带给孟家情感压抑的同时，它所宣扬的勤奋和理性也给孟家带来了更多物质占有上的动力。"十七世纪清教徒强调教旨和道义。他们的十八九世纪的后代子孙更加着重资本和买卖兴隆。财富被看成上帝赐福的表现和人们善行的证明。"⑩托马斯·埃伦·格林费尔德（Thomas Allen Greenfield）也曾讲到，美国清教徒具有强烈的工作和金钱意识。这种"金钱就是上帝"的

---

① 〔美〕尤金·奥尼尔：《奥尼尔剧作选》，荒芜译，上海文艺出版社1982年版，第157页。
② 同上书，第188页。
③ 同上书，第200页。
④ 同上书，第185页。
⑤ 同上书，第213页。
⑥ 同上书，第301页。
⑦ 同上书，第299页。
⑧ 同上书，第308页。
⑨ 同上书，第200页。
⑩ 〔美〕弗吉尼亚·弗洛伊德：《尤金·奥尼尔的剧本：一种新的评价》，陈良廷、鹿金译，上海译文出版社1993年版，第259页。

清教精神在资本主义发展初期曾起过巨大的进步作用。它使艾斯拉成为成功的造船主、成功的市长、成功的法官、成功的将军。用艾斯拉的话来说就是:"在你的眼睛里,我已经不再存在了……于是我就下定决心去做社会事业,让你去过你自己的生活,不管你的事。这就是为什么航运公司还不够我做的——我又做法官、市长以及这类虚有其表的事情的原因,这就是镇上的人为什么把我认为能干的原因。为着何来呢?不是为了我的生命中最需要的东西!不是为了你的爱!不!而是为了不让我的脑子老想着我所失去的东西!"①但不容忽视的是对物质财富的狂热追求往往是以忽视或摒弃情感交流为前提的。表现在艾斯拉身上就是,当他意识到和新婚不久的妻子间出现了隔阂时,作为一个笃信清教的教徒,他所做的不是努力去推倒这堵"墙",不是努力为这个"生命中最需要的东西"去奉献、去争取,而是把精神和感情的危机转嫁到对物质的占有上。为了自己的心理平衡,"不让我的脑子老想着我所失去的东西",这势必使他与克莉斯丁之间的墙愈筑愈高,之间的隔阂越发加深。当艾斯拉终于在战争和死亡的面前意识到爱的宝贵,鼓足勇气要克莉斯丁"帮我把那座墙拆掉"时,长久的爱的缺失已在克莉斯丁心里埋下了恨的种子。读者不禁为这对本可以相爱终生、白头偕老的夫妻的悲剧而扼腕。

克莉斯丁反感艾斯拉身上浓烈的清教气息的另一个原因是艾斯拉视自己有如财产。这是清教带给这个家族爱的压抑的又一个例证。清教徒狂热地追求物质占有的同时,甚至把自己的亲人视作财产。这一点在奥尼尔的剧作《榆树下的欲望》中表现得极为突出,在《悲悼》中我们可以从克莉斯丁对艾斯拉的那句控诉中窥见一斑:"没有好久以前你还做得就好象我是你的妻子——你的财产(property)似的哩!"②物质和荣誉的积累是建筑在精神的占有和压抑之上的,其最终的结果就是牧师太太无意中透露出的众人的看法:"也许是命该如此。你记得……关于孟家的人,你常说荣誉走在倒霉的前面,有一天上帝会使他们在罪恶的荣誉里屈膝的。"③清教道德就这样阻碍了孟家人与人之间的交流,制造并加重了人与人之间的隔离。为此本书作者作一简图,将清教文化对财富的占有和对情感的压抑作一简析:

---

① 〔美〕尤金·奥尼尔:《奥尼尔剧作选》,荒芜译,上海文艺出版社1982年版,第211页。
② 同上书,第216页。
③ 同上书,第226页。

图一　清教影响示意图

清教信奉物质和精神上的两个信条:勤俭耐劳的实用主义和禁欲的道德准则。这使得清教徒们追求在物质财富上的占有。在一些更加狂热的清教徒眼里,生活中的一切都是他们的财产,而且他们对爱也采取占有和压抑的态度。在占有物质和爱的同时,清教主义开始寻求主宰世界,用一个高度平衡和自律的秩序来治理世界,因而他们要求一个能达到公正目的的国家机器,那就是司法(justice)的加强。因为它能使公民尽到本分(duty),妻子尽到责任,儿女尽到义务。《悲悼》中艾斯拉为了逃避与克莉斯丁的感情纠葛,不让脑子老想失去的爱而去学法律,去做法官,就是因为清教极度崇尚秩序和平衡。于是法官这个职位成了艾斯拉的又一个面具,用以掩盖他充满爱和激情的内心世界。可见根深蒂固的清教文化和它严苛的教义逼使艾斯拉离爱情和他所爱的人越来越远,成为压抑爱的证据之一。

为了查明"公正"(justice)在清教文化中不可忽视的作用,我们对《悲悼》中出现的公正做了一下清点。文中"公正/公道"共出现 15 次,因为艾斯拉的出场过短,而且出现时已是一个洗心革面、要重续爱情的形象,因而这维护公正的担子就落在了艾斯拉的忠实继承者莱维妮亚的肩上。算起来在 15 个"justice"中,10 次是出自莱维妮亚之口。父亲死后,莱维妮亚带着奥林杀死卜兰特,逼死母亲,偿还"公道",用家族的司法程序来讨还"血债","公正"已然淡漠了家人的亲情和爱的可能。它迫使孟家血债血还,重公正而疏情感,就像奥林痛斥姐姐所言:"又是一桩公道的裁判,呃? 你想逼我自杀就象我逼妈妈似的!"①

(三)清教的传递和孟家的反抗

更加可悲的是,孟家的这个清教卫道士的角色是具有继承性的。如果说

---

① 〔美〕尤金·奥尼尔:《奥尼尔剧作选》,荒芜译,上海文艺出版社 1982 年版,第 329 页。

艾比是前一代的清教维护者,那么艾斯拉是他的下一代承继者。艾斯拉不在时莱维妮亚扮演着这个角色,父亲死后她更是理所当然的继承人,监控着母亲的一颦一笑,指挥着奥林的一举一动。海岛回归后,莱维妮亚俨然成了另一个克莉斯丁,开始与清教的清规戒律格格不入。而此时一向柔弱的奥林却接过了这个卫道士的旗帜,坐在父亲的书桌旁,俨然一个再生的艾斯拉,对莱维妮亚发号施令,对姐姐岛上的激情迸发大加斥责:"那些岛只使我恶心——而那些裸体的女人更使我讨厌。我想,我毕竟是太象一个孟南家的人,根本不可能变成异教徒。可是,你才没有看见维妮跟那些人……想想看,那些死去的笃信上帝的孟南们看见那种景象作何感想!"①奥林终于演变成笃信清教的祖先的游魂,监视着姐姐莱维妮亚的行踪,步步紧逼地阻止着姐姐人性的回归和爱的觉醒。就像他恶狠狠地对姐姐说的:"我就是束缚你的自由的孟南家的人!难道这不是很明白的。"②

　　从人性的角度来看,孟家的子孙既是清教势力和传统道德的卫道士,同时更是清教道德的受害者。他们正常的情感和欲望长期遭受压抑,追求幸福的努力受到传统思想的制约而苦不堪言。艾斯拉的那种"不断地勒住情感不放似的"③声音和神情换来的是多年后克莉斯丁的由会说话变得沉默的眼睛,她只得强迫自己变为"消极"④,把原有的热情、浪漫和对生活的热爱收藏起来,随时寻找爱的突破口。随着奥林的降生和卜兰特的出现,克莉斯丁的爱终于有了畸形的转移,同时产生了对艾斯拉的恨和寻求自由和爱的归宿的欲望。与此同时,艾斯拉对妻子的真实情感一再压抑于心,无法释怀,最终换来的是更大的悲剧。二人的女儿莱维妮亚的清教情结一直引导着她以一袭丧服示人,有爱却深埋心里,从而蕴藏了又一个随时可能爆发的爱的火山。从另一个角度来看,清教徒是矛盾的个体,往往带有矛盾的心态,常常"游移在优越与平等、克制与解放、秩序与热情两个极端之间"⑤。这种游移感经常

---

① 〔美〕尤金·奥尼尔:《奥尼尔剧作选》,荒芜译,上海文艺出版社 1982 年版,第 306 页。
② 同上书,第 318 页。
③ 同上书,第 201 页。
④ 参见 Eugene O'Neill, *Eugene O'Neill (complete plays 1920-1931)*, the Library of America, 1988, p. 917. 原文为:"Because by then I had forced myself to become resigned in order to live! And most of the time I was carrying him, your father was with the army in Mexico."
⑤ K. W. F. Stavely, *Puritan Legacies: Paradise Lost the New England Tradition, 1630-1890*, Ithaca and London: Cornell University Press, 1987, p. 101. 原文为:"... the great pioneer of twentieth-century New England studies, Perry Miller, acknowledged in a general way the existence of those same Puritan polarities—elitism and egalitarianism, restraint and liberation, order and enthusiasm."

会迫使清教徒们做出和他们清教准则完全相反的行为来。因而,我们终于能听到从战场回归的艾斯拉,撕开面具对久已疏远的妻子大胆的爱情宣言。能看到扔掉面具的莱维妮亚做出的令彼得受宠若惊的爱意表露,还可以窥到克莉斯丁和卜兰特逃离大宅,要奔赴幸福岛的美丽憧憬。

因而,孟家人在备受清教禁锢的同时,也是不乏反抗的。爱情的力量往往更加巨大,它终于使笃信清教、戴着顽固的面具的艾斯拉鼓起勇气向爱投降:"我回家来向你投降——从内心里归顺你。我爱你。"①"我把我的私衷告诉了你,我把我的心掏出来给你看——我以为你会了解!"②这是抛弃清教信条,向爱投降的一个信号。当这份爱没有得到克莉斯丁的回应时,艾斯拉无法容忍强烈的自尊受到的羞辱,第一个反应是:"上帝呀!我真是一个老傻瓜!"③便无可奈何地缩进清教的套子里,逃回面具和清教的掩护中。莱维妮亚是在父母死后很快完成了爱的觉醒,与清教彻底划清界限。"肚子上围着彩色的布条,耳朵上缀着花",与岛上土著居民共舞,企图用爱把笃信清教的老祖宗们吓退。她会爱意浓浓地对彼得说:"把我抱到这所死人的房子里去爱我吧!我们的爱会把他们的阴魂羞死!"奥林一反以往与清教对立的勇气,随着自己的挚爱——母亲的死亡而埋葬了自己纯真稚嫩的情感,只剩下一具肮脏、罪恶的形骸逃回到清教的忏悔世界中。

长久的爱情缺失和压抑已经无法唤回纯真的爱。艾斯拉早已用他那孟家独有的清教信仰扼杀了克莉斯丁,用他那"生命就是死的过程。初生就是开始死去。死就是生"④的清教信仰埋葬了自己的爱情。尽管他最终幡然醒悟,但为时已是过晚。可见,死亡适合孟家(death becomes Mannons),而丧服适宜厄勒克特拉(mourning becomes Electra)。

三、骄横的隔阂

造成孟南家族爱的压抑和缺失的另一因素就是这个家族的性格特征:轻慢与骄横⑤,亦即 hubris。从孟家人的一系列表现,诸如孟家男人虽迷恋玛丽亚却不能完全接受她的心态,戴维德与玛丽亚婚后的萎靡和自我感觉的丢

---

① 〔美〕尤金·奥尼尔:《奥尼尔剧作选》,荒芜译,上海文艺出版社1982年版,第211页。
② 同上书,第217页。
③ 同上。
④ Eugene O'Neill, *Eugene O'Neill (complete plays 1920-1931)*, the Library of America, 1988, pp. 937-938. 原文为"Life was a dying. Being born was starting to die. Death was being born."译文参见〔美〕尤金·奥尼尔,同上书,第209页。
⑤ 参见陈中梅:《悲剧和埃斯库罗斯的悲剧》。见〔希〕埃斯库罗斯:《埃斯库罗斯悲剧集》前言,陈中梅译,辽宁教育出版社2001年版,第8页。

脸,艾斯拉不齿于表露的对克莉斯丁的爱情,莱维妮亚得知卜兰特的出身后突变的态度等等都是骄横心态在作祟,这个性格特征无疑阻隔了这个家族爱的传递和发展。

  骄横是古希腊悲剧中常见的一种悲剧现象[1],它是人物性格上的一个缺陷,被奥尼尔巧妙地运用于现代悲剧中,体现了剧作家的独到之处。孟南家族的骄横性格体现在孟家几乎每个人物的言行上。孟家祖辈老艾比虽在三部曲中从未出场,但对推动整个故事的发展是个不可或缺的人物。他颐指气使,把相爱着的玛丽亚和戴维德驱逐出祖宅,不承认这桩婚姻,除了他的嫉妒心态外还包含着一个鲜为人知的原因——那就是这个家族的傲慢性格。在艾比看来,一个女护士是根本不配做孟南这个大家族的妻子的。他"便把那所宅子拆掉,建造了这一所,因为他不愿住在他弟弟辱没了家庭的地方。"这桩婚姻和爱情也一直被冠之以"丑事(scandal)",是被辱"骂"的对象,而且在孟家不许提起。那么这个"丑事"到底辱没了这个家庭什么?

  首先是玛丽亚的未婚先孕,这除了触犯了清教七宗罪中的"奸淫罪",对于这个家族来说还辱没了他们一向引以为傲的家族名誉,一个贵族的名声——这个卜兰特深恶痛绝的东西。卜兰特知道,而且清晰地了解孟南家族的这个傲慢性格和严谨的门第观念,因为他和母亲就是这个观念的最大牺牲品,而自己也不可救药地遗传了这个观念。尽管他费尽心机地掩盖自己的姓氏,口口声声表示,他的"唯一的耻辱就是我的身体里面的孟南家的血统",他仍然对自己的出身挥之不去,继而毫不费力地解读出莱维妮亚的心理。在穿着打扮上,孟家的这个骄横的观念也影响着这个浪子,只见"他的穿着奢侈得有点过分",刻意显出那种浪荡和富贵。在莱维妮亚面前,在艾斯拉书房里的他又免不了显出那种卑微和胆怯,因为他骨子里认为自己是仆人的儿子。这种自卑和骄横伴随着他的一生——出海做船员,远离最需要自己的母亲,实际上也是试图忘却母亲低贱的出身。其次,作为佣人的儿子,卜兰特竟然先后与克里斯丁和莱维妮亚谈情说爱,这显然辱没了孟家的门风。在莱维妮亚还没有发现卜兰特的身世之前,她只是嫉妒母亲和自己喜欢的卜兰特间的爱,"恶心"母亲的行为,还谈不上对卜兰特的鄙视和骄横。在园丁萨斯暗示并揭穿了卜兰特的来历后,莱维妮亚对卜兰特的态度出现了一个突变。正像卜兰特对此深恶痛绝的那样:"刚才你不愿我摸你就是那个缘故,是不是?你太尊贵了,一个佣人的儿子不配,是吗?可是你喜欢得很哩,在你——"[2]言

---

[1] 骄横应该是普罗米修斯、俄底浦斯和阿伽门农等悲剧的根源之一。有关论述参见陈中梅:《言诗》,北京大学出版社,2008年版,第九章。
[2] 〔美〕尤金·奥尼尔:《奥尼尔剧作选》,荒芜译,上海文艺出版社1982年版,第176页。

外之意是:在你还没有发现我的身世之前,你不是那么爱我么?这是对孟家骄横心态的极为深刻且精辟的评判。也正是因为卜兰特身上的这个性格特征,这个"孟南家的血统",使得他能如此准确无误地说出此时莱维妮亚的这种居高临下的心理,在莱维妮亚看来卜兰特这样出身卑贱的人不配和自己谈情说爱。莱维妮亚对自己的姓氏所表现出的荣誉感也佐证了孟家根深蒂固的家族自傲意识,她绝对不理解卜兰特不用孟南的姓氏:"别糊涂了——他会姓孟南的,并且他会觉得这个姓十分光彩的。"①她无情地痛骂卜兰特:"一个下流女看护的儿子口中,除了廉价的荒唐的谎言之外,要希望得到点什么东西。"②"我想你可以夸口你现在已经做到了,是不是?——是用最下流最卑劣的手段——就象你这样佣人的儿子干的!"③所有的辱骂都围绕着一点,即对卜兰特身世的不屑,影射着自己作为孟家人的虚荣心态。无怪乎人们评论她:"永远莫想叫她露出一点什么声色。真是纯粹的孟家的种!"这种目空一切、唯我独尊的骄横作风正是三十多年前发生在孟宅一幕的翻版,是祖父"残害"一对有情人的刀剑,是父亲斩断爱的火焰并悔之晚矣的源泉之一。

艾斯拉无疑意识到自己血统中的骄横因素,他的冷酷和骄横使新婚妻子对自己敬而远之,使她的爱情火焰渐趋熄灭。他在妻子面前自我剖析道:"我猜想我心里包藏着冷酷——也许是我自己的劣根性——有时冷不防地发泄出来。"④他发泄出的傲慢和嫉恨招致了玛丽亚的惨死和卜兰特的复仇;他对克莉斯丁的冷酷招致了本应美好的爱情的压抑和缺失,最终导致了自己的横死;他对奥林的骄横招致儿子感情更多地向母亲偏斜;艾斯拉孤傲的性格和木然的表情,与书房中那些千人一面的祖先形成了一个小社会,决定了他们行为处事的一致性,与外界接触时的恐惧、紧张和不情愿,也决定了这个家族的园丁都具有的那种气息,那种"傲慢无情"(cold-blooded and uppish),那种"孟南家的派头"(that's only the Mannons' way)。这种傲慢无情的孟家派头与上文分析的面具有异曲同工的效果,应该是构成孟南家面具的重要成分。

孟家的这个骄横性格还带来了它的另一个负面影响,即这个家族的"懦夫"(coward)性。卜兰特咒骂父亲戴维德:"他和所有的孟南家的人们一样,是个懦夫。"⑤他也气急败坏地抓住莱维妮亚的手臂喊叫:"一到面对着他们

---

① 〔美〕尤金·奥尼尔:《奥尼尔剧作选》,荒芜译,上海文艺出版社 1982 年版,第 171 页。
② 同上书,第 176 页。
③ 同上书,第 179 页。
④ 同上书,第 215 页。
⑤ 同上书,第 177 页。

的真相时,你就和孟南家的所有的人们一样,变成一个怯懦者了。"①卜兰特不屑于克莉斯丁毒杀艾斯拉的方法:"下毒药!那是懦夫的伎俩!"但是真正无法摆脱懦夫性的还是卜兰特自己。这一点没能逃过克莉斯丁的眼睛,她不时地提醒着卜兰特:"你身体内部所潜伏的孟家的性格又露头了。"②为了面子、荣誉、尊严和傲慢,卜兰特和孟家其他男人一样,在爱面前往往选择逃避。克莉斯丁一针见血地指出:"当你的爱第一次受到真正考验的时候,你要证明你和你爸爸一样,也是一个懦夫吗?……现在你才是我所钟爱的人,不是一个虚伪的孟南家的种子!答应我,不要再作那种懦怯的(cowardly)浪漫的顾虑!"③和戴维德、卜兰特一样,艾斯拉、奥林身上都有这种"懦夫"气息,莱维妮亚质疑奥林:"不!你是个懦夫!没有什么要忏悔的!"④作为孟家最后的姐弟俩,莱维妮亚无法容忍奥林这个孟家最后的男人无法摆脱家族的阴影,无法勇敢地投入到有爱的生活中去。当奥林企图剥夺莱维妮亚爱的权利时,她终于被激怒了:"你要不是一个懦夫,你会自尽的!"这个懦夫性被揭得体无完肤时,孟家的人们就像被激怒的斗牛一般义无反顾地向前冲去——卜兰特选择谋杀艾斯拉,而奥林终于"勇敢地"选择了自杀。

小 结

尽管孟家的爱曾经是美好的,但这些如泣如诉的爱始终被一个无形的枷锁左右着,这个枷锁就是爱的缺失和压抑。它是许多因素的合力,在孟家体现为面具的屏障,宗教的压抑和这个家族骄横性格等几个方面。

面具是尤金·奥尼尔为了突出孟家与世人隔离,家族内部相互间疏离的现象所运用的创作手法。它体现在这个家族赖以生存的大宅的形象上,更主要是体现在孟家每一个人的形象上。孟宅的希腊门廊是一个反讽性的面具,它本应代表庄重、平和和生命力,而适得其反的是生活在其中的孟家人几乎都如行尸走肉般戴着冰冷的、"不像活的血肉的"面具。孟家的男人们有千人一面的形象,哪怕是在外面世界漂泊了三十多年的卜兰特仍然有着与艾斯拉、奥林以及家族祖先几乎同样的长相和孟家的神情。孟家的女人们从玛丽亚开始都长着金棕的头发,像跳动的火焰与孟家冰冷的面具形成鲜明对比。但是,她们也无一例外地传染了"深自内敛"的表情,使得整个家族在外部世

---

① 〔美〕尤金·奥尼尔:《奥尼尔剧作选》,荒芜译,上海文艺出版社1982年版,第177页。
② 同上书,第195页。
③ 同上书,第195~196页。
④ 同上书,第329页。

界面前体现出一致的木然和冷漠。对家族内部的亲人们他们则怀有既排斥又依赖的矛盾心理,有爱而无法表达。面具是现代心理学在戏剧中的运用,也是古希腊戏剧手法在现代戏剧中的发挥性运用。《悲悼》中面具形象的成功运用,突出了孟家人爱的压抑和缺失,他们自然的活力和爱的渴望受到人为的压制,势必使这个渴求爱的家族里产生爱的变异和扭曲。

清教的压抑是导致孟家爱的缺失和压抑的另一个显著的因素。奥尼尔这位爱尔兰剧作家对清教怀有由来已久的反感和痛恨。在《悲悼》中清教的压抑体现在对感情的压抑和对财富的占有及控制上:清教宣扬的克制和禁欲造就了艾斯拉等孟家男人对感情和性欲的压抑;清教所提倡的勤俭和耐劳又使他们找到了释放能量的出路。在事业蓬勃发展的同时,他们离爱和爱人渐行渐远。可悲的是孟家的清教意识具有较强的继承性。莱维妮亚是艾斯拉的清教卫道士的继承人,而奥林又从莱维妮亚手里接过用清教教义来束缚家人感情的火炬。尽管如此,孟家人们依然在这个压抑的氛围中为了捍卫爱而做着不懈的抗争。

孟家的另一个导致爱的压抑和缺失的因素是家族的遗传性格,即"骄横"。家族成员们对内和对外的骄横,对本家族血统和荣誉的过分迷恋,造成了他们性格中的虚荣,使他们不能用坦诚和包容的心态来对待爱。一般说来,骄横性格排斥人的"懦夫"性,但对于孟家人来说,过分的自尊和傲慢正体现了人内心深处的自卑心态,因而"懦夫"性格是他们"骄横"性格的隐性因素。体现在当爱情出现危机时,孟家人并不是勇敢地为这个"生命中最需要的东西"义无反顾地去奋争,而是选择逃避或就此沉沦,像戴维德、奥林和艾斯拉。这又加剧了孟家爱的缺失和压抑,致使孟家的爱一步步走向它的变异和扭曲。

第三节 爱之扭曲到爱的变异

> 我将来永远不再离开你。我不要海丝儿或者任何人,……你是我的唯一的爱人……妈妈,从今以后,一切都会是很理想的![1]
>
> ——奥林《悲悼》

---

[1] 〔美〕尤金·奥尼尔:《奥尼尔剧作选》,荒芜译,上海文艺出版社1982年版,第248~249页。

孟南家族深受虚伪的清教道德、自身的骄横性格以及面具等因素影响，饱尝爱之缺失和压抑的痛苦。作为这些屏障和传统道德的直接的受害者，他们正常的情感和本能的欲望长期遭到压抑而得不到宣泄，从而演变成一系列畸形和扭曲的爱，表现为恋父、恋母以及自恋的情结并发展出乱伦倾向。

"凡是生长得单纯的东西——对着太阳向上长的——一切正直而坚强的东西我都爱！我恨那种乖僻的，戕害自己，在阴影里枯萎一世的东西！"① 这是生长在这个扭曲的家庭里的莱维妮亚的心声。尽管摆脱不了这个满是"阴影"的乖僻的环境，这个孟家姑娘仍然向往着阳光，向往一切正直且纯洁的事物。这是孟家这种畸形的环境所缺少的，也是所有孟家人内心所向往的。但是无法改变阴影下的生活的这个家族只能一步步走入乖僻和扭曲，并彼此折磨，形成了扭曲、变异的爱的心理。

一、爱的扭曲

（一）孟家扭曲的爱

扭曲的爱首先体现在为争夺爱而败下阵来的老艾比身上。在爱的"战场上"的失利使艾比·孟南对爱的嫉恨发展到扭曲的程度，具体表现在对戴维德和玛丽亚扭曲和变态的惩罚。他从大宅中赶出这对相爱的人，变相地剥夺戴维德的继承权，从而在物质和精神上将这个在优越的物质环境、扭曲的精神氛围中长大的戴维德摧垮。就这样，戴维德和玛丽亚成了这个家族扭曲的爱的第一对牺牲品。家族骄横的劣根性已将戴维德折磨得扭曲变形，从而他一蹶不振，酗酒、打骂玛丽亚，为妻儿贫贱的出身而感到耻辱，直至被忍无可忍的七岁儿子卜兰特猛击了一记火棍后沉静下来。"从那以后，有好多天，他坐在那里，茫然地瞪着眼睛。"② 在戴维德一系列的行为背后，我们发现他已经成了在爱的压抑与缺失中挣扎着的一个牺牲品，面对自己的妻儿，有爱不能表达，因此得不到谅解。而艾比扭曲的惩罚更使戴维德变成了妻儿眼中的"腐尸"。戴维德自杀前的忏悔就像艾斯拉对克莉斯丁爱的表白一样为时过晚，也无力回天。就带着这种遗憾和悔恨，戴维德走到了生命的尽头，撇下一对在贫病交加中挣扎的母子。

本可以救活玛丽亚、挽救一对母子的艾斯拉却对玛丽亚的请求视而不见，成为又一个扭曲的爱的例证。艾斯拉自小就对玛丽亚着迷，但得知她和叔叔相爱并怀孕后，扭曲并掺杂着清教观念的心态占了上风，泯灭了他正常

---

① 〔美〕尤金·奥尼尔：《奥尼尔剧作选》，荒芜译，上海文艺出版社1982年版，第331页。
② 同上书，第178页。

的人性,以致当无助的玛丽亚向他求助时,他袖手旁观,使玛丽亚在贫病中死去。无怪乎卜兰特对艾斯拉切齿地痛恨:"他本来可以救她一命的——但他却故意让她死去!他犯了杀人的罪,就象他作法官时被他处死的杀人犯一样!"①他因此要不惜一切代价向艾斯拉复仇,而闲居在家的克莉斯丁给了卜兰特复仇的机会。

尽管克莉斯丁和卜兰特的爱轰轰烈烈,但家族的因素和清教的影响却不免使他俩的爱掺杂了扭曲和自私的成分。卜兰特"爱"上克莉斯丁的最初的意图自不必说,"我记得我们被介绍见面的那天晚上,我听见艾斯拉·孟南夫人的名字!我那时因为你是他的太太,我多么恨你啊!我想,天,我要从他那里把她夺过来,那也可以算为我对他的一种报复!就从那种恨里产生了我的爱!(and out of that hatred my love came!)"②而克莉斯丁把卜兰特拖到毒杀艾斯拉的计划中也有她扭曲和自私的一面,这样就能把卜兰特捆缚在自己的命运中,成为同犯而不被抛弃。就如克莉斯丁谋划的:"你以后绝不敢在我变得又老又丑的时候,撇开我去找你的船或者你的海洋或者你的裸体的海岛姑娘了!"③但两人的策划却逃不过女儿莱维妮亚那双透露出心理扭曲的双眼。

儿时母爱的缺失使克莉斯丁与莱维妮亚这对母女的关系扭曲变形,并表现在女儿对母亲的嫉恨和二人间相互的敌视上。读者会看到这对母女尽管长相极为相似,甚至神情都基本相同,但扭曲、嫉妒的心理促使莱维妮亚极力掩盖与母亲长相上的相似和天性上的一致性。她"竭力强调她和她妈妈的不同之点。她把头发紧向后梳,好象要掩盖住天然的鬈曲,而且她的极端质朴的风貌上没有一丝女性的诱惑力。"④这种遮盖女性气质,强调与母亲的不同,似乎在向人们证明她与爱的绝缘,掩盖自己对爱的渴望,显示自己对母亲刻骨的忌恨。弟弟奥林用犀利的语言揭穿了莱维妮亚对母亲的嫉妒心态:"你借口说妈妈的横死是一种报应,在你那一切借口的背后是你的忌妒……现在我看清楚了!你自己要想得到卜兰特!"⑤为了与母亲争夺父亲,莱维妮亚扬言自己不结婚,拒绝彼得的求婚,声称:"我不能和任何人结婚……父亲需要我。"⑥而且固执地认为"他更需要我!"女儿竟成了父亲更需要的对象,足见母爱的缺失对莱维妮亚心灵造成的伤害,对女儿与父亲扭曲的爱的形成

---

① 〔美〕尤金·奥尼尔:《奥尼尔剧作选》,荒芜译,上海文艺出版社1982年版,第179页。
② 同上书,第190页。
③ 同上书,第196～197页。
④ 同上书,第161页。
⑤ 同上书,第316页。
⑥ 同上书,第165页。

起到的催化作用。与此同时,母子间扭曲的爱也在肆意地发展,成为威胁家庭稳定的主要因素。

奥林因爱恋母亲而嫉恨父亲的扭曲心态也是随处可见。面对卜兰特的尸体,他会不由自主地说出心里话:"如果我是他,我也会做出他所做的事来!我会像他一样地爱她——为了她的缘故——杀死爸爸!"①

尽管意识到爱的有悖常理,孟家人仍无法摆脱爱的缺失和压抑所带来的沉重的精神负担,从而使扭曲的心态不断发展,出现了家庭成员之间围绕爱展开的争夺。

(二)家庭成员间爱的争夺

为了在家族中争夺各自的爱,孟家人觊觎着彼此的家庭角色,比如哥哥爱上弟弟的爱人,女儿希冀成为爸爸的妻子等,从而上演了兄弟间、母女间和父子间爱的争夺的悲剧。

老艾比在与弟弟戴维德争夺玛丽亚时败下阵来而恼羞成怒,此间争夺的焦点显然是爱。女儿莱维妮亚与母亲克莉斯丁争夺的对象是父亲艾斯拉和叔叔卜兰特,焦点仍然是爱。用克莉斯丁的话来说就是:"你想作你爸爸的妻子和奥林的母亲!你千方百计要想窃取我的地位!"②尽管招致了莱维妮亚的反驳:"不是的。自从我出世以来,偷去了我的全部的爱的是你!"③但莱维妮亚的这句话恰恰暴露了她对母亲"偷去""应属于自己"的爱的痛恨。卜兰特和艾斯拉这对堂兄弟争夺的焦点是克莉斯丁,两人重演了老艾比和戴维德的悲剧,争夺的角色是做克莉斯丁的爱人,结果是两败俱伤。儿子奥林与父亲艾斯拉以及堂叔卜兰特共同争夺母亲克莉斯丁的爱是显而易见的,此间争夺的角色是做母亲的爱人。更有甚者,海岛回来后的奥林把莱维妮亚当成母亲来依恋,莱维妮亚也如同当年的克莉斯丁般呵护并爱抚着奥林。奥林的扭曲心态继续发展,最终把自己变成了一个活生生的艾斯拉,与莱维妮亚的情人彼得争夺起姐姐的爱来。尽管这是他企图守住家族秘密,与姐姐共同生活下去的无奈选择,奥林对姐姐的依恋却是有目共睹的。

从另一方面来讲,孟南家人们对爱的激烈争夺体现出了孟家人们极强的占有欲性格。

(三)爱的占有

爱的压抑使得孟家人产生了一种性格的扭曲,发展成强烈的占有欲,它

---

① 〔美〕尤金·奥尼尔:《奥尼尔剧作选》,荒芜译,上海文艺出版社1982年版,第276页。
② 同上书,第186页。
③ 同上。

不仅体现在对物质财富的占有上,更主要表现在对爱的对象的精神和情感的占有上。这一点不仅如前一节所言,表现在几位女性的身上,同时也表现在男性的性格中,以致家族成员间母女相争,父子相斗,相互间有如战场的敌人。究其根源更多的是出于清教对物质的占有欲和孟南家族的骄横性格扼杀了孟家正常的人性。

奥尼尔笔下具有强烈占有欲的女性形象很多,但莱维尼亚是较特殊的一例。因为她内心深处具有较强的矛盾性,一方面她从家族承袭来的根深蒂固的清教意识、家族性格以及由此衍生出的面具形象抑制了她情感的宣泄,令她摆脱不了罪恶感;另一方面则是她体内张扬的希腊精神,一种狄奥尼索斯式狂放的酒神精神,这种本能的生命热情和对爱的欲望驱使她抛弃一切禁忌去追求幸福。上述二者矛盾斗争的结果是她畸形的占有欲,特别是对爱情的占有,表现为以宗教和伦理为掩护的占有性,比如她对母亲的约束,对卜兰特的"厌恶",以及对奥林的管制。

克莉斯丁是另一个具有强烈占有欲的女性。体现在感情的占有上,有了与艾斯拉之间压抑和缺失爱的痛苦经历,克莉斯丁在感情上实现了对儿子的完全占有,达到了要奥林相信什么,他就会相信什么的程度。但她忍受不了奥林离开的痛苦,忍受不了无法控制奥林的局面,因而她把控制爱人的欲望转移到新欢卜兰特身上。为了达到对卜兰特的感情和身体的占有和控制,克莉斯丁使出包括激将法在内的浑身解数,把卜兰特拉到谋杀艾斯拉的战线上,使他永远不敢离开自己。

一家之主艾斯拉更是具有较强的占有欲,这在本章第三节已做过探讨。艾斯拉的占有欲还体现在对克莉斯丁扭曲的清教式的占有上——肉体的和心理上的,以致在克莉斯丁心里留下一个"恶心"的印象。在他的眼里,妻子是他的私人财产,克莉斯丁就忍无可忍地叫道:"不是你的妻子!你刚才好象还把我当作你的妻子——你的财产似的吗!"[①]较为温顺的奥林也在一系列扭曲的情感的氛围中发展出了自己强烈的占有欲望,表现在对母亲感情的独自占有,对父亲和卜兰特这些威胁了他在母亲心目中地位的人的无比仇恨。奥林的占有欲还体现在从海岛回归后对姐姐的感情控制,对彼得的仇视和发号施令上。以致莱维妮亚就像一年前的克莉斯丁一样歇斯底里地喊出:"我又不是你的财产!我有恋爱的权利!"[②]

---

① Eugene O'Neill, *Eugene O'Neill*(*complete plays 1920-1931*), the Library of America, 1988, p. 944. 原文为"Not your wife! You acted as if I were your wife—your property—not so long ago!"

② 〔美〕尤金·奥尼尔:《奥尼尔剧作选》,荒芜译,上海文艺出版社1982年版,第317页。

总之,这些强烈的占有欲望都是孟家扭曲的爱的体现,是家族爱的压抑和缺失的结果,爱已变异为偏执的嫉恨和惩罚,扭曲为对爱恋的人的独自占有,以寻求精神寄托,成为深藏在世仇和凶杀背后的一个深刻的心理因素。至此,孟家人的爱不断扭曲,终于发展到它们爱的变种,形成了恋母、恋父、自恋和乱伦的变异的爱。

二、爱的变异

(一) 恋母情结

《悲悼》中最为突出的变异的爱就是恋母情结,表现在奥林对母亲克莉斯丁的依恋上,同时卜兰特对母亲玛丽亚的神往也隐含着同一种心态。这一变态的爱的情结是扭曲的爱发展到一定阶段的产物,也反映了剧作家本人的心路历程。

正如第三章所探讨的那样,奥尼尔本人就具有较强的恋母情结,这无疑为剧作家从这一角度探析人类的心理,挖掘角色的爱恨变化提供了较充实的创作资源。《悲悼》创作之前,奥尼尔就有数部作品涉及恋母情结。其中1924年推出的《榆树下的欲望》中的伊本,1928年推出的《发电机》中的鲁本·莱特(Reuben Light),《悲悼》中的奥林及其后1939年的《送冰的人来了》中的帕里特(Parritt),1941年自传性剧作《进入黑夜的漫长旅程》中的埃德蒙(Edmund),以及他的最后一部剧作《月照不幸人》中的杰米都是恋母情结的代表。从这一长串的剧作及其中明显的恋母形象可以看出,恋母心态始终困扰着剧作家,也因此注入他笔下男性主人公的性格特征和他们看似不同实则相同的爱恋轨迹上。这些爱恋母亲的儿子们,既有被母亲背叛而深受失母之痛的,又有为夺得母亲的爱而背叛或戕害了母亲成为罪人的。因而作品中充满了背叛和尝尽苦果的母亲和那些失魂落魄、寻找母爱替身的儿子们。而《悲悼》中奥林正是这两种背叛的综合体。首先,克莉斯丁在儿子奥林奔赴战场时失去了唯一爱的支柱,投入卜兰特的怀抱,"背叛"了奥林。继而奥林出于强烈的嫉妒,试图夺回母亲的爱而枪杀这位母亲的情人,造成了母亲的自杀,成为背叛母亲的"罪人"。从此奥林背负起一个沉重的十字架,游魂般活着,并企图在姐姐身上找回母亲的影子。当看到姐姐无意将爱全部转移到他的身上,而与彼得爱得如火如荼时,他终于在无望中自杀,并留给姐姐一本无法逃避并充满了诅咒的"家族史"。

奥尼尔作品中的母亲形象,被奥尼尔研究专家特拉维斯·博加德分为两类:《进入黑夜的漫长旅程》中的玛丽·蒂龙和《月照不幸人》中的乔茜·霍根这种圣母型母亲;《榆树下的欲望》中的艾比,《奇异的插曲》中的尼娜以及本剧中克莉斯丁这种妓女型母亲①。说克莉斯丁是妓女型,在于她具有旺盛的欲望,而抛弃一切禁忌寻求快乐的形象(尽管本书作者对"欲望"一词不敢苟同)。有关尤金·奥尼尔作品中的母亲形象的更多解析和类型,建议读者阅读1976年康涅狄格大学出版的苏珊·兰德·布朗(Susan Rand Brown)的博士论文《"母"与"子":尤金·奥尼尔剧作中的自传性主题的发展》("'Mothers' and 'Sons': The Development of Autobiographical Themes in the Plays of Eugene O'Neill")。

  从本章第一节所提及的岛的意象中读者可以清晰地窥见奥林对母爱的依恋。如果说孟南家族中其他人只是希望通过海岛寻求精神支柱或是爱情的理想,那么奥林的海岛已经成了他心中"唯一的爱人"——母亲克莉斯丁的化身,海岛寄托了他混沌的恋母情结②。他讲道:"我常常梦到那里。后来我成天地入了迷,就好象真到了那里。那里没有别的人,只有你和我。而奇怪的是我从来看不见你。我只觉得你在我的前后左右,海涛的冲击就是你的语声。天和你眼睛一色。温暖的沙就是你的皮肤。整个的岛就是你。"③当母亲惊讶于儿子与情人所描述的海岛如此一致时,奥林误以为母亲对自己被比作海岛而不满,赶快补充道:"不过你不要因为成了一个一个海岛而生气,因为这是世界上最美丽的岛——妈妈,和你同样美丽!"④他坚定地说:"我将来永远不再离开你。我不要海丝儿或者任何人,……你是我的唯一的爱人……妈妈,从今以后,一切都会是很理想的!我们叫维妮嫁给彼得,那么就只有你我两人了!"⑤奥林可以容忍母亲的一切,"不管你做过什么",甚至包括杀死父亲,但唯独不能容忍母亲对另一个男人的爱。所以当听姐姐说起卜兰特时,他的愤怒是可想而知的,他不假思索地扬言:"你说卜兰特是她的情人!如果那是真的,我会恨她的!"⑥更令他失去理智的是当偷听到自己和母亲的海岛竟被卜兰特占据,那个他自以为只是自己和母亲俩人的梦想竟成了母亲和她情人的天堂时,他怒不可遏:"那个海岛——那是她和我的——她却想和他到那里去!……我会当着她的面把他的肠子打出来!"⑦就这样,扭曲和变异的爱终于转化为恨。在丧心病狂地杀死卜兰特之后,他的怒气仍然未

---

① Travis Bogard, *Contour in Time: The Plays of Eugene O'Neill*, New York: Oxford University Press, 1988, p.100.
② 参见康建兵:《〈悲悼〉的海岛形象分析》,《涪陵师范学院学报》2006年7月。
③ 〔美〕尤金·奥尼尔:《奥尼尔剧作选》,荒芜译,上海文艺出版社1982年版,第248页。
④ 同上。
⑤ 同上书,第248~249页。
⑥ 同上书,第258页。
⑦ 同上书,第274页。

消,冲着惊恐万状的母亲仍在大吼着他们俩人的海岛:"你为什么要为那个佣人养的私生子伤心?……我听你计划着要跟他跑到岛上去,就是我跟你说的——我们的岛——你和我的岛。"①致使母亲在无望中走向绝境。随着母亲的死,奥林的海岛消失了,如他所意识到的:"妈妈,你就是我的失去的岛。"②

1. 幼儿的服从及其后果

弗洛姆曾对正常的母爱做过这样的阐释:"因为幼儿仍被看作是她的一部分,她对他的爱和迷恋可能就是她自恋的一种满足。在母亲对权力欲和占有欲的希冀中,可以发现另一动因,幼弱的完全服从于她的意愿的孩子,对一个专横的渴望占有的女人来说,是得到满足的自然客体。"③作为对爱的渴望和占有这两种欲望都极强的母亲,克莉斯丁在丈夫艾斯拉身上体会到的是冰冷、刻板和爱的空缺,因而她将自己的爱转移到刚出生的儿子奥林身上,也势必不会放任长大后的爱子将感情转移到其他人身上。另一方面,"幼弱"的奥林"完全服从"母亲的意愿,使得克莉斯丁能够骄傲地断言:"我要奥林相信什么,他就会相信什么。"④在他的眼里,"妈妈比爸爸重要一千倍!"⑤从战争归来后的奥林为了重获母亲的爱,竭力使克莉斯丁相信无论她做什么,他都会爱她的。

奥林不仅给母亲带来了极大的"满足",还与母亲建立起一个"稳固的"同盟。当奥林被父亲逼着去参加战争,克莉斯丁背叛奥林找到卜兰特做情人时,这个母子畸形的爱开始面临危机。母亲忐忑地意识到与卜兰特的爱面临着威胁,她就使出这个同盟的"小秘密"来重新把奥林揽回怀里,弥合战争期间因沉溺于卜兰特的爱而疏于给儿子去信所招致的不满、埋怨和怀疑。同时她强调和儿子的小同盟也为自己毒杀艾斯拉寻到了儿子感情上的支持,尽管她知道这样的后果是造成儿子情感的更加扭曲和变异。"不过你和我,我们一向是极亲近的。我觉得你才真是——我的血肉!维妮不是的!她是你爸爸的!你是我的一部分……在过去我们自己有一个小小的秘密世界,是不是?——那个世界,除了我们,谁都不知道。……我们的口号是不许孟家的人入内!……你爸爸和维妮永不饶恕我们也就是为了那个缘故!"⑥艾斯拉

---

① 〔美〕尤金·奥尼尔:《奥尼尔剧作选》,荒芜译,上海文艺出版社1982年版,第281页。
② 同上书,第260页。
③ 〔美〕埃·弗洛姆:《爱的艺术》,刘福堂译,安徽文艺出版社1987年版,第42页。
④ 〔美〕尤金·奥尼尔:《奥尼尔剧作选》,荒芜译,上海文艺出版社1982年版,第195页。
⑤ 同上书,第257页。
⑥ 同上书,第243页。

模糊中意识到母子间的这个小同盟的根基就是母亲把儿子始终看成"孩子(baby)"。为了解除母子间的这个小同盟,刻板的父亲艾斯拉不停地劝阻克莉斯丁不要"给她的孩子乱下结论……现在他可不是孩子了。我把他造成了一条汉子。"①但他也承认,奥林的"脑筋迷糊了很久。一举一动好象他又成了一个小孩子。看样子似乎他以为你是和他在一起。因为他老是跟'妈妈'说话。"②因为生怕这个联盟继续下去,他告诫克莉斯丁:"等他回来的时候,我希望你莫把他当孩子看待(baby him)。如果你再把他拴在你的围裙带子上,那对他是没有好处的。"③总之,三部曲中 baby 出现了 14 处,却仅指向两个人物:克莉斯丁怀抱中的奥林和玛丽亚呵护下的卜兰特。刚强而柔弱的卜兰特说起自己的母亲来却不免带着"恭敬而柔和的腔调",对母亲的神往和思恋也溢于言表。可见爱留给两个陷入恋母情结中的儿子的命运几乎是相同的,因失去母爱而迷惘,为母爱的失去而报复,继而在无望中失去生命。就这样正常的爱出现了扭曲,继而变异,最后的结果是痛恨和绝望。

2. 幼儿的离开及其后果

弗洛姆认为:"自恋的女人,专横跋扈的女人,只想占有的女人,当孩子还小的时候,也可以成功地做一个'慈爱的'母亲。但孩子离开之际,只有真正慈爱的女性,只有感到'给予'比索取更幸福的女性,只有坚定地依靠自己生存的女性,才是一个慈爱的母亲。"④而且"慈爱的母亲的责任是承担分离的愿望——而且在分离后继续慈爱"⑤。《悲悼》中的克莉斯丁却不能承受与奥林的分离。在克莉斯丁看来,奥林"只属于我的,我爱他就为这个!我爱他只爱到他听信了你和你的爸爸的怂恿,不顾我的恳求,求他不要把我孤孤单单撇开,跑去作战。"⑥因而她不能坚定地依靠自己来生存,无法忍受现实的寂寞和孤独。她如是剖析自己爱的转移:"如果有奥林跟我在一起,我绝不会爱上亚当姆的。奥林一走,什么都没有了——只有恨和一种报复的欲望——还有一种爱的渴望。"⑦卜兰特的加入就为这个畸形的爱找到了出路。可见,压抑的爱造成了畸形的爱,而一旦畸形的爱也出现了缺失,为了与孤独和痛苦搏斗,填补对爱的渴望,人的爱会发生变异,一种恨和报复的欲望也油然而生。这就是克莉斯丁的爱恨历程。而这个历程直接影响到家族成员的爱恨

---

① 〔美〕尤金·奥尼尔:《奥尼尔剧作选》,荒芜译,上海文艺出版社 1982 年版,第 203 页。
② 同上书,第 204 页。
③ 同上。
④ 〔美〕埃·弗洛姆:《爱的艺术》,刘福堂译,安徽文艺出版社 1987 年版,第 43 页。
⑤ 同上。
⑥ 〔美〕尤金·奥尼尔:《奥尼尔剧作选》,荒芜译,上海文艺出版社 1982 年版,第 184 页。
⑦ 同上书,第 185 页。

链条:一直生活在丈夫压抑的爱之下的克莉斯丁,其心中的爱已发生扭曲,并开始对艾斯拉产生仇视,这势必造成在缺失母爱环境下成长起来,又对父亲极度依恋的莱维妮亚对她的痛恨。在莱维妮亚的尾随和威逼下,红杏出墙的克莉斯丁和卜兰特对艾斯拉产生杀机,而这又连锁性地招来莱维妮亚的杀母动机。与此同时被卷进这场畸形爱的另一牺牲品就是奥林,这个在过度的母爱中成长起来的男孩,时常缺失又偶尔获得的压抑的父爱造成了他人格的偏离和爱的畸形。同时母亲强大的占有欲加重了他的恋母情结,也增强了他对母亲的占有欲。当他意识到母亲给他去信的"间隔越来越长——而信又那么冷淡"①,发现母亲在自己上战场时把爱转移到另一位男人身上时,扭曲的爱的冲动占据了上风,变成复仇心态,并酿成一系列的家族悲剧。

弗洛姆认为,随着儿子的成熟和日渐独立,"他与母亲的关系在一定程度上失去了至关存亡的重要性,取而代之的是与父亲的关系越来越重要"②。他并且认为:"智力健全的基础和成熟的标志,存在于这一从以母亲为中心的依附到以父亲为中心的依附的转移,以及最终与他们分离的发展过程。"③克莉斯丁的举动却印证了她扭曲的母爱阻碍着儿子向正常父爱的过渡。这样的母亲在奥尼尔的作品中也不乏其人:《奇异的插曲》中的尼娜看见儿子站在父亲一边说话,就会嫉恨道:"我生养儿子是一场失败,不是吗?他不能让我感到快活。儿子总是他们的父亲,他们通过他们的母亲再次成为他们的父亲。"④当然,奥林成为恋母情结的典型还源于父亲艾斯拉的推动作用,艾斯拉的孤傲、刻板以及对奥林缺少关爱使得奥林的感情向母亲倾斜。弗洛姆提到:"一个男孩子有一位可爱的但又过分纵容或专横的母亲,和有一个无能而又兴趣索然的父亲。在这种情况下,孩子可能仍停留在对母亲的早期依恋上,而变成一个依赖母亲的人,具有善于接受型人格,也就是愿意接受、被保护、被关心而缺乏父亲的品质——自制、独立、主宰生活的能力——的人。他可能会试图在每个人身上——有时在女人身上,有时在处于权威及有权势的男人身上——寻找'妈妈'。"⑤奥林的情形即符合这个论断,成长的环境使

---

① 〔美〕尤金·奥尼尔:《奥尼尔剧作选》,荒芜译,上海文艺出版社1982年版,第247页。
② 〔美〕埃·弗洛姆:《爱的艺术》,刘福堂译,安徽文艺出版社1987年版,第35页。
③ 同上书,第37页。
④ 〔美〕尤金·奥尼尔:《奥尼尔文集》第3卷,郭继德编,人民文学出版社2006年版,第486页。原文为:"He could not give me happiness. Sons are always their fathers. They pass through the mother to become their father again. The sons of the father have all been failures!"参见Eugene O'Neill, *Eugene O'Neill* (*complete plays 1920-1931*), the Library of America, 1988, p.817.
⑤ 〔美〕埃·弗洛姆:《爱的艺术》,刘福堂译,安徽文艺出版社1987年版,第37～38页。

他的恋母倾向越发严重,变得缺少自制和独立性,敏感而孱弱。母亲死后,他很快把目标转到莱维妮亚身上,姐姐成了妈妈的替代品。同样,克莉斯丁对莱维妮亚的童年缺乏关爱,更增加了莱维妮亚的恋父情结。因而,整个孟南家族出现了一个爱的怪圈,爱在这里出现扭曲和变异。

  细心的读者很快会认出剧中的奥林或卜兰特与剧作家尤金·奥尼尔的相似之处。作为剧作家,奥尼尔一遍又一遍把自己和自己的家庭写到剧本里,在不同的伪装下刻画他们,探讨他们彼此间的关系,彼此的冲突和依恋。当然,这点在小说家中比较普遍,但在剧作家中很少有人像奥尼尔那样对自己和家庭的自传性写作如此着迷。拿描述奥林的那个精彩段落为例:"他的面孔在静止状态之下,同样有一种面具的性质,同样的鹰鼻、浓眉、黝黑的面色,浓密的硬硬的黑头发,淡褐色的眼睛。他的嘴和下巴的特点和他爸爸完全相同,不过嘴的表情和他爸爸的不同,给人一种过分敏感的印象……他的脸上有一种迷人的温柔的稚气,能使得女人们立刻就想去把他当作自己的孩子看待。"①熟悉尤金·奥尼尔的人或见过奥尼尔照片的人都会认出这个奥林和实际的尤金·奥尼尔有几分神似。生活中的剧作家和《进入黑夜的漫长旅程》中的埃德蒙一样:"长着他母亲那双又大又黑的特别引人注目的眼睛。他的嘴也跟他母亲的一样,具有一定的敏感性。他高高的额头比他母亲的还突出,头上深棕色的头发,发梢已被阳光晒成了红色,笔直地向后梳着。可是他的鼻子像他的父亲……最明显像他母亲的地方还在于那种极端敏感的神经质。"②可见两人都是过分的敏感,都遗传了母亲的特质,都给人孩子般的感觉。生活中的尤金·奥尼尔就常给周围人带来想保护他的冲动。他本人也不停地寻求这种能把他当孩子看待的女人。奥尼尔的传记作家路易斯·谢弗就曾说过:"在他和女性的交往中,他所追求的不是一个妻子,而是一个母亲,一个能干而且健壮的女人。"③奥尼尔在写给女友碧翠丝(Beatrice)的信中甚至把自己比作一个需要母亲安慰的"不幸的孩子",多年后没有成为奥尼尔夫人的碧翠丝回忆道:"我感到他在找个能把他当孩子的女人。"④

---

① 〔美〕尤金·奥尼尔:《奥尼尔剧作选》,荒芜译,上海文艺出版社 1982 年版,第 230~231 页。
② 来自奥尼尔后期自传性剧本《进入黑夜的漫长旅程》中的埃德蒙的形象,埃德蒙的形象就是现实中的剧作家。此处剧本引用参见〔美〕尤金·奥尼尔:《奥尼尔文集》第 5 卷,郭继德编,人民文学出版社 2006 年版,第 329~330 页。
③ Louis Sheaffer, *O'Neill: Son and Playwright*, New York: Paragon House, 1968, p.308. 原文为:"... in his relations with women the author desires not so much a wife as a mother-figure, someone capable and strong."
④ Ibid. 原文为:"I felt that he wanted someone to baby him."

再来审视不断更换的女友和妻子,我们发现她们都是母性的代表,都具有能把奥尼尔当做孩子来呵护的特点。奥尼尔更赞赏那种集母亲、妻子、恋人和情妇,甚至妓女为一体的女性。他在称颂卡洛塔对《悲悼》的贡献时,毫无保留地称颂她是"母亲、妻子、情妇和朋友!"然后又加了一个"合作者"①。可见奥尼尔喜爱的女性首先需要具备母亲的特质,具有保护能力;其次是能持家务业,照料丈夫;然后是能在性欲上随时满足对方的情妇特点;接下来是富有一定的神秘感,能产生距离美的朋友型;而最后是能在事业上给予对方以帮助的助手型。这些要求除了符合奥尼尔本身的性格特点外,与奥尼尔的生活经历,特别是他幼年时对母亲的迷恋和母爱的缺失有直接的关系。

在第三章中,我们已经详述了奥尼尔母亲的身世,她的娴静、优雅以及内向敏感的性格对奥尼尔的影响,这位母亲"也许吸吗啡成了瘾,但孩子们对她心向往之"②。奥尼尔童年还有一个给予他母爱般呵护的保姆萨拉(Sarah)。但是七岁时,随着被送入寄宿学校,奥尼尔便失去了母亲和萨拉的母爱和呵护。到青春期时,奥尼尔才终于发现:因为自己的出世,母亲染上了毒瘾,而一向呵护着自己的萨拉也不可能成为妈妈的替代品。从此以后,这个沉默、孤僻的年轻人踏上了一条寻找母亲的替身和母爱的漫漫长路。这些创伤性的记忆和经历,直接影响到成年的尤金·奥尼尔对女人和儿女的态度。生活中的奥尼尔给予儿女的极少,无论是物质上的还是精神上的,但要求妻子的却始终很多,特别是对她们身上的母爱的需求③。

可见,奥林的恋母和恨母从许多角度来说是出自奥尼尔的成长经历,再现了他对母亲爱恨交织的心态:作为"妈妈的孩子",一个在性格上极肖母亲的奥尼尔,他与母亲艾拉的天性是人所共知地接近。加之母亲的嗜毒又是由于自己的出生,这种负疚感始终伴随着剧作家,使他似乎对母亲的所有错误都能容忍。就像剧中的奥林一样:"不管你做过什么事,我爱你甚于世界上的一切。"④这是奥林的恋母感觉,也是奥尼尔本人的内心独白。但同时毒品对

---

① Louis Sheaffer, *O'Neill: Son and Artist*, vol. II, New York: Cooper Square Press, 2002, p. 365. 原文为:"Hailing her as 'mother, and wife and mistress and friend!' he added, 'And collaborator!'"

② 〔美〕弗吉尼亚·弗洛伊德:《尤金·奥尼尔的剧本:一种新的评价》,陈良廷、鹿金译,上海译文出版社 1993 年版,第 4 页。

③ 此处可参考 Maria Milliora, *Narcissism, the Family and Madness: A Self-Psychological Study of Eugene O'Neill and His Plays*, New York: Peter Lang, 2000, p. 51. 原文为: "Apparently, he was able to give very little of himself—both emotionally and physically—to his children. Rather, he needed and demanded considerable maternal nurturing and mirroring from his wives."

④ 〔美〕尤金·奥尼尔:《奥尼尔剧作选》,荒芜译,上海文艺出版社 1982 年版,第 247 页。

母亲的占有使奥尼尔倍感危机,他深感自己在母亲心目中的地位受到了威胁,因而对这种占据了母亲几乎所有的情感和精力的毒品产生了强烈的嫉恨,反映在剧本中就是奥林对卜兰特毫不留情的枪杀。《悲悼》中女儿莱维妮亚对母亲的仇视态度也折射出剧作家对艾拉所依赖的毒品的无比仇视心理。总之,这是一个既恨又爱的过程。另外,莱维妮亚对母亲的敌视和奥林对卜兰特的仇杀也反映了奥尼尔要对毒品事件和因此而失去的母爱作一个公正审判(justice)的愿望和他的复仇心理。

(二) 恋父情结

《悲悼》中恋母情结又间接地促成了另一个变异的爱的生成,那就是莱维妮亚的恋父情结。艾斯拉对爱的压抑使得克莉斯丁因爱而生恨,继而转嫁到此时怀上的女儿莱维妮亚身上,后来却将几乎全部的爱转移到艾斯拉上战场后生下的儿子奥林身上。幼小的女儿得不到母亲的呵护和爱怜,只得把爱转移到同样得不到克莉斯丁的爱的父亲身上,在父亲那里找到了寄托,于是演化成为较严重的恋父情结。在《爱的艺术》中有这样一句话:"假如母亲冷酷,反应迟钝,而又专横跋扈,他可能把对母亲保护的要求转移到父亲身上,模仿父亲的形象——在这种情况下最终结局与上述情况类似——他将发展成为一个只有父性倾向的人,完全沉溺于法律、秩序、权威之中,缺乏期望或接受无条件的爱的能力。"[1]莱维妮亚就是其中的"他"。

与母亲有着极其相像的外表和内心的莱维妮亚,在母亲冷酷的面孔下备受压抑,因而把对母亲的要求转移到父亲身上。她"模仿父亲的形象",冷酷、僵硬、走动起来带着四平八稳的军人姿态;带着平板、干燥的声音,说起话来像军官下令一样;几乎完全沉溺于公正和审判之中。对待母亲,她的言辞除了责任(duty)就是公正(justice),就是对陌生人般的辞令。对父亲的爱和保护意识则显而易见,她毫不掩饰地声称:"我爱爸爸比爱世界上的任何人都厉害。为了要保护他不受伤害,随便什么事,我都愿意干!"[2]为了爸爸,莱维妮亚不接受彼得的求婚,理由是父亲需要自己,这使得天真、正常的彼得惊诧道:"他有你母亲",而得到的回答是:"他更需要我!"[3]这与卜兰特的惊讶发现——"你对他比对你的母亲更关心"如出一辙。在莱维妮亚的心中,自己就是母亲的替身。克莉斯丁很清楚莱维妮亚的心迹,"你想作你爸爸的妻子和奥林的母亲"[4];她揶揄站在月光下静等父亲的莱维妮亚:"原来他就是你在

---

[1] 〔美〕埃·弗洛姆:《爱的艺术》,刘福堂译,安徽文艺出版社1987年版,第38页。
[2] 〔美〕尤金·奥尼尔:《奥尼尔剧作选》,荒芜译,上海文艺出版社1982年版,第173页。
[3] 同上书,第165页。
[4] 同上书,第186页。

春天的月夜里所期待的人儿啊!"①

莱维妮亚把父亲已看成恋人一般。在母亲面前平板、干燥的她,在父亲面前会脱下面具,边吻着艾斯拉边激动地说:"我爱的人只有你一个!我要跟你住!"②这与奥林的那句"你是我的唯一的爱人!"③是何等的相似。当然,艾斯拉也从女儿那里获得了无限的慰藉,对女儿的爱成了他压抑着的男女之爱(亦即对克莉斯丁的爱)的另一个突破口。所以当他听说一个叫卜兰特的追求女儿时,立即显出"忌妒"的神情,生气地埋怨克莉斯丁不该接待这样的客人:"我不在家你接待的好客人!"④转而对莱维妮亚却露出他爱惜的一面,温情地抚摸女儿的头发:"我希望你仍旧做我的小女孩——至少,多做一些时候。"⑤作为爱的安慰,艾斯拉常把父女爱和男女爱相混淆,"至少有一个爱我的人"⑥成了他自我安慰的良药。

莱维妮亚对卜兰特的爱是本剧恋父情结的另一个例证。莱维妮亚之所以爱卜兰特,更主要是因为像彼得的感觉那样:"他确实——他的面部上的有些地方——那一定就是为什么我总有一种奇怪的感觉,好象我从前认识他。"也是萨斯后来点明的:"他不仅象您的爸爸,他还象奥林——象我知道的所有孟南家的人。"⑦这使读者突然意识到莱维妮亚爱上卜兰特的真正原因。她要透过卜兰特来延续对父亲的爱。无怪乎这个一直不能接受彼得的求婚,与人接触时一向军人般直挺的孟家姑娘,能在见了两面后就对卜兰特萌动起真情来。

(三) 自恋

从爱情心理学来讲,爱的成功主要靠克服自恋,而孟家人们非但没有成功地克服自恋,相反都具有较强的自恋性格。

老艾比的自恋,在于他不能正确地对待爱情,不能容忍自己喜爱的人与他人相恋,哪怕是亲兄弟。戴维德自恋,在于他因为与玛丽亚相恋失去了优越的社会地位和优雅的生活,因而迁怒于妻儿,沉湎于自我的失败中而不能自拔。艾斯拉的自恋体现在他对所有人,包括自己的妻儿的冷漠,将自己的意志强加在妻子身上,继而又沉湎于事业的成功而不顾克莉斯丁的感受。莱

---

① 〔美〕尤金·奥尼尔:《奥尼尔剧作选》,荒芜译,上海文艺出版社1982年版,第201页。
② 同上书,第206页。
③ 同上书,第248页。
④ 同上书,第205页。
⑤ 同上书,第206页。
⑥ 同上书,第215页。
⑦ 同上书,第170页。

维妮亚更具有《大神布朗》中自我神化的布朗一样强烈的主体意识,她刚愎自用、个性强悍、自私冷酷的本性使得她在得不到爱情时绝不让别人得到。实际生活中的尤金·奥尼尔也有一定的自恋倾向,喜欢坐在有镜子照得见自己地方。朋友乔治·克莱姆·库克(George Cram Cook)就曾揶揄他:"你是我所知道的最自负的人。"①

总之,整个孟南家族的爱的漩涡就是一个自恋的大磁场,女儿爱恋自己的父亲,儿子迷恋自己的母亲,母亲爱恋丈夫的堂兄,堂兄爱上和母亲极为相似的叔嫂。每个人都在自己家族内部找到了爱的对象,而对于来自孟家之外的感情,如彼得兄妹的情感则几乎置之不理。这显然是对自己家族性格的自恋心态造成的。究其根源,自恋心态是现代社会中人们自我的膨胀、自我的扭曲和异化的结果。这是奥尼尔戏剧中的哲学,是奥尼尔所着力表现的人性的悲剧的一个方面。从心理学的角度来看,自恋也是父亲对儿子、母亲对女儿没有完成爱的使命的结果。从根本上说,由于父母间相互的爱没有达到和谐、融洽,从而出现了各自的自恋,这样儿女长大后也同样发展成各自的自恋倾向。可见这种自恋始于父母、始于家人的自私,特别是来自对爱的自私和占有欲。

美国心理学家克库德(Kohut)曾用心理移情来解释自恋,认为孩子在个体心理发展时期有一个能够提供给孩子"家"的感觉的关系体,称作自我客体移情关系。这种移情关系能够在孩子的自恋发展过渡期给孩子的自我发展提供养料。此时,如果心理移情环境不好就会使孩子发展成自恋②。正如前面分析的,孟家的人们无论是艾斯拉、奥林、莱维妮亚,还是生活在孟宅之外的卜兰特,都在儿时被缺失爱的阴影所缠绕,难有温馨的"家"的感觉。对他们来说,一个充满爱的家有如海岛一样虚幻缥缈,这自然给他们自恋发展的过渡期带来负面影响,久而久之发展成自恋。当然,孟家的自恋情结是更多综合因素作用的结果。比如,它还源自这个家族遗传的自傲和骄横的性格,还源自一些社会原因。比如现代社会追求物质占有的倾向危及到人们的精神领域,造成人们占有的欲望日益增强,出现了像"琼斯"和"梅洛迪少校"类型的个人崇拜,以及"尼娜"③那样的爱的占有,导致情感难以达到共同的和

---

① Louis Sheaffer, *O'Neill: Son and Playwright*, New York: Paragon House, 1968, p.240. 原文为:"You're the most conceited man I've ever known, you're always looking at yourself."

② 参考论文李小海、陈祖新:《自恋·家庭·疯狂——对尤金·奥尼尔〈悲悼〉的精神分析》,《南都学坛》2006年第26卷第2期,第82~84页。

③ 琼斯是《琼斯皇》中的主人公,梅洛迪少校是《诗人的气质》中的主人公,尼娜是《奇异的插曲》中的女主人公。

谐。而此时人们内心的良性欲望——一种重拾和谐和纯真的愿望仍未完全泯灭,就像克莉斯丁羡慕地看着纯真的海丝儿,冲动地说出:"从前我有一个时候跟你一样!"①这就造成了人们矛盾、迷惘和痛苦的内心世界,成了现代人心理悲剧的一个因素。

(四)乱伦性的姐弟关系

当奥林软硬兼施地恳求姐姐留下,甚至利用家族的罪恶和自己的生命来胁迫姐姐终身不嫁、独守自己一生时,当他喊出"不许你丢开我去嫁彼得!我要把我所写下来的供词交到一个可靠的人手里……如果你想嫁他——或者我死于——"②时,我们不只看到奥林强烈的占有欲、强烈的自恋和爱的自私,而且看到了孟家另一个变异的爱——乱伦的倾向。"现在我带着满腔的罪恶——我们所共有的罪恶——爱着你!也许我太爱你了,维妮!"③奥林"满腔的罪恶",和姐姐所"共有的罪恶",就是孟家祖传罪恶的延续,那个因压抑和缺少爱而生出的扭曲并变异的爱。因而这样的爱只能是一种畸形的爱,孟家不可躲避的罪恶史逼得孟家姐弟无处安身,无力用健康的爱来面对现实,两人只能靠相互的依恋甚或畸形的爱恋来抚慰对方。奥林"颓然地把头靠在她的胸脯上,无力地啜泣着。她安慰着他"④。奥林清晰地意识到自己和姐姐是父母的又一次转世。在他眼里姐姐已然成了另一个女人:"你好象不是我姐姐,也不是妈妈,而是有着同样漂亮头发的陌生人。"⑤他像父亲对待母亲一般妄图将姐姐占为己有,他剥夺莱维妮亚的恋爱权利,永远不准她去见彼得,姐姐气愤地反驳道:"我又不是你的财产!我有恋爱的权利!"⑥

总之,奥林和莱维妮亚几近乱伦的姐弟关系,是孟家其他成员间畸形关系的缩影。作为这个家族爱的变异的一个缩影和一个部分,乱伦体现了孟家的爱已由美好变为压抑,继而形成了扭曲和变异,为彼此的爱最终变成恨点燃了导火索。

纵观孟家爱之种种,一个较为奇怪的现象令人震惊:屈指算来,只有两个孟家之外的人物参与到孟家爱的漩涡中,他们就是海丝儿和彼得兄妹俩⑦。但他俩又都以与孟家人爱的失败而告终。从某个角度来说,这两个人物的加

---

① 〔美〕尤金·奥尼尔:《奥尼尔剧作选》,荒芜译,上海文艺出版社 1982 年版,第 278 页。
② 同上书,第 318 页。
③ 同上书,第 328 页。
④ 同上书,第 303 页。
⑤ 同上书,第 328 页。
⑥ 同上书,第 317 页。
⑦ 尽管玛丽亚和克莉斯丁不是孟家人,但作为被孟家男人爱恋的具有金棕头发的类型性女性,我们且把她俩归为孟家族群中。

入,让我们看到了正常、健康和阳光,而不只是畸形和丑陋,不只是家人间的乱伦之爱。彼得兄妹俩就像一面镜子,照出了孟家扭曲、变异的爱的丑陋,照出了在这个怪圈里挣扎着的人们。这种爱的变形也从另一个侧面预示了孟家的爱的悲悼。

(五) 爱的心理疗治

孟家的每个成员似乎都意识到他们身上病态且扭曲的爱,因而莱维妮亚热爱和欣赏健康的、坚强的东西,不惜在祖先面前展示爱的美好,羞死这些病态的先辈。读者会看到爱成了这个家族成员治疗各自心理疾病的药方:艾斯拉让克莉斯丁闭上眼睛,倾诉爱的缘起、心中的秘密和疑问,有如心理治疗中的催眠。克莉斯丁靠卜兰特的爱来医治在艾斯拉那里缺失的爱带来的伤痛。因而,一旦她治疗的出路被莱维妮亚堵住,受到从战场上回来的艾斯拉的威胁,她会不惜一切,甘愿冒险杀开血路,来夺回这个倾诉爱的途径。莱维妮亚靠去岛上回归自然来寻求出路,找到爱的释放途径。她与土著人共舞,和赤裸的人们享受畅快淋漓的爱,来顿悟"爱是无罪"的,使她的心理疾病得以缓解。而奥林则求助于奋笔疾书他们的罪恶家史,与逝去的母亲诉说,通过对失去的爱的忏悔来进行心灵的治疗。这不禁令人联想到奥尼尔本人的心理治疗,他的心理治疗正是他的众多的剧作。剧作家用他的笔来抒发自己和家族的内心痛苦,来疗治心灵的创伤和爱的矛盾。艾斯拉期望用爱的疗法治愈他畸形爱的创伤,可惜他已病入膏肓,在克莉斯丁的心中这份爱已无可救药。艾斯拉很敏感地意识到了这一点,他若有所悟地说道:"这所房子不是我的房子,这也不是我的屋子和床。它们全是空的——期待着什么人搬进来。"[①]可见他的回归是一个亡羊补牢般的失败的回归,恰似他的爱的努力的失败。奥林在回归和寻求母爱中也毁灭了自己,他看到了"这屋子向来就显得这么阴气森森,死气沉沉的吗"[②]? 孟家人用爱来医治他们心灵深处的创伤是一个梦想,也几乎显现出了它的疗效:从海岛回归后的莱维妮亚终于坚强起来,用爱武装起来,单枪匹马地与孟家的死神们作了殊死的搏斗,虽败犹荣。这不只体现了孟家得到美好而温馨的爱的艰苦,也表明了家族罪恶的顽固性。

三、景致描写

剧作家在展现孟家扭曲和变异的爱的过程中,成功地借用了景物描写来烘托和彰显这一主题,使扭曲和怪诞的景致与人物的心理活动得到完美的结

---

① 〔美〕尤金·奥尼尔:《奥尼尔剧作选》,荒芜译,上海文艺出版社1982年版,第216页。
② 同上书,第231页。

合,并成为《悲悼》的又一亮点。

首先是月和月光,它们在三部曲中共出现32处之多,尤其在描写扭曲的爱时它们的出现更加频繁,体现着在现实和自然面前,孟家虚幻、扭曲的事物就像在X光面前的人体一样暴露无遗。如艾斯拉登场的第一场第三幕开始:"半轮明月照在屋子上,赋予它一种虚幻的、脱离现实的、怪诞的性质。"①这为孟家怪诞的屋子里面那些怪诞的孟家人,以及这些怪诞人们脱离现实的内心的登场埋下了伏笔。在月光的映射下,纯白色的庙宇似的门面更像一个钉在阴森的石室上的不调和的面具了,白色的廊柱在它们背后的灰墙上投掷了一条条的黑影。右边松树的躯干就像一根乌木柱子,而它的枝叶则像一团黑影。于是黑衣的莱维妮亚希腊雕像般细瘦的身材伴着萨斯苍老尖细而悲哀的男中音,汇成了一幅扭曲而悲凉的油画。此时,孟家正常、美好的爱与情感已被扭曲并发生变异。多色彩的、绚烂的爱情被单色调的黑白压住,令人产生一种窒息感,成为白色的月光下的单调的黑色形体。于是扭曲、变异的情感粉墨登场,营造出一个不协调的氛围:女儿恋父,儿子恋母,妻子红杏出墙。当丈夫艾斯拉压抑已久的爱情终于爆发时,迎面却遭到已然不能接受他的妻子的嘲讽和奚落。于是,真实的事物和情感仍旧隐藏在月光下,更加显露出不和谐的景象。在这一幕中伴着月光出场的克莉斯丁来到莱维妮亚所在台阶的上首,于是可以看到"月光正照在她们的身上,奇异地加重了她们面部的相似之处,同时也加重了她们在身体上在服装上的强烈的相异之处"②。人物心中的畸形情感跃然纸上。当克莉斯丁要求刚刚归家的艾斯拉坐在月光下品味一下月光之美时,女儿"(她心怀忌妒一直在旁边跳来跳去——这时插身到他们中间——严厉地)不。这外面太潮湿了……跟我到屋里去"③。一对母女竟在月光下争夺起来,为各自的爱和利益,于是美好的月光和阴森的大宅以及各怀鬼胎的孟家人又形成了鲜明的对照,也深刻地体现了人物感情的扭曲以及彼此对峙的心理。

值得注意的是杀害艾斯拉后的克莉斯丁开始害怕月光,就像害怕自己的罪恶暴露在清澄而纯真的月光中一样,也像害怕善良而纯洁的海丝儿看到自己龌龊的罪恶一般,她无法掩饰内心的罪恶感,对纯真的海丝儿抱怨道:"我恨月光。它使得一切都带有鬼气。"④总之,月光成了秘密和丑恶的照妖镜,使罪恶难于藏身。

---

① 〔美〕尤金·奥尼尔:《奥尼尔剧作选》,荒芜译,上海文艺出版社1982年版,第197页。
② 同上书,第199~200页。
③ 同上书,第202页。
④ 同上书,第230页。

除了月光,花也衬托出孟家扭曲的爱。在这里,花不仅彰显了孟家对美好的爱的向往、对健康的爱的追求,从另一方面,又成了奥尼尔刻画孟家扭曲的爱的手段。莱维妮亚企图用花来掩盖大宅中的罪恶和散发出的死神的气息,为此老园丁萨斯痛心地叹道:"她又在那里折我的花儿了。跟她爸爸从前一样——不过更糟心些。她把这所房子里的每间屋子都装满了花。该死,我希望丧礼一过去,她就会罢手。否则我的花园里就不剩一朵花了!"①值得读者注意的还有这后半句话:为何莱维妮亚和爸爸艾斯拉从前一样?艾斯拉从前竟是个喜欢花的人?答案可能是在认识克莉斯丁时,艾斯拉是喜欢花和阳光,喜欢生活的,但为何莱维妮亚更糟呢?从上下文可见此时的莱维妮亚已不太正常,唯一想到的是等待爱的召唤——彼得的到来,好过上正常、平和、有爱的日子,好远离大宅,远离祖先的魂灵和罪恶。那么从前的艾斯拉一度也是如此吗?可见祖先的罪恶和压抑的心态如此折磨着孟家的几代人,造成了这个家族儿孙们被压抑的爱,以及他们畸形、变态的爱的心理和爱的行动。

小　结

　　孟家压抑和缺少的爱最终导致了这个家族扭曲的爱,体现在孟家人对各自曾经所爱的人的变相的惩罚,对自己本该爱的家人的变态的嫉妒和报复,同时体现在本该酣畅淋漓的爱中掺杂的扭曲成分。爱的扭曲的另一个表现是孟家人们在家族内部对爱的争夺,出现了母女相争、父子相争、弟兄相争的局面。爱的扭曲使孟家人们表现出了极强的占有欲,不仅是对物质的占有上,更主要的是体现在对爱的对象的感情的占有上,不仅表现在女性身上,而且表现在男性中。

　　孟家扭曲的爱发展成各种变异性的爱的情结,体现于恋母及恋父情结、自恋和乱伦性的姐弟关系上。其中恋母情结的刻画最为突出,且体现了剧作家本人的成长经历,透露出剧作家渴望被母爱呵护着的情感。从弗洛姆的心理学分析中可见,奥林对母亲的眷恋是克莉斯丁在奥林婴儿期对孩子体现出的过度的溺爱和爱的占有的结果,使得奥林对母亲"完全服从",母子间建立了比较牢固的同盟。奥林奔赴战场的暂时离开又使得在儿子身上注入了几乎所有的爱的克莉斯丁难以忍受,从而导致了卜兰特的介入,为孟家最终的悲剧加入了一个致命的因素。另一方面,父亲艾斯拉和女儿莱维妮亚在各自的爱缺失之际,逐步依赖起对方的情感,发展成较强的恋父情结,也是导致孟

---

① 〔美〕尤金·奥尼尔:《奥尼尔剧作选》,荒芜译,上海文艺出版社1982年版,第332页。

家悲剧的直接根源之一。

从爱情心理学的角度来说,一个成功的爱情主要还要靠成功地克服自恋,而孟家人强烈的自恋和主体意识正是走向成功爱的羁绊。整个孟家就像一个自恋的磁场,每个人都在家族内部寻找着各自的爱恋对象,以致彼此争夺,互相猜忌,使得这个家族与和谐、温馨的"家"愈发远离。此外,孟家的变异性的爱还体现在莱维妮亚和奥林乱伦性的爱恋上,尽管这是奥林妄图守住家族罪恶的无奈之举。从奥林对姐姐如同对妈妈那样的迷恋中可见,这是奥林恋母情结的一个延续和发展。奥尼尔在描述孟家人扭曲和变异的爱的同时,运用丰富的景致描写有力地配合了剧中人扭曲变态的情节的发展,烘托出孟家人扭曲和变异的爱的心理,使读者在感受美的同时,惊叹于剧作家驾驭艺术表现手法的能力。

孟家人们敏锐地感觉到自身的爱的畸形和扭曲,他们同时意识到要用正常的爱来医治各自病态的爱,但长久压抑和缺少的爱、孟家所处的特定环境、孟家根深蒂固的观念和宗教的束缚等等原因阻碍了他们伤口的愈合,反而使畸形的爱变得更加扭曲,并无可挽回地将爱变成恨,成就了这个家族的毁灭。

第四节 由爱变恨到家族的毁灭

你带来了爱情——至于其余的只是爱情的代价。爱情的价值高过代价的一百万倍![1]

——尤金·奥尼尔《悲悼》

一、爱变恨

奥尼尔青春期时的那个痛苦发现始终左右着他的一生,影响着他作品写作的常出现的爱变恨的基调,那就是,他发现自己深爱的母亲在生他时染上了毒瘾。知道了真相的尤金·奥尼尔在痛苦中开始酗酒、嫖娼,进而离家出走。奥尼尔对母亲的爱与恨,对父亲的恨与爱的矛盾心态,在他的作品中体现为爱恨交织的二元性[2]。从此,剧作家始终感到无家可归,加之始终寻求

---

[1] 〔美〕尤金·奥尼尔:《奥尼尔剧作选》,荒芜译,上海文艺出版社1982年版,第272页。

[2] Maria Milliora, *Narcissism, the Family and Madness: A Self-Psychological Study of Eugene O'Neill and His Plays*, New York: Peter Lang, 2000, p.51. 原文为:"Overall, he felt extremely ambivalent toward his mother and this shifting feeling state is captured in his plays by his use of the love-hate duality."

母爱的心理,他本人也在物质上和精神上忽视了对儿女的关照,使得现实中奥尼尔的家也带有一定的悲剧色彩:和第一个妻子生的儿子小尤金(Eugene O'Neill, Jr.)40 岁时便自杀身亡;二十多年后,奥尼尔和第二个妻子所生的儿子西恩(Shane)也是带着无尽的惆怅和缺失的父爱自刎而终。这些痛苦的回忆深藏在奥尼尔的内心,令他对爱和因爱而生的恨刻骨铭心。同时,受瑞典剧作家斯特林堡的影响,奥尼尔的作品中也经常出现家人间爱恨交织的情感因素①。可见,《悲悼》中爱与恨的主题显然有其生活和感情的根源。

在设计第三版《悲悼》时,奥尼尔曾试图使克莉斯丁和莱维妮亚母女间的仇恨更加激烈②。可见剧作家在家族的爱恨环节上早已埋下了较重的伏笔。另外,在对希腊悲剧蓝本的取舍上,奥尼尔投入了较强的"恨"的种子,他曾在《美狄亚》和《奥瑞斯提亚》这两部爱恨交织的希腊悲剧之间取舍了许久,最终决定采用后者作为《悲悼》的创作框架,但他进一步明确提出要用"孟南一家人的仇恨心理"来代替"古代希腊悲剧的报仇神"③。

在《悲悼》三部曲中,孟家最初的恨是来自祖辈的,是一份祖传的遗产,如同老阿特柔斯家族食子的罪恶。老艾比在驱逐戴维德和玛丽亚的同时,埋下了仇恨的种子,给家族带来了诅咒,成为这个家族恨的源泉。这个家族的子孙们被因爱而生的嫉妒和痛恨心理无情地吞噬着,吞食了艾斯拉、卜兰特、莱维妮亚和奥林。因此曾把奥瑞斯忒斯逼得疯癫的复仇女神在《悲悼》中演变成了孟家每个人心中的罪恶感和那种因爱的缺失和压抑而带来的扭曲的爱生成的恨。艾斯拉曾意识到:"并不是我的心脏有毛病。那是某种使人不安的东西在苦恼我的神经——就好象我内心里的什么东西正在倾听着,注视着,期待着某种就要发生的事情似的。"④这个内心里的东西应该就是爱的呼唤,它在倾听着,也随时意识到这最后的结局,预感到在爱的战场上厮杀下来的那个不可避免的死亡的结局。用孟家特有的解释方法,就是艾斯拉所谓的"胜利—死亡"论:"所有的胜利结果都失败在死亡的手里。那是千真万确的。但是失败也能在死亡的胜利之中结束吗?"⑤这是一个悲观的论调,就像孟家那些笃信清教的老祖宗们一直认为的"生命就是死的过程。初生就是开始死

---

① 此处可参见 Louis Sheaffer, *O'Neill: Son and Playwright*, New York: Paragon House, 1968, p. 253.
② 此处可参见 Virginia Floyd, *Eugene O'Neill at Work: Newly Released Ideas for Plays*, New York: Frederick Ungar Publishing Co., 1981, pp. 206-208.
③ Ibid., p. 185.
④ 〔美〕尤金·奥尼尔:《奥尼尔剧作选》,荒芜译,上海文艺出版社 1982 年版,第 216 页。
⑤ 同上书,第 203 页。

去。死就是生"①一样,强调了死亡和失败的必然,也预示了这场爱的悲剧结局。

(一)妻与夫

那位医生卜莱克的话不幸言中了:"我十分怀疑,害死艾斯拉的是爱情!"②艾斯拉的死确实源于爱,源于他重拾爱情的企图,源于他对克莉斯丁压抑的爱以及由此激起的克莉斯丁的恨。医生的话是个言者无意而听者有心的双关语,细究起来寓意颇深:"至少,是因为爱情引起了心绞痛害死他的。她是一个漂亮的邪气的女人,而他又离家那么久。这在夫妇之间是很自然的事儿——不过,就心绞痛来说,我可不赞成用那种治疗法。他应该更明白这一点的,可是——唉——他是人呀。"③爱情—漂亮女人—心绞痛—治疗—人,从医生一系列的逻辑推理中似乎可以得出这样的结论:人就是需要爱情,而"他"的爱情对象是个女人,而且是个"太他妈的漂亮"(damned handsome)的女人,引起艾斯拉久别重逢后爱的冲动。艾斯拉天真地认为她是治疗自己心理创伤的最佳医师,可这个治疗的结果却是把自己的生命葬送了。从溯源的角度看,艾斯拉是被葬送在二十多年来他和克莉斯丁的爱中,葬送在这份爱后来的缺失和压抑并由此产生的恨中。或者更远些,艾斯拉是被二十年前他对玛利亚的见死不救所葬送,再远些,他是被三十多年前老艾比犯下的逐出一对恋人的罪愆所葬送了。

正如莱维妮亚怀疑的"那么你一向都是恨爸爸的吗?"④克莉斯丁的心痛是难以愈合的,她也拼命想让莱维妮亚知道:"如果你做了你所憎恨的人的妻子,你就会明白了……那正是二十多年以来,我对我自己的感觉,我把我的身子给了一个人,而他却是我——"⑤想让莱维妮亚知道,二十年来她把自己的身子给了一个本想托付终身的人,却遭到了冰冷的唾弃。想让她知道这些年来自己的痛苦和悔恨,理解这种爱变成憎恨的无法抚平的心理。这一点艾斯拉意识到了:"我能看得出来你希望我去打仗。我有一种感觉你变得恨起我来了。"⑥克莉斯丁盼着艾斯拉去战场,甚至恨到一度盼着他战死,她不能相信他还会回来。她"强烈地祷告他作战阵亡,终于我相信那种事一定会发生

---

① 〔美〕尤金·奥尼尔:《奥尼尔剧作选》,荒芜译,上海文艺出版社 1982 年版,第 209 页。
② 同上书,第 228 页。
③ 同上。
④ 同上书,第 184 页。
⑤ 同上书,第 183 页。
⑥ 同上书,第 210 页。

了!……噢,如果他死了的话!"①在这种极度的仇恨中,克莉斯丁把自己压抑的爱转移到儿子身上,从而催生出奥林变异的恋母情结。然而,当儿子也被嫉妒的艾斯拉和莱维妮亚怂恿和强迫着去前线时,克莉斯丁的报复心终于产生了。因为"奥林一走,什么都没有了——只有恨和一种报复的欲望——还有一种爱的渴望! 就在那时我碰见了亚当姆。我知道他爱我。"②这个亚当姆(卜兰特)的加入不仅增添了克莉斯丁对艾斯拉恨的成分,也增加了其中的复仇因素。卜兰特也因此成了艾斯拉扭曲的爱的另一个复仇者和这个爱的战场上的另一个牺牲品。

与卜兰特的相爱更坚定了克莉斯丁的复仇信念,她由厌恶艾斯拉变成"厌恶你透了",明确地告诉艾斯拉,他爱的醒悟已经"太晚了","软化"不了她的心肠。此时的她与艾斯拉越走越远,爱已然变成了歇斯底里的愤恨和报复。

而在这个爱—恨链条中,儿子奥林则起到了推波助澜的作用。

(二) 父与子

与母亲的异常亲近使得奥林痛恨所有夹在母亲和自己中间的人,无论是父亲还是母亲的情人。这种严重的恋母心态势必造成父子间关系的紧张和扭曲,甚而发展成恨。艾斯拉无奈地对妻子说:"你的心全转到你的刚生下的孩子,奥林的身上了。在你的眼睛里,我已经不再存在了……我努力不去恨奥林。"③而奥林对父亲的态度却并非停留在"努力不去恨"的层面上。他嫉妒父亲的位置,仇视父亲的存在,甚至在梦里曾经无数次施演着杀父的情景。而且即使知道母亲是杀父凶手,他不但不去告密,反而有些幸灾乐祸:"我跟你说老实话,妈妈! 我不向你作假,我觉得他死得一点也不可惜!"④就是因为他一向恨爸爸。

对母亲异常的爱又直接引起奥林对另一个人的切齿痛恨,那就是酷肖父亲的卜兰特。为了夺回母亲的爱,奥林对这个母亲的情人,这个更有威胁性地夹在他和母亲之间的男人恨之入骨,他对莱维妮亚说:"你说卜兰特是她的情人! 如果那是真的,我会恨她的!"⑤莱维妮亚就是利用他的这个病态心理完成了自己报复母亲的计划。望着刚刚被自己枪杀的卜兰特的尸体,奥林兴奋异常地发现:"老天爷,他真像爸爸! ……这就和我的梦一样。我以前曾经

---

① 〔美〕尤金·奥尼尔:《奥尼尔剧作选》,荒芜译,上海文艺出版社1982年版,第191页。
② 同上书,第185页。
③ 同上书,第211页。
④ 同上书,第244页。
⑤ 同上书,第258页。

杀死过他。"①他还会毫无愧色地自语道:"如果我是他,我也会做出他所做的事来!我会像他一样地爱她——为了她的缘故——杀死爸爸!"②就这样,奥林成了莱维妮亚手中的棋子,用他对母亲情人的恨完成了自己对母亲的报复。

(三) 母与女

"我要叫世界上的人知道你是一个和母亲争夺情人的女儿,而后来由于憎恨和妒忌要把她的妈妈吊死。"③母亲克莉斯丁参透了女儿对自己仇恨的心理。母女之间的仇恨正是本剧的核心,也是本剧仇杀的主线。

幼年时缺失和压抑的母爱已使莱维妮亚与母亲形同陌路,而此时被一对母子冷落的父亲也只能把心"转到维妮的身上"。这样冷落的母爱和过多的父爱,使得父女之间立刻构成了一个稳固的同盟。强烈的恋父情结使得莱维妮亚不能承受父亲对母亲任何爱的举动,她始终视母亲为竞争对手,明确地告诉她:"我恨你。你甚至把爸爸对我的爱也偷了去!当我一出世你就偷去了我的全部的爱。"④因为她清晰地知道:"从我记事的时候起——我就感觉到——你的厌恶!……噢,我恨你,我恨你是应该的!"⑤就这样,扭曲的爱逐渐被仇恨所控制。克莉斯丁惊讶地意识到女儿对自己的恨竟如此之深,就像艾斯拉不知道奥林对自己怀有深仇大恨一样,她分辩道:"我——我知道你恨我,维妮——却不料竟厉害到那种地步!"⑥

莱维妮亚对母亲的无比仇恨决定了她的装束和形象,也左右着她的一举一动。她看到母亲穿过花园走向花房时,自己的眼睛就会"由于含着一种强烈的、严酷的仇恨显得冷漠而严厉"⑦。她嫉妒地盯梢母亲,痛骂她下贱、无耻和恶毒。两人间的谈话已然不是母女间的倾心交谈,而是"像个女人跟另一个女人谈话"。克莉斯丁意识到"那种母女关系,在我们之间,是没有意义的"⑧。甚至乐队演奏的《约翰·布朗的遗体》都会挑动莱维妮亚复仇的神经,影射到她向母亲的复仇。这首忧伤的死亡乐曲会使她的眼睛闪出一种阴森的满意的光芒,脸上表现出一种"奇怪的复仇胜利的神情"⑨,母女间会"闪

---

① 〔美〕尤金·奥尼尔:《奥尼尔剧作选》,荒芜译,上海文艺出版社1982年版,第276页。
② 同上。
③ 同上书,第250页。
④ 同上书,第213页。
⑤ 同上书,第184页。
⑥ 同上书,第183页。
⑦ 同上书,第161页。
⑧ 同上书,第183页。
⑨ 同上书,第161页。

过一道仇恨的眼光"。当克莉斯丁的话中透出卜兰特的死会是自己生存不下去的要害时,莱维妮亚的"眼睛给一种残忍的憎恨燃亮了"①。并开始盘算起自己的复仇计划。就在借奥林的枪杀死了母亲的情人卜兰特后,莱维妮亚仍不忘记对母亲的疯狂诅咒,她用一种凄厉的语调对卜兰特的尸体痛骂道:"你怎么那么爱那个老奸巨猾的女人?"②

母女间的恨又因卜兰特的死而达到高潮,此时的克莉斯丁有如同伴被枪杀的猎物,自己也被逼上了绝路。只见"她一跳起来,站在那里,怒视她的女儿,眼里含着一种可怖的眼光,眼光中疯狂的仇恨正和恐怖与恐惧相交战。……她突然尖声大笑,又陡地停住,她举起双手,放在她的面孔和她的女儿之间,然后推出去,那样子就象要把莱维妮亚永远抹出她的视线。"③总之,莱维妮亚对母亲的恨源于自小母爱的缺失和孟家压抑爱的传统,源于因此而生的扭曲的爱。她对母亲的恨体现于明暗两条线索:一是因为母亲始终横在她和所钟爱的父亲之间,这是条明线;二是她最近的发现,母亲竟又横在她和自己钟情的卜兰特之间,成了劫夺自己刚刚萌生的爱的"女人",而这一切又是母亲为了掩盖自己与卜兰特的特殊关系而设的陷阱。作为一个清教姑娘,一个孟家姑娘,这第二点无疑是条隐线,但它却是贯穿本剧始终的一个爱的符号。

意识到卜兰特是母亲的情夫,又是孟家女仆的儿子,莱维妮亚受挫的爱以及受挫的骄横和自尊在清教观念下变成了一种毁灭性的力量,爱一跃成为恨。但揭开这层恨的面纱,呈现在读者面前的是她对卜兰特赤裸裸的占有欲,因而与其说莱维妮亚怂恿弟弟杀死卜兰特是为了替父报仇,倒不如说是出于对母亲和卜兰特恋情的极端的嫉妒和仇恨。莱维妮亚威胁母亲的这句话就暴露了她的动机:"我猜想你以为现在你可以和亚当姆自由结婚!但是你结不成的!只要我还有一口气,你就莫想跟他结婚!我要叫你清偿你的罪恶!我要想个法子惩罚你!"④作为莱维妮亚手中的棋子,奥林终于醒悟到莱维妮亚借自己之手杀母亲的用意,他的一席话也拆穿了莱维妮亚对母亲嫉恨和爱变恨的真相:"你借口说妈妈的横死是一种报应,在你那一切借口的背后是你的忌妒!她曾经警告过我,现在我看清楚了!你自己要想得到卜兰特!……是的,在你知道他是她的情人之后,你才恨他的!"⑤可见莱维妮亚

---

① 〔美〕尤金·奥尼尔:《奥尼尔剧作选》,荒芜译,上海文艺出版社1982年版,第250页。
② 同上书,第275页。
③ 同上书,第282~283页。
④ 同上书,第220页。
⑤ 同上书,第316页。

对卜兰特的惩罚和杀害,是基于对他的激情和嫉妒(passion and jealousy)①。这是她最后终于意识到的,也正因为如此,她在三部曲的结尾对自己施行了最残酷也最无情的爱的惩罚:把自己紧闭在大宅中,永远不去享受爱的芳香。这个结局符合清教戒律和孟南家族的性格,因为莱维妮亚的自然要求和她的本能欲望驱使她抛弃一切禁忌去寻求快乐,而清教观念和家族的性格却使她摆脱不了罪恶感和孤傲感,因而造成了她畸形的占有欲和由此衍生出的恨。

莱维妮亚对母亲的恨也是现代文明下的"压抑情感的体现"②,体现了弗洛伊德在《女性特质》(Femininity)中所提及的:"母亲和女儿的分离,是伴着敌视心理的;女儿和母亲因恨而分离,而且这种恨会越发强烈,并伴其终生。"③

(四)兄与弟及姐与弟

孟家亲兄弟间的恨可追溯至老艾比和戴维德为争夺玛丽亚的爱而引发的恨,这场恨又波及他们的下一代艾斯拉。

当艾斯拉发现自己喜欢的玛丽亚竟成了叔叔的情人时,比谁都恨他们。于是若干年后上演了一场见死不救的悲剧,这便成了另一个悲剧的导火索,艾斯拉为此自掘了坟墓。

母亲的遭遇使得长大后的卜兰特对艾斯拉恨之入骨,在他的眼里艾斯拉犯了杀人罪。他立志为母报仇:"我指我妈妈的尸体来发誓,我要为她的屈死向他报复(revenge)。"因而,当他遇见艾斯拉的妻子克莉斯丁时,他意识到报仇的机会到了,这也无形中为卜兰特和克莉斯丁的爱注入了灰色的悲剧色彩。也正像卜兰特自己坦承的那样:"我那时因为你是他的太太,我多么恨你啊!我想,天,我要从他那里把她夺过来,那也可以算为我对他的一种报复!就从那种恨里产生了我的爱!"④卜兰特所关注的是报仇本身,是艾斯拉临死前是否知道自己的身份,所以他会带着野性的满足向克莉斯丁核实:"你说

---

① 此处可参考 Barbara Voglino, *Perverse Mind*: *Eugene O'Neill's Struggle with Closure*, Fairleigh Dickinson University Press, London: Associated University Presses, 1999, p.72.

② 参考〔美〕埃·弗洛姆:《爱的艺术》,刘福堂译,安徽文艺出版社 1987 年版,第 44 页。

③ 参考论文 Susan Rand Brown, "'Mothers' and 'Sons': The Development of Autobiographical Themes in the Plays of Eugene O'Neill", Ph. D. dissertation, University of Connecticut, 1975, Ann Arthor, Mich: UMI, 1976, pp. 118-119. 原文为:"The turning away [on the part of the daughter] from the mother is accompanied by hostility; the attachment to the mother ends in hate. A hate of that kind may become very striking and last all through life".

④ 〔美〕尤金·奥尼尔:《奥尼尔剧作选》,荒芜译,上海文艺出版社 1982 年版,第 190 页。

的,他在死前就知道我是谁的儿子？我敢打赌使他发疯的就是这个。"①就这样,这对兄弟也上演了一出自相残杀的爱的悲剧。

继艾斯拉和卜兰特这对兄弟的仇杀之后,孟家的下一代——莱维妮亚和奥林这对姐弟也续演了这个家族因爱而恨的悲剧史。奥林对姐姐的恨一方面出于逼使母亲自杀的懊悔,另一方面也出自姐姐即将离开自己的恐惧。妈妈死后,姐姐成了妈妈的替代品,于是奥林以爱母亲的方式对姐姐实行占有性控制。奥林痛恨姐姐与彼得的正常恋情,看到他们亲热的情景,他就像是被打了一样,"鼓着眼睛,带着忌妒的愤怒,望着他们,同时捏紧拳头,就好象要去打他们似的"②。当提出用乱伦的方式来永久掩盖家族罪恶没有得到姐姐的响应时,奥林更是恼羞成怒。他诅咒姐姐,用最恶毒的方法,即呼唤孟家鬼魂们的方法来对付姐姐："你们听见她的话没有？你们会发现莱维妮亚·孟南比我更坚强！你们得缠她一辈子！"③而莱维妮亚对奥林的反唇相讥更将弟弟送上了绝路："我恨你！我但愿你死去！你罪该万死！你不应该活着！你要不是一个懦夫,你会自尽的！"④究其根本,是爱的排他性和占有欲在作怪。

孟家人在爱与恨中挣扎着,在不断的仇杀和自杀中结束了各自的生命。但面对死亡,孟家人却不约而同地有着同样的解读,令人们不禁感慨孟家适合死亡和悲悼,亦即"悲悼适合孟家(Mourning becomes Mannons)"。

(五)死亡的解读

孟家的每个人对死亡都有个解读,但归总起来大体一致。

艾斯拉用那孟家独有的清教信仰摧残着克莉斯丁,所谓"生命就是死的过程。初生就是开始死去。死就是生。"尽管他终于幡然醒悟,但为时已是过晚。可见,死亡适合孟家,而丧服适宜厄勒克特拉(Mourning becomes Electra)。如若孟家人就停留在这种死—生悲观之道上,也便不成其为悲剧了。孟家的悲剧更在于他们在存有根深蒂固的传统观念的同时,内心里又崇尚爱情,渴望一段无拘无束的美妙的情感投入和炽烈的生。因而在厌倦了死亡,在经历了现实中生生死死的战场之后,艾斯拉开始意识到作为克莉斯丁丈夫的意义,看到了这个没有活过却正要死去的爱情的珍贵。正如他对克莉斯丁的真情告白："我想起我的生活和你的生活。在战争中,我会想到,也许一分钟后我就要死去。把我的生活,当作行将完结的我看,反正不值得一想。不

---

① 〔美〕尤金·奥尼尔:《奥尼尔剧作选》,荒芜译,上海文艺出版社1982年版,第270页。
② 同上书,第309～310页。
③ 同上书,第329页。
④ 同上。

过听啊,把我作为你的被杀的丈夫看,那便显得奇怪而不合理——就象某种从来没有活过而却正要死去的什么。于是我们这些年来的夫妇生活便浮在我的脑里……我只看见我们之间一直存在着某种障碍——把我们互相隔开的一道墙。我下定了决心想弄清楚那座墙究竟是什么东西。"①在他的眼里,此时的生命不可贵,爱情价却高,就在这个矛盾中酿成了一个现代的爱的悲悼。

在奥林的眼里,爸爸就是战争,就是随时可能出现的死亡,就是控制自己的工具,他讲道:"他就是战争——除非我死掉,那战争是没法结束的。我根本不懂得和平——就是他的归宿!"②可见在他眼中,不是己死,就是父亡。因而父亲的被杀,对奥林来说是一个解脱,终于可以自由地享受生活,独享母亲的爱,这也就是他对父亲的死亡显出几丝幸灾乐祸的缘由。然而看到父亲的尸体,他不由得意识到这和孟家的传统、孟家的气息是那么的相称。他自言自语地和尸体交流着:"你死得那么自在!死和孟家的人是很合适的!你一向就象一位有名的死人的雕像——坐在公园的椅子里,或者跨在某一个广场里的一匹马上——漠然地望着人生——因为生活的不合适便把人生抹煞!……你在活着的时候从来不想了解我——但是现在你死了,我想也许我们可以做朋友了!"③这个漠视人生、轻慢他人的父亲,在奥林的眼中是最适合死亡的,也正是奥林的这句"死亡真适合你!死亡适合孟家"("Death sits so naturally on you! Death becomes the Mannons")④点明了本剧的主题。所以他对死的感悟就是孟南家族的感觉:"有一种古怪的感觉,战争就是把同一个人杀了又杀,而到头来我发现那个被杀的人便是我自己!他们的面孔老是不断地跑到我的梦里来——而且他们变成爸爸的面孔——或者变成我的——"⑤这也正是重复着艾斯拉的那句"生就是死,死就是生"的"生死"之道。

在克莉斯丁眼里,死亡是一个心安理得的休息过程:"我不相信这个世界上会有象睡眠这样的事!只有在土里一个人才睡得着!一个人所有的恐惧都完结了,他到头来才觉得心安理得!"⑥她感到"死神常来光顾我",而死神给她带来的安息之所绝不是天堂,在毒杀艾斯拉之后,她终于发现:"现在我

---

① 〔美〕尤金·奥尼尔:《奥尼尔剧作选》,荒芜译,上海文艺出版社1982年版,第210页。
② 同上书,第232~233页。
③ 同上书,第252页。
④ Eugene O'Neill, *Eugene O'Neill (complete plays 1920-1931)*, the Library of America, 1988, p.975.
⑤ 〔美〕尤金·奥尼尔:《奥尼尔剧作选》,荒芜译,上海文艺出版社1982年版,第253~254页。
⑥ 同上书,第278页。

才知道只有地狱!"①

只有从岛上回归的莱维妮亚才对死亡抱有些许的猜忌:"那是过去的事了,而且已经完结了!死的人已经忘记了我们!我们也忘记了他们!"②但她却总结出孟家的一个可怕的规律,在他们的心目中,孟家祖辈,这些死去的人们总是对活人的生活进行无端的干涉。这是埋藏于每个孟家人心中根深蒂固的传统,也就是道德传统和性格基因。这些顽固的传统使得家族里的人们总是感到"为什么死人不死呢!"他们感到死去的人老是要插进来。而且,每当他们离爱越接近,孟家的阴魂便越是频繁地干涉着他们的行动。在这种无奈中,莱维妮亚的结论是:"死去的人们太顽强了!"③

总之,对于这个家族的人们来说,死亡是一个传统,是适合这个家族的结局。我们不妨解析为"丧礼适合孟南家"。而与此同时,在这个嗜好死亡的家族中,又有一个因素不断地敲击着每个人的神经,令他们仍旧留恋着人生,那就是爱。试想戴维德自杀前对儿子悲楚的乞求,艾斯拉死前对妻子"降贵屈尊"的爱情表白;克莉斯丁无怨无悔的自杀和奥林死前对姐姐的请求,这些都是因为他们心中还对爱存有眷恋,怀着爱的希冀而走向死亡。就在这些因素的煎熬中孟家一步步走向毁灭。

二、家族的毁灭

在彼此的痛恨中,孟南家族走向了毁灭,具体体现在几个家庭的毁灭和几代人的死于非命。

被逐出孟家的戴维德在儿子的无法原谅中自缢而死;妻子玛丽亚在贫困交加中殒命;为父母报仇的卜兰特又在协助克莉斯丁毒杀了表兄艾斯拉后被情人的儿子枪杀。至此戴维德一家消失殆尽。艾斯拉家族更是无人幸免:艾斯拉死于妻子及其情人合下的毒药里;妻子克莉斯丁在情人卜兰特被奥林枪杀后无望自杀;儿子奥林在逼死母亲后心灵不得安宁,最终追随母亲自杀身亡;唯一幸存的莱维妮亚,这个导演了枪杀卜兰特,逼死克莉斯丁和弟弟,曾经笃信清教,带有极强孟家性情又执着地追寻爱的姑娘,用闭锁自己、成为活死人的惩罚来偿还这些爱的罪孽。自此,整个孟南家族宣告毁灭,没有生息也没有颜色,有的只是一个大宅和里面紧追不舍的孟家的死魂灵,以及一个虽生犹死的莱维妮亚。而在这个毁灭的过程中,孟家的大宅成了一个无声的象征,它像一座巨大的坟墓无情地吞食了整个家族的儿孙们,用他们的爱和恨铸就着孟家的坟茔。

---

① 〔美〕尤金·奥尼尔:《奥尼尔剧作选》,荒芜译,上海文艺出版社1982年版,第278页。
② 同上书,第298页。
③ 同上书,第341页。

(一) 大宅

孟家的大宅具有较强的象征意义,其中原宅的拆毁象征着由恨筑成的一道墙,把戴维德、玛丽亚和卜兰特一家无情地隔开,使他们有家难归。新的大宅无疑建在仇恨之上,自此以后这个新宅成了一只巨大的笼子,网住了那些寻觅自由和爱情的"金丝雀"。又成了一个恐怖的凶宅,一座坟墓,注入了罪恶和诅咒,吞噬了六条鲜活的生命。

1. 笼子与坟墓

说大宅犹如笼子,因为它给热情似火的玛丽亚、爱得痴狂的戴维德套上了无形的精神和物质的枷锁,使他们即便出笼也无从安身;它把爱神般的克莉斯丁圈养在里面,耗尽精力,无以逃脱,最后困死笼中;莱维妮亚犹如困兽,四处奔突,寻求爱的怀抱,但最终只是徒劳地画了个圆圈(circle),重又回到原地,闭锁起大门,重新成为笼中之鸟。这是一个爱的释放、回归、封闭和牺牲的"徒劳"的宣泄过程。因而,奥林对莱维妮亚说,Death Becomes the Mannons。

如果大宅的存在只是闭锁爱和幸福的笼子,令人有家难归,笼中人虽渴望自由,倒也并无伤害,但不容忽视的是大宅更是一座坟墓,一座吞噬着青春和生命的坟墓,一个盛满孟家祖先魂灵的、受过诅咒的坟墓。克莉斯丁的话是对大宅赤裸裸的憎恶:"我们的这一所坟墓需要一点鲜艳的色彩……每次出门回来,这屋子便显得更象一个墓。"①随着剧情的发展,孟家的每个成员都受传染似地变得痛恨起这个"家"来。原本喜欢这所房子的莱维妮亚从海岛回来后也开始咒骂起大宅来:"你知道在这所房子里,祖父造的憎恨与死亡之宫里是没有安息的。"②奥林对大宅更是畏惧有加,从战场上回来就断言:"这屋子向来就显得这么阴气森森,死气沉沉的吗?……象一座坟墓。我记得,妈妈就常说这房子使她想起坟墓来。"③

由此我们勾画了这个家族"堡垒"的示意图:

图二　孟南家族堡垒

---

① 〔美〕尤金·奥尼尔:《奥尼尔剧作选》,荒芜译,上海文艺出版社1982年版,第168页。
② 同上书,第333页。
③ 同上书,第231页。

这个家族与外界的联系完全凭借镇上人们的闲言碎语,以及与镇上有关联的孟家老园丁萨斯来转达,他们起到了歌队的作用(参见本书第三章的探讨)。第三部曲《祟》中镇上人们和老园丁都已感到了宅中的邪气,老萨斯转告道:"镇上流传着一种谣言,就是这所房子里有鬼。"①他本人也强调说:"白天走进那里面去归置东西的时候,我觉得好象有种什么东西腐烂在墙里似的……自从那房子盖成以后,那里面一直是有邪气的,而且那邪气不断地滋长着,象已经发生过的事情所证明的。"②到后来,一向清纯而坚定地认为这一切都是胡说的彼得兄妹也开始动摇了,海丝儿就敏感地意识到:"这所房子有些古怪。甚至在将军的死和她的自杀之前,我就感觉到了。"③彼得也开始迷信起来,急于把莱维妮亚救出火坑:"第一件事就是使你离开这所倒霉的房子!……不过我自己对这所房子也开始有点迷信了。……我们搬得越远越好!"④

孟宅的主人们,艾斯拉、克莉斯丁和孟家兄妹更是饱受鬼魂之苦。无处躲避的他们只剩下梦想,向往那个南海岛屿成为自己的安身立命和爱情的天堂⑤。但是随着时间的流逝,这个天堂也逐渐消失了。奥林痛苦地向妈妈恳求道:"想想看吧,我原希望回到家里便可以避开死亡!我根本不应当苏醒过来——不应该离开我的平静的岛!……可是现在那是失去了的!妈妈,你就是我的失去的岛。"⑥母亲这个岛屿失去了,奥林只得寻找另一个爱的岛屿,企图在姐姐身上寻到立锥之地,但莱维妮亚的爱情"无情"地将他的企图拒之门外。于是奥林企图用大宅的魂灵们绞杀莱维妮亚刚刚被唤醒的青春活力和爱的追求:"你不再相信灵魂么?我以为等我们在这所房子里住了一些时候,你又会相信的!死去的孟南们会改变你的。"⑦在一切努力付之东流后,当所有的海岛之梦也破灭后,生存的意义和爱的出路阻断了,只剩下死亡,呼唤着孟家人去寻找自己失去的岛屿、失去的"家"以及失去的爱。克莉斯丁这样做了,奥林也被迫接受了这条路:"那就是走向和平的途径——去再找到她——找到我的失去的海岛——死亡也就是和平的海岛——妈妈会在那里

---

① 〔美〕尤金·奥尼尔:《奥尼尔剧作选》,荒芜译,上海文艺出版社1982年版,第294页。
② 同上书,第295页。
③ 同上书,第296页。
④ 同上书,第338页。
⑤ 从某种角度来看,尽管岛屿象征着一个更和谐和幸福的自然,它们也带有一种逃避的成分,一种酷似现实中奥尼尔的母亲、《进入黑夜的漫长旅程》中的玛丽手中的毒品一样的逃避作用。这种最健康的东西却成了某种病态、颓废的象征。
⑥ 〔美〕尤金·奥尼尔:《奥尼尔剧作选》,荒芜译,上海文艺出版社1982年版,第260页。
⑦ 同上书,第301页。

等候我的……妈！……你在唤我！你在等着带我回家!"①

只有莱维妮亚逃过死神的诱惑,当她终于意识到面对这个大宅,面对孟家的魂灵和诅咒是不可能找到幸福的时候,她试图逃出这所坟墓,奔向爱情和幸福。"我就要和他结婚！而且我就要跟他走开,忘掉这所房子以及这所房子所发生过的事情！"②她深信"爱情不能住在里面。我们走开,让它自己毁灭——而且我们要忘记死去的人。"③

2. 鬼魂和孟家祖先的肖像画

大宅的形象又总是和其中的肖像画以及随时萦绕于人们心中的鬼魂紧密相关。它们配合大宅的反复出现,加重了这个家族难以摒弃的传统观念和死亡的意象。

孟家的肖像分为艾斯拉的和祖先的,它们尽管相似,却悬挂在不同的房间,代表着各自的权利和压抑的主题。艾斯拉的肖像挂在他的书房里,"这是一间大房子,带着一种刻板的严峻气氛"。墙上除了华盛顿、亚历山大·汉密顿和约翰·马歇尔的肖像,壁炉上方挂着艾斯拉本人的大幅肖像,是十年前画的。由于篇幅所限,我们选取剧中描绘艾斯拉肖像的个别词:"高高……宽大而坚强……僵硬……黑色的法官长袍……面孔很漂亮……严厉绝俗……冰冷而无情……酷似一具逼真的面具"④。艾斯拉的肖像画以法官形象示人,与美国开国元勋们一起起到了权力机构和法令的作用。它是莱维妮亚震慑母亲的法宝之一。当莱维妮亚"号令"母亲来书房谈论其与卜兰特的关系时,克莉斯丁不安地反驳道:"怎么单拣这间晦气的房子?"在爸爸的屋子里,在爸爸目光的威慑下,用爸爸法官样的腔调,莱维妮亚揭穿了妈妈与卜兰特的秘密。但这也成了母女因恨而走向完全反目的标志,就是这种压抑的环境,引起了克莉斯丁极度的反感并下定了向艾斯拉报复的决心。不久后,克莉斯丁就是在这个肖像画下面,在艾斯拉的"注视"下完成了她与卜兰特的谋杀计划。她不无痛苦,却又幸灾乐祸地冲艾斯拉的肖像说:"你得感谢维妮","不！我怕你怕得够久了,艾斯拉！"

祖先的肖像画在本章第三节已经有所交代,是挂在起坐室的:这是一间冷落的屋子,没有亲密的感觉,有一种使人不舒服的、夸张的、庄严的气氛。"靠右挂的是火烧巫婆时代的一个相貌阴森的牧师……所有肖像中的面孔和

---

① 〔美〕尤金·奥尼尔:《奥尼尔剧作选》,荒芜译,上海文艺出版社1982年版,第330页。
② 同上书,第334页。
③ 同上书,第338页。
④ 同上书,第180页。

本剧中的各位人物面孔一样,都带有同样的面具性质。"①右边壁炉台上点着两支蜡烛,"闪烁的烛光照在上方的艾比·孟南的肖像上以及两旁墙上诸位孟南的肖像上。肖像里那些人们的眼光好象具有一种强烈的痛苦的生活,他们的冷然的凝视。"②这些孟家祖先的肖像显然是代表美国拓荒时代的清教传统,是清教势力的象征。它们不仅把自己的儿辈艾斯拉带进了坟墓,将孟家媳妇克莉斯丁带进了坟墓,将孙辈奥林带走了,也将孟家的最后一个生者,坚强的莱维妮亚逼迫得发疯。在三部曲将近尾声时,只见莱维妮亚的"目光下意识地寻找右墙上的诸位孟南的肖像,好象他们便是她的明显的上帝的象征",说道:"噢,上帝,别让我存着这样的念头!你知道我爱奥林!给我指示一个救他的办法!别让我尽想着死!再死一个,我可受不了!求求你!"③这些祖先的形象逼迫着孟家后代压抑爱的火焰,要保住家族的秘密,还要为家族的荣誉尽自己的"责任(duty)",他们是清教严苛戒律的代表,是古老家族荣誉、骄横家族性格的代表,但更是虚伪清教道德的代表。它们是孟家那些看不见、摸不着的鬼魂的具体显现,因而克莉斯丁、卜兰特、奥林和莱维妮亚这些热爱生活的人们不停地向肖像画、向萦绕在大宅里的鬼魂宣战和抗议。

能够成功地面对家族的鬼魂,就是重新开始生活的保证。莱维妮亚和奥林都清醒地意识到这一点,因而莱维妮亚要求弟弟:"听着,奥林!我要你现在正视着这里的所有死人们,重新开始生活!"④因为奥林曾坚信,如果回到家里"面对着那些死鬼,你知道你能永远摆脱掉过去的犯罪的感觉"⑤。然而孟家的鬼魂们是不会放过两人的,更不会放过"异端"的莱维妮亚,他们通过即将被他们缠死的奥林一度转达着他们的形象和观念,来折磨和诅咒企图奔向幸福的莱维妮亚。甚至附在莱维妮亚的身上,挑拨着孟家仅剩的这对姊弟的关系,以达到让莱维妮亚放弃对美好爱情的向往。

就像鬼魂附体一样,奥林带着孟家特有的语调和观念来诘问莱维妮亚:"爱!我或者你有什么资格去谈爱?"⑥莱维妮亚的回答斩钉截铁:"什么资格都有!"足见她的爱的信念和摒除孟家传统观念的决心。但鬼魂的追索使得莱维妮亚也时常控制不住自己,她无助地向奥林解释:"奥林,我气不过才向你说出那种话来——不是出于我的本心——有什么东西突然涌上我的心

---

① 〔美〕尤金·奥尼尔:《奥尼尔剧作选》,荒芜译,上海文艺出版社1982年版,第236页。
② 同上书,第319页。
③ 同上书,第320页。
④ 同上书,第302页。
⑤ 同上。
⑥ 同上书,第300~301页。

头——像个魔鬼似的！"①就这样，莱维妮亚和奥林就像若干年前的艾斯拉和克莉斯丁，在鬼魂的诱导下上演着一曲家族罪恶轮回的悲剧。

(1) 家族角色的轮回意象

从海岛归家的奥林突然发现自己成了父亲的代言人。这个孟家唯一剩下的男人变得举止僵硬，像军人一般，"他的动作和态度有他父亲所特有的那种雕像的性质。现在他除了他的小髭之外，还蓄了一部剪得很短的胡须，这使得他更象一位法官。孟家的那种面具式的面孔比以前更为醒目。他变得非常之瘦，他的黑色衣服空落落的。他的憔悴的黑黄的面孔带着一种漠然的毫无生气的表情。"②他还变得苍老了，和画像中父亲的年龄一样大，"穿着黑色衣服，父子的相似处是极其神秘的"③。黑色，又一个不祥的信号，这个形象的再次出现让人惊异地感到了艾斯拉的再生。不仅如此，奥林的心态也是活脱脱的又一个艾斯拉的再现。他一面像基督徒那样忏悔以求得上帝的饶恕和良心的安宁，另一方面内心又被爱操纵着，难以割舍。他向海丝儿忏悔道："是的！是的！我想向你的纯洁供认一切！我想得到饶恕！……不！我不能说。别问我。我爱她。"④就这样，带着清教意识，他感到自己的罪恶要遭天谴而"没有权利去爱"，但心底里却不断地涌出某种东西告诉他爱是美好的。海丝儿纯洁的心地也不停地唤起他的良知。一方面是奔往美好的爱，另一方面是去接受惩罚，矛盾的心理折磨着他。是爱还是死亡(to be or not to be)，使他成了第二个艾斯拉。但可怜的是，他比父亲艾斯拉走得还要远，罪与罚的心态终于占了上风。他学会带着孟家祖先的口吻诅咒姐姐对幸福的追求，宣讲灰色的人生意义，如同艾斯拉对待克莉斯丁的口吻："不！她不应该享受幸福！她必须受到惩罚！……听我说，海丝儿！你切莫再爱我了！现在我所知道的爱就是为了罪孽而爱罪孽，生出更多的罪孽来——直到你深深地沉到地狱底层，不能再往下沉了，于是你就安息在那里！"⑤这似曾相识的一幕，又把读者带到一年前艾斯拉"扼杀"克莉斯丁的那句清教信条，作为艾斯拉的活标本，奥林用罪孽和地狱来解析了爱的不可能性。

在这场轮回中，姐姐莱维妮亚成了母亲克莉斯丁，正像奥林看到的："你没看出我现在处于爸爸的地位，而你就是妈妈么？那就是我没敢预先说明的

---

① 〔美〕尤金·奥尼尔：《奥尼尔剧作选》，荒芜译，上海文艺出版社1982年版，第317页。
② 同上书，第297页。
③ 同上书，第310页。
④ 同上书，第323页。
⑤ 同上。

历史的恶果！我就是束缚你的自由的孟南家的人！难道这不是很明白的——"①历史重演了一遍，莱维尼娅重现了母亲的美丽、活力、爱情的征服力和花色装束。奥林"惊喜"地发现："维妮，你不知道你长得多么象妈妈。我不仅指你变得多么美丽……我并且是指你的灵魂说的……你的灵魂变得越象妈妈的了——就好象你是在偷她的了——就好象她的死使你得到了解放——变成了她！"②可悲的是姐姐同时也带上了母亲的神经质。因为此时的奥林终于蜕变成了"爸爸的儿子。我是一个孟南家的人！"③不可逃避的结局便是奥林压抑的爱成了莱维尼娅追求自由和幸福的绊脚石，就像艾斯拉压抑的感情羁绊了克莉斯丁追求美好的爱一般。莱维尼娅惊恐地哀求着弟弟："莫存这种念头！也莫使我存那种念头！你就象一个魔鬼一样，折磨我！我不要听！"④于是爱又变成了恨，就像克莉斯丁毒死丈夫一样，莱维尼娅终于逼死了奥林。一个因爱而生恨的恶性轮回，一个家族的罪恶延续着。

（2）爱的挣扎和失败

甚至在奥林死后，莱维尼娅仍期望用爱来与孟家的死魂灵们搏斗。她决定把大宅封起来，她踌躇满志地宣布，要让大宅"在阳光底下，在风里雨里毁灭。孟家的各位祖先的画像就会腐烂在墙上，鬼魂们就会重归于死亡。孟家的人就会被人忘记。我是最末的一个，但是我不久就不姓孟了。我将要成为彼得·纳尔士夫人。那时他们就完了！"⑤尽管死去的人总是插进来，她的同盟者彼得也开始忧心忡忡了，莱维尼娅担心地告诫彼得："彼得！你把你的幸福托付给我……我不忍看见你的眼光越来越刻毒，诡秘，对于生活越没有信心！我是太爱你了！"⑥她仍鼓足勇气召唤彼得与死魂灵决一死战："别想那个——现在且别去想吧！不管那些死去的人们怎么样——我需要一小会儿的快乐！……我们的爱会把他们的阴魂羞死！……想我！把我抱去！亚当姆。"⑦那个死去的亚当姆的鬼魂又冒出来了，又一次搅碎了莱维尼娅追求纯真、平静和有爱的生活的愿望。被鬼魂团团围住、几乎孤军奋战的莱维尼娅终于敌不过几代鬼魂的追讨，加之新加入鬼魂队伍的奥林对她良心上的冲击，莱维尼娅在这个宅邸里再也无法安身。于是最催人泪下的一幕发生了，一个与刚才还信誓旦旦的情景截然相反的一幕：爱情和重生的希望破灭的莱

---

① 〔美〕尤金·奥尼尔：《奥尼尔剧作选》，荒芜译，上海文艺出版社1982年版，第318页。
② 同上书，第301页。
③ 同上书，第300页。
④ 同上书，第319页。
⑤ 同上书，第334页。
⑥ 同上书，第340页。
⑦ 同上。

维妮亚无奈地接受了孟家给予她的结局,丢掉所有的鲜花,独自走进这个坟墓里,一场爱的悲悼令孟家人无一幸免。

只见老园丁萨斯做了最后一个动作,一个锁定这个家族毁灭性结局的动作:"萨斯从门右面的窗户里探出身来,砰然一声把百叶窗关紧。这一声就好象一个命令似的,莱维妮亚向后一转,木然地正步走进屋子,随手带上了门。"①百叶窗成了最后也是最关键的命令和道具,连同门,将人间和地狱区分,将爱情和死亡隔开,自此爱与恨几近终止。百叶窗关闭了,孟家的悲剧也将落幕了。

3. 门、百叶窗和月光

莱维妮亚关上的门,将生与死隔断,爱与恨分离。老萨斯关紧的百叶窗也令人回味无穷。孟家的百叶窗是绿色的,也是克莉斯丁喜欢的颜色。它的开启和关闭似乎预示着自由和美好的来临和终止,预示着孟家悲剧的结局。艾斯拉死后,"这所房子有一种奇异的荒诞的外貌,它的白色的门廊在月光之下像一个面具。百叶窗全都是关上的。"②刚杀了卜兰特的奥林不解地问:"为什么百叶窗还是关着的呢?爸爸已经过去了。我们应该让月光进来。"③对于他来说,爸爸已经死去,卜兰特也被除掉,奥林和母亲面前的爱的通道应该已经打开,孟家人可以自由地呼吸了,为什么百叶窗这个罩住人们呼吸、遮住日光和月光的障碍物还是关闭的?在克莉斯丁自杀前的场景介绍中,"百叶窗全部关上的"。莱维妮亚和奥林从海岛回归前,孟家的"百叶窗全是关上的,前门口围以木板,表示屋子是空着的"④。随着彼得打开百叶窗,一个靓丽、鲜活的充满爱的莱维妮亚回来了。而从海岛归来的奥林却神经紧张,形如姐姐操纵的人偶。有这样一个不容忽视的细节,帮姐姐收拾屋子时,奥林"走到一扇窗户前面,推开百叶窗,站在那里朝外面瞅着"⑤。但当莱维妮亚和彼得久别重逢,倾心叙聊后发现奥林不见了。找到他时,奥林正在"把他推开的百叶窗关上"⑥,刚进来的莱维妮亚"走到窗户跟前,打开百叶窗向外望去"⑦。她开始注意到"今天晚上黑得像漆一样。连一颗星都没有"。可见百叶窗是外部世界新鲜空气与精神的象征,似乎成了孟家生和死的界限。

而百叶窗口的黑暗和明亮也给孟家人带来无助或希望,奥林就接过姐姐

---

① 〔美〕尤金·奥尼尔:《奥尼尔剧作选》,荒芜译,上海文艺出版社1982年版,第343页。
② 同上书,第223页。
③ 同上书,第282页。
④ 同上书,第287页。
⑤ 同上书,第303页。
⑥ 同上书,第304页。
⑦ 同上书,第312页。

的话题无望地意识到:"黑暗,连一颗给我们指路的星都没有!维妮,我们到哪里去呢?……噢,我知道你以为你知道往哪里去,但是,记住,差错可多着哩!"①这使我们记起几个月前窗外的克莉斯丁,这位一向喜爱月光的妻子在毒死艾斯拉后开始害怕和痛恨月光了。总之,月光和星星以及它们的明暗,给这个罪恶的宅院里渴望生和爱的人们心里注入了惊惧和恐慌、希望和失望。

但奥林的死,终于把孟家刚刚开启的自由空气和光亮再一次阻断了。奥林死后,"淡黄色的太阳闪烁在希腊庙宇式的门廊上,形成一种光辉的雾气,加强了圆柱的白色,百叶窗的深绿色,花丛的绿色,松树的墨绿色。圆柱把一条条的黑影投在后面的灰色石墙上。百叶窗是倒扣着的,窗户是开着的。楼下的一层,从下面推上来的窗户的上部,反映着太阳光,就像沉思的、怀恨的眼光一样,眩然直视。"②这种绿色和黑白色的斗争,体现着生和死、希望和无望的斗争。太阳照耀下门廊的面具特色更加鲜明,百叶窗终于扣上了,灰色和黑色占了上风,太阳透过窗子射出了仇恨,宣告孟家的毁灭指日可待。

(二) 船 歌

耳边响起那首"歌队队长"萨斯挂在嘴边反复吟唱的船歌《申纳杜》,那个酒醉后的水手在即将踏上不归路的卜兰特船旁吟唱的也是这首船歌,这首贯穿三部曲始终的船歌是孟家毁灭前的又一个标志。

"唉,申纳杜,滚滚的河,
我渴盼听到你的声音,
唉,申纳杜,我无法靠近你,
远了,我注定
要跨过宽阔的密苏里。"
"噢,申纳杜,我钟情你的爱女,但
远了,我的滚滚的河!"③

---

① 〔美〕尤金·奥尼尔:《奥尼尔剧作选》,荒芜译,上海文艺出版社1982年版,第312页。
② 同上书,第332页。
③ 参见 Eugene O'Neill, *Eugene O'Neill*（*complete plays 1920-1931*）, the Library of America, 1988, p.985. 原文为:"I long to hear you... I am bound away across the wide Missouri."作为本剧的主题曲,这首船歌被反复吟唱,歌中的"bound away"被反复强调,应该有奥尼尔对命运的强调之意,故本书作者将其译为:"我渴盼听到你的声音……我注定要跨过宽阔的密苏里。"不同于荒芜先生的:"我想听见你的声响……我必须走过宽阔的密苏里。"因为本书作者认为前者译法更能体现歌者对爱的渴盼、对姑娘的眷恋、对命运的难以逾越的无奈。

1931年4月,奥尼尔在写给乔治·简·纳珊(George Jean Nathan)的信中承认这首主题曲的哀怨的曲调和优美却忧郁的韵律显示出了一种逃避的渴望①。这首船歌哀婉、雄浑,带给人们一种不祥的预感,它在三部曲中的第一部卜兰特和克莉斯丁的爱情秘密大白前出现,在艾斯拉"凯旋",即将回家受死前出现;在第二部卜兰特被枪杀、克莉斯丁自杀前出现,接着又伴着克莉斯丁自杀的枪声传来;最后在第三部莱维妮亚即将把自己封进大宅成为活死人前唱起。用"比任何别的歌曲更含蓄着大海的深沉的节奏","用一种细弱而又苍老的声音","非常好的男高音唱起来","他那一度曾经是很好的男中音的苍老而凄婉的余韵,悲哀地自唱"②不能不使人看到一种无奈和憧憬。歌中不断重复的"注定(bound away)"令人顿悟命运的不可逆转。我"注定"要离开,无法靠近这条"生命之河",注定了一出悲剧的诞生。这不禁令人联想起埃斯库罗斯的命运悲剧,以及大师笔下时常出现的"既定的"和"注定的",可见奥尼尔对古典戏剧的承袭是深入骨髓的。尽管如此,读者也许会误解:难道奥尼尔也承袭了埃斯库罗斯的神意决定论?这是一个误读,因为奥尼尔在许多场合都曾强调他的这个创作宗旨,即"命运是由这家人家的内部因素所造成的这种现代心理学的观点,近似于命运是由外部力量,超自然的力量所造成的这种希腊人的观点"③。这种心理命运,就是他作品中反复出现的"注定"。这些"注定"表达着一种责任和方向,暗示了那些被冷淡、荒芜的大宅氛围压抑下的正常的感情的走向,象征着被法官、市长和家长这些"注定"的权利面具掩盖了的激情和爱的去向。"注定"又是一种束缚,一种囿于笼中的感觉,一个把金丝雀般的玛丽亚、克莉斯丁、莱维妮亚这些憧憬着美好、自由生活和正常爱的女性框定的孟南传统,一个把戴维德、艾斯拉、卜兰特、奥林这些憧憬着浪漫岛屿生活的人固定在清教道德意识和家族性格牢笼中的枷锁。剧终莱维妮亚的那句"我注定不走开了——至少是这会儿,萨斯。

---

① Travis Bogard & J. R. Bryer, *Selected Letters of Eugene O'Neill*, New Haven: Yale University Press, 1988, p.380. 原文为"a yearning melancholy tune with a beautiful sad sea rhythm to it——a longing for escape"。
② 〔美〕尤金·奥尼尔:《奥尼尔剧作选》,荒芜译,上海文艺出版社1982年版,第332页。
③ 〔美〕弗吉尼亚·弗洛伊德:《尤金·奥尼尔的剧本:一种新的评价》,陈良廷、鹿金译,上海译文出版社1993年版,第373页。

我命定留在这里——和孟家的鬼魂们。"①也预示了一个悲剧的诞生。

(三) 老歌手(chantyman)与他的预言

大宅的内部和外部的景象都预示了这个家族的毁灭,唱起船歌的老歌手和他的预言般的"醉话"表露了这个家族又一丝毁灭的迹象。

歌手在奥尼尔惯常的作品中本应是年轻而有活力的,是大海的代言人,而在《悲悼》三部曲中唱《申纳杜》的萨斯和那位神秘的老歌手都成了衰老、沧桑、渺小、醉态朦胧和颓废的象征。尽管如此,他却以预言家的形象示人。这不禁令人想起《奥瑞斯提亚》中"一派胡言"的卡桑德拉,作为阿波罗选定的情人,特洛伊公主卡桑德拉被阿波罗赋予了预言能力,然而因为她没有对阿波罗恪守诺言,受到了阿波罗的惩罚:从此以后没有人会相信她做的任何预言。于是在阿伽门农的宫外,尽管长老们对卡桑德拉的遭遇倍感怜惜,也不管这位特洛伊公主如何苦苦哀求,长老们对卡桑德拉所说出的阿伽门农和自己即将惨死在王后手下的预言仍是一知半解,他们迷惑不解地讲道:"我还是不懂,她的话是谜语,乌黑的预言,把我搅得稀里糊涂。"②从某些角度来说,老歌手的形象就是卡桑德拉的现代翻版。

这位歌者是个约六十五六岁的老水手,"一头黑色的乱发,一部黑色的散乱的胡须。他的饱经风霜的面孔是放荡生活的表现。他有一张怯弱的嘴,他的大而且圆的蓝眼睛满布着血筋,带着梦似的和沉醉的神气。但是他的身上却有一种浪漫的奇特的海上行吟诗人的气质。"③他随口吟唱的《申纳杜》在三部曲中几乎每次谋杀之前都被唱起。老歌手尽管醉意惺忪,但说出的话模糊中带有相当明晰的哲理和预言性,这种似疯非疯的现象和《奥瑞斯提亚》中的卡桑德拉极为相似。总括起来,老歌者的预言有三:第一个就是死亡。"老日子完结了!林肯死了(dead)……艾斯拉·孟南死了(dead)……心脏病死的(killed)……工作累得要死(death)……"于是从这一幕开始,死亡就更加快

---

① Eugene O'Neill, *Eugene O'Neill*(*complete plays 1920-1931*),the Library of America,1988,p.1053. 原文为:"I'm not bound away—not now, Seth. I'm bound here—to the Mannon dead!"荒芜先生的译文是:"我不走开了——至少现在不走开了,萨斯。我注定在这里了,——和孟家的死鬼们住在一起!"鉴于这句话是本剧的关键,最能突出地表现奥尼尔"命运是由这家人家的内部因素所造成的这种现代心理学的观点,近似于命运是由外部力量,超自然的力量所造成的这种希腊人的观点"这一初衷,本书作者认为原句译为:"我注定不走开了——至少是这会儿,萨斯。我命定要留在这里——和孟家的鬼魂们。"应该更能体现孟家人难以摆脱的命运感。

② 〔希〕埃斯库罗斯:《埃斯库罗斯悲剧集》第2卷,陈中梅译,辽宁教育出版社2001年版,第311页。

③ 〔美〕尤金·奥尼尔:《奥尼尔剧作选》,荒芜译,上海文艺出版社1982年版,第262页。

马加鞭地追索起孟家的人们:卜兰特随即被奥林枪杀,克莉斯丁得知消息后随即自杀,奥林痛悔不已也很快追随母亲而去。老歌手的第二个预言是女人:"躲开女人,否则她们会剥掉你的皮,拿去做地毯!我警告你,船长。除非我们自找苦恼,象你我航海的人碰不得她们!"①几分钟后这个对老歌手的劝告不以为意的卜兰特就死在女人的手里,死在爱的手里,尽管是间接的。这和卜兰特此前的预感也是相当的吻合:"我有一种预感,我将永远不能驾着这只船去航海了。它现在不需要我——一个躲在女人裙带下面的懦夫!海是厌恶懦夫的!"②对于卜兰特而言,这个女人意味着克莉斯丁,意味着"爱"。克莉斯丁也曾警告过卜兰特:"我只给你带来不幸!"但卜兰特的回答却是:"你带来了爱情——至于其余的只是爱情的代价。爱情的价值高过代价的一百万倍!"③难道我们不能从中看到卜兰特对爱的某种执着和坚韧么?而正因如此,卜兰特离他为爱而设计的海岛越行越远了,正如他所预感的那样停留在梦想里了:"我所心爱的岛——也许我们仍旧可以找到快乐并且忘记一切!"④这个"也许"预示了他的梦想,他的爱情之岛即将破灭,那份快乐的、和平的东西终究停留在梦里了。老歌手的第三个预言则是他离开卜兰特快艇时似乎随意吟唱的另一首歌《绞人的约翰》:"他们说我绞死我的妈妈……哦,绞呀,孩子们,绞呀!"⑤这又准确地预见了下一幕奥林和莱维妮亚逼母亲自杀的情节。总括起来,老歌手的三个预言都和死亡有关,是这个家族死亡的一个预言,可见 Death becomes Mannons。

总之老歌手的出现体现了剧作家强调生活背后的那种不可捉摸的力量的命运感的创作意图,而这种命运感渐渐清晰起来,是心理上的,它是由女人、死亡和妈妈等因素组成的一个感情的线条。是老水手生活的阅历,而不是卡桑德拉那样完全是神赋予的能力。老水手的出现为本剧接下来的情节发展营造了阴郁的气氛,起到了预言和警示的作用。

而从奥尼尔的作品整体来看,本剧中老歌手的出现和船歌的渐渐远去,也似乎宣告了奥尼尔与大海母亲的告别。因为此后奥尼尔作品中大海的出现越来越少,即便有大海的影子,也像《进入黑夜的漫长一天》和《回归海区》一样,成了溺水(drowning)、混沌、迷茫、淹没或死亡的代名词。

---

① 〔美〕尤金·奥尼尔:《奥尼尔剧作选》,荒芜译,上海文艺出版社1982年版,第266页。
② 同上书,第267页。
③ 同上书,第272页。
④ 同上。
⑤ 同上书,第267页。

(四) 家族情结的寿终正寝

孟家的一切都笼罩在死亡的不祥气氛中,就连孟家最后的堡垒,似乎坚不可摧的孟家的家族情结也面临着它的终结。孟家的情结是刻板、压抑和内敛的,同时又是违反自然人性的。这种令艾斯拉和曾经的莱维妮亚引以为豪的孟家荣誉却是卜兰特、奥林和克莉斯丁所不齿的。克莉斯丁—奥林母子的同盟"口号是不许孟家的人入内"[①]!读者不禁要问:奥林为什么不是"孟家人",而是妈妈的人?他们为何如此痛恨孟家?可见关键在于艾斯拉,这位尽管出场不多,但代表了一个家族的核心精神和权威的家长,这个孟家传统和家族精神的代表。艾斯拉的疏远和冷酷决定了孟家内部的隔阂以及与外界的隔离。孟家与外界的隔离体现在外人对孟家的闲言中,也体现在孟家人对外界保持的一致的面具形象上。而孟家内部的隔离体现在母子同盟和父女的同盟上,并由此孟家分裂为孟家人和非孟家人两派。以艾斯拉、莱维妮亚和肖像为主的家族荣誉的维护者为孟家人派,他们认为家族荣誉高于一切。像老艾比、艾斯拉和莱维妮亚,为了孟家的荣誉不惜拆散亲情,莱维妮亚对母亲的越轨行为,不惜以掩盖和杀害的方式解决。最终为了保住家族尊严,莱维妮亚又不惜牺牲弟弟的性命。非孟家派是克莉斯丁、奥林和卜兰特,但尽管有母子同盟,奥林仍存有挥之不去的孟家情结,克莉斯丁越发惊讶地看出奥林的这个特征:"别那么样!你那么象你爸爸!"[②]因而,整个家族有着某种向心力,一种欲罢不能,要摆脱又摆脱不了的家族情结。到后来非孟家人的奥林也越发体现出孟家的气质。为了保持家族荣誉,奥林向莱维妮亚提出用乱伦的方式把这个罪恶家史的秘密永远保守下来,这就是他的口头禅:"为了家族的荣誉,即使我知道——"但"孟家人"的队伍也逐渐向"非孟家人"靠拢,艾斯拉开始悔悟而对孟家略有微词,莱维妮亚最后也近乎彻底"叛变"了。尽管她最终选择"单独与死人在一起,保守他们的秘密",看似是孟家情结的继续,但她的选择更大程度上是出于为所有孟家人赎罪,是一个断绝孟家香火、偿还孟家世代罪恶的方式。她斩钉截铁地对着孟家祖先的肖像说:"不过从今以后我跟你们吹了,你们听见了没有?我是我妈妈的女儿——而不是你们当中的一个!"[③]

一个纯粹的孟家人都在唾弃这个家族,在咒骂这个家族的祖先中,无奈地走进了这个坟墓般的大宅去偿还罪恶,这难道不是孟南家族的情结的寿终

---

① 〔美〕尤金·奥尼尔:《奥尼尔剧作选》,荒芜译,上海文艺出版社1982年版,第243页。
② 同上书,第245页。
③ 同上书,第331页。

正寝吗?

至此,莱维妮亚的爱的努力似乎在激昂的爱的欲望中开始,又在无奈中收场。三部曲的每一部都无一例外地以爱的希望开始,却以死亡和希望的破灭而告终。《归家》中的艾斯拉燃起与克莉斯丁重续爱情的希望;《猎》中克莉斯丁在卜兰特的怀抱中享受爱的欢畅和逃出大宅的希望;《祟》中莱维妮亚撕掉刻板的面具在彼得的怀抱中享受正常而自由的生活的希望,这些希望都因为死亡和活死人的结局而破灭了。由此可见,爱和死亡似乎在孟家成了一对不共戴天的对立统一体,也成就了孟南家的"爱的悲悼"。

艾斯拉的回归似乎是个失败,是他在爱的祭坛上的一个自我牺牲。尽管他敏锐地感到:"这所房子不是我的房子,这也不是我的屋子和床。它们全是空的——期待着什么人搬进来!而你也不是我的妻子!你也在期待着什么东西!"①同样,奥尼尔用卜莱克医生的双关语来强调爱的悲悼:"害死艾斯拉的是爱情。"奥林也在回归和寻求母爱中毁灭了自己,他带着难忍的痛心和失望寻找着:"妈妈到哪里去了?我想她一准会等着我的⋯⋯可是这房子显得有些古怪。不然就是我的心情有些古怪吧?"②莱维妮亚从海岛回归后,爱情的重燃似乎也是个失败,她把自己的血肉之躯葬在孟宅里,来偿还这个爱的血债。易卜生笔下的娜拉踏出大门,走向了自由,而莱维妮亚却踏进了大门,走向死亡。这宣告的不只是 Mourning becomes Electra,而是具有讽刺意味地宣告了 Mourning becomes love,爱竟然成了悲悼。莱维妮亚扔掉的花也极具讽刺地成了她自己坟墓上的悲悼之花。

也许艾斯拉的"所有的胜利结果都失败在死亡的手里。那是千真万确的。但是失败也能在死亡的胜利之中结束吗?"③这几句话确实预示了孟家追求爱的结果,预言了莱维妮亚,这个家族最后且最坚强的孟家人奋争的最终结果。

小　结

尤金·奥尼尔痛苦的生活经历促成了他作品中的爱与恨的主题。同时受瑞典剧作家斯特林堡的影响,奥尼尔注重家族成员间既互相爱慕又互相折磨的爱与恨心态的描写。在《悲悼》三部曲中,孟家的祖先已经为子孙们埋下了仇恨的种子,克莉斯丁痛恨艾斯拉,始于与艾斯拉间爱的缺失和压抑而产

---

① 〔美〕尤金·奥尼尔:《奥尼尔剧作选》,荒芜译,上海文艺出版社 1982 年版,第 216 页。
② 同上书,第 231 页。
③ 同上书,第 203 页。

生的变异的爱；儿子奥林痛恨父亲艾斯拉，始于父爱的缺少以及他和母亲的异常爱恋，这种爱同时牵连的受害人是酷似父亲的母亲的情人卜兰特；女儿莱维妮亚痛恨母亲是出于幼年时母爱的缺失和因此而演化出的极端的恋父情结；除此之外，艾斯拉和卜兰特之间，奥林和姐姐莱维妮亚之间也都因爱的扭曲心理产生了彼此的仇恨。与此同时，从整个家族对死亡的解读中也可见他们昏暗的人生信念。究其根源，在于这个家族似乎无法逾越的传统、宗教信仰和因此欠下的情债无时无刻不在左右着孟家子孙们矛盾和内疚的心理，他们对爱的渴望又促使自己妄图挣脱一切羁绊，这就酿成了孟家的悲剧。

当爱变成了恨，孟家终于走向了毁灭，这体现在几个家庭的毁灭和几代人死于非命。孟家的毁灭还体现在诸多象征意义上：大宅成了吞噬孟家子孙的坟茔，它闭锁了孟家人们的自由和美好的爱的梦想，扼杀了孟家的生命力。其中肖像画和鬼魂成了一直萦绕在每个人心中的阴魂，在肖像画和鬼魂的追逼下，这个家族成了恶性循环的漩涡。奥林俨然成了死去的艾斯拉，莱维妮亚成了再生的克莉斯丁，重复起孟家上辈人的爱与恨。在这种状况下，家族的最后一个成员莱维妮亚与鬼魂们作了最后的搏斗，妄图用爱的力量逃出孟宅，奔赴幸福，但最终仍是枉然。三部曲的主题歌是孟家毁灭和死亡的另一个象征，同时老歌手准确的预言，宣告了死亡适宜孟家。随着孟家根深蒂固的家族情结在最后一位幸存者眼里被视为粪土，孟家彻底毁灭了。

然而在这个毁灭的灰烬中，本书作者看到了爱的曙光，看到了孟家爱犹在的希望。

第五节 爱犹在

> 悲剧的结局对我来说是不可避免的。她崩溃了，但又没有崩溃。通过向孟家命运屈服的方式，她超越了这一命运，成为一个悲剧意义上的英雄。①
>
> ——尤金·奥尼尔

---

① Travis Bogard & J. R. Bryer, *Selected Letters of Eugene O'Neill*, New Haven: Yale University Press, 1988, p.390. 原文为："The end, to me, is the finest and most inevitable thing of the trilogy... She is broken and not broken! By her way of yielding to her Mannon fate she overcomes it. She is tragic!"

一、《悲悼》爱犹在

随着莱维妮亚坚决地关上孟宅的门，投入鬼魂萦绕(haunted)的孟宅，孟家毁灭了。在大多数评论家的眼里，这是奥尼尔所有悲剧中最悲惨的结局，预示了孟家所有爱的终结和失败。然而经过仔细考究，本书作者从三部曲的字里行间里，特别是从结局的细节，这个凤凰涅槃的过程中，以及尤金·奥尼尔接下来创作的作品中，发现了一丝曙光，一丝证明孟家爱犹在的曙光，孟家的爱情故事并没有结束。正如尤金·奥尼尔自己的和笔下的爱情故事仍在上演，剧作家后期创作的《啊，荒野！》《月照不幸人》等多部戏剧继续谱写着对爱的求索。奥尼尔爱的字典中没有崩溃，在毁灭的废墟中的主人公仍能看到"爱犹在"的曙光，《天边外》中的露丝如此，《安娜·克里斯蒂》中的安娜如此，《榆树下的欲望》中的爱碧和伊本如此，《奇异的插曲》中的尼娜如此，而屡被诟病的《悲悼》中的莱维妮亚也是如此。这些形象都传达给观众越发明确而清晰的对爱的肯定和期望。这个爱犹在体现在莱维妮亚的抉择上，也体现在《悲悼》主题曲所隐藏的秘密和它的反复吟唱中。

（一）莱维妮亚的抉择

孟家的爱犹在首先体现在莱维妮亚的最终抉择上。"我注定在这里了——和孟家的死鬼们住在一起！……我不走妈妈和奥林走的路子。那等于逃避惩罚。而且能惩罚我的人，一个也没剩下来。我是孟家的最后一个人。我必须自己惩罚我自己。独自一个人和死人们同住在这里是一种比死亡和监禁更坏的报应！我绝不出门，也绝不见任何人。"[①]而此时，莱维妮亚对奥林那句斩钉截铁的回答——"孟家的人完全有权利去爱"("Every right!")仍然萦绕于耳际，莱维妮娅的坚定和执着似乎仍在说服着观众：在一切罪责和丑恶都偿付以后，在孟家再也没有宗教、家族诅咒的束缚，人们能够以诚相待时，孟家人完全有权利去享受爱。因而尽管三部曲的最后，她选择了一个比死还残酷的结局——安提戈涅般的活死人式的悲剧结局，这却更证明了一个成熟的爱的诞生。

1. 莱维妮亚的抉择，孟家爱的成熟

莱维妮亚选择了这个活死人的结局，象征着她从错误和骄横中成长起来。与一年前把自己反锁在屋里[②]相比，莱维妮亚成熟了许多。在备尝人间

---

① 〔美〕尤金·奥尼尔：《奥尼尔剧作选》，荒芜译，上海文艺出版社1982年版，第342页。
② 〔美〕尤金·奥尼尔：《奥尼尔剧作选》，荒芜译，上海文艺出版社1982年版，第167页。当时的情景是母亲发现莱维妮亚自锁书房："可是你把你自己倒锁在屋里。我相信你自己整天在屋里的时候，就是故意躲避我。"

的喜怒哀乐,看到家族成员们相继在眼前消失,特别是尝到了岛上的快乐和有爱的日子后,莱维妮亚在良心上对自己做出了判决。相对于埃斯库罗斯笔下雅典娜的陪审团(现代法庭的雏形),相对于清教徒信奉的上帝的审判,莱维妮亚用良心对自己犯下的种种"罪责"和错误做出了一个较公正的审判,一个适合于她的判决:她要用自己的行动来补偿和承担整个家族的罪恶。这是她懂得真爱的开始,也是为爱所做的一种牺牲。

"莱维妮亚凝视着阳光……木然地正步走进屋子,随手带上了门。"①这个带着对爱的天堂无限眷恋的抉择,证明了在莱维妮亚心中的爱不仅仅是享受,也是个需要自我牺牲甚至下地狱的过程。在全剧接近尾声,莱维尼娅就要做出决定时,她对彼得的一番话已经隐约透露了她的心迹:"彼得!让我看看你!你是在受苦!你的眼睛里有一种受伤的神色!你的眼睛向来是诚实可信的!现在却显得怀疑生活、害怕生活了!难道我已经把你变成这个样儿了么,彼得?"②她对彼得的爱怜感人至深,为彼得的牺牲更是催人泪下。为了赶走纯洁而痛苦的彼得,莱维妮亚编出了自己和岛上土人发生了性关系的弥天大谎。就这样莱维妮亚给了自己一个俄底浦斯式的结局,一个用剩下的时光反省自己的自惩性的结局,这是悲剧人物走向成熟的标志,因为"悲剧英雄用庄严的决绝和毁灭映衬出苟且偷生的可悲和蝇营狗苟的可耻,用自我否定震撼着每一个人的心灵,是他们对生存的意义作冷静而无情的反省"③。

莱维妮亚的自我牺牲不仅是对彼得的解救,而且是对家族恩怨的消解。莱维妮亚的这一抉择意味着孟南家族几代人的恩怨的解除,结束了家族的诅咒和罪恶的传代,并在放弃与彼得的婚姻的同时终止了这个家庭诅咒和罪恶的蔓延,维护了这个小社会的稳定。试想,若莱维妮亚没有放弃彼得,终于成了什么"彼得·纳尔士夫人",另一个家庭就可能面临分崩离析。就像海丝儿苦求莱维妮亚的那样:"你不能那么做!如果你做了,你会受到惩罚!到头来,彼得会恨你的!"④这样孟家的爱恨又将恶性循环下去,就将使又一个爱变成恨,又一个纯洁的心灵受到玷污,家族罪恶的恶性循环将一发不可收拾。

2. 莱维妮亚抉择的美学价值

莱维妮亚的独自面壁,就像弗洛姆所说的是面对"孤独",尽管这会导致

---

① 〔美〕尤金·奥尼尔:《奥尼尔剧作选》,荒芜译,上海文艺出版社1982年版,第343页。
② 同上书,第339页。
③ 郭玉生:《悲剧美学:历史考察与当代阐释》,社会科学文献出版社2006年版,第90页。
④ 〔美〕尤金·奥尼尔:《奥尼尔剧作选》,荒芜译,上海文艺出版社1982年版,第336页。

强烈的焦虑,是现代人最难以忍受的监狱般的生活,莱维妮亚仍用她的坚强证明了人类不像动物一样只是去索取,这是人类的一个进步。这一选择之悲壮在于莱维妮亚与命运进行着不懈的抗争,为了爱而放弃爱的过程,是尤金·奥尼尔心目中的英雄①。

　　丹麦宗教哲学心理学家克尔凯郭尔(Kierkegaard)曾说过:"尽管个体的行动是自由的,但仍受家庭、社会和命运所制约。而这些范畴正是希腊悲剧的宿命因素,带有它的特色。因而,主人公(或英雄)的覆灭就不仅是他自己行动的结果,还是一种磨难。而在现代悲剧中,主人公的悲剧则不是磨难,而是行动……我们的时代已经丧失了家庭、社会和人种的局限。自己完全归自己所有,因而在更严格的意义上来看,主人公是自己的创世主。"②如果说古希腊悲剧带有其家庭、社会和命运的因素,那么现代人的悲剧就完全是个体行动的结果吗?从某种意义上来说,尤金·奥尼尔对现代人悲剧的理解是正确的,他侧重于人类心理因素的作用,同时也认识到社会的、宗教的和家庭因素的作用。孟家的悲剧主要是一个爱的悲剧,是生物个体,即人的自然的爱的要求受到各种主客观因素制约而引起的悲剧。然而,退一步想,如果没有人们对爱的渴望和为之付出的坚决而执着的行动,爱情只会像克尔凯郭尔所描述的乡绅之恋③一样,停留在最初的向往中。尽管其结果不会给主人公带来像孟家人那样悲剧性的结局,但却失去了爱的壮丽和崇高。而悲剧中的英雄们,像孟家的莱维妮亚一样,用他们的行动为爱而战,证明爱的悲悼的惨烈和壮观,这"足以给我们留下带着崇高意味的印象",这就是悲剧的美学价值,也是莱维妮亚和孟家人爱的悲悼的价值。而作为观众在悲叹和缅怀《悲悼》中孟南家族的爱的奋争过程中,应该有更多的启发和感受,更多的爱的动力,

---

① 〔美〕尤金·奥尼尔:《奥尼尔文集》第6卷,郭继德编,人民文学出版社2006年版,第237页。"经常与生活发生冲突,以致人要力图使生活适应他自己的需要。但总是事与愿违,这一切便是我讲人是英雄的含义。"

② Jennifer Wallace, *The Cambridge Introduction to Tragedy*, Cambridge: Cambridge University Press, 2007, p. 206. 原文为:"Even if the individual moved freely, he still rested in the substantial categories of state, family and destiny. This substantial category is exactly the fatalistic element in Greek tragedy, and its exact peculiarity. The hero's destruction is, therefore, not only a result of his own deeds, but is also a suffering, whereas in modern tragedy, the hero's destruction is really not suffering, but is action... Our age has lost all the substantial categories of family, state and race. It must leave the individual entirely to himself, so that in a stricter sense he becomes his own creator."

③ 克尔凯郭尔认为"理想的爱情"是这样的:比如一个乡绅爱上了某位公主,但发现他们的结合是不可能的,因而他放弃了,而是把这种短暂的爱埋于心中,成为永恒。见R. F. Moorton, *Eugene O'Neill's Century: Centennial Views on America's Foremost Tragic Dramatist*, New York: Greenwood Press, 1991, p. 136.

这也许就是剧作家创作《悲悼》的真谛,是奥尼尔所追求的:"我所追求的是让观众怀着一种狂喜的心情离开剧场,这种心情来自舞台上有人在面对生活,在永远不利的处境中奋斗,没有取得胜利,相反,也许必然要被战胜。个人的生活正是因为这种斗争才变得有意义。"①

莱维妮亚的自我惩罚也表现了她的"生"的勇气和对死亡的超越。当孟家人意识到他们的祖先,这些宗教、家族和社会势力的代表加在自己身上的精神枷锁的超负荷性,他们开始反抗,为了一个美好的、健康的爱情和生活。因而这个家族的最后一个成员,莱维妮亚的独自承担,既体现出英雄对现实的挑战和对抗的意义,又在对不合理的社会的质疑中体现了莱维妮亚作为人类的"最高的赎罪状态"②,她的行为具有一定的代表性,因而能够对读者起到激励作用,是一个爱的奉献。因为"悲剧的怜悯并不是为作为个人的悲剧人物,而是为面对着不可解而且无法控制的命运力量的整个人类"③。

莱维妮亚的这一结局,也是剧作家向古希腊艺术学习中所交的一份出色的答卷。难怪他本人都满意地谈道:"很满意给了我的美国佬厄勒克特拉一个配得上她的悲剧结局!一个对我来说是三部曲中最合理且最绝妙的结局。"④莱维妮亚的抉择,唤起了人们对她的命运的"怜悯",以及对她与这些不可知的力量奋争后的结局的"恐惧",同时加上高乃依所说的"赞美",使人们在悲悼的洗礼中达到了亚里士多德所谓的"净化"的境界,这是奥尼尔对戏剧传统的一个继承和发扬。从美学角度来讲,"悲剧英雄勇于承担责任又使人们看到了人的高贵,从而对人和世界依然抱有希望,人们因而达到一个更澄明的境界,这也就是所谓净化"⑤。奥尼尔自己也曾说过:"悲剧的结局对我来说是不可避免的。她崩溃了,但又没有崩溃。通过向孟家命运屈服的方式,她超越了这一命运,成为一个悲剧意义上的英雄。"⑥命运没有压倒她,尽

---

① 〔美〕尤金・奥尼尔:《奥尼尔文集》第 6 卷,郭继德编,人民文学出版社 2006 年版,第 237 页。
② 〔美〕弗吉尼亚・弗洛伊德:《尤金・奥尼尔的剧本:一种新的评价》,陈良廷、鹿金译,上海译文出版社 1993 年版,第 393 页。
③ 朱光潜:《悲剧心理学》,张隆溪译,人民文学出版社 1985 年版,第 97 页。
④ Travis Bogard & J. R. Bryer, *Selected Letters of Eugene O'Neill*, New Haven: Yale University Press, 1988, p.390. 原文为:" And I flatter myself I have given my Yankee Electra an end tragically worthy of herself! The end, to me, is the finest and most inevitable thing of the trilogy."
⑤ 郭玉生:《悲剧美学:历史考察与当代阐释》,社会科学文献出版社 2006 年版,第 89 页。
⑥ Travis Bogard & J. R. Bryer, *Selected Letters of Eugene O'Neill*, New Haven: Yale University Press, 1988, p.390. 原文为:"... she is broken and not broken! By her way of yielding to her Mannon fate she overcomes it. she is tragic."

管她失败了,但她依然保持了人格的尊严①。这种崇高属于美学的范畴,体现了悲剧的美。同时也体现了她对爱的执着的信仰。此外,对于一个有着二百多年历史的新英格兰家族,孟家一直受到加尔文教义的严格熏陶。作为一个曾经虔诚的清教徒,莱维妮亚竟然独自承担起家族罪恶命运的重负,承受起这个被清教扭曲的爱的悲剧的结果,其行为是对不合理的宗教教义的挑战和反抗。她甚至不去寻求上帝的惩罚,扬言:"我并不要求上帝或者任何人的饶恕。我饶恕我自己!"②这种"良心即上帝"的本质是"我即上帝",是人对上帝的反叛,具有超越宗教的意义。

3. 莱维妮亚的抉择符合奥尼尔对生的眷恋和重新面对逝去的亲人的勇气

应该说,为了爱孟家人不怕牺牲自己的生命,克莉斯丁可以,奥林可以,顽强的莱维妮亚更可以牺牲自己的生命。但对于软弱的奥林来说,为了同母亲结合,为了寻求来生的爱,死是他唯一的出路。对他来说,"那就是走向和平的途径——去再找到她——找到我的失去的海岛——死亡也就是和平的海岛——妈妈会在那里等候我的"③。而莱维妮亚作为剧作家的代言人和剧作家生活的一部分,展现的是奥尼尔心目中的悲剧英雄,也是生活中的奥尼尔对生的眷恋。在《悲悼》写成前的 40 年中,成长中的许多挫折令剧作家几近自杀,但他仍顽强地活了下来。在剧中莱维妮亚舍弃死的念头为爱的再生提供了一线希望,也应该是尤金·奥尼尔本人的初衷。莱维妮亚这个角色的创造和她对自己的过错、家族的罪恶的勇敢面对,标志着尤金·奥尼尔从过去的伤痛中走出来的决心,使他能勇敢地面对曾经缠绕了他若干年的自己家庭的苦难和悲痛④,来面对母亲、父亲、哥哥和童年那些曾经的伤痛。使他能够最终饱蘸血和泪,用"怜悯、谅解和宽恕的心情来"⑤写出《进入黑夜的漫长旅程》,为实现自己心灵上爱的和解的愿望做了铺垫。

---

① 转引自 Barbara Voglino, *Perverse Mind: Eugene O'Neill's Struggle with Closure*, Fairleigh Dickinson University Press, London: Associated University Presses, 1999, p. 73. 原文为:"Though defeated, she preserves her human dignity. Mourning does indeed become Electra."
② 〔美〕尤金·奥尼尔:《奥尼尔剧作选》,荒芜译,上海文艺出版社 1982 年版,第 337 页。
③ 同上书,第 329 页。
④ 参考 Stephen A. Black, *Eugene O'Neill: Beyond Mourning and Tragedy*, New Haven: Yale University Press, 1999, pp. 371-373.
⑤ 〔美〕尤金·奥尼尔:《奥尼尔文集》第 5 卷,郭继德编,人民文学出版社 2006 年版,第 321 页。

（二）主题曲的秘密

仍然回到那首从第一幕唱到最后一幕的主题曲,尽管这首曲子带有哀婉和忧郁甚至无奈的情调,其中的"渴盼""无法靠近"和"钟情你的爱女"的歌词仍在表达歌者对爱的渴盼和对爱的追寻的心情,透露了《悲悼》的主题和孟家人们的心声。这首船歌之所以被本书作者用来探讨孟家爱犹在,源于这首船歌的主题,也源于其吟唱过程中歌词的变化。

与老歌手吟唱的另一首充满暴力和血腥的《绞人的约翰》完全不同,《申纳杜》体现出了祥和与平静的意境。那首《绞人的约翰》唱道:"他们说我为了钱绞死人呀,哦,绞呀,孩子们,绞呀！他们说我绞死我的妈妈……他们说我绞死我的妈妈,哦,绞呀,孩子们,绞呀！"显而易见,这首歌不顾母子亲情,没有饶恕和宽慰,更不见爱的意象,有的只是血腥、死亡、疯狂、低俗、戏谑人生和毫不宽恕的暴力,甚至在某种程度上令读者想起了《奥瑞斯提亚》,想起了奥瑞斯提亚对母亲毫不容情的报复性刺杀,与《申纳杜》形成了鲜明的对照。《申纳杜》中滚滚的河静静地流淌既平和、深沉,又浪漫、有情,河水的流淌令人联想到它是生命的象征。歌词中对爱的憧憬既象征着宽恕、自然与和平,而且在很大程度上又带有它的悲壮和崇高。

《申纳杜》的歌词随着剧情的发展有所改变,开场只有五句:

"唉,申纳杜,滚滚的河,
我渴盼听到你的声音
唉,申纳杜,我无法靠近你
远了,我注定
要跨过宽阔的密苏里。"

但从第三场开始,萨斯有意无意间竟将歌词加长了两句:"噢,申纳杜,我钟情你的爱女,但远了,我的滚滚的河！"令读者突然意识到主题歌的用意,也顿悟奥尼尔让《申纳杜》反复吟唱的另一个用意:让"爱"和对爱的渴盼贯穿在后面的各个场景中。

除此之外,《申纳杜》的吟唱不仅出现在每一个谋杀和自杀的场景之前,也同样是出现在孟家人勇于冲破一切阻碍过上幸福、有爱的生活之前。剧始处萨斯哼唱着它出场,交代了一个孟家"注定"的命运,此时的歌词没有爱情的主题。自第三幕开始,当克莉斯丁和卜兰特的爱情袒露无疑,彼得向莱维妮亚再一次求婚时,爱的意象出现了,此时的歌词开始增加了爱的意象:"噢,申纳杜,我钟情你的爱女,但远了,我的滚滚的河！"

克莉斯丁和卜兰特的私情暴露之时也正是孟家压抑冰冷的现实号令它终止之时,于是克莉斯丁与卜兰特开始密谋毒杀艾斯拉。刚刚唱完《申纳杜》的萨斯开始在莱维妮亚面前描述孟家祖上那位爱的化身——玛丽亚。此时距艾斯拉的归家只是分钟之隔,距另一个爱的显露——艾斯拉向妻子表白爱情也只是小时之差,但距艾斯拉的死亡也只是一夜之隔。可见爱的主题和死亡的主题在三部曲中常是并行的,既体现了孟家"爱的悲悼"的必然性,同时又是孟家人尽管意识到爱的前路的凶险,却执意前行的追求精神,是爱犹在的有力佐证。

《申纳杜》的歌词意象与发生在孟家的谋杀和自杀的现实仍有些距离,但"我渴盼听到你的声音","我钟情你的爱女"将一直唱下去,伴着自闭宅中的莱维妮亚,伴着这个幽闭着的孟家,传进孟家这最后的"姑娘"的耳朵和心底。等待着这个"姑娘",这个孟家女洗净罪责,重见天日,回归爱的天地,因此可见孟家爱的希望——爱犹在。

如同阿基里斯的后脚踵,刻板、强势、军官般气势的莱维妮亚的致命之处在于她对爱的渴望和坚持的信念,因而她用最残忍的方式——不去享受爱和被爱的美好来惩罚自己,就如俄底浦斯用刺瞎双眼这种最残忍的方式来让自己的心灵明亮起来。当莱维妮亚决绝地自我惩罚,把百叶窗钉得紧紧的,不让一丝阳光透进来,单独和死人们守在一起,任由彼得误解和痛苦时,我们想起了科瑞翁对安提戈涅的惩罚——把她禁闭在四野无光的山洞里,任由海蒙哭嚎和请求。而莱维妮亚对爱情的执着也绝不似克尔凯郭尔所提到的乡绅的爱情,早早罢手。孟家的爱的可贵和崇高的悲剧性即在于此,他们虽然清楚眼前的沟壑,虽然明晰即将面临的灾难,但为了爱,为了逃脱丑恶的束缚,投向自由的爱的怀抱,他们努力地去奋争。他们身不由己地扭曲了爱,进而相互仇视且相互残杀,在此过程中,他们终于学会了谅解和宽容,去真心地为爱而付出,爱成长了,开始走向成熟。

二、爱的悲悼

现在,让我们重新回到奥尼尔《悲悼》的创作初衷,回到这部剧作的古希腊悲剧蓝本来探讨其爱犹在的根源。

在奥尼尔眼中,"埃斯库罗斯比其他悲剧作家更有力,也更可怕地向我们显示了一种无形的力量……不但他的主人公们不是凡夫俗子,而且在这些人物的行动和苦难的背后,我们感到一种超自然的力量在施行着预定的惩罚。"①埃斯库罗斯用命运来解读这种超自然的力量,来向笔下英雄们的"行动和苦难"致敬。而作为他的后辈剧作家,尤金·奥尼尔则更加关注现代人情感的饥渴和心灵的禁锢,因而他从心理学的角度来透析这个影响着现代人的"行动和苦难"的超自然的现象。这种超自然的现象在他的作品中更多地体现为"爱"。

循着这个思路,我们发现尤金·奥尼尔的《悲悼》与它的古希腊蓝本间既有千丝万缕的相似之处,又有实质性的差异。相似处体现在人物关系的对照性、人物形象的相似性,以及故事情节的相似性上。而其中的差异性则是围绕着"爱"而体现出来的,表现在人物情感的多元化、人物关系的更加复杂化以及人物结局的多样性上。

本书作者曾对巴利特·克拉克的《埃斯库罗斯和奥尼尔》("Aeschylus and O'Neill")以及约翰·凯奥利斯(John Chioles)的《埃斯库罗斯和奥尼尔:一个现象学观点》("Aeschylus and O'Neill: A Phenomenological View")等论文做了进一步研读,发现在这些评论中,评论家更注重的是故事情节的比较:比较奥尼尔的创作日记,理清奥尼尔的创作思路,比如说奥尼尔是如何处理复仇女神以及两套三部曲每一部分情节与主题的处理等。有鉴于此,本章旨在对两套三部曲作更为系统且简明的比较,重申现代三部曲"爱的悲悼"的主题。

(一)人物情感多元化

比起《悲悼》中激动不安并痛下决心撕下面具向妻子坦承爱恋的艾斯拉,《奥瑞斯提亚》中十年征战凯旋回归的阿伽门农则忙于祭拜神明而耀武扬威,他既不安抚离别十年的妻子,又未表露出回归故里的欣喜。而女主人克鲁泰墨丝特拉也只顾倾吐独守空房的痛苦,大谈守望爱情的忠贞,对象却不是丈夫而是听众。她"热切而兴奋"地期盼阿伽门农的回归,与《悲悼》中恐惧、焦躁而唯恐丈夫归来的克莉斯丁形成了惊人的对照。究其原因,除了克鲁泰墨丝特拉所特有的男人般的性格外,克莉斯丁与卜兰特的私情以及她备受压抑的心态恐怕是主要因素。克鲁泰墨丝特拉谋杀阿伽门农是她所谓的神的"引导",而克莉斯丁则出于长久的恨和寻求爱的激情,这种外在命运和内在驱动力的差异造成了二人的不同表现。王后话多,首先是"爱情宣言":"我不会脸

---

① 〔美〕尤金·奥尼尔:《奥尼尔文集》第 6 卷,郭继德编,人民文学出版社 2006 年版,第 269 页。

红,告诉你们我爱丈夫,当众说讲,时间带走羞涩,是的,此乃人生的规章。"①
对自己的忠贞大加渲染,自己的委屈溢于言表。难道古希腊人比现代人更加懂得爱的表白?而克莉斯丁却只是听众,采取守势,像被惊吓的羔羊,只是不时地表露出恼怒和厌恶,对丈夫偶尔表露的猜疑如惊弓之鸟,讳莫如深,根本没有王后克鲁泰墨丝特拉以攻为守的主动姿态。可见清教思想从某些角度来说比封建专制对人心灵上的压制和封锁更加严重,更可见奥尼尔对人物心理的刻画比古希腊前辈更细腻而且复杂。从这些细小的例子中,足见《悲悼》中的人物情感更加多元化。

为了更清晰地对比阐释《悲悼》和《奥瑞斯提亚》的相关性,本书作者设计了下面一系列表格来对两部作品进行对比分析。

表一 《奥瑞斯提亚》三部曲与《悲悼》三部曲人物对应表

人物关系	《奥瑞斯提亚》	《悲悼》
弟媳—护士	埃罗佩(Aerope)	玛丽亚(Marie)
祖父	阿特柔斯(Atreus)	艾比(Abe Mannon)
叔祖	苏厄斯忒斯(Thuestes)	戴维德(David Mannon)
父亲	阿伽门农(Agamenon)	艾斯拉(Ezra Mannon)
母亲	克鲁泰墨丝特拉(Clytemnestra)	克莉斯丁(Christine)
儿子	奥瑞斯忒斯(Orestes)	奥林(Orin Mannon)
女儿	厄勒克特拉(Electra)	莱维妮亚(Lavinia)
情夫	埃吉索斯(Aegisthus)	亚当姆·卜兰特(Adam Brant)

从表一可见,《悲悼》与《奥瑞斯提亚》的人物形象基本上是一一对应的。孟家和阿特柔斯家族祖孙三代的关系都是相当吻合的,甚至克鲁泰墨丝特拉的情夫埃吉索斯被改写成《悲悼》中的克莉斯丁的情夫卜兰特后,与这个家族的现任男主人艾斯拉(希腊剧中的阿伽门农)也仍是堂兄弟关系。在奥尼尔的创作初期,人物的姓名的拼写和读音都较一致。如:Clementina 与 Clytemnestra, Elena 对应 Electra,以及一直保留至今的 Mannon 和 Agamenon, Orestes 和 Orin。

---

① 〔希〕埃斯库罗斯:《埃斯库罗斯悲剧集》第 2 卷,陈中梅译,辽宁教育出版社 2001 年版,第 298 页。

表二 《奥瑞斯提亚》三部曲与《悲悼》三部曲情节对应表

《奥瑞斯提亚》	《悲悼》
叔祖引诱兄嫂	叔祖、祖父同时爱上护士(明确交代)
叔祖被逐出家门	叔祖、护士被逐出家门(明确交代)
阿伽门农从特洛伊战争归来	艾斯拉从美国南北战争归来
阿伽门农被妻子及其情夫所杀	艾斯拉被妻子及其情夫所毒杀
阿伽门农的女儿厄勒克特拉鼓励(受阿波罗神示)弟弟奥瑞斯忒斯杀死母亲及其情夫。弟弟与友追杀,为父报仇。弟弟:果断、被复仇女追逼、公审无罪	艾斯拉的女儿莱维妮亚(出于恋父情结)鼓动弟弟奥林杀死母亲的情夫,母亲绝望自杀。两人共同追杀,莱维妮亚为父报仇。弟弟:犹豫、嫉妒、恋母、自杀
厄勒克特拉去向不明(结婚生子?)	莱维妮亚自闭家中自我惩罚——拒绝彼得求婚

从表二可见,《悲悼》和其古希腊蓝本从情节上尽管也是较整齐地对应,但仔细追究发现:较之古希腊蓝本,《悲悼》的爱情线索更加明朗、清晰。在《奥瑞斯提亚》中埃吉索斯是引诱兄嫂,而在《悲悼》中卜兰特却爱上了兄嫂克莉斯丁。在希腊蓝本中,厄勒克特拉与母亲的情夫没有任何关系,而在《悲悼》中两人却有恋情。奥林在刺杀母亲的情夫时不是像奥瑞斯忒斯一般出于阿波罗的旨意或纯粹的替父报仇,而是出于对母亲情人的强烈嫉妒。因而他对卜兰特的刺杀果断而坚决,目的是为了挽回母亲的爱,但做梦也没想到母亲会因此而自杀,因而他疯狂地自责,终以自杀来求得母亲的饶恕。古希腊文本中奥瑞斯忒斯不只刺杀母亲的情夫,还亲手杀死母亲,在感情上则没有现代版本中体现的明显的恋母情结和强烈的感情波澜。杀母后的奥瑞斯忒斯的精神恍惚始于外在的力量——复仇女神和母亲鬼魂的追杀,而逼母自杀的奥林的精神异常是始于自己良心和感情的谴责和重压。在埃斯库罗斯剧作中奥瑞斯忒斯与姐姐厄勒克特拉从无乱伦企图,而现代版本却有清晰的线索。由此可见,《悲悼》与《奥瑞斯提亚》的相同之处只在于形式,而非情感。这也证明了奥尼尔的一个传记作者弗·埃·卡彭特的判断:"当奥尼尔背离了古典神话时,就会把更多个人的迫切情感和想象注入这部作品中。"[①]
另外,两部剧作相关情节的差异性可以参见表三:

---

① Frederic I. Carpenter, *Eugene O'Neill*, Boston: Twayne Publishers, 1979, p.126. 原文为:"when he departed from classical myth, he communicated to this work more of the emotional urgency of his own feelings and imagination."

表三　情节差异对应表

《奥瑞斯提亚》	《悲悼》
奥瑞斯忒斯受阿波罗神谕替父报仇	奥林出于嫉妒报仇,并非替父报仇
奥瑞斯忒斯为父报仇,杀死母亲的情人及母亲	奥林为争夺母亲杀死卜兰特,无意间逼母自杀
奥瑞斯忒斯被复仇女神追逐而疯癫	奥林被良心所逼而疯癫
奥瑞斯忒斯被雅典娜判无罪,恢复自由、正常	奥林为对姐姐的乱伦感情所扰、恋母情结所苦自杀身亡
厄勒克特拉下落不明	莱维妮亚自闭大宅、偿还孽债

从表三可见,《悲悼》与《奥瑞斯提亚》在情节上的不同主要体现于"爱"和"情",以及良心等心理因素。足见尤金·奥尼尔那个"不借用古希腊作品中的超自然力量,而纯粹使用现代心理学来大致再现古希腊悲剧中的命运感"①的创作初衷。

当然,奥尼尔与他的希腊前辈一样也无时无刻不意识到某种命运的存在,只是他对命运的认识以及表达的方式与古希腊悲剧作家们极为不同。他曾经在写给奎恩(Arthur Hobson Quinn)的信中说道:"我经常能敏锐地感觉到有种生活背后的力量——(命运、上帝、我们的过去对现在造成的影响,不管人们叫它什么——一种神秘的、确定的东西)。"②在创作之初他为自己设计了一个表现这个命运的方式,"用散文的形式,采用简洁、有力的重复且有节奏的语言来表达这种由家族过去衍生出的持久的推动力所形成的家族命运感"③。在《悲悼》中,他通过同一场景的重复,同一基调、不同人所说的几乎相同的语言的运用来加强其中的命运感。但奥尼尔笔下的命运不是埃斯库罗斯剧中的那种由外在的神操纵的,而是由人的内在的机制,人的内心矛

---

① 〔美〕尤金·奥尼尔:《奥尼尔文集》第 6 卷,郭继德编,人民文学出版社 2006 年版,第 349 页。
② Travis Bogard & J. R. Bryer, *Selected Letters of Eugene O'Neill*, New Haven: Yale University Press, 1988, p. 195. 原文为:"I'm always acutely conscious of the Force behind—(Fate, God, our biological past creating our present, whatever one calls it—Mystery, certainly)."
③ Travis Bogard, *Contour in Time: The Plays of Eugene O'Neill*, New York: Oxford University Press, 1988, p. 338. 原文为:"... try for prose with simple forceful repeating accent and rhythm which will express driving insistent compulsion of passions engendered in family past, which constitute family fate."

盾、情感和良心所掌控的。他借用不断重复的岛屿意象，不同人心目中、言语里几乎相同的海岛之梦，借用不断出现的鬼魂、面具、肖像画和百叶窗以及主题曲等影响人们心理的主观因素，使孟家的几代人都无可救药地爱上同样面孔的男人和金棕头发的女人，每一个人都像"命运的玩偶"，忍受着"过去就是现在，就是将来"[①]的无边的命运轮回，来再现那种生活背后持久的推动力量。这样，奥尼尔将希腊传统中的外在的神转换成人的内在精神力量，把那些影响了孟家世代情仇的外在的社会的、宗教的因素内化成情感的因素，从而强调了人的心理，使得控制着整个家族命运的无形的力量——那个情感的东西更加突出，并可溯源到孟家人的爱的欲望上。

　　奥尼尔在剧中尽管借用了古希腊悲剧中的家族命运的基调，并刻画了恋父、恋母情结来展示孟南家族悲剧的原因，但在这些因素的背后仍隐藏着一个更加隐秘的因素，那就是爱的愿望。正是这个家族的祖父与叔祖父对法国女佣玛丽亚的爱和他们对这个本该带来美好的情感的爱的不当处理，给这个家庭播下了嫉妒和仇恨的种子，并因此导致了整个家族爱的缺失和压抑，使得本来温馨的爱扭曲、变异，最后衍生出了恨。可见，"爱"这个美好的情感在孟家所处的特定环境——一个由清教占统治地位的社会现实中遭到扭曲，而后导致爱的一系列的变异，是奥尼尔所谓的"在孟南家族戏剧中，外在现实只是命运现实的面具而已，这是个非现实的现实主义"[②]的集中体现。现代作品中的命运如是，那么古代作品中的爱又是怎样的呢？

　　我们且用黑格尔《美学》中的一句话来解答这个问题："在古代悲剧里也见不到浪漫意义的爱情，特别是在埃斯库罗斯和梭福克勒斯的作品里爱情本身并不具有重要的旨趣……在攸里庇德斯的作品里爱情已作为一种重要的情致来处理……但是就连在这里爱情也还是一种由热血支配的犯罪的错误的冲动，是一种情欲方面的罪孽，是由爱神维纳斯挑拨起来的。"[③]黑格尔的这一精辟论断从一个侧面为我们佐证了埃斯库罗斯作品中爱情的匮乏。在他的作品中爱情不仅不是剧作的主题，还被他诟病为罪孽之一。对此，本书第三章即已从社会背景方面对这种现象作过分析。

　　除了人物情感多元化，爱情线条明朗外，与古希腊蓝本相比较，《悲悼》还

---

① Eugene O'Neill, *Long Day's Journey into Night*, New Haven: Yale University Press, 1956, p. 87. 原文为："The past is the present, it is the future, too."
② Travis Bogard, *Contour in Time: The Plays of Eugene O'Neill*, New York: Oxford University Press, p. 339. 原文为："Mannon drama takes place on a plane where outer reality is mask of true fated reality—unreal realism."
③ 〔德〕黑格尔：《美学》第二卷，朱光潜译，商务印书馆2006年版，第328页。

体现出人物关系复杂化的特点。

（二）人物关系复杂化

《悲悼》与《奥瑞斯提亚》中的人物关系尽管对照整齐,但前者的人物关系显然要复杂得多,每个家族成员都与至少两个以上的家族成员间有着爱或恨的情感纠葛,而不像古希腊蓝本中人物间的关系那样简单。请参考下图：

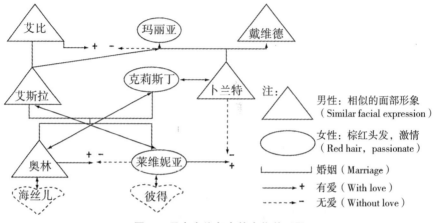

图三　孟南家族复杂的人物关系图

如图三所示,孟南家的人物关系较之希腊蓝本更加纷繁。拿孟家女儿莱维妮亚为例,她不仅具有较强的恋父情结,从而和艾斯拉关系密切,且在母亲和卜兰特的婚外情暴露前与卜兰特是恋人关系。从海岛回归后,莱维妮亚又与彼得确定恋爱关系,并几近成婚。对奥林来说,母亲死后,莱维妮亚成了奥林的母亲兼情人。受到姐姐的百般呵护,奥林对姐姐也过分依赖,几乎发展成乱伦关系。为了保持家庭秘密,奥林竟提出与姐姐组成家庭,将孟家的丑陋家史带到坟墓里。奥尼尔在《悲悼》中运用复杂的人物关系网来展现人物间多样的感情线索,促成了孟家人物结局的多样化,从而展示了这个由爱与恨交织起来的家族的悲剧。

（三）人物结局多样化

奥尼尔给莱维妮亚设计了一个适合她的结局,那就是悲悼/服丧(mourning),是悲悼适合厄勒克特拉,也可解释为丧服宜于厄勒克特拉(mourning becomes Electra)。这一点是古希腊前辈所根本没有交代的,或许源于那个注重男性的社会对女性的忽视。至少奥瑞斯忒斯历经苦难与命运斗争的光辉形象已将厄勒克特拉这位复仇推动者的光芒几乎全部遮盖。厄勒克特拉的爱恨矛盾和她复仇后的心态在埃斯库罗斯作品中没有得到应有的体现。无论如何,作为阿特柔斯家为父报仇的主力,厄勒克特拉需要一个适合她的归宿来承载她的经历。因而现代剧作家立志给莱维妮亚一个体面的结局,这既是剧作家创作的初衷,又是本剧对戏剧的一个贡献。事实上,从创作的角度来说这也是让奥尼尔兴奋和得意之处,他在1929年8月的片段日记中欣喜地写道:"已经给了新英格兰的伊莱克特拉一个不辱没她的结局——还有奥瑞斯特斯也是这样。"[①]从这一点来看,奥尼尔超越了他的古希腊前辈。他不但给予悲剧中两个重要人物厄勒克特拉和奥瑞斯忒斯应有的结局,对于俩人的母亲和母亲情夫结局的处理,也较为合理。情夫卜兰特死在莱维妮亚复仇和嫉妒的心态以及奥林嫉恨的枪口下。母亲克莉斯丁不似克鲁泰墨丝特拉那样死在儿子的屠刀下,而是为情自杀,这不仅符合现代意义上的母子感情,也符合孟家意义上的恋母情结,同时证明了这部以现代悲剧是以爱为主题的。

小　结

本章通过两套三部曲的对比分析,挖掘出一个清晰的线索:即脱胎于古希腊悲剧的现代三部曲《悲悼》以其贯穿始终的情感替代了古希腊悲剧的命运主题,这里处处包含着情感的概念和爱的元素。奥尼尔将家族的初始诅咒和一份爱紧紧系在一起,将古希腊的"引诱"的贬义概念替换为现代的"爱"的概念。使几代以来的孟家为一个"爱"字所困,爱情线索极其明朗。对于每个人物的结局的处理上,奥尼尔也侧重了"爱"这个因素的作用。剧作家不让克莉斯丁死于儿子的屠刀下,像他的古希腊前辈那样去处理没有感情纠葛的母子关系,而是突出"爱"在儿子和母亲心里的分量,母亲自杀和儿子的内疚成为儿子最终寻母而去的直接原因,使得一位具有强烈"恋母情结"的儿子心态跃然纸上,彰显了奥尼尔用现代心理来代替古希腊命运的初衷。爱成了区分古今两套三部曲的最突出的因素和线索。

总之,奥尼尔《悲悼》中爱犹在,这体现在莱维妮亚具有牺牲性的抉择上,这个抉择是女主人公的爱走向成熟的开始。这一抉择不仅解救了彼得,消解了孟家世代的恩怨,同时也标志着孟家的爱向成熟迈进了一大步,预示着一

---

① Virginia Floyd, *Eugene O'Neill at Work: Newly Released Ideas for Plays*, New York: Frederick Ungar Publishing Co., 1981, p. 204. 原文为:"... have given Yankee Electra tragic end worthy of her—and Orestes, too." 也可参见〔美〕弗吉尼亚·弗洛伊德:《尤金·奥尼尔的剧本:一种新的评价》,陈良廷、鹿金译,上海译文出版社1993年版,第391页。

个更加美好的爱的可能性。莱维妮亚的抉择无论从美学、宗教还是现实方面都具有很高的价值。这是一个英雄性的壮举,为人们心灵上的和解做了铺垫。同时,《悲悼》的写作,也为剧作家本人用爱来解读自己的亲人间既往的恩怨吹响了前奏。《悲悼》的爱犹在,还体现在它是一部爱的《悲悼》,体现在作者对古希腊原型的现代解读上。在师承古希腊蓝本的同时,这位现代戏剧大师用现代心理解读了古希腊的命运观,使得两套尽管人物基本相同、剧情基本一致的三部曲,体现的主题截然不同。《悲悼》中凸显出了人物情感的多元化,爱情线条明朗,以及人物关系的复杂化。这里不仅有夫妻、情人间的情感,还有父女、母女间的感情,甚至有超越传统意义上的母子和父子的关系,成为现代恋母和恋父情结的范例。在《悲悼》中,人物结局多样且合理,孟家人并非单一的被杀与自杀,奥尼尔还创造出为情自尽以及活死人等一系列符合现代感情和心理的结局,从而使现代心理学充分地服务于这套古典悲剧的解读。《悲悼》的爱犹在还体现在那首主题曲《申纳杜》上,这首神秘而意味悠远的主题曲从另一个侧面佐证了孟家爱犹在的可能性。

　　尤金·奥尼尔剧作爱的主题犹在,还体现在《悲悼》之前的奥尼尔早期作品、《悲悼》写作前后十年间奥尼尔的中期作品,以及这之后的晚期作品中所体现的清晰爱的意象和奥尼尔每个时期所追求和探索的爱的侧重性:早期淳朴、奉献的爱,中期悲怆且繁复的爱的探索,晚期谅解和包容的爱。显现在奥尼尔风华正茂、多愁善感时对爱的温馨追求的早期作品中,体现在奥尼尔迷惘、消沉、扭曲、徘徊的中期作品中,更体现在对爱的宽容和接受的成熟的晚期作品中。在尤金·奥尼尔多产又漫长的创作生涯中始终没有离开"爱"的主题,在对它不断的探索和追求中,奥尼尔剧作中的爱情主题始终陪伴其左右。

　　总之,通过对《悲悼》中孟南家族爱的变迁过程,本章得出一个较有创建性的结论:当学界纠缠于《悲悼》中是否有真爱时,我们找到了爱贯穿于这套三部曲的始终的依据。而且在莱维妮亚的自锁宅中,我们看到了爱犹在的希望。更为可贵的是,在对三部曲爱犹在的挖掘中,我们更是找到了一条贯穿尤金·奥尼尔创作始终的主题线索,那就是"爱"。无论是奥尼尔早期作品中淳朴、奉献的爱,还是中期作品悲怆、探索性的爱,直到《悲悼》中更加寒彻透骨的悲怆的爱,我们发现爱已然成为奥尼尔经久的创作主题,它与剧作家相伴而存。随着作者的成熟,奥尼尔戏剧中的爱愈见成熟,剧中主人公由天真、幼稚、理想和奉献步入纠结、骚乱的爱的摸索直到《悲悼》这一爱的分水岭中,爱的演变过程达到了顶峰:它由爱之美好转化为爱之缺失和压抑,继而爱出现扭曲和变异,最后爱竟变成恨。奥尼尔探及了爱的最深层边缘:爱之深,恨之切。然而在爱的灰烬里，我们不仅看到了一簇爱犹在的火光，更看到了一个更加成熟的爱的形象——那就是尤金·奥尼尔晚期作品中出现的谅解和宽容的爱的迹象的出现。

第五章 晚期作品——谅解、包容的爱

> 正是你的爱和温柔,才使我对爱有了信心,使我终于能够面对我死去的亲人,写出这部剧本——怀着深深的怜悯、谅解和宽恕的心情来写蒂龙一家这四个被鬼魂缠身的人。①

——尤金·奥尼尔

第一节 温馨、容纳的爱

自1931年发表了他分界线型剧作——《悲悼》后,奥尼尔对爱陷入了长达三年左右的沉思。而且正如老一辈奥尼尔评论专家廖可兑老先生所评价的,奥尼尔"是个过于重视感情而不太重视理性的作家,越到晚年越比较注重人物的内在感情和精神世界的反应,外在的社会生活以及其中的矛盾冲突减少了"②。确实,晚年的尤金·奥尼尔除了身体的不适外,对爱的探索更深沉、更宁静。著名奥尼尔评论家卡彭特甚至这样断言:"在完成《悲悼》以后的十五年里,奥尼尔相对地保持沉默。"③仅于1933年发表了《啊,荒野!》和《无穷的岁月》两部作品。

但1933年《啊,荒野!》的发表就已露出奥尼尔晚期爱的主题的端倪,彰显了奥尼尔晚年包容和谅解的爱的情怀。也许是《悲悼》中爱的悲情令奥尼尔身心俱疲,感情触动颇深。总之1933年,这位45岁的悲剧作家一反常态,做了一个其创作生涯罕有的举动:突然捉笔进行喜剧创作,打造了一部"阳光、温馨、情感充沛的喜剧"④——《啊,荒野!》。这部带有轻松、乐观、融洽和怀旧气息的团圆结尾的剧作是尤金·奥尼尔写作生涯中难得一见的一个现

---

① Eugene O'Neill, *Eugene O'Neill (complete plays 1932-1943)*, the Library of America, 1988, pp. 57, 714. 译文为作者自译。
② 廖可兑:《尤金·奥尼尔戏剧研究》,中国美术学院出版社1999年版,第24页。
③ Frederic I. Carpenter, *Eugene O'Neill*, Boston: Twayne Publishers, 1979, p.72.
④ Virginia Floyd, *The Plays of Eugene O'Neill: A New Assessment*, Frederick Ungar Publishing Co., 1985, p.421. 原文为"sunny, warm, sentimental comedy"。

象。剧中理查德(Richard)和穆里尔(Muriel)终于冲破各种束缚,成了自由意志的化身、爱情的胜利者。无怪乎著名的奥尼尔评论家弗吉尼亚·弗洛伊德用"一反常态"这个词来形容奥尼尔这部喜剧的出现。对于这部充满父子情怀、儿女情长、青春悸动的爱的喜剧,奥尼尔亲切地称它为"回忆喜剧",也充分体现了他这一时期强烈的怀旧情怀。应该说,此时的奥尼尔仍在做着梦,同时也在进行着尝试,尝试着把人类美好的爱变成现实,把人们梦想有爱的温馨家园变为可能。剧本中19岁的主人公理查德"身上多了一种特别敏感的东西——一种烦躁不安的、忧心忡忡的、反抗的、腼腆的、梦幻的、自知的成分"①,这无疑是剧作家早年经历的翻版。由于双方父母的矛盾、彼此的误解,理查德感情受挫去酒吧找妓女鬼混而酩酊大醉夜不归宿等情节,扣合了二十多年前的剧作家本人的亲身经历。同时剧中这位19岁的青年的诗情画意、浪漫情怀、对爱情的执着向往更加是青年奥尼尔的写照。剧本以青春期爱情以及父母—儿女教育为主线。令人惊奇的是:奥尼尔宣扬的竟是理解和宽容的主题——理查德和穆里尔这对青春期恋人在经历了父母的阻挠、彼此的猜忌后竟以相互的沟通和谅解淡出观众的视线。而两个青春年少彼此和解与宽容带来的不止是彼此更加真挚的爱情,更是父母对儿女的宽容,以及宿怨已久的双方父母之间互相的谅解和宽慰。为了配合这个主题,奥尼尔用另一对曾经的恋人——理查德的舅舅锡德和姑姑莉莉间的爱情作对比:由于缺乏爱的勇气以及彼此的宽容和包容,这对恋人终未能成眷属,落得一个徐娘半老,另一位鳏夫孤独,是1920年《与众不同》中爱玛和凯莱布船长遗憾终身的翻版。《啊,荒野!》的高潮应该是第四幕第三场,也就是剧终,当"理查德感情冲动地转身吻他(爸爸)——然后急忙走出纱门"时,父母和儿女达到了进一步的谅解和沟通,儿子对父亲这多年来"头一次"的深情一吻将《啊,荒野!》画上了一个圆满又令人宽慰的结局。但熟悉奥尼尔家境的读者不禁感慨:尽管理查德身上有那么多年轻奥尼尔的影子,理查德的父母和现实中奥尼尔的父母却是大相径庭。这何尝不能说是剧作家的一个憧憬——一个对有爱的家庭,用宽容、包容和谅解的爱来关照家庭的向往和憧憬!而这个谅解的结局为奥尼尔晚期的其他作品开辟了先河。

1933年带有自传成分②的《无穷的岁月》中剧作家做了另一个爱的探索——人格的正反两面(双面性)如何面对爱情和信仰。剧中奥尼尔延伸了他始终推崇的歌德《浮士德》中浮士德与墨菲斯特(魔鬼)这一对善恶分裂性

---

① Eugene O'Neill, *Eugene O'Neill（complete plays 1932-1943）*, the Library of America, 1988, p.12.
② 体现在天主教的家庭背景、主人公的兴趣爱好及言语形式,以及对待婚姻等态度上。

的两极形象,创造出双面性格的约翰/洛文(John/Loving)形象。令两个演员扮演同一个角色善恶的两个自我,透过两人的语言和视角来观察爱情和宗教。从奥尼尔的创作实践经历来看,运用人格双面形象来剖析人物心理动态中善与恶、爱与恨、生与死、老与幼、黑与白、神与人、有爱家园和无家可归,甚至陆地与海洋等二元性的作品不乏先例:《天边外》的罗伯特和安德鲁、《悲悼》中的莱维妮亚、《大神布朗》中的迪昂和布朗等等。甚至《上帝的儿女都有翅膀》中的黑白恋人艾拉和吉姆也体现了人物黑与白的二元意识。到了《无穷的岁月》,这个手法已经炉火纯青:奥尼尔启用了两个演员,他们形影不离地剖白主人公内心的善—恶世界。具有讽刺意义的是约翰的"恶"的自我——洛文的名字竟然是 loving,即"爱"的进行时态。针对约翰的每一个积极、乐观和虔诚的看法,洛文都要发出消极、怀疑、嘲讽和轻蔑的论调。比如第二幕中当约翰深情地对忠诚、笃信的妻子艾尔莎表露心迹:"我一生中除了你的爱以外什么也不在乎!"①时,洛文会阴阳怪气地低吟道:"总还可以去死,用死来洗去罪孽——总还可以去睡,不被爱情的梦所打扰的睡眠!"②对于这个甚至不愿触及爱的内心深处的洛文,loving,艾尔莎仍用其包容的心态接受着。足见奥尼尔仍在进行着在爱面前心口不一、前后摇摆的心理探究,在人性上尝试着更深层次的剖析,希冀从爱和宗教的角度来探讨人性深层次的意义。其实,从剧本体现的主人公天主教的家庭背景、兴趣爱好、言语形式以及对待婚姻的态度上读者能意识到这部剧作的一定自传性意识。因而从约翰/洛文这对分裂的自我人格中,从戏剧情节的处理上我们发现:随着"恶"的自我(洛文)的倒地而死,奥尼尔对爱的容忍和接纳和对宗教的虔诚的信念更坚定了一步。

第二节 谅解、包容的爱

1933 年的《啊,荒野!》和《无穷的岁月》之后奥尼尔打破了每年都有至少一部剧作问世的规律,代之以长达六年的沉寂。1939 年,这位伟大剧作家带着一个更加成熟、宽厚和洞察的心态重新走入观众的视野。在随后的四年内竟完成了三部自传性剧本,分别是 1939 年的《送冰的人来了》、1941 年的《进入黑夜的漫长旅程》和 1943 年的《月照不幸人》。正如前文所说,由于《悲悼》的发表,奥尼尔对自己家族痛苦的历史多了一份承受力,对自己家人的既往

---

① 〔美〕尤金・奥尼尔:《奥尼尔文集》第 4 卷,郭继德编,人民文学出版社 2006 年版,第 220 页。
② 同上书,第 222 页。

也多了一份体谅。从《悲悼》发表后的作品特别是这三部自传性剧作中,读者被带进了一个新的视野——展现在眼前的是50岁的尤金·奥尼尔用心浇灌的别样的爱的篇章,一曲曲即将暮年的伟大剧作家对家庭成员间爱的和解寄予着无限的期待和厚望的爱的篇章。

总之,1939年,蛰伏了六年之久,带着身体的伤痛、心理和经历的愈发成熟、坚强以及几许沧桑,尤金·奥尼尔捧出了他的一部《等待戈多》一般的戏剧——《送冰的人来了》走入人们的视线。

《送冰的人来了》从情节的点滴和戏剧的处理上最贴近《悲悼》,其中或多或少包含了同室操戈的因素。虽然《送冰的人来了》中杀妻情节不是主线,但却是此剧的"突变"和"高潮",全剧也由此戛然落下帷幕,为读者留出大块空间来思考和追溯。这个令人惊悚的杀妻隐线像《悲悼》一样埋藏着一个"爱"的目的和因素——大家一直在等待的,最后才出场的卖冰的人(推销员)希基(Hickey)曾向他那忠诚、信任和随时原谅自己的妻子发誓不去那个醉生梦死的"霍普酒店"。如果又去了就意味着对妻子精神上毁灭性的打击,从而失去妻子的爱。为了将妻子从爱的痛苦中解脱出来,送冰人终于来了,背着妻子的爱的枷锁和十字架——杀妻,来给霍普酒店老板霍普(Hope)祝寿。从这部作品体现的强烈的心理线索来看,此时的奥尼尔还没有完全从《悲悼》中解脱出来,写作基调和主题仍流于摸索和犹豫中。尽管内心缠绕的仍是"爱"字当头,主题已然触及社会底层人物生活的侧面,体现着他们个人内心深处美好的东西被社会、被现实击碎后的感觉。奥尼尔的创作思路并没有完全回归到这一时期爱的谅解和宽恕的意识中。因而,这部作品可谓这个时期个别的休整和实验性作品,在为一个更加伟大的作品积蓄着力量。

57,700个词的《送冰的人来了》仅用去奥尼尔六个月的时间,但仅有40,002个词的《进入黑夜的漫长旅程》却耗费了奥尼尔三年的时间,足见剧作家的雕琢和良苦用心。1941年,即《悲悼》发表的十年后,尤金·奥尼尔蘸着"血和泪"完成了这部四幕剧。在这充满磨难和泪水的三年间,奥尼尔每天清晨都把自己关在书房里,晚上再带着憔悴、红肿、苍老的脸走出书房。奥尼尔不准许任何人以任何方式发表这部戏剧。1945年11月29日,奥尼尔把这部单薄而沉重的剧本拷贝密封寄给兰登书屋创始人贝内特·瑟夫(Bennett Cerf),叮嘱这位出版商和兰登书屋在自己死去25年后才准许开封阅读和发表这部剧作,但绝不能将其搬上舞台①。剧本的写成日期距奥尼尔的父亲詹姆斯·奥尼尔去世(1920)21年,母亲艾拉·昆兰去世(1922)19年,哥哥杰

---

① Louis Sheaffer, *O'Neill*: *Son and Artist*, New York: Cooper Square Press, 2002, p.560.

米·奥尼尔(Jamie O'Neill)去世(1923)18年。奥尼尔把它献给妻子卡洛塔,在剧本的首页剧作家题写道:"我把它当做是你的爱和温柔的赞词。正是你的爱和温柔,才使我对爱有了信心,使我能最后正视我的死者,写出这部剧本——怀着对所有被这四个鬼魂缠身的蒂龙家人深切的怜悯、理解和宽恕写出了这部剧本。"①尽管前面提及奥尼尔的若干戏剧都或多或少带有自传成分,但《进入黑夜的漫长旅程》则可以称为奥尼尔更加精准的自传版。剧作起始时间的准确定位就是青年奥尼尔患肺结核进入疗养院的1912年——那个剧作家身心最为艰难的时段,也就是本书第一章提及的《救命草》所描写的那段痛苦且煎熬的时间。剧中蒂龙一家的遭遇、家人间彼此的怀疑和中伤都与生活中的奥尼尔家庭中的情形基本一致。剧中的母亲玛丽出身清高,但因爱慕并嫁给演员詹姆斯·蒂龙(James Tyrone)而放弃优越的生活。从此她随剧团奔波,居无定所、朋友疏离,以致长期忧郁,产后因廉价医生处理不当染上毒品。熟悉奥尼尔家世的读者立即联想到奥尼尔母亲的遭遇。全剧自始至终围绕着"家"的概念,剧起处玛丽刚从疗养院回到家中,全家到处充满了兴奋和柔情,蒂龙无比开心地宣布"我们这个家又像个家了"②,凝固着这个家的核心——"爱"更是跃然纸上。随着小儿埃德蒙的咳声和玛丽鬼魅般飘忽上下楼、词不达意的敏感对话、意乱心烦的动作,全家终又陷入紧张、焦虑、担心和压抑中。于是抱怨、指责、自责、复吸、出走、酗酒和狎妓重又鬼魅般缠住了这个家,令它在不断响起的雾角号声中被浓浓的雾气包裹着、窒息着。但最后一幕(第四幕)当詹米对弟弟埃德蒙倾情说出"我虽然恨你,但是我更爱你"③时,读者的眼睛忽然亮了,恍然大悟:剧作家这部要求他的妻子和出版商在自己过世25年后再发表的沾着血和泪写出的晚年自传性剧作竟是一部用痛苦的爱织出的"家"。它是一部饱蘸着谅解和宽容的爱的剧作,是剧作家和天堂里的家人进行的心灵交流,更是他们通向宽厚的爱和谅解的重要桥梁。可见,与古希腊前辈埃斯库罗斯相近,奥尼尔同样是一个渴望家庭和解,渴望内心平和,渴望用爱来冰释既往的现代剧作家。《进入黑夜的漫长旅程》的剧终是在父子和兄弟的和解中落幕,这更体现了剧作家在家庭中化干戈为玉帛的创作理念。再次回忆奥尼尔写给妻子的封皮:"这12年,亲爱的,是一

---

① Eugene O'Neill, *Eugene O'Neill (complete plays 1932-1943)*, the Library of America, 1988, pp. 57, 714. 译文由本书作者自译并参照〔美〕尤金·奥尼尔:《奥尼尔文集》第5卷第321页及第6卷360页,郭继德编,人民文学出版社2006年版。

② 奥尼尔有关家的此类描述出现多处,参见〔美〕尤金·奥尼尔:《奥尼尔文集》第5卷第321、343页及第6卷360页,郭继德编,人民文学出版社2006年版。

③ 〔美〕尤金·奥尼尔:《奥尼尔文集》第5卷,郭继德编,人民文学出版社2006年版,第449页。

个进入光明的旅程——进入爱的旅程。你懂得我的感激之情。以及我的爱!"①无怪乎评论家开始注意到,在《进入黑夜的漫长旅程》之后剧作家学会用平和的心态来面对曾经的生活、曾经的爱与恨。用宽容的心态来尽力抚平他与父母兄长间的矛盾和创伤,以情感来替代他曾经的年轻偏执或是盛气凌人,以期最终得到一种平和的心灵慰藉。

然而,《进入黑夜的漫长旅程》也令奥尼尔元气大伤。这种每天把自己关进屋子里,筋疲力尽时才走回现实社会的写作模式,把奥尼尔重又带回到那个孤独和无奈的世界。于是他在1941年的几个月时间里信手写就了一个单幕剧《休伊》,让人们透过现代城市中的冷漠与悲凉看到人们难耐的孤独和寂寞。出于对爱和友情的寻求,对摆脱孤独的渴望,剧中三等旅馆房客埃利(Erie)在原夜班伙计休伊(Hughie)死后对新服务生喋喋不休地倾诉着。不无巧合的是新的夜班服务生与刚死去的服务生同名,都叫"休伊"②。由此可见奥尼尔的写作的另一个用意:名字只是符号,是为了人与人之间称呼的便利,服务生在房客眼里都是同一个符号——人,一个倾诉的对象。在这个独幕剧的唯有的两个出场人物单上奥尼尔是这样罗列的:

  埃利·史密斯,爱编故事的人。
  旅馆夜伙计。③

这就是现实社会,对于一个孤独的人来说,就如弗洛姆所阐述的现代人的孤独感——人们的孤独和被孤立的生活圈子已经演化成一座难以忍受的"监狱",为了解放自己,达到与外部世界的沟通,人们需要倾诉的对象,而最有效的方式是找到"爱"。在尊严和自身价值的实现中克服孤独和分离感,达到外部沟通的畅通。老夜班伙计的死亡造成埃利的强烈孤独感,他需要在一个替代者身上继续找到沟通的渠道,达到内心宣泄的目标,冲出孤独的牢狱。而剧中新夜班伙计从反感到无视再到反感,继而萌发兴趣,最终达到建立沟通的过程是奥尼尔对现代社会人际间沟通一种精确的解读和诠释,同时也是剧作家对现代人沟通的一种希望和觊觎。这不能不说是奥尼尔对理解、包容的爱的又一个注脚。

---

① Eugene O'Neill, *Eugene O'Neill（complete plays 1932-1943）*, the Library of America, pp. 57, 714.
② Hughie 是休斯的昵称。
③ 〔美〕尤金·奥尼尔:《奥尼尔文集》第5卷,郭继德编,人民文学出版社2006年版,第459页。

1942年的《诗人的气质》里从幻想破灭和不切实际的浪漫中走出来的梅罗迪(Melody)得到了妻子诺拉(Nora)和女儿萨拉(Sara)的理解和接受。剧中诺拉对萨拉宣扬的一段爱的总结可见这个时期奥尼尔对爱的解读和发展："当你丝毫不考虑世界上的'如果'怎么样和'想'怎么样之类的事情时，才是有了爱情！"①足见奥尼尔在选择接受，在觊觎那种不计前嫌的接受性的爱。诺拉接下来的话语尤其发人深思："你一旦坠入情网，就再也不会把爱情看成是一种奴役了！"②细心的读者会立即回想到奥尼尔1914年刚出道时期的《苦役》，表面看来奥尼尔对爱的理解似乎仍停留在他年轻时单纯的奉献概念上。但诺拉所自豪的东西——"我感到自豪的是，我尝到了爱情的辛酸和欢乐！"③——却透露了剧作家爱的心迹。经过这么多年爱的追求、探寻、酸甜苦辣的品味，剧作家感到了爱的无怨和无悔，并学会接受和包容。

1943年尤金·奥尼尔拖着疾病困扰的身子写就了最后一部完整的带有自传因素的作品《月照不幸人》，此时距这位伟大的剧作家在旅馆中去世正好还有十年。剧中奥尼尔透过主人公杰米对逝去母亲的深爱和渴望母亲饶恕的心理，表达了现实中他本人的愿望，更表达了现实生活中哥哥杰米·奥尼尔的夙愿(尽管此时的哥哥已溘然长逝20年)。剧中的月光悲伤而柔情，它笼罩下的夜晚有一个同样忧伤而柔情的"不幸人"(杰米)在盼望和等待着一个时刻——那就是"和解"。于是杰米在对充满母性的"女友"乔茜倾诉后得到了宽恕，老顽固霍根(Hogan)和女儿乔茜达成了和解。当第二天曙光初现时，既往的"犯罪感"释放了，曾经的前嫌冰释了，爱达到了一个新的、更高的境界。结尾处所彰显的一抹喜剧式的基调是剧作家一生作品中所罕见的，它就像剧作家还有意无意为自己这30多年对爱进行的追求和探索做的一个了结："但愿你宽慰而平静地永远安息吧。"④在这里，奥尼尔将自己对家人深深的怜悯、谅解和宽恕抒发了出来，与家人共同感受了那种无家可归的凄凉后，奥尼尔为他们的灵魂找到了最终的归宿，也为自己这一直盼望抚平的心灵找到了寄托。国内奥尼尔评论家廖可兑老师认为奥尼尔在这里提出了一个男女间的爱情问题，他认为："真正的爱情足以消除自私的观念和种种偏见，也必将他们从痛苦的灵魂中挣脱出来，奥尼尔用小杰姆斯和乔茜最后的真诚相

---

① 〔美〕尤金·奥尼尔：《奥尼尔文集》第4卷，郭继德编，人民文学出版社2006年版，第397页。
② 同上。
③ 同上书，第397页。
④ 〔美〕尤金·奥尼尔：《奥尼尔剧作选》，荒芜译，上海文艺出版社1982年版，第588页。原文为："May you rest forever in forgiveness and peace!"

爱证明了自己的这一观点。"①而谅解和包容正是这个爱的主旋律。此后的奥尼尔再没有完整剧作出现。也许是巧合,正如 30 年前——1913 年时这位伟大的剧作家以他的《热爱生活的妻子》中不渝的爱开始他创作生涯一般,30 年后奥尼尔的封山之作②《月照不幸人》又是以爱来结束他的创作生涯。《月照不幸人》发表 10 年后奥尼尔这位世界级伟大的剧作家与世长辞。

小　结

纵观奥尼尔晚期作品中体现的爱的主题,读者会意识到这里缺少了中期《天边外》或《榆树下的欲望》的那种撕心裂肺的爱的激情,少了《悲悼》中那种欲爱不能、欲罢还痛的爱恨难耐的刻骨铭心,多出的却是剧作家对多年感情积淀的冷静思考。这里的爱是风暴过后的细雨,是剑拔弩张后的反思;是一个包容和谅解的世界,一个更加成熟的标志。爱在这里被拓展了,外延和内涵被充实和延伸了。这里有夫妻之爱、男女之爱,有父子之爱、母子之爱,有父母之爱、兄弟之爱,有陌生人间的友情之爱(brotherhood),有神父对俗人的爱。在这里爱的功用被大大拓宽了——它是人们沟通的桥梁、生存下去的理由、回忆的动力、面对逝者的勇气、依靠和能量的源泉,它更是带给剧作家面对暮年的希望、面对死亡的勇气。奥尼尔成熟了,在爱的主题上,透过一部部丰碑性的作品,他为自己的爱画上了一个个痕迹清晰的足迹,继而画上了一个有着些许遗憾却带着丰厚回报的句号。如果说生活中奥尼尔的爱还留有这样那样的遗憾,奥尼尔却用他一步一个脚印坚实有力的作品圆满地解答了爱的主题下的一个个问题!

1953 年 11 月 27 日,尤金·奥尼尔,这位美国"戏剧之父"病逝,遗嘱一再强调不要举行葬礼,墓碑上只刻下"奥尼尔"三个字。戏剧大师的超然和自信昭然若揭,同时奥尼尔似乎也在告诫人们他的离去仍然是一个个体的分离。他,穷其一生追求的彼此需要依恋的"爱"仍没能将他从孤独中解救出来。

儿时的奥尼尔有个梦,多少年来一直追随着这个孤独的"孩子"的梦:"当我不得不梦想自己不是孤独时,我就会梦到我和另外一个人在一起。我常做这个梦——似乎白天时这另一个人会一直陪伴我左右,于是我就高兴起来了。但我却从未见到过梦中的那个人,正是这种感觉到的存在使幼小的我完

---

① 廖可兑:《尤金·奥尼尔剧作研究》,中国美术学院出版社 1999 年版,第 238 页。
② 当然尤金·奥尼尔还有诸多写作计划,但由于身体原因都不得已而搁笔,留下一系列残缺的作品。

整起来。"① 就是这个假想的陪伴,伴随着奥尼尔走过孤独、寂寞的童年,也为了衔接这个孤独和陪伴,奥尼尔想出来用爱作为纽带把自己从分离和独处的痛苦中解脱出来。这也正如20世纪著名心理学家弗洛姆曾经解析的:"人的最深切的需要就是克服分离,从而使他从孤独中解脱出来。未达到这个目标的绝对失败意味着'疯狂'。"② 也正是如此,这位美国最伟大的戏剧作家穷其一生用爱去探讨生活、去分析社会,因为"爱使人克服孤独和分离感,爱承认人自身的价值,保持自身的尊严"③。这也是本书要探讨奥尼尔爱的主题的一个关键的理论根基。

余论:一个值得关注的主题

爱是人类亘古既有的情感,古希腊赫西俄德的《神谱》中爱神阿芙罗底忒是早于众神之神宙斯(Zeus)出现的,属于老辈神祗。这位白皙丰腴、美貌无比的女神出自天神乌拉诺斯(Uranus)被儿子克洛诺斯(Cronus)阉割的阳具,是精子落入大海产生的气泡造就出的爱神;而另一位冠之以爱神的艾洛斯,这个古希腊常被定名为爱神阿芙罗底忒和战神阿瑞斯(Ares)儿子的小爱神(即罗马神话丘比特 Cupid)从古希腊的几个宇宙起源版本来看(甚至《神谱》)是作为创世神之一而被崇拜。在这个版本中④爱神艾洛斯的出现不止早于宙斯,更是早于其他诸神,是混沌(Chaos)地母盖娅(Gaea,Earth)和艾洛斯共同创造了世界,产生众神。总之,人类对爱的敬重和顶礼膜拜亘古即有,并造就了无数后世文人学者和艺术巨匠对其不厌其烦的探讨和描绘。这其中,20世纪美国戏剧大师尤金·奥尼尔即为一员。

20世纪初,支撑了西方文明几百年的理性开始受到怀疑,传统价值观被年轻一代所摒弃,文艺复兴的两大主题——"爱"与"和谐"受到了严峻的挑战,爱不再被认为是能够征服一切的力量。在这个资本主义上升的时期,人们热衷于追求物质占有,忽视情感和精神的追求。尤金·奥尼尔恰在此时站出来探讨爱,激励人们发现和认识爱。如果把奥尼尔作品中的"爱"都列为悲剧性的、冰冷的、转瞬即逝的便大错特错了。他不仅描写了人与人之间赤裸的欲念,而且试图探索人与人之间的真情,以及人们对凡世爱情的渴望与失望。奥尼尔笔下的主人公那真挚、深沉的激情与受时代、宗教和人性影响而

---

① Louis Sheaffer, *O'Neill: Son and Playwright*, New York: Paragon House, 1968, p.67.
② 〔美〕埃·弗洛姆:《爱的艺术》,刘福堂译,安徽文艺出版社1987年版,第8页。
③ 同上书,第17页。
④ Hornblower, Simon & Antony Spawforth (ed.), *The Oxford Classical Dictionary*, Oxford University Press, 1996, p.557.

破碎的爱情突破了剧情的表象,深刻地体现了人生的悲剧性的美。从广义上来说,这是精神价值遭到破坏时人类内心世界的本能冲突,是现代人所面临的精神困境的一部分。

首先,它富有社会现实意义。作为一位有良知的现代剧作家,奥尼尔关注的是人生问题。他关注人的情感的饥渴、个性的扭曲和灵魂的荒芜,以及由此而带来的人与自我的分裂、人与他人之间的冷漠,甚或与家人间的仇视等现代心理病痛,并以异乎寻常的努力把他的期望和解读转达给读者。这是现代人道主义理念的深化。针对现代社会重视资本占有,忽视爱之有无的现象,奥尼尔在经济危机的风口,站在大萧条和人类精神陷入困境的时代,用爱做主线展现出主人公对爱的执着和顽强的抗争,对现代工业文明和新大陆的清教文化进行了批驳和控诉。主人公为争取爱的自由和美好与命运进行的顽强斗争对于他同时代的人们,那些爱的阻力远远低于诸如莱维妮亚的现代人来说是一个鼓舞和鞭策,即使对今天的人们仍不无激励作用。

其次,奥尼尔用人类自古即有的情感——"爱"来解读像《俄底浦斯王》《美狄亚》《斐德拉》和《伊莱克特拉》等一系列古典作品,用"爱"在现代背景下的表现来剖析现代人的心理,解析人类亘古的神话和神话后面的命运因素,来诊断现代人压抑的内心和扭曲心态的形成,为心理学在文学上的应用铺就了一条更坚实的道路。同时也发掘出了文学与心理学的相通之处。无怪乎奥尼尔在回应他对弗洛伊德心理学的有意运用时明确地指出:"作家在心理学没有创立之前就已经是心理学家了,而且是深刻的心理学家。"①

再次,奥尼尔确立的"爱"的概念,是对人类更高思想境界的一个追求。粗略计算一下,奥尼尔在他的 50 余部作品中大约有 40 部是从正面或侧面描写爱情的。奥尼尔描写的不是人与人之间赤裸裸的欲念,他所追求和深入探索的是人与人之间真正的感情,就如《榆树下的欲望》中的伊本和爱碧,也像《难舍难分》中的埃莉诺和凯普那样寻求彻头彻尾的真爱。他描述人们从对物质的占有欲望发展到情欲压倒物欲,最后上升到人类最真挚纯洁的感情——真爱的过程;他描写人类纷繁的爱情和爱情中不断涌现的矛盾。作家似乎在告诉人们:由物欲和情欲主宰的世界会被以爱情为代表的精神世界所取代,这是人性中善和真对贪欲的有效遏制的趋势,也是人性灵魂净化的较高境界。

同时,奥尼尔以爱为主题的悲剧具有较高的美学价值,能重现悲剧的净

---

① Travis Bogard & J. R. Bryer, *Selected Letters of Eugene O'Neill*, New Haven: Yale University Press, 1988, p. 276.

化作用。比如作为悲剧英雄的爱碧,或者尼娜,或者莱维妮亚最终的选择势必能提升这些作品的美学意义。他的剧作大多不以大团圆来结局,或是以寓意颇深的女主人公为爱而自囚作为结尾,凸显出"爱"的主题,强调了奥尼尔的"生活中有悲剧,生活才有价值"①的悲剧价值观。这种"通过引发怜悯和恐惧使感情得到""疏泄"的过程就是亚里士多德的净化说②。悲剧英雄对责任的勇于承担,令读者在净化过程中看到了崇高和伟大,体现了生命的意义和价值。奥尼尔认为:"生活是一场混乱,但它是个了不起的反讽,它正大光明,从不偏袒,它的痛苦也很壮丽。"③这正是对生命的礼赞和对生存其中的英雄痛苦磨砺的价值的肯定。也就像尼采所宣讲的:"人是一种不断被超越的东西",生活中的痛苦不能成为悲观的理由。生命应该受到肯定,即使在战斗中,在痛苦中,在危险中。只有这样的人生,才是最有价值、最有乐趣、值得骄傲的,这就是具有酒神狄奥尼索斯精神的人生④。

另外,奥尼尔大部分作品所展现的剧作家悲剧而不悲观的创作意图,体现了人生是一个辩证的矛盾统一体这个哲学概念。剧作家在剧作中关注人类爱的价值,特别是对美好的爱抱有的希望使我们发现了现实中奥尼尔的影子。应该说奥尼尔本人就是奥林和莱维妮亚这一对矛盾的集合体,是外表强硬和内心软弱、纤细的集合,是用自杀来放弃生命和用爱来眷顾生命的结合体,理性外表和感性内心的结合,同时又是内心深藏清教徒般的负罪感和外部声称自己是自己上帝的渎神的集合体,更是对宗教的笃信和怀疑的结合体。因而奥尼尔的笔下早就出现了爱碧和伊本、埃德蒙和詹米、乔茜和杰米,他们的爱的缺失,对爱的追求是剧作家一生的写照。奥尼尔孤独的童年时期缺失了母爱,迷惘的青年时期发现了母亲的嗜毒,成年时接连痛失了亲人,都没有打垮他敏感而又坚强的神经,没有挫败他对爱的不断追求。他仍然笑对人生,认为:"尽管我伤痕累累,但是,我对生活仍然是乐观的。"⑤他的作品尽管多以悲剧结局,却以乐观的主题示人。他们所展现的爱情仍是美好的,只是无法始终保持美好;他仍然渴望有完美幸福的爱情,只是容不得爱情中的

---

① 〔美〕尤金·奥尼尔:《奥尼尔文集》第6卷,郭继德编,人民文学出版社2006年版,第257页。
② 〔希〕亚里斯多德:《诗学》,陈中梅译注,商务印书馆1998年版,第63页。
③ 〔美〕尤金·奥尼尔:《奥尼尔文集》第6卷,郭继德编,人民文学出版社2006年版,第236页。
④ 参见〔英〕汉默顿:《思想的盛宴——西方思想史中之哲学、历史、宗教、科学及其他》,吴琼等译,九州出版社2005年版,第663页。
⑤ 〔美〕尤金·奥尼尔:《奥尼尔文集》第6卷,郭继德编,人民文学出版社2006年版,第236页。

丑恶、虚饰,因而他展现出悲剧而不悲观的人生。

尤金·奥尼尔更是旗帜鲜明地反对清教束缚,这是剧作家一贯的理念。奥尼尔在他的多部作品中对清教甚或基督教持否定或是怀疑的态度,号召现代人突破清教思想对人类情感的束缚。尽管他并没有为像孟南家这样受清教传统影响极深的社会和家族找到真正的出路,他仍不懈地试图从现代心理学中找到问题的症结和答案。奥尼尔在其作品中走向人物内心世界,探讨人物的思想、欲望和对外界的反应,展示了人的情感要求与精神枷锁之间的冲突,探讨了现代人压抑的内心和他们在信仰上的挣扎。

总之,作为一个有良知的剧作家,奥尼尔具有强烈的忧患意识。他以哲人的敏锐眼光关注人类精神生活的苦难和尴尬;以心理学家的眼光探查到人类精神的荒芜和个体灵魂的迷失。他痛感人类爱的痛苦和艰难,为人类爱的自由不断远离他们崇高的精神家园而焦虑。他以一位严肃的、理性的作家的眼光,重新审视上帝的存在,通过像莱维妮亚这样的主人公的嘴喊出"我并不要求上帝或者任何人的饶恕。我饶恕我自己!"的口号。这是一种强烈的渎神意识,一个超越了传统悲剧的命运意识。他用现代人的心理解读悲剧,深刻地表现了生存中人生的悲剧性的美以及人类的精神价值遭到的破坏、人类内心世界的本能冲突等现代人类所面临困境的一面,具有一种恒久的艺术价值。在资本主义上升时期,当人们追求物质占有,忽视情感和精神追求时,爱情的价值以及对它的深入思考就显得弥足珍贵!这也许就是奥尼尔的珍贵之所在。

当然,奥尼尔的悲剧中爱的意象还有许多缺陷和不足。比如,过于天真、过于武断、不切实际的一面,比如套用的哥特式小说的怪诞恐怖的因素,还有如偷听、下毒药、擦枪、谋杀和秘密家史等细节。此类评价可参考1999年狄金生大学出版社出版的芭芭拉·沃格里诺所著的《反复无常的心态:尤金·奥尼尔与结局的斗争》(*Perverse Mind:Eugene O'Neill's Struggle with Closure*)一书,以及1981年出版的由简·乔希亚(Jean Chothia)撰写的《锻造语言——尤金·奥尼尔剧作研究》(*Forging a Language:A Study of the Plays of Eugene O'Neill*)中对奥尼尔较平凡且散文式的语言和部分剧情结构作的中肯的批评。

奥尼尔曾谦卑地自我批评道:"需要有瑰玮高雅的语言才能使这部作品超拔脱俗。"①但这些仍然是瑕不掩瑜,因为奥尼尔作品的光辉更在于它用心

---

① 〔美〕尤金·奥尼尔:《奥尼尔文集》第6卷,郭继德编,人民文学出版社2006年版,第349页。

理学解读命运的开创性以及时代意义。它们仍不失为经典的作品,一部部发人深思、给人鼓舞的现代佳作。剧作家的生活经历为敏感的作家提供了悲怆的素材,这些痛苦的人生经历中的点点滴滴都成了他创作的灵感,在他的作品中直接或间接地表现出来。

弗莱曾说过,文学是移位的神话,是一种神话的重构,是远古神话的重新结合①。奥尼尔的一系列带有古希腊痕迹的戏剧都是根源于古希腊悲剧,但在人物感情、人物关系、时代背景以及宗教观念上都进行了置换变形的作品,这使得它能真实地反映出剧作家所处的现代社会环境中人们精神压抑、人性扭曲的现实,深刻地揭示了这种精神困境下人类正常情感无法宣泄所造成的爱的悲剧。

正如埃斯库罗斯亲眼目睹雅典的"成长"过程,目睹它由一个"无足轻重的城邦发展成为生机勃勃的民主强国"②一样,尤金·奥尼尔成长于美国的发展时期,经历了资本主义迅猛发展、大萧条和战争。作为有良知的剧作家,两位戏剧大师都把肩负时代的命运作为己任,埃斯库罗斯看到的是新生的雅典从幼稚走向富强和民主,因而他的三部曲展现的是雅典娜主持下的法庭,是一个用民主和法制终止罪恶传代的雅典城邦。而目睹了资本主义从发展到萧条的现代悲剧作家尤金·奥尼尔,则从人的心理的角度看待家族罪恶,从清教对人类情感的控制来解析人的行为。这样,家族的罪恶就成了人的主观意识促成行动的结果,主要是个体的,而非完全社会的。他意识到推动生活的那种无形的力量,推动这个家族走向悲剧的不是埃斯库罗斯作品中的某种命运,某种神谕,而是人的一种主观愿望——爱,是爱和现实的冲突,是悲剧主人公们为了获得美好而自由的爱而突破重重意识形态上的枷锁的斗争过程中产生的悲剧。这是一个爱的悲悼,但同时又是一个在悲悼中崛起的过程。

如果说1888年生于百老汇的一家小旅馆预示着剧作家将用一生来寻觅一个稳定的家,那么逝于波士顿的一家旅馆绝不意味着奥尼尔穷其一生也没能找到自己的梦想和归宿,更不意味着他人生的悲剧终结。作家在用生命谱写这份对爱和家的感受,他追求过、奋争过、失意过,但每次都爬起来再战。因为在他的眼中,"生活的悲剧给人类带来了无穷的意义。人要是不在跟命运的斗争中失败,人就成了个平庸愚蠢的动物。我所谓'失败'只是从象征意

---

① 参见 Northrop Frye, *Anatomy of Criticism*, 上海外语教育出版社2009年版。
② 〔希〕埃斯库罗斯:《埃斯库罗斯悲剧集》, 陈中梅译, 辽宁教育出版社2001年版, 第4~5页。

义上讲的,因为勇敢的人永远是胜利者。命运永远不能征服勇敢者的精神。"① 也许生活最后告诉了他那个真理:不用在乎哪里出生,何处仙逝,无须强调是否曾拥有一个完整、温馨的家,不用介意爱在何处。因为他已经用灵魂谱写出了那个家、那份爱和那些在爱的战场上拼杀,虽然失败却曾经追求过、奋斗过的悲剧中的人们。

当然,正如著名评论家、奥尼尔传记作家巴雷特·H.克拉克到了奥尼尔晚年还小心翼翼地评价奥尼尔这位戏剧大师一样,我们对奥尼尔的评价也更需谨慎,因为这位戏剧大师"对探索新领域、尝试新形式的热情永无止境。因此,任何总结他一生作品的企图都必定为时过早"②。也许在大师仙世了六十多年的今天我们对奥尼尔爱的评价还为时过早,更也许我们对这位单纯而又厚重、放荡而又严谨、浪漫而又不失庄重的严肃的戏剧大师的评价有失偏颇,但这位伟大的剧作家所带给观众和读者的悲剧和些许的喜剧却在无言地倾诉着它们的价值,主人公们在告知大家爱的美好、爱的单纯、爱的痛苦、爱的挣扎、爱的悲怆和爱的宽容。大师对真爱的再次强调,为了没有精神枷锁的束缚、没有经济利益驱使的真爱而再次呐喊无疑是弥足珍贵的。这又何尝不是时刻感到孤独和冷漠的现代人所追求和为之奋斗的主题!

---

① 〔美〕尤金·奥尼尔:《奥尼尔剧作选》,荒芜译,上海文艺出版社 1982 年版,第 236 页。
② Barrett Clark, *Eugene O'Neill: the Man and His Plays*, Robert Mcbride, 1927, pp. 6-7.

参考文献

西文参考书目

1. Aeschylus. *Aeschylus. I*, trans. Lattimore, Richmond, Chicago & London: the University of Chicago Press, 1953.
2. Bernard, K. L. *The Research Library of Eugene O'Neill*, Ph. D. dissertation, University of Massachusetts, Ann Arbor, 1977.
3. Black, S. A. *Eugene O'Neill: Beyond Mourning and Tragedy*, New Haven: Yale University Press, 1999.
4. Black, Stephen. "Mourning Becomes Electra at 74", *EOR* (27) 2005: 115-25.
5. Bloom, Steven (ed.). *Critical Insights: Eugene O'Neill*, Salem Press Inc, 2012.
6. Bogard, Travis. *Contour in Time: The Plays of Eugene O'Neill*, New York: Oxford University Press, 1988.
7. Bogard, Travis. *Notes and Extracts from a Fragmentary Diary: The Unknown O'Neill: Unfinished or Unfamiliar Writings of Eugene O'Neill*, New Haven: Yale University Press, 1988.
8. Bogard, Travis & Bryer, J. R. *Selected Letters of Eugene O'Neill*, New Haven: Yale University Press, 1988.
9. Bowen, Croswell & Shane O'Neill. *The Curse of the Misbegotten: A Tale of the House of O'Neill*, New York: McGraw-Hill Book Company, 1959.
10. Brown, Susan Rand. "'Mothers' and 'Sons': The Development of Autobiographical Themes in the Plays of Eugene O'Neill," ph. D. dissertation, University of Connecticut, 1975, Ann Arthor, Mich: UMI, 1976.
11. Carpenter, Frederic I. *Eugene O'Neill*, Boston: Twayne Publishers, 1979.
12. Chadbrowe, Leonard. *Ritual and Pathos—the Theater of O'Neill*, Cranbury, NJ: Associated UP, 1976.
13. Chioles, John. "Aeschylus and O'Neill: A Phenomenological View", in *Comparative Drama*, (14)1980:159-187.
14. Chothia, Jean. *Forging a Language: A Study of the Plays of Eugene O'Neill*, Cambridge: Cambridge University Press, 1981.
15. Clark, Barrett. *Eugene O'Neill: the Man and His Plays*, London: J. Cape, 1933.
16. Clark, Barrett. "Aeschylus and O'Neill", in *English Journal*, (21)1932: 699-710.
17. Clark, Barrett. "Working Notes and Extracts from a Fragmentary Work Diary (of

Eugene O'Neill)", in *European Theories of the Drama*, New York: Crown, 1947:530.

18. Coleman, Alta May. "Personality Portrait: Eugene O'Neill", in *Theatre Magazine*, (31) 1920.
19. Cuthrie, W. K. C. *A History of Greek Philosophy*. vol. 1, Cambridge: Cambridge University Press, 1962.
20. Diggins, John Patrick. *Eugene O'Neill's America: Desire Under Democracy*, Chicago: University of Chicago Press, 2007.
21. Dover, Alans. *American Dramas and Its Critics*, Chicago: University of Chicago Press, 1975.
22. Easterling, P. E. & Knox, B. M. W. *The Cambridge History of Classical Literature*, vol. 1 part 2, Cambridge: Cambridge University Press, 1989.
23. Fagles, Robert. *A Reading of 'The Oresteia': The Serpent and the Eagle*, trans. & intro. Fagles, New York: Penguin, 1977.
24. Falk, D. V. *Eugene O'Neill and the Tragic Tension*, New Brunswick: Rutgers University Press, 1958.
25. Floyd, Virginia. *Eugene O'Neill at Work: Newly Released Ideas for Plays*, New York: Frederick Ungar Publishing Co., 1981.
26. Floyd, Virginia. *The Plays of Eugene O'Neill: A New Assessment*, New York: Frederick Ungar Publishing Co., 1985.
27. Foley, Helene P. *Female Acts in Greek Tragedy*, Princeton : Princeton University Press, 2001.
28. Force, W. M. *Orestes and Electra; Myth and Dramatic Form*, Boston: Houghton Mifflin, 1968.
29. Frenz Horst (ed.). *Nobel Lectures, Literature 1901-1967*, Amsterdam: Elsevier Publishing Company, 1969.
30. Frye, Northrop. *Anatomy of Criticism*, Shanghai: Shanghai Foreign Language Education Press, 2009.
31. Grene, David and Lattimore, Richard ed. *The Complete Greek Tragedies*, vol. 1. *Aeschylus*, Chicago: University of Chicago Press, 1959.
32. Goldhill, Simon. *Love, Sex and Tragedy : How the Ancient World Shapes Our Lives*, London: John Murray Publishers, 2004.
33. Hamilton, Edith. *The Greek Way*, New York: W. W. Norton & Company, 1964.
34. Havelock, Eric A. *The Greek Concept of Justice*, Cambridge MA. : Harvard University Press, 1978.
35. Hesiod, *Hesiod and Theognis: Theogony, Works and Days, and Elegies*, trans. Dorothea Wender, London: Penguin Classics, 1976.
36. Highet, Gilbert. *The Classical Tradition*, London: Oxford University Press, 1976.

37. Hornblower, Simon & Antony Spawforth (ed.). *The Oxford Classical Dictionary*, London: Oxford University Press, 1996.
38. Houchin, J. H. *The Critical Response to Eugene O'Neill*, New York: Greenwood Press, 1993.
39. Hunt, Morton. *The Natural History of Love*, New York: Anchor Books, 1994.
40. Jianqing, Shen. *A Study of Eugene O'Neill's Female Portraits*, Changsha: Hunan Education Publishing House, 2002.
41. King, William Davies (ed.). *The Eugene O'Neill Review*, University Park, PA: Penn State University Press, 1989-2012.
42. Kirk, G. S. *Myth: Its Meaning and Functions in Ancient and Other Cultures*, Cambridge: Cambridge University Press, 1971.
43. Koutsoundaki, Mary. *The Greek Plays of Eugene O'Neil*, Athens: Parousia, 2004: 223. Rev. by Robert Simpson McLean in *EOR* (*Eugene O'Neill Review*, Suffolk University, Boston, MA: 28), 2006.
44. Lattimore, Richard. "Introduction to the Oresteia", *Aeschylus: A Collection of Critical Essays*, Marsh H. McCall Jr. (ed.). Englewood Cliff, NJ: Prentice-Hall, 1972: 73-89.
45. Manheim, Michael. *Eugene O'Neill's New Language of Kinship*, New York: Syracuse University Press, 1982.
46. Manheim, Michael. *The Cambridge Companion to Eugene O'Neill*, Shanghai: Shanghai Foreign Language Education Press, 1998.
47. Martine, J. J. *Critical Essays on Eugene O'Neill*, Boston: G. K. Hall & Co., 1984.
48. Mihelich, Christine. *The Rite of Confession in Five Plays by Eugene O'Neill*, Ph. D. dissertation, University of Pittsburgh, Ann Arbor, 1977.
49. Milliora, Maria. *Narcissism, the Family and Madness: A Self-Psychological Study of Eugene O'Neill and His Plays*, New York: Peter Lang, 2000.
50. Moorton, R. F. *Eugene O'Neill's Century: Centennial Views on America's Foremost Tragic Dramatist*, New York: Greenwood Press, 1991.
51. Nash, W. A. *The Homecoming Motif in Selected Works of Eugene O'Neill*, Ph. D. dissertation, University of Utah, 1975, Ann Arbor, 1976.
52. Nethercot, Arthur. "The Psychoanalyzing of Eugene O'Neill", *Modern Drama*, (3) December 1960.
53. Nugent, Elizabeth. *Eugene O'Neill's Mourning Becomes Electra: A Critical Commentary*, New York: Distributed by Monarch Press, 1965.
54. O'Neill, Eugene. *Long Day's Journey into Night*, New Haven: Yale University Press, 1956.
55. O'Neill, Eugene. *Eugene O'Neill* (*complete plays 1913-1920*), the Library of America, 1988.

56. O'Neill, Eugene. *Eugene O'Neill (complete plays 1920-1931)*, the Library of America, 1988.
57. O'Neill, Eugene. *Eugene O'Neill (complete plays 1932-1943)*, the Library of America, 1988.
58. O'Neill, Eugene. *4 Plays by Eugene O'Neill*, Signet Classics, New York: New American Library, 2007.
59. O'Neill, Eugene. *Beyond the Horizon*, New York: Boni and Liveright, 1920.
60. Perry, R. B. *Puritanism and Democracy*, New York: the Vanguard Press, 1944.
61. Poole, Adrian. *Tragedy: Shakespeare and the Greek Example*, New York: Oxford Publishing House, 1987.
62. Ronald, M. L. *The Eugene O'Neill Companion*, Westport and London: Greenwood Press, 1984.
63. Ryba, M. M. *Melodrama as a Figure of Mysticism in Eugene O'Neill's Plays*, Ph. D. dissertation, University of Wayne State University, 1977, Ann Arbor, 1977.
64. Segal, Erich. *Oxford Readings in Greek Tragedy*, London: Oxford University Press, 1983.
65. Sheaffer, Louis. *O'Neill: Son and Playwright*, New York: Paragon House, 1968.
66. Sheaffer, Louis. *O'Neill: Son and Artist*, vol. I & vol. II, New York: Cooper Square Press, 2002.
67. Siebold, Thomas & San Diego. *Readings on Eugene O'Neill*, Detroit: Greenhaven Press, 1998.
68. Singer, Irving. *The Nature of Love I—Plato to Luther*, Chicago: University of Chicago Press, 1984.
69. Singer, Irving. *The Nature of Love II—Courtly and Romantic*, Chicago: University of Chicago Press, 1984.
70. Singer, Irving. *The Nature of Love III—The Modern World*, Chicago: University of Chicago Press, 1987.
71. Stavely, K. W. F. *Puritan Legacies: Paradise Lost the New England Tradition, 1630-1890*, Itchaca and London: Cornell University Press, 1987.
72. Vernant, Jean-Pierre. *The Origins of Greek Thoughts*, New York: Cornell University Press, 1982.
73. Vernant, Jean-Pierre & Vidal-Naquet, Pierre. *Myth and Tragedy in Ancient Greece*, trans. Janet Lloyd, New York: Zone Books, 1996.
74. Voglino, Barbara. *Perverse Mind: Eugene O'Neill's Struggle with Closure*, Madison, NJ.: Fairleigh Dickinson University Press, London: Associated University Presses, 1999.
75. Wallace, Jennifer. *The Cambridge Introduction to Tragedy*, New York: Cambridge University Press, 2007.

76. Werner, Pail. *Life in Ancient Times*, trans. David Macrae, Italy: Minerva, 1986.

77. Wians, William (ed.). *Logos and Muthos: Philosophical Essays in Greek Literature*, Albany: SUNNY Press, 2009.

78. Winther, S. K. *Eugene O'Neill: A Critical Study*, Random House, 1934.

79. Xie, Qun. *Language and the Divided Self: Re-Reading Eugene O'Neill*, Beijing: Peking University Press, 2005.

80. Ярхо В Н. Художественное мышление Эсхила: традиции и новаторство [J] //Philologia classica. Вып. 1. Л., 1977: 7-16.

中文参考书目

1. 〔希〕埃斯库罗斯等：《古希腊悲剧经典》上、下卷，罗念生译，作家出版社 1998 年版。
2. 〔希〕埃斯库罗斯：《埃斯库罗斯悲剧集》，陈中梅译，辽宁教育出版社 2001 年版。
3. 〔希〕埃斯库罗斯：《埃斯库罗斯悲剧集》1～2 卷，陈中梅译，辽宁教育出版社 2001 年版。
4. 〔美〕埃·弗洛姆：《爱的艺术》，刘福堂译，安徽文艺出版社 1987 年版。
5. 〔美〕埃·弗洛姆：《精神分析与宗教》，孙向晨译，上海世纪出版社 2006 年版。
6. 〔美〕艾里希·弗洛姆：《爱的艺术》，亦非译，京华出版社 2006 年版。
7. 〔法〕安德烈·比尔基埃等：《家庭史》1～3 卷，袁树仁等译，三联书店 2003 年版。
8. 〔希〕柏拉图：《柏拉图全集》1～4 卷，王晓朝译，人民文学出版社 2005 年版。
9. 陈洪文、水建馥选编：《古希腊三大悲剧家研究》，中国社会科学出版社 1986 年版。
10. 陈中梅：《神圣的荷马——荷马史诗研究》，北京大学出版社 2008 年版。
11. 陈中梅：《言诗》，北京大学出版社 2008 年版。
12. 〔美〕戴安娜·阿克曼：《爱的自然史》，张敏译，花城出版社 2008 年版。
13. 〔美〕弗吉尼亚·弗洛伊德：《尤金·奥尼尔的剧本：一种新的评价》，陈良廷、鹿金译，上海译文出版社 1993 年版。
14. 〔奥〕弗洛伊德：《爱情心理学》，林克明译，作家出版社 1986 年版。
15. 〔奥〕弗洛伊德：《论文明》，徐洋等译，国际文化出版社 2001 年版。
16. 〔奥〕弗洛伊德：《论文学与艺术》，国际文化出版社 2001 年版。
17. 〔奥〕弗洛伊德：《论宗教》，王献华译，国际文化出版社 2001 年版。
18. 〔美〕弗·埃·卡彭特：《尤金·奥尼尔》，赵岑、殷勤译，春风文艺出版社 1990 年版。
19. 郭继德：《尤金·奥尼尔戏剧研究论文集》，上海外语教育出版社 2003 年版。
20. 郭玉生：《悲剧美学：历史考察与当代阐释》，社会科学文献出版社 2006 年版。
21. 〔英〕汉默顿：《思想的盛宴——西方思想史中之哲学、历史、宗教、科学及其他》，吴琼等译，九州出版社 2005 年版。
22. 〔美〕赫伯特·马尔库塞：《爱欲与文明》，黄勇等译，上海译文出版社 1987 年版。
23. 〔德〕黑格尔：《美学》1～2 卷，朱光潜译，商务印书馆 2006 年版。
24. 胡孝根：《问问灵魂深处：古希腊悲剧观念及其演变的美学思考》，博士论文，2004 年。

25. 〔英〕吉尔古特·默雷:《古希腊文学史》,孙席珍等译,上海译文出版社 2007 年版。
26. 〔美〕克罗斯韦尔·鲍恩:《尤金·奥尼尔传》,陈渊译,浙江文艺出版社 1988 年版。
27. 〔法〕库朗热:《古代城邦》,谭立铸等译,华东师范大学出版社 2006 年版。
28. 〔法〕雷蒙·威廉斯:《现代悲剧》,丁尔苏译,译林出版社 2007 年版。
29. 〔德〕利奇德:《古希腊风化史》,杜之等译,辽宁教育出版社 2001 年版。
30. 廖可兑:《奥尼尔戏剧研究论文集》,中国戏剧出版社 1988 年版。
31. 廖可兑:《尤金·奥尼尔戏剧研究论文集》,外语教学与研究出版社 1997 年版。
32. 廖可兑:《尤金·奥尼尔剧作研究》,中国美术学院出版社 1999 年版。
33. 廖可兑:《尤金·奥尼尔戏剧研究论文集(1999)》,外语教学与研究出版社 2000 年版。
34. 廖可兑:《尤金·奥尼尔戏剧研究论文集(2001)》,河南文艺出版社 2001 年版。
35. 廖可兑:《西欧戏剧史》上、下卷,中国戏剧出版社 2002 年版。
36. 〔法〕列维·斯特劳斯:《结构人类学》,张祖建译,中国人民大学出版社 2007 年版。
37. 〔法〕列维·斯特劳斯:《人类学讲演及》,张毅声等译,中国人民大学出版社 2007 年版。
38. 龙文佩:《尤金·奥尼尔评论集》,上海外语教学出版社 1988 年版。
39. 罗念生:《罗念生全集》1~8 卷,上海人民出版社 2004 年版。
40. 〔德〕马克斯·韦伯:《新教伦理与资本主义精神》,陈平译,陕西师范大学出版社 2007 年版。
41. 〔英〕马林诺夫斯基:《文化论》,费孝通译,中国民间文艺出版社 1987 年版。
42. 毛信德等译:《20 世纪诺贝尔文学奖颁奖演说词全编》,百花洲文艺出版社 2001 年版。
43. 〔美〕摩尔根:《古代社会》,杨东莼等译,三联书店 1957 年版。
44. 〔德〕尼采:《查拉图斯特拉如是说》,楚图南译,湖南人民出版社 1987 年版。
45. 〔德〕尼采:《悲剧的诞生》,周国平译,北岳文艺出版社 2004 年版。
46. 〔美〕欧文·辛格:《超越爱》,沈彬等译,中国社会科学出版社 1992 年版。
47. 〔法〕让-皮埃尔·韦尔南:《希腊思想的起源》,秦海鹰译,生活·读书·新知三联书店 1997 年版。
48. 汪义群:《奥尼尔创作论》,中国戏剧出版社 1983 年版。
49. 汪义群:《当代美国戏剧》,上海外语教育出版社 1992 年版。
50. 汪义群:《奥尼尔研究》,上海外语教育出版社 2006 年版。
51. 王麒:《爱情不能承受之重》,中国国际广播出版社 2006 年版。
52. 王以欣:《神话与历史》,商务印书馆 2006 年版。
53. 〔希〕亚里斯多德:《诗学》,陈中梅译注,商务印书馆 1998 年版。
54. 〔希〕亚里斯多德:《亚里斯多德全集》,第八卷《伦理学》,第九卷《政治学》,苗力田主编,中国人民大学出版社 1997 年版。
55. 谢光云:《古典时期的雅典城市研究》,中国社会科学出版社 2006 年版。
56. 晏绍祥:《荷马社会研究》,上海三联书店 2006 年版。
57. 〔美〕尤金·奥尼尔:《奥尼尔剧作选》,荒芜译,上海文艺出版社 1982 年版。

58. 〔美〕尤金·奥尼尔:《奥尼尔文集》1~6卷,郭继德编,人民文学出版社2006年版。
59. 〔美〕詹姆斯·罗宾森:《尤金·奥尼尔和东方思想》,郑柏铭译,辽宁教育出版社1997年版。
60. 中国社会科学院外国文学研究所外国文学研究资料丛刊编辑委员会:《外国现代剧作家论剧作》,中国社会科学出版社1982年版。
61. 朱光潜:《悲剧心理学》,张隆溪译,上海外语教育出版社1985年版。

中文参考论文

1. 陈才忆:《分裂的双重性格,交织的爱恨之情——奥尼尔〈长日入夜行〉人物性格》,《四川师范学院学报(哲学社会科学版)》,2002年第03期,第21~25页。
2. 陈鹤鸣:《古希腊神话传说的文化精神》,《外国文学研究》,1996年第3期,第68~73页。
3. 陈融:《寻求归属的苦闷与奋争》,《外国文学评论》,1988年第4期,第83~87页。
4. 董中锋:《西方美学中的希腊艺术精神》,《外国文学研究》,1999年第3期,第74~76页。
5. 杜艳:《奥尼尔的三部戏剧:兄弟间的爱恨纠缠》,《郑州航空工业管理学院学报(社会科学版)》,2006年01期,第46~48页。
6. 傅守祥:《精神的异变与心灵的救赎——论俄瑞斯忒斯主题在奥尼尔〈悲悼〉三部曲中的现代性呈现》,《东疆学刊》,2007年4月第24卷第2期,第49~55页。
7. 耿幼壮:《悲剧与死亡——英国伊丽莎白时期复仇剧问题》,《外国文学评论》,2005年第3期,第98~106页。
8. 郭继德:《对清教主义桎梏的大胆突破》,《戏剧》,2003年第3期,第63~68页。
9. 郭继德:《现代美国戏剧的缔造者尤金·奥尼尔》,《外国文学研究》,2003年第4期,第6~12页。
10. 郭勇丽:《尤金·奥尼尔戏剧之宿命爱情观细读探隐》,《内蒙古农业大学学报(社会科学版)》,2012年第4期,第193~194页。
11. 洪靖慧:《奥尼尔的宿命爱情观》,《上海戏剧》,2003年第3期,第26~27页。
12. 康建兵:《〈悲悼〉的海岛形象分析》,《涪陵师范学院学报》,2006年第4期,第118~121页。
13. 康建兵:《近20年国内奥尼尔研究述评》,《山东艺术学院学报》,2008年第4期,第41~45页。
14. 李桎杨:《奥尼尔剧作的文化诠释》,华中师范大学硕士论文,2003年。
15. 李良:《论奥尼尔〈悲悼〉三部曲的悲剧主题》,山东大学硕士论文,2005年。
16. 李伟华:《弗洛伊德、尼采及表现主义戏剧对奥尼尔〈悲悼〉的影响》,《吉林艺术学院学报·学术经纬》,2004年第2期,第32~34页。
17. 李小海、陈祖新:《自恋·家庭·疯狂——对尤金·奥尼尔〈悲悼〉的精神分析》,《南都学坛》,2006年第26卷第2期,第82~84页。

18. 力勇:《论〈悲悼〉主人公的悲剧性》,《四川外语学院学报》,2003年第1期,第40~43页。
19. 梁旭东:《英雄走向祭坛——兼谈〈俄狄浦斯王〉的原型意味》,《宁波大学学报》,2002年6月第15卷第2期,第33~37页。
20. 凌继尧:《作为希腊美学母体的希腊神话》,《美学研究》,2002年第1期,第106~108页。
21. 刘定远:《论尤金·奥尼尔对古希腊悲剧的继承与超越》,华中师范大学硕士学位论文,2007年。
22. 刘建欣、刘晓博:《论奥尼尔的悲剧作品对古希腊悲剧作品的借鉴与革新》,《前沿》,2007年第4期,第231~233页。
23. 刘明厚:《简论奥尼尔的表现主义戏剧》,《外国文学评论》,1997年3期,第61~65页。
24. 刘西峰、张庆盈:《论民族背景与宗教信仰对奥尼尔及其作品的影响》,《山东理工大学报》,2002年第4期,第83~85页。
25. 刘茵:《露丝的爱情—从天边外评析奥尼尔的悲剧的爱情观及其原因》,《北京工业职业技术学院学报》,2007年第7期,第127~129页。
26. 刘永杰:《爱与死亡:尤金·奥尼尔剧作的性别理论研究》,华东师范大学博士论文,2007年。
27. 鲁玉菱:《老子的道论与〈悲悼〉的"循环回归"》,《山东省青年管理干部学院学报》,2002年1月第1期,第108~109页。
28. 罗红云:《复仇女神的净化——论〈悲悼〉中来维妮娅的悲剧形象》,《乐山师范学报》,2005年第4期,第52~55页。
29. 马元龙:《安提戈涅与精神分析的伦理学》,《外国文学评论》,2005年第4期,第18~27页。
30. 聂珍钊:《论希腊悲剧的复仇主题》,《外国文学研究》,2001年第3期,第22~28页。
31. 欧阳基:《美国剧作家尤金·奥尼尔和老子的哲学思想》,《外国文学研究》,1986年第3期,第103~108页。
32. 潘平微:《奥尼尔〈悲悼〉三部曲的深层主题新探》,《外国文学评论》,1987年第2期,第93~97页。
33. 潘薇:《独撑命运重负,直面人生悲情——古希腊悲剧精神咏叹》,《吉林艺术学院学报·学术经纬》,2005年第3期,第21~25页。
34. 权立红:《从索福克勒斯与尤金·奥尼尔看古典悲剧与现代悲剧的差异》,《安徽文学》,2008年第3期,第103页。
35. 时晓英:《极端状况下的女性——奥尼尔女主角的生存状态》,《四川外国语学院学报》,2004年4月,第36~40页。
36. 苏娜:《希腊悲剧起源与人的心理因素》,《外国文学研究》,1992年第2期,第135~136页。
37. 苏煜:《奥尼尔悲剧特色论》,《徐州师范大学学报》,2004年第5期,第41~45页。

38. 孙志红:《不朽的形象成就不朽的作品——浅析〈悲悼〉中劳维尼亚艺术形象的意义》,《戏剧文学》,2002 年第 12 期,第 57~60 页。
39. 唐俭:《振聋发聩的世纪启示录——奥尼尔连续剧赏析》,《外国文学研究》,1996 年第 4 期,第 53~56 页。
40. 陶江:《尤金·奥尼尔笔下的复仇女神——析莱维尼娅的悲剧形象》,《贵州大学学报(艺术版)》,2004 年第 3 期,第 60~63 页。
41. 万俊:《尤金·奥尼尔戏剧人物的类型》,《上饶师专学报》,2000 年第 1 期,第 68~71 页。
42. 汪树东:《论埃斯库罗斯的悲剧精神》,《喀什师范学院学报》,2000 年 12 月第 4 期,第 75~77 页。
43. 王立:《中西复仇文学主题比较》,《外国文学研究》,1996 年第 3 期,第 103~109 页。
44. 王立:《中西方复仇文学主题褒贬倾向比较》,《西南民族学院学报》,2000 年第 1 期,第 73~76 页。
45. 王钦峰:《古希腊人性的异化及其现代反响》,《外国文学评论》,1994 年第 1 期,第 78~86 页。
46. 王铁铸:《悲剧:奥尼尔的三位一体》,《辽宁大学学报》,1993 年第 3 期,第 9~13 页。
47. 王维昌:《俄狄浦斯主题的内窥与外显——〈麦克白〉与〈琼斯皇〉》,《外国文学评论》,1995 年第 4 期,第 57~63 页。
48. 王锡明:《论希腊艺术的永久魅力》,《外国文学研究》,1995 年第 2 期,第 10~20 页。
49. 巫书娜:《狄奥尼索斯精神在尤金·奥尼尔剧作中的体现》,四川外国语学院硕士论文,2006 年。
50. 吴雪莉:《奥尼尔剧作中被困扰的"自我"》,《外国戏剧研究》,1989 年第 1 期,第 40~50 页。
51. 吴忠诚:《合理与非理的宇宙人生——古希腊神话"命运观"浅析》,《外国文学研究》,1994 年第 4 期,第 85~93 页。
52. 武跃速:《论奥尼尔悲剧的终极追寻》,《外国文学研究》,2003 年第 1 期,第 26~31 页。
53. 肖启芬:《尤金·奥尼尔剧作中的母子关系——从情欲之爱到母性之光》,《湖南科技学院学报》,2009 年 03 期,第 55~57 页。
54. 晏迎新:《论奥尼尔的〈悲悼〉对古希腊悲剧的继承和发展》,《文学研究》,2006 年 8 月上旬刊,第 66~67 页。
55. 杨经建、彭在钦:《复仇母题与中外叙事文学》,《外国文学评论》,2000 年第 4 期,第 138~148 页。
56. 杨经建:《"乱伦"母题与中外叙事文学》,《外国文学评论》,2000 年第 4 期,第 59~68 页。
57. 杨挺:《奥尼尔与易卜生》,《外国文学评论》,2003 年第 4 期,第 109~114 页。
58. 杨挺:《奥尼尔与叔本华》,《外国文学评论》,2006 年第 2 期,第 24~32 页。
59. 杨彦恒:《一部具有传统特色的现代悲——谈奥尼尔的剧作素娥怨》,《外国文学研究》,1994 年第 1 期,第 15~19 页。

60. 杨永丽:《"恶女人"的启示——论〈奥瑞斯提亚〉与〈悲悼〉》,《外国文学评论》,1990 年第 1 期,第 105~111 页。

61. 应小敏:《俄瑞斯忒斯故事的主题学意义及现代性内涵》,黑龙江大学学位论文,2003 年。

62. 于乐庆:《奥尼尔悲剧与尼采无意识哲学》,《外国文学研究》,1992 年第 2 期,第 50~54 页。

63. 詹春娟:《现代悲剧里的罪与罚》,《山东外语教学》,2006 年第 5 期,第 103~108 页。

64. 张木荣:《神话与美学——马尔库塞美学片论》,《外国文学研究》,1996 年第 3 期,第 23~26 页。

65. 张生珍、郭继德:《〈安娜·克里斯蒂〉剧中的悲剧女主角解读》,《齐鲁学刊》,2006 年第 6 期,第 111~113 页。

66. 张文、黄蕾:《面具后面的爱恨情仇——〈悲悼〉中面具的象征意义》,《山东文学月刊》,2005 年第 3 期,第 67~73 页。

67. 张文,李勋灿:《日神与酒神的较量》,《湖北民族学院学报》,2006 年第 3 期,第 70~73 页。

68. 张新颖:《论〈悲悼〉中人物的悲剧根源》,《观云听泉》,第 25~27 页。

69. 张岩:《悲剧的神话原型结构与置换变异——〈奥瑞斯提亚〉、〈悲悼〉、〈苍蝇〉之比较研究》,《中华女子学院山东分院学报》,2002 年第 2 期,第 21~24 页。

70. 张岩:《"人与上帝的关系":尤金·奥尼尔悲剧创作主题探析》,《泰山学院学报》,2004 年第 4 期,第 25~28 页。

71. 张岩:《〈悲悼〉悲剧冲突的表现形态与情感模式探析》,《泰山学院学报》,2005 年第 27 卷第 1 期,第 37~41 页。

72. 张勇:《面具大师的现实主义回归》,《文教资料》,2008 年 3 月刊,第 14~16 页。

73. 张玉红:《论奥尼尔的俄狄浦斯情结》,《重庆理学院学报》,2006 年 3 月第 5 卷第 2 期,第 55~64 页。

74. 赵复兴:《古希腊神话内容特点探囊取物源》,《外国文学研究》,1993 年第 4 期,第 36~40 页。

75. 赵洪尹:《奥林恋母与母亲的欲望——与拉康解读〈悲悼〉》,《西南民族大学学报》,2003 年第 9 期,第 338~341 页。

76. 赵晓丽、屈长江:《复仇 惩罚 渎神——论奥尼尔〈悲悼〉的现代悲剧意识》,《戏剧》,1989 年第 52 期,第 58~64 页。

77. 周晓春:《理性的公正——评尤金·奥尼尔〈奇异的插曲〉》,《作家》,2011 年第 10 期,第 110~111 页。

78. 左婷:《浅析尤金·奥尼尔戏剧作品中主题思想的嬗变》,《东京文学》,2011 年 03 期,第 120 页。

附　录

图一　清教影响示意图

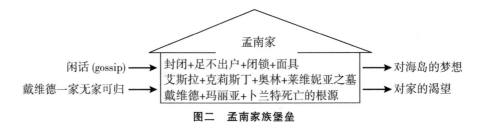

图二　孟南家族堡垒

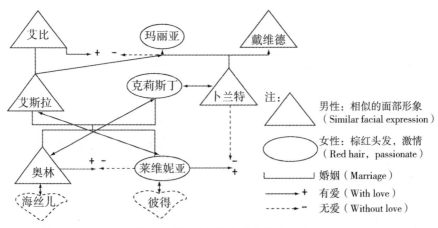

图三　孟南家族复杂的人物关系图

附　录　191

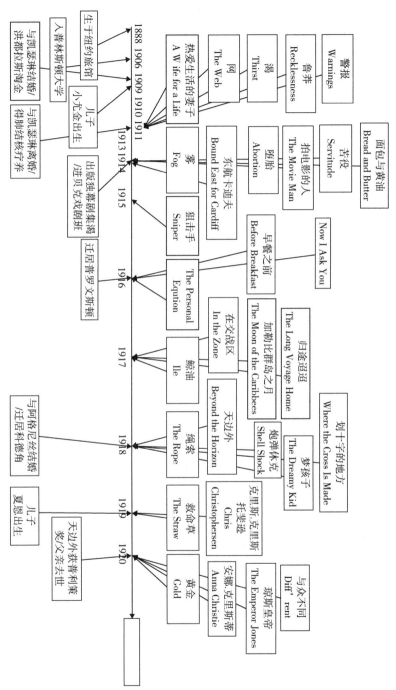

图四　尤金·奥尼尔作品、生平大事图

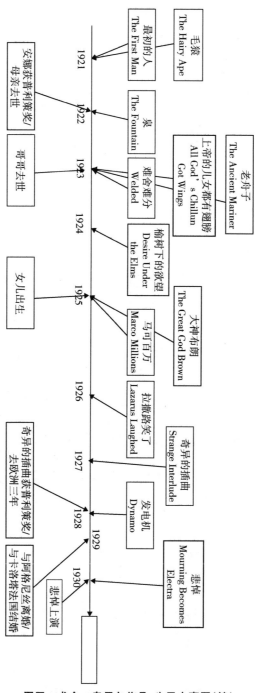

图四 尤金·奥尼尔作品、生平大事图(续)

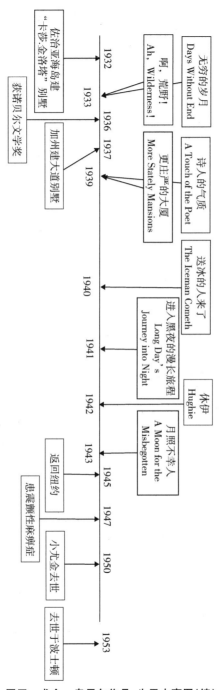

图四　尤金·奥尼尔作品、生平大事图(续)

表一 《奥瑞斯提亚》三部曲与《悲悼》三部曲人物对应表

人物关系	《奥瑞斯提亚》	《悲悼》
兄妻—护士	埃罗佩(Aerope)	玛丽亚(Marie)
祖父	阿特柔斯(Atreus)	艾比(Abe Mannon)
叔祖	苏厄斯忒斯(Thuestes)	戴维德(David Mannon)
父亲	阿伽门农(Agamenon)	艾斯拉(Ezra Mannon)
母亲	克鲁泰墨丝特拉(Clytemnestra)	克莉斯丁(Christine)
儿子	奥瑞斯忒斯(Orestes)	奥林(Orin)
女儿	厄勒克特拉(Electra)	莱维妮亚(Lavinia)
情夫	埃吉索斯(Aegisthus)	卜兰特(Brant)

表二 《奥瑞斯提亚》三部曲与《悲悼》三部曲情节对应表

《奥瑞斯提亚》	《悲悼》
叔祖引诱兄嫂	叔祖、祖父同时爱上护士(明确交代)
叔祖被逐出家门	叔祖、护士被逐出家门(明确交代)
阿伽门农特洛伊战争归来	艾斯拉美国南北战争归来
阿伽门农被妻及其情夫所杀	艾斯拉被妻及其情夫所杀
阿伽门农女儿厄勒克特拉鼓励(受阿波罗神示)弟弟奥瑞斯忒斯杀母及其情夫。弟弟:果断、被复仇女追逐、公审无罪	艾斯拉女儿莱维妮亚(出于恋父情结)鼓动弟弟奥林杀母亲的情夫,母无望自杀。弟弟:犹豫、嫉妒、恋母、自杀
厄勒克特拉去向不明(结婚生子?)	莱维妮亚自闭家中自惩——拒绝彼得求婚

表三 情节差异对应表

《奥瑞斯提亚》	《悲悼》
奥瑞斯忒斯受阿波罗神谕替父报仇	奥林出于嫉妒报仇,并非替父报仇
奥瑞斯忒斯为父报仇杀死母亲的情人及母亲	奥林为争夺母亲杀死卜兰特、无意间逼母自杀
奥瑞斯忒斯被复仇女神追逐而疯癫	奥林被良心所逼而疯癫
奥瑞斯忒斯被雅典娜判无罪,恢复自由、正常	奥林为对姐姐的乱伦感情所扰、恋母情结所苦自杀身亡
厄勒克特拉下落不明	莱维妮亚自闭大宅、偿还孽债

表四 尤金·奥尼尔爱情因素戏剧创作一览表

中文译名	英文名称	时间	爱情角色
《热爱生活的妻子》	A Wife for a Life	1913	老人(the older man) 杰克(Jack) 老人妻子伊维特(Yvette)
《网》	The Web	1913	罗斯(Rose) 蒂姆(Tim)
《鲁莽》	Recklessness	1913	玛尔蒂尔德(Mildred) 弗莱德(Fred)
《警报》	Warnings	1913	詹姆斯·纳普(James Knapp) 玛丽·纳普(Mary Knapp)
《面包与黄油》	Bread and Butter	1914	布朗(Brown) 布朗夫人(Mrs. Brown)
《东航卡迪夫》	Bound East for Cardiff	1914	扬克(Yank) 妻子(wife)
《堕胎》	Abortion	1914	杰克(Jack) 伊芙琳(Evelyn) 奈丽(Nellie)
《拍电影的人》	The Movie Man	1914	罗杰斯(Rogers) 阿妮塔(Anita)

续表

中文译名	英文名称	时间	爱情角色
《苦役》	Servitude	1914	罗伊尔斯顿(Roylston) 爱丽丝(Alice) 弗雷泽(Frazer) 弗雷泽太太(Mrs. Frazer)
《狙击手》	The Sniper	1915	卢岗(Rougon) 卢岗大娘(Mother Rougon)
《早餐之前》	Before Breakfast	1915	罗兰太太(Mrs. Rowland) 罗兰(Rowland)
《鲸油》	Ile	1917	肯尼(Keeney) 肯尼太太(Mrs. Keeney)
《在交战区》	In the Zone	1917	史密蒂(Smitty) 艾迪丝(Edith)
《归途迢迢》	The Long Voyage Home	1917	弗丽达(Freda) 奥尔森(Olson)
《天边外》	Beyond the Horizon	1918	罗伯特(Robert) 露丝(Ruth) 安德鲁(Andrew)
《加勒比群岛之月》	The Moon of the Caribbees	1918	史密蒂(Smitty) 珍珠儿(Pearl)
《划十字的地方》	Where the Cross Is Made	1918	巴特利(Bartlett) 玛丽·爱伦(Mary Allen)
《救命草》	The Straw	1919	艾琳(Eileen) 斯蒂芬(Stephen)
《黄金》	Gold	1920	巴特利特(Bartlett) 巴特利特太太(Mrs. Bartlett)
《安娜·克里斯蒂》	Anna Christie	1920	安娜(Anna) 伯克(Burke)
《与众不同》	Diff'rent	1920	凯莱布(Caleb) 爱玛(Emma)
《最初的人》	The First Man	1921	柯蒂斯(Curtis) 马撒(Martha)

续表

中文译名	英文名称	时间	爱情角色
《毛猿》	The Hairy Ape	1921	扬克(Yank) 米尔德丽德(Mildred)
《泉》	The Fountain	1922	胡安(Juan) 玛丽亚(Maria) 贝亚特丽斯(Beatriz)
《难舍难分》	Welded	1923	埃莉诺(Eleanor) 凯普(Cape)
《上帝的儿女都有翅膀》	All God's Chillun Got Wings	1923	吉姆(Jim) 艾拉(Ella)
《榆树下的欲望》	Desire Under the Elms	1924	凯勃特(Cabot) 爱碧(Abbie) 伊本(Eben)
《大神布朗》	The Great God Brown	1925	迪昂(Dion) 布朗(Brown) 玛格丽特(Margaret) 西比尔(Cybel)
《马可百万》	Marco Millions	1925	阔阔真公主(Kukachin) 马可·波罗(Marco Polo)
《拉撒路笑了》	Lazarus Laughed	1926	拉撒路(Lazarus) 梅丽安(Miriam) 庞贝娅(Pompeia) 蒂贝留思·凯撒(Tiberius Cesar)
《奇异的插曲》	Strange Interlude	1927	尼娜(Nina) 戈登(Gordon) 山姆(Sam) 达雷尔(Darrell) 马斯登(Marsden) 小戈登(Gordon Evans) 利兹教授(Prof. Henry Leeds)

续表

中文译名	英文名称	时间	爱情角色
《发电机》	Dynamo	1928	莱特(Light) 莱特太太(Mrs. Light) 鲁本(Reuben) 艾达(Ada) 法伊夫(Fife) 法伊夫太太(Mrs. Fife)
《悲悼三部曲》	Mourning Becomes Electra	1931	艾斯拉(Ezra) 克莉斯丁(Christine) 卜兰特(Brant) 莱维妮亚(Lavinia) 奥林(Orin) 艾比(Abe)
《啊,荒野!》	Ah, Wilderness!	1933	理查德(Richard) 穆里尔(Muriel)
《无穷的岁月》	Days Without End	1933	约翰(John) 洛文(Loving) 埃尔莎(Elsa) 露西(Lucy)
《送冰的人来了》	The Iceman Cometh	1939	希基(Hickey) 伊夫琳(Evelyn)
《进入黑夜的漫长旅程》	Long Day's Journey into Night	1941	玛丽·蒂龙(Mary Tyrone) 詹姆斯·蒂龙(James Tyrone) 埃德蒙(Edmund) 詹米(Jamie)
《诗人的气质》	A Touch of the Poet	1942	萨拉(Sara) 西蒙(Simon)
《更加庄严的大厦》	More Stately Mansions	1935	西蒙(Simon) 萨拉(Sara)
《月照不幸人》	A Moon for the Misbegotten	1943	乔茜(Josie) 杰姆·蒂隆(James Tyrone)

索　引

一、奥尼尔作品及人物索引

A

《啊，荒野！》(*Ah, Wilderness!*)23,150,166—168,198

　　理查德(Richard)23,167,198

　　穆里尔(Muriel)167,198

《安娜·克里斯蒂》(*Anna Christie*)7,16,20—21,28,32,35,49,57,79,150,196

　　安娜·克里斯托弗森(Anna Christopherson)20

　　马特·伯克(Mat Burke)20

B

《悲悼三部曲》(*Mourning Becomes Electra*)198

　　艾比(Abe)32,55,58,70,102,104,108,110,112,120,127—128,132,139,147,158,194,198

　　艾斯拉(Ezra)8,14,18,51—52,55—56,58,69,71—74,77—82,85—93,98,100—111,114—116,119—121,123—125,127—130,132—135,137—145,147—149,156—159,162,194,198

　　奥林(Orin)18,51—52,54,56—58,63,68—69,74—76,78,80—83,92—93,98—99,101—103,105—107,109—123,125—127,129—131,133—137,139—144,146—150,154,158—160,162—163,176,189,194—195,198

　　卜兰特(Brant)12,51,54—58,63,68—70,72—74,77—85,87—89,91—93,98,101—106,108—117,119—121,123,125,127,129,131—133,135—136,138—139,142—144,146—149,155—160,162—163,194—195,198

　　戴维德(David)32,55,58,68,70—71,85,98,103—108,110,120,127,132,135—136,144,158,194

　　克莉斯丁(Christine)12,14,51—52,55—58,63,69—75,77—81,83,85—93,98—106,108—117,119—120,122—125,127—144,146—149,154—159,163,198

　　莱维妮亚(Lavinia)12,22,49,51—52,54,56—58,62—63,69—70,72—77,80—86,91—93,98—99,101—111,116—117,119—133,135—142,144,146—156,158—160,162—164,168,175—177,194—195,198

　　玛丽亚(Marie)32,55—56,58,68—72,83,85,98,103—106,108—110,112,115,120,122,127,132,135—136,144,156,158,161,194

　　萨斯(Seth)52,56,69,77,91,99,104,120,124—125,137,142—145,155—156

　　水手48,78,143,145—146

D

《大神布朗》(*The Great God Brown*)22,27—29,35,49,63,89,121,168,197

　　布朗(Brown)27—29,121,168,195,197

迪昂(Dion)27—29,168,197
玛格丽特(Margaret)27—28,197
西比尔(Cybel)22,28—29,197
《东航卡迪夫》(*Bound East for Cardiff*)
　14,20,35,49,57,79,195
《堕胎》(*Abortion*)10,13,16—17,195
杰克(Jack)13,22,195
奈丽(Nellie)13,195

F
《发电机》(*Dynamo*)112,198

G
《归途迢迢》(*The Long Voyage Home*)14,
　57,79,196

J
《加勒比群岛之月》(*The Moon of the Caribbee*)14,196
《加力比斯之月》(*The Moon of the Caribbees*)3
《进入黑夜的漫长旅程》(*Long Day's Journey into Night*)7,22,35,49,53,
　63—64,72,112,117,137,154,168—171,198
埃德蒙(Edmund)112,117,170,176,198
玛丽·蒂龙(Mary Tyrone)53,72,112,198
胖紫罗兰(Fat Violet)22
詹米(Jamie)64,170,176,198
詹姆斯·蒂龙(James Tyrone)170,198
《警报》(*Warnings*)11,195
《鲸油》(*Ile*)10,14,20,79,196
《救命草》(*The Straw*)7,10,11,16—17,
　31,57,64,170,196
艾琳(Eileen)16—17,64,196
斯蒂芬(Stephen)5,17,64,196

K
《渴》(*Thirst*)11

《苦役》(*Servitude*)10,14,16—17,
　172,196
爱丽丝(Alice)14,196
埃色尔(Ethel)14
大卫·罗伊斯顿(David Roylston)14

L
《拉撒路笑了》(*Lazarus Laughed*)30,52,
　89,197
《鲁莽》(*Recklessness*)11,12,195

M
《马可百万》(*Marco Millions*)29,197
阔阔真公主(Kukachin)29,197
马可·波罗(Marco Polo)29,197
《毛猿》(*The Hairy Ape*)23,25,49,52,
　57,79,197
扬克(Yank)23,49,195
《梦孩子》(*The Dreamy Kid*)16

N
《难舍难分》(*Welded*)8—9,22—25,
　175,197
埃莉诺(Eleanor)9,23—25,175,197
迈克尔·凯普(Cape)23

Q
《奇异的插曲》(*Strange Interlude*)25,
　29—30,35,49,96,112,116,121,150,197
达雷尔(Darrell)30—31,197
戈登(Gorden)29,197
利兹教授(Professor Henry Leeds)22,
　29—31,96,197
马斯登(Marsden)29—31,197
尼娜(Nina)29—31,112,116,121,150,176,197
萨姆(Sam)30—31
小戈登(Gordon Evans)30,197
《琼斯皇帝》(*The Emperor Jones*)35,

49,52

《泉》(The Fountain)23,197

贝亚特丽斯(Beatriz)23,197

胡安(Juan)23,197

玛丽亚(Maria)23,197

R

《热爱生活的妻子》(A Wife for a Life)7,10—11,16—17,173,195

S

《上帝的儿女都有翅膀》(All God's Chillun Got Wings)22,25,28,31,35,49,57,64,86,89,168,197

艾拉(Ella)22,25—26,28,47,53,62,72,118—119,168,197

吉姆(Jim)25—26,31,57,64,168,197

《诗人的气质》(A Touch of the Poet)54,97,121,172,198

《送冰的人来了》(The Iceman Cometh)35,49,52,54,57,112,168—169,198

霍普(Hope)169

希基(Hickey)169,198

T

《天边外》(Beyond the Horizon)6,10,14—17,19—21,31—32,35,49,57,64,79,150,168,173,196

安德鲁(Andrew)16,168,196

露丝(Ruth)16,20,32,64,150,187,196

罗伯特(Robert)10,16—17,20,31,36,49,57,64,79,168,196

W

《网》(The Web)10—12,22,28,195

蒂姆(Tim)11,195

罗斯(Rose)11,22,28,195

《雾》(Fog)11

《无穷的岁月》(Days Without End)63,89,166—168,198

艾尔莎(Elsa)168

洛文(Loving)168,198

约翰(John)168,198

Y

《榆树下的欲望》(Desire Under the Elms)6,22,26,28,31—32,35,49,57,64,86,95—97,100,112,150,173,175,197

爱碧(Abbie)22,26—28,31—32,49,57,64,150,175—176,197

伊本(Eben)26—27,31—32,57,64,112,150,175—176,197

《与众不同》(Diff'rent)22,95,97,167,196

《月照不幸人》(A Moon for the Misbegotten)7,22,54,64,78,112,150,168,172—173,198

杰米(Jim)64,112,172,176

乔茜·霍根(Josie Hogan)22,112

Z

《在交战区》(In the Zone)10,15,17,20,196

史密蒂(Smitty)15,20,196

《在我们的海滩上》("Upon Our Beach")9

《早餐之前》(Before Breakfast)10,14,17,196

二、奥尼尔生平相关索引

A

阿格尼丝·博尔顿(Agnes Boulton)62

艾拉·昆兰(Ella Quinlan O'Neill)47,169

J

杰米·奥尼尔(Jamie O'Neill) 172

K

卡洛塔·蒙特莉(Carlotta Monterey) 17, 23, 36, 62—63

凯瑟琳·詹金斯(Kathleen Jenkins) 10, 13, 17, 23, 63

X

小尤金(Eugene O'Neill, Jr.) 13, 47, 62, 97, 127

Z

詹姆斯·奥尼尔(James O'Neill) 10—11, 47, 96—97, 169

三、古希腊悲剧及神话相关索引

A

阿波罗(Apollo) 28, 40, 42—44, 58, 60, 145, 159—160, 194—195

阿都尼斯(Adonis) 59

《阿尔刻提斯》(*Alcestis*) 60

阿芙罗底忒(Aphrodite) 58—59, 174

艾洛斯(Eros) 58, 174

《埃涅阿斯纪》(*The Aeneid*) 28

埃斯库罗斯(Aeschylus) 33, 35, 37—52, 55, 58—60, 65—67, 103, 144—145, 151, 156—162, 170, 178, 184

《奥德赛》(*Odyssey*) 44

  奥德修斯(Odyseus) 59

  裴奈罗佩(Penolope) 59

《奥瑞斯提亚》(*Oresteia*) 33, 35—36, 38—41, 43—44, 47, 51—52, 55, 59, 127, 145, 155, 157—160, 162, 194—195

  奥瑞斯忒斯(Orestes) 39—44, 46, 51—52, 56, 127, 158—160, 162—163, 194—195

《阿伽门农》(*Agamemnon*) 38, 41, 51, 55, 60

  阿伽门农(Agamemnon) 39—46, 51, 53, 55, 59—60, 104, 145, 157—159, 194

  阿特柔斯(Atreus) 40—42, 46, 53, 55, 58, 65, 127, 158, 163, 194

  埃吉索斯(Aegisthus) 41, 44, 51, 55, 59, 158—159, 194

厄勒克特拉(Electra) 42, 49, 51—52, 56, 75, 103, 133, 153, 158—160, 162—163, 194—195

复仇女神(Fury, Erinues, Eumenides) 40, 42, 44—46, 52, 90, 127, 157, 159—160, 195

卡桑德拉(Cassandra) 40—41, 43, 45, 145—146

克鲁泰墨丝特拉(Clytemnestra) 40—45, 51—52, 55, 59, 157—158, 163, 194

《奠酒人》(*The Libation Bearers*) 38, 42, 51

《善好者》(*The Eumenides*) 38, 40, 42, 51

B

《被绑的普罗米修斯》(*Prometheus Bound*) 38, 40, 59

柏拉图(Plato) 60, 184

《波斯人》(*The Persians*) 38—40

  阿托莎(Atossa) 40

  塞耳克赛斯(Xercex) 39

E

俄底浦斯情结(Oedipus Complex) 26

《俄底浦斯王》(*Oedipus the King*) 26, 43, 49, 51, 54, 175

俄底浦斯(Oedipus) 26, 46, 50, 52, 59, 62, 104, 151, 156

伊娥卡丝忒(Iokaste) 52

俄耳甫斯(Orpheus) 59

H

赫西俄德(Hesiod)40,46,58,174

《会饮篇》(Symposium)60

L

拉伊俄斯(Laius)39,52

M

《美狄亚》(The Medea)26,60,127,175

美狄亚26,49,60

O

欧里庇得斯(Euripides)38－39,41,49－50,52,54,59

欧律狄刻(Eurydice)59

P

普罗米修斯(Prometheus)40,104

Q

《七勇攻忒拜》(Seven against Thebes)38－39

《祈援女》(The Suppliant Maidens)38－39,59

R

《瑞索斯》(Rhesus)44

S

《神谱》(Theogony)58,174

索福克勒斯(Sophocles)38－39,41,49－50,54,59,62

X

《希波吕托斯》(Hippolytus)26,60

Y

亚里士多德(Aristotle)12,30,51,54,153,176

《伊利亚特》(Iliad)44

《伊翁》(Ion)60

Z

宙斯40,42,44,46,58－59,174

四、重要词语索引

A

爱的变异67,107,112,122

爱的美好36－37,68,85－86,123,156,179

爱的扭曲12,33－34,68,87,108,125,149

爱的缺失2,34,63,68,85－86,89,91,100,106－107,109－110,118,127,131,148－149,161,176

爱的压抑37,58,88,100,103,107－108,110,112,119

《爱的艺术》(The Art of Loving)2,8,61,84,114－116,119,132,174,184

爱情岛80－81

爱情观5－6,12,16－18,32－33,60－61,63－64

爱犹在33,67,149－150,155－156,163－165

B

百叶窗57,90,142－143,156,161

必然(cananke)12,31,41,46,73,95,128,153,156

C

城邦(polis)44,46,60,178

船歌143－146,155

D

大海14,16,20－21,28,64,78－81,83,144－146,174

F

坟墓28,77,132,135－136,138－139,142,147－148,162

弗洛姆(Erich Fromm)2,8,61,114－116,

125,151,171,174
弗洛伊德 31,33,49,61,132,175,184,186

G

歌队(chorus) 31,38,40—43,45,52,56,59,91,137,143

歌手 145—146,149,155

公道 99,101

公正 28,30,51,99,101,119,151,189

H

海岛 23,50,68,70,72,74—77,80—84,98—99,102,109—111,113—114,121,123,136—137,140,142,146,148,154,161—162,186

J

激动、不安和恐惧 37,39,45

家族(oikos) 12,32—34,37,40—47,51—52,54—58,65,67—70,76,79,82—86,90,92—97,99—101,103—113,115—117,121—123,125—127,132—142,144—154,158,160—164,168,177—178,190

家族命运 46,68,160—161

家族情结 147,149

家族诅咒 44,150

骄横(Hubris) 41,52,103—108,111,121,131,139,150

《绞人的约翰》146,155

禁欲 81,87,96,98,101,107

金棕头发 53,55,65,68,70,74,85,122,161

L

理性(logos) 6,41,46,96,99,166,174,176—177,189

恋父情结 58,74,117,119—120,125,130,149,159,162,164,194

恋母情结 26,36,54,56,58,63,76,112—113,115—116,119,125—126,129,159—161,163,195

乱伦序 32,57,67,108,112,122—123,125—126,133,147,159—160,162,188,195

轮回 140—141,161

M

面具(mask) 27—29,31,36,38,49,52—53,56—58,69—72,76—77,83,85—95,98—99,101,103,105—108,111,117,120,124,138—140,142—144,147—148,157,161,189

《面具备忘录》("Memoranda on Masks") 94

命运(moira, aisa) 26,32—33,35,37,39—47,49—51,54—55,57—58,62,64—68,86,89,91,94,109,115,143—146,149,152—155,157,160—164,175,177—179,187—188

母亲岛 82,85

N

尼采 1,8,31,33,49,61,83—84,176,185—186,189

懦夫 22,60,80,105—107,133,146

Q

亲族(genos) 46

清教 22—23,52,63,69—70,72,74,78,81,83—85,87—88,90,95—104,107—109,111,127,131—133,135,139—140,144,151,154,158,161,175—178,186,190

R

荣格 31,33,49,61

S

《申纳杜》143,145,155—156,164

神祇(theos, theoi) 40,43—44,58,174

T

突转（peripeteia, surprise turn）与发现（anagnōrsis, recognition）54

X

希腊悲剧（tragōidia）36—38,46,50,52,59,127,152,163

希腊庙宇 53,55,58,76,90,143

幸福岛 74,77,81,83—85,90,93,103

Y

月光 74,78,80,119,124—125,142—143,172

《约翰·布朗的遗体》91,130

Z

注定 32,39,42,60,61,73,86,143—145,150,155

主题曲 143—144,150,155,161,164

自由岛 81,85

后　记

　　本书的主干部分脱稿于本人2006至2009年中国社会科学院外国文学所世界文学与比较文学专业的博士论文《爱的悲悼——〈悲悼〉中孟南家族悲剧根源探究》。

　　"宝剑锋从磨砺出，梅花香自苦寒来"，这就是为师多年又重返三角凳为学的我所始终牢记于心的座右铭。每当身上的担子重到我实在肩负不起时，我的心里会默默地为自己反复诵读这句话，同时，恩师陈中梅先生那慈爱而鼓励的目光会一直告诫我要坚持。

　　毅力是一种少有人能胜任的能力，特别是在当今商品大潮下，而为学又是一条更加艰苦的路途。回首本书的艰辛和出稿时的喜悦，我终于意识到什么叫"不悔"。

　　2003至2004年本人赴剑桥大学外语系访学。剑桥浓郁的学术氛围，外语系及古典系的讲座、论坛和专家的交流挑起了我始终没有泯灭的对古希腊神话及古典文学的浓厚兴趣。我每天把自己泡在外语系或古典系的图书馆里、教室里。就在我徘徊于要在剑桥钻研古希腊悲剧，还是回归祖国继续自己喜爱的为师生涯，但要远离我的梦想时，我的朋友提到了社科院外文所的陈中梅研究员，至今依然清晰地记得听到这个消息后的那个不眠夜。

　　2006年，我终于如愿成为了陈中梅先生的弟子，在为师15年后荣幸地获得了继续学习的机会。求学的路是美好的、乐在其中的，但同时也伴着苦寒和磨砺。走路都需要人照顾的多病的母亲、读小学的儿子、差点被判为癌症晚期的丈夫和自己那群等待授课的学生，以及自己所带的文学硕士生们都在等着我这个已步入中年的人。

　　令我最为庆幸的是我慈祥的导师，他为人的高尚、为师的言传身教、为学者的严谨治学总在我最艰难时用那慈爱的笑、儒雅的言语，如涓涓细流激励着我，成为我的动力和典范。本书的第三、四章，即本书的核心部分，是我在剑桥时曾设计的关于"爱"的系列论述的第二部分。但自感愧疚的是其中用"爱"来解析孟家悲剧根源的主题还是在陈先生的循循诱导下提出来的。奥尼尔研究大师，山东大学的郭继德老师在我的思路形成、写作细节、资料的整合等一系列过程中给予我诸多无私的点拨。同时,社科院外文所陆建德老师、史忠义老师和李永平老师,语言大学宁一中老师,清华大学曹莉老师的指点,大大开阔了我阅读相关资料的视野,同时增加了对本主题的多角度的关注;外文所的钟志清博士为本文的思路和主题提供了合理的建议。此后近两年的寒暑和日夜,我以超于常人的努力坚持下来,几乎每天都是从清晨学到深夜,在最后逐字逐句清查标点错误时颈椎终于不堪重负,酿成了此后无时无刻的病痛。我的恩师陈先生更是在百忙之中为我推敲语句、理顺行文、重组结构,那一幕幕如刀痕刻在我的脑海,令我永生感念、难忘。

那是 2009 年 5 月的一个明媚的春日,我的博士论文《爱的悲悼——〈悲悼〉中孟南家族悲剧根源探究》以新颖、充实的内容以及几乎难以找到标点错误的细致和功夫博得了答辩及评审老师们一致的赞扬,因而以全优的成绩被评为当年社科院外文所优秀毕业论文。欣喜的我不禁抓起不苟言笑的导师的手蹦了起来。

博士毕业后的日子是一个惯性阶段,小论文和专著的发表又令我一刻不停地在外语学院阅览室里徜徉起来。脑海中总是盘绕着要把尤金·奥尼尔五十多部剧作以爱作贯通性解析这一野心。2012 年,这个梦想终于见到了实现的曙光。那是 2012 年的冬日,正值我毕业论文即将在北大出版社出版之际,我那知性、温雅的责任编辑初艳红女士带给我一个启发:为何不申请"国家社科基金后期资助项目"? 就这样,2013 年国家社科基金后期资助项目《尤金·奥尼尔爱的主题研究》(13FWW004)顺利申报成功。它的启动奠定了我对奥尼尔爱的主题继续深入挖掘的信心和勇气。于是又三年过去了,当手里的奥尼尔研究资料又扩大了几倍,心理学、哲学、历史、教育学、美学甚至语料库的专著摞了几摞后,这本浓缩了二十几万字,耗费近十年心血的专著终于得以面世。

本书写作期间得到了许多老师和朋友的帮助。其中最为欣喜和幸运的是国内尤金·奥尼尔研究开山人之一,山东大学郭继德教授和本人畅谈过多次,较为欣赏本书的思路,并提供了诸多宝贵的意见、建议以及珍贵的资料和信息。北航外国语学院汤德馨教授和他的妻子白效兰老师,北航外国语学院高晓燕副教授和她的爱人,新华社的冯坚先生以及语言大学的宁一中教授,清华大学的曹莉教授,北航外国语学院朱国振副教授、钱多秀副教授、程芳博士和夏历博士,都为本书的初稿以及定稿提出过建设性的意见。本人在剑桥大学外语系的友人,博士生导师 Jennifer Wallace 博士来京讲学期间,专门就本书思路与我交流探讨。在美国康奈尔大学做博士后研究的王泉博士,还有英国的朋友们都为本人及时搜寻了宝贵且急用的第一手资料。特别值得一提的是美国伊利诺伊大学香槟分校荣誉教授 Leon Chai 博士及妻子 Cara Ryan,围绕本书与我进行多次面谈和邮件交流。

本书能得以顺利出版最令我感激的一定是北大出版社这支年富力强的出版团队,特别是我的责任编辑初艳红,无论从为人、为编辑还是为友,这位年轻、高效、超强责任心的漂亮女士都是难得的。从本书的选题申报,到提出申请国家社科基金后期资助项目的初步想法以及实施,再到这几年来耐心细致的各种中肯建议,直到今天它能如此顺利出版都有她无私的心血和汗水。北大出版社的张冰主任,特别是闵艳云编辑都为本书的申报、审批和实施提供了极为关键的建议和意见。

还要感激的是我北航外国语学院公外研教学部闺蜜般的同事们、讷河一中793初中班以及高三·二班全体师生:是你们分秒都在的精神支持挺起了我每天开心的笔耕。博士学生成海燕,我的硕士生牛薇威、孟凡超、宦如楠在最后一刻帮我一丝不苟地校验着每一个索引词条。

我的家人,我的爱人王强、儿子王凌霄以及我多病的老母卜乃琳老师都想尽办法为我创造时间和条件。特别是亲爱的丈夫,即便是在病床上仍坚持为我修改初稿。而今已然健壮的他更是我写作的支柱和志同道合的伙伴,我们在商讨中仔细品味、推敲逻辑、反复校验。我的每一个章节他都字斟句酌过几十遍,25年脑血栓缠身的母亲,就在本书即将出版的半年前永远离开了我,没有闻到属于它的独特书香。

腹有诗书气自华!经历了近十年的磨砺,拙著终于要面见我的读者、我的同仁、我文学路上的同伴们了。尽管其中写作甘苦自知,但书中良莠我们共知,因而本人才疏学浅致使书中不足之处,还请学界各位老师及同仁批评指正。

郑　飞
2016 年 1 月于柏儒苑